KB163219

헤밍웨이 단편선 2

Ernest Hemingway

세계문학전집 313

헤밍웨이 단편선 2

Ernest Hemingway

어니스트 헤밍웨이
김욱동 옮김

민음사

차례

일러두기

1. 프랑스어나 스페인어, 이탈리아어 등 외국어 단어와 문장은 외래어 표기법에 따라 한글로 표기하고 각주로 그 뜻을 설명하였다.
2. 작품 속에서 인용되는 성경 텍스트는 『성경전서 표준새번역 개정판』(대한성서공회, 2003)을 토대로 하여 옮겼다.
3. 작품 해설은 1권과 2권을 아우르는 내용으로 2권 뒷부분에 실었다.

이제 내 몸을 누이며

그날 밤 우리는 방바닥에 누워 있었고, 나는 누에들이 뽕잎 갉아먹는 소리를 들었다. 누에들이 뽕잎 시렁에서 잎을 먹고 있어서 밤새도록 잎 갉아먹는 소리며, 뽕잎 사이로 떨어지는 소리가 들렸다. 나는 잠들고 싶지 않았다. 어둠 속에서 눈을 감은 채 정신을 놓으면 내 영혼이 그만 육체에서 빠져나갈 것 같다고 생각하며 살아온 지 오래였기 때문이다. 한밤중에 폭탄을 맞아 몸뚱이에서 넋이 빠져나갔다가 돌아온 뒤로는 오랫동안 그런 식이었다. 다시는 생각하지 않으려고 애썼지만, 밤이 되어 막 잠이 들 순간이 되면 그런 느낌이 엄습하기 시작했다. 무던히 애쓰지 않고는 쉽게 떨쳐 낼 수 없는 느낌이었다. 지금이야 영혼이 실제로 내 몸에서 빠져나갈 리 만무하다고 확신하지만, 그때 그해 여름에는 그것을 실험해 보고 싶은 생각이 없었다.

눈을 뜨고 누워 있는 동안 나는 여러 가지 방법으로 정신을 나 자신에게 집중했다. 주로 떠올린 것은 소년 시절에 개울을 따라 송어 낚시를 하던 일이었다. 마음속에서 나는 그 개울의 위아래를 오르내리며 아주 조심스럽게 낚시질을 했다. 통나무 밑에서도, 강둑이 구부러진 곳에서도, 깊은 구멍에서도, 맑고 낮은 개울에서도 낚시질을 하면서 송어를 잡기도 하고 놓치기도 했다. 한낮이 되면 낚시질을 멈추고 어떤 때는 개울 위에 놓인 통나무 위에서, 또 어떤 때는 나부 아래 높은 강둑 위에서 점심을 먹었다. 점심을 먹는 동안에는 언제나 아주 천천히 음식을 씹으며 아래쪽 개울을 지켜보았다. 처음 낚시를 시작할 때는 담배 깡통에 지렁이를 열 마리밖에 넣어 오지 않아 가끔 미끼가 떨어지기도 했다. 미끼를 모두 사용하고 나면 몇 마리 더 잡아야 했다. 그러나 히말라야삼목들이 햇볕을 가리는 개울 강둑에서 땅을 파는 건 무척 힘든 일이었다. 풀이 없는 축축한 땅뿐이어서 지렁이가 한 마리도 잡히지 않을 때가 더러 있었다. 그러면 언제든 다른 종류의 미끼를 찾아낼 수 있었다. 한번은 수렁에서 미끼를 하나도 발견하지 못해, 잡은 송어를 토막 내어 미끼로 쓴 적도 있었다.

어떤 때는 늪지 초원이나 풀, 양치류 밑에서 곤충을 찾아내서 미끼로 사용하기도 했다. 오래되어 썩은 통나무 밑에는 풀줄기처럼 다리가 가느다란 풍뎅이와 곤충과 갑충의 유충들도 있었다. 갈색 머리에 몸통이 희고 가느다란 유충들은 낚싯바늘에 붙어 있지 않고 찬물에 들어가면 형체가 사라져 버렸다. 통나무 밑에는 진드기들도 있었다. 그곳에는 지렁이들도 있었지만 통나무를 들어 올리면 순식간에 땅속으로 기어 들어갔다. 한번은 낡은 통나무 밑에서 찾아낸 도롱뇽을 미끼로 사용한 적도 있었다. 크기가 아주 작고 아담한 도롱뇽은 민첩한데다 색깔이 아름다웠는데 조그마한 다리로 낚싯바늘을 붙잡으려고 애썼다. 이후로도 도롱뇽은 꽤 자주 눈에 띄었지만 나는 두 번 다시 그 녀석을 미끼로 사용하지 않았다. 낚싯바늘에 꿸 때 발버둥치기 때문에 귀뚜라미도 사용하지 않았다.

개울이 탁 트인 초원을 따라 흐르고 있어서 어떤 때는 마른 풀밭에서 메뚜기들을 잡아 미끼로 쓰기도 하고, 또 메뚜기들을 잡아 개울에 던진 뒤 녀석들이 헤엄치면서 떠내려가는 모습을 지켜보기도 했다. 메뚜기들은 수면에 둥그런 원을 그리며 떠 있다가 송어 한 마리가 뛰어오르면 물살에 자취를 감춰버렸다. 밤이면 나는 개울 네다섯 곳에서 낚시질을 하곤 했다. 되도록이면 수원지 가까이에서 시작하여 점차 개울 하류 쪽으로 자리를 옮겼다. 낚시를 너무 빨리 끝내 시간이 남아돌면 다시 한 번 개울 낚시를 했다. 이번에는 개울물이 호수로 들어가는 곳에서 시작하여 하류로 내려올 때 놓쳤던 송어를 모두 잡으며 개울 상류 쪽으로 다시 거슬러 올라갔다. 어떤 날 밤에는 상상력을 동원하여 머릿속에 개울을 만들어 내기도 했다. 그중 어떤 개울은 너무 짜릿해서 마치 눈을 뜬 채 꿈을 꾸는 것 같았다. 그 개울 중 몇 곳은 아직도 생생하게 기억이 나서 지금도 그곳에서 낚시질한 것 같은 생각이 들 정도다. 그런데 그 개울들은 내가 실제로 알고 있는 개울들과 서로 헷갈렸다. 나는 그 상상의 개울에 하나하나 이름을 붙여 주었으며, 기차를 타고 그곳을 찾아가기도 하고, 몇 킬로미터를 걸어서 가기도 했다.

그러나 도저히 낚시질을 할 수 없는 밤도 있었다. 그런 밤이면 나는 눈을 말똥말똥 뜨고 잠을 이루지 못했다. 나는 몇 번이고 기도를 드렸고, 내가 알던 모든 사람을 위해 기도를 드리려고 했다. 가장 오래된 사건으로 거슬러 올라가 이제까지 알고 있는 사람을 모두 떠올리자면 시간이 무척 많이 필요한 법이다. 내 경우에는 내가 태어난 집의 다락방과 주석 상자에 넣어 다락방 서까래에 매달아 놓은 부모님의 결혼식 케이크에서부터 기억이 시작되었다. 다락방에는 아버지가 소년 시절에 수집하여 알코올 병에 담아 둔 뱀과 그 밖의 표본이 있었다. 그 표본들은 병 속에 가라앉아 있어 뱀과 표본 중 일부는 등이 노출되어 흰색으로 변해 있었다. 그렇게 먼 과거까지 거슬러 가자면 정말 많은 사람을 떠올려야 할 것이다. 이들 각자를 위해 성모경과 주기도문을 한 번씩만 외운다 해도 시간이 오래 걸릴 것이고 마침내 새벽이 밝아 올 것이다. 만약 낮에도 잠을 잘 수 있는 곳에 있다면 그제야 비로소 잠들게 될 것이다.

그런 날 밤에 나는 나한테 일어난 모든 일을 낱낱이 떠올리려고 애썼다. 전쟁에 참가하기 직전부터 시작하여 시간을 거슬러 올라가 하나하나 기억을 불러왔다. 그러나 외할아버지 집의 다락방 이상으로는 거슬러 갈 수 없었다. 거기서부터 시작하여 다시 시간을 따라 더듬어 내려와 마침내 전쟁에 이를 때까지의 일들을 떠올렸다.

내 기억으로는 외할아버지가 돌아가신 뒤 우리는 그 집에서 어머니가 설계하여 지은 새 집으로 이사했다. 옮길 수 없는 많은 물건은 뒷마당에서 불에 태웠다. 다락방에서 가져온 병들을 불에 던지자 뜨거운 열기에 탕 하고 튀는 소리를 내면서 알코올 때문에 불길이 치솟았던 일이 생각난다. 뒷마당에서 뱀들이 불에 타던 일도 기억난다. 물론 기억 속에는 사람들은 없고 오직 물건들만 있었다. 누가 그 물건들을 태웠는지조차 기억이 나지 않는다. 생각날 때까지 계속 사람들을 기억해 낸 뒤 멈추고 그들을 위해 기도를 드렸다.

새 집으로 말하자면, 어머니가 늘 얼마나 허섭스레기를 쓸어 버리고 청소를 했는지 기억이 난다. 한번은 아버지가 사냥 여행을 떠났을 때 어머니가 지하실을 대청소하여 그곳에 있어서는 안 될 물건들을 모두 불에 태워 버렸다. 아버지가 집에 돌아와 마차에서 내려 말을 맬 때 집 옆쪽 길에서는 아직도 불길이 타오르고 있었다. 내가 아버지를 맞으러 밖으로 나가자 아버지는 엽총을 내게 건네주면서 불길을 바라보았다. "웬 불이냐?" 아버지가 물었다.

"지하실 청소를 하고 있었어요, 여보." 어머니가 현관에서 대답했다. 아버지는 불길을 바라보고 뭔가를 발로 걷어찼다. 그러고 나서 허리를 굽히고 잿더미에서 뭔가를 주워 냈다. "닉, 갈퀴 좀 갖고 오너라." 아버지가 내게 말했다. 나는 지하실에 가서 갈퀴 하나를 가지고 왔고, 아버지는 아주 조심스럽게 재 속을 갈퀴질했다. 돌도끼며, 짐승 껍질을 벗기는 돌칼이며, 화살촉을 만드는 연장들이며, 도자기 부스러기며, 그 밖에 많은 화살촉을 갈퀴로 긁어냈다. 그 물건들은 불에 검게 그을린 데다 여기저기 깨져 있었다. 아버지는 그것들을 모두 무척 조심스럽게 갈퀴질한 뒤 길가 잔디밭에 펼쳐 놓았다. 가죽 케이스에 들어 있는 엽총과 사냥 가방은 아버지가 마차에서 내려 둔 그대로 잔디밭에 놓여 있었다.

"총과 가방을 집 안에 들여다 놓아라, 닉. 그리고 종이 한 장 갖다 다오." 아버지가 말했다. 어머니는 이미 집 안에 들어가고 없었다. 엽총이 너무 무거워 옮길 때마다 내 다리에 탕탕 부딪쳤다. 나는 엽총과 사냥 가방 두 개를 들고 집 쪽으로 걸음을 옮겼다. "한 번에 하나씩 들고 가." 아버지가 말했다. "한꺼번에 너무 많은 짐을 나르려고 하지 마라." 나는 사냥 가방을 내려놓고 엽총을 들고 들어간 뒤 아버지 서재에 쌓아 둔 신문지 더미에서 신문지 한 장을 꺼내 가지고 나왔다. 아버지는 신문지 위에 검게 그을리고 깨진 돌 도구들을 펴 놓은 뒤 그것들을 돌돌 말았다. "제일 좋은 화살촉들이 산산조각 났구나." 아버지가 말했다. 아버지는 신문지 꾸러미를 들고 집으로 들어가고, 나는 사냥 가방과 함께 집 밖 잔디밭에 남아 있었다. 얼마 뒤 나는 그것들을 들고 집으로 들어갔다. 이 기억 속에는 오직 두 사람밖에 없었고, 그래서 나는 그들을 위해 기도를 드리곤 했다.

그런데 어떤 날 밤에는 기도조차 기억할 수 없었다. "뜻이 하늘에서 이루어진 것같이 땅에서도"까지밖에는 생각이 나지 않았다. 처음부터 다시 시작했지만 그 구절 이상은 넘어갈 수가 없었다. 더 이상 기억해 낼 수 없다는 것을 깨닫고 나는 그 날 밤 기도를 포기하고 다른 것을 시도했다. 그래서 어떤 날 밤에 나는 이 세상에 있는 모든 동물 이름을 떠올리고 나서 새 이름을 떠올렸고, 그 뒤에는 물고기 이름, 그다음에는 나라와 도시 이름, 그 뒤에는 음식 이름, 그리고 시카고에서 내가 알고 있는 모든 길거리 이름을 떠올리려고 했다. 더 이상 아무것도 떠오르지 않으면 가만히 귀를 기울이기만 했다. 아무 소리도 들리지 않던 밤은 기억에 없다. 불빛만 있었어도 잠을 자는 게 그렇게 두렵지는 않았을 것이다. 어두울 때만 내 영혼이 몸 밖으로 빠져나간다는 것을 잘 알았기 때문이다. 그래서 많은 밤 나는 불이 켜진 곳에 있었고, 그러다 거의 언제나 지치고 졸음이 쏟아져서야 잠이 들었다. 또한 넋이 빠져나간다는 사실을 알지도 못한 채 잠을 이룬 적이 여러 밤 있는 것은 확실히 알았지만, 그것을 알면서 잠을 이룬 적은 단 한 번도 없었다. 그런데 오늘 밤 나는 누에들이 뽕잎 갉아먹는 소리를 듣고 있는 것이다. 한밤중에는 뽕잎 먹는 소리가 아주 똑똑하게 들린다. 그래서 나는 눈을 크게 뜨고 누에 소리에 귀를 기울였다.

방 안에는 나 말고 딱 한 사람이 더 있었고, 그 역시 잠을 이루지 못하고 있었다. 나는 오랫동안 그가 눈을 뜨고 깨어 있는 소리를 듣고 있었다. 그는 나만큼 조용히 누워 있지 못했다. 어쩌면 나처럼 깨어 있는 연습을 많이 하지 않았기 때문일 것이다. 우리는 밀짚에 펴 놓은 담요 위에 누워 있었다. 그래서 그가 움직일 때면 밀짚이 부석거리는 소리가 났다. 그러나 누에들은 우리가 내는 소리를 조금도 두려워하지 않고 꾸준히 뽕잎을 갉아먹었다. 밤이면 밖에서는 전선으로부터 7킬로미터 떨어진 후방까지도 시끄러운 소리가 들렸지만, 그 소리는 어두운 방 안에서 들리는 소리와 달랐다. 방 안에 있는 다른 사람은 조용히 누워 있으려고 애썼다. 그러다가 다시 몸을 움직였다. 나도 몸을 움직였기 때문에 그도 내가 눈을 뜨고 있다는 사실을 알 것이다. 그는 시카고에서 십 년 동안 살았다. 1914년에 고국에 있는 가족을 방문하러 갔다가 징병되었다. 그리고 영어를 할 줄 알았던 덕분에 내 종병(從兵)이 되었다. 그가 귀를 기울이는 소리를 듣고 나는 담요 안에서 다시 몸을 움직였다.

"잠이 안 오십니까, 중위님?" 그가 물었다.

"그래."

"저도요."

"왜 그러는데?"

"모르겠어요. 잠이 안 와요."

"기분은 괜찮나?"

"그럼요. 기분은 좋아요. 잠이 안 올 뿐이지요."

"잠시 이야기나 할까?" 내가 물었다.

"좋습니다. 그런데 이런 빌어먹을 곳에서 무슨 얘기를 할 수 있겠습니까?"

"그런대로 괜찮은 곳이야."

"하기야 그렇죠. 괜찮죠."

"시카고 시절 얘기 좀 해 보게."

"아, 그 얘긴 전에 다 해 드렸는데요."

"그럼 어떻게 결혼하게 됐는지 말해 봐."

"그것도 말씀드렸는데요."

"월요일에 받은 편지, 아내한테서 온 건가?"

"네, 맞습니다. 아내는 언제나 제게 편지를 써 보내죠. 가게에서 돈을 잘 벌고 있습니다."

"돌아가면 좋은 가게가 있겠군."

"그럼요. 아내는 가게를 잘 운영합니다. 돈을 많이 벌고 있어요."

"우리가 얘기를 나누면 다른 사람들이 깨지 않을까?" 내가 물었다.

"아뇨. 들을 리 없을 거예요. 어쨌든 업어 가도 모를 만큼 곯아떨어져 있어요."

"그래도 조용히 말하게. 담배 피우고 싶은가?"

우리는 능숙하게 어둠 속에서 담배를 피웠다.

"중위님은 담배를 별로 안 피우시잖아요."

"그렇지. 거의 끊었다고 봐야지."

"잘하셨어요. 백해무익하죠. 중위님은 이제 피우지 않아도 괜찮은 정도가 된 것 같아요." 그가 말했다. "장님들은 연기를 볼 수 없어서 담배를 피우지 않는다고 하던데 그런 말 들어 본 적 있으신가요?"

"설마 그럴 리가."

"저도 허튼소리라고 생각합니다. 하지만 어딘가에서 그런 말을 들었어요. 여기저기서 듣게 되는 얘기잖아요."

우리는 둘 다 조용히 누에가 내는 소리에 귀를 기울이고 있었다.

"저 빌어먹을 누에 소리 들리시죠? 뭐 씹어 먹는 소리가 나요." 그가 말했다.

"재미있잖아."

"한데 중위님, 잠을 잘 못 이루시던데 무슨 문제라도 있나요? 제대로 주무시는 걸 본 적이 없거든요. 제가 중위님을 모신 이후로 한 번도 밤에 못 주무셨어요."

"잘 모르겠어, 존. 지난 초봄부터 상태가 꽤 좋지 않아. 밤이 괴로워." 내가 대답했다.

"저도 그래요. 전쟁에 참가하지 말걸 그랬나 봐요. 전 너무 신경이 예민해요." 그가 말했다.

"좀 나아지겠지."

"한데 중위님, 중위님은 뭣 때문에 전쟁에 참가하시게 됐나요?"

"나도 몰라, 존. 그 당시엔 그러고 싶었어."

"그러고 싶었다고요? 정말 터무니없는 이유군요." 그가 말했다.

"목소리가 너무 커." 내가 말했다.

"녀석들은 업어 가도 모를 정도로 깊이 잠들었어요." 그가 말했다. "게다가 영어를 알아듣지 못하고요. 한 마디도 알지 못해요. 전쟁이 끝나고 미국에 돌아가시면 장교님은 무슨 일을 하시렵니까?"

"신문사에서 일자리를 잡을 생각이야."

"시카고에서요?"

"아마 그럴 거야."

“브리즈번이라는 친구가 쓴 기사를 읽어 보셨나요? 제 아내가 기사를 오려 보내 줘요.”

“물론이지.”

“중위님은 그 사람을 만나 본 적이 있나요?”

“만나 본 적은 없어. 하지만 그냥 본 적은 있지.”

“전 한번 만나 보고 싶습니다. 글을 잘 쓰죠. 제 아내는 영어를 읽지 못하지만 제가 집에 있을 때처럼 신문을 구독해서 사설과 스포츠란을 오려 제게 보내 줍니다.”

“아이들은 잘 있나?”

“잘 있죠. 계집애 하나는 지금 4학년이에요. 중위님도 아시겠지만, 저한테 딸들이 없었다면 아마 중위님의 종병이 되지는 못했을 겁니다. 늘 전선에 배치받았겠죠.”

“자네한테 아이들이 있어 참 다행이군.”

“저도 그렇게 생각합니다. 모두 착한 아이들이지만 아들이 하나 있으면 좋겠습니다. 딸만 셋이고 아들이 없어요. 끔찍한 일이죠.”

“이제 잠을 청해 보게나.”

“아니에요. 지금은 잠이 오지 않아요. 정신이 또렷합니다, 중위님. 한데 전 중위님이 잠을 못 이루셔서 걱정입니다.”

“괜찮아질 거야, 존.”

“중위님처럼 젊은 분이 잠을 못 이루시다니요.”

“괜찮아질 거야. 좀 시간이 걸릴 뿐이지.”

“괜찮아져야죠. 잠을 제대로 못 자는 사람은 살아가기 힘드니까요. 걱정되는 일이라도 있습니까? 뭐 신경 쓰이는 일이 있나요?"

"그런 것 없어, 존. 그런 것 같진 않아."

"결혼하셔야 해요, 중위님. 그러면 걱정거리도 사라집니다."

"글쎄, 그럴까?"

"중위님은 결혼하셔야 해요. 돈 많고 예쁜 이탈리아 아가씨를 고르시죠. 원하시면 누구라도 고를 수 있을 텐데요. 젊겠다, 훌륭한 훈장도 많이 받았겠다, 또 잘생겼잖아요. 여러 번 부상을 입으셨죠."

"난 이탈리아 말 잘 못해."

"그 정도면 잘하시는 편이죠. 말이야 아무려면 어때요. 아가씨들에겐 말이 필요 없어요. 결혼하세요."

"한번 생각해 보지."

"아는 아가씨가 몇 명은 있으시죠?"

"그럼."

"그럼 가장 돈 많은 아가씨와 결혼하세요. 이 나라에서는 가정교육을 잘 받아야 훌륭한 아내가 됩니다."

"한번 생각해 보기로 하지."

"생각해 보고 말고 할 것도 없어요, 중위님. 그냥 행동으로 옮기십시오."

"좋아."

"남자란 결혼해야 합니다. 절대 후회하지 않을 겁니다. 암요, 사나이라면 누구나 결혼을 해야 하지요."

"좋아. 자, 이제 조금 눈을 붙이세." 내가 말했다.

"네, 중위님. 저도 다시 한 번 시도해 보겠습니다. 하지만 제가 드린 말씀을 명심하십시오."

"기억해 두지. 자, 이제 그만 눈 좀 붙이자고, 존." 내가 말했다.

"좋습니다. 그럼 중위님, 안녕히 주무십시오."

그가 밀짚 위 담요 안에서 몸을 뒤척이는 소리가 들렸다. 그 뒤 아주 조용해지더니 고르게 숨 쉬는 소리가 들렸다. 그러고 나서 그는 코를 골기 시작했다. 오랫동안 코 고는 소리에 귀를 기울이고 난 뒤 나는 이제 코 고는 소리 대신 누에들이 뽕잎 갉아먹는 소리에 귀를 기울였다. 누에들은 꾸준히 뽕잎을 먹으며 잎사귀로 떨어졌다. 나는 또 새로운 일을 생각하기 시작했다. 두 눈을 크게 뜬 채 어둠 속에 누워 그동안 내가 만난 아가씨들을 모두 떠올리면서 그들이 과연 어떤 아내가 될까 생각해 보았다. 아주 흥미 있는 공상거리여서 한동안은 송어 낚시도 잊고 기도도 생각나지 않았다. 그러나 결국은 다시 송어 낚시 생각으로 돌아오고 말았다. 개울마다에는 언제나 새로운 무언가가 있는 반면, 아가씨들에 대해서는 몇 번 생각하고 나면 더 이상 새로운 게 떠오르지 않았다. 마침내 하나같이 희미해져서 그 아가씨가 그 아가씨 같아지자 나는 그들에 대해 생각하기를 아예 그만둬 버렸다. 그러나 기도는 계속했고, 밤이 되면 존을 위해 자주 기도했다. 그와 비슷한 역종(役種)은 10월 공격이 있기 전 예비역으로 편입되었다. 그가 현역에 있지 않은 게 정말 다행이었다. 만약 그가 현역에 있었더라면 나는 많이 걱정했을 것이다. 몇 달 뒤 그는 밀라노 병원으로 나를 문병하러 찾아왔다. 아직도 내가 결혼하지 않은 것을 알고 몹시 실망했다. 지금까지도 내가 결혼하지 않은 것을 알면 그는 아주 많이 실망할 것이다. 그는 곧 미국으로 돌아갈 예정이었다. 그는 결혼에 대해 확신했으며, 결혼이 모든 것을 해결해 주리라고 믿어 의심치 않았다.

심장이 두 개인 큰 강
(1부)

기차는 선로를 따라 올라가더니 숲이 온통 타 버리고 없어진 언덕 하나를 돌고는 시야를 벗어났다. 닉은 수하물 취급인이 화물차 밖으로 내던져 준 천막과 침구 꾸러미 위에 걸터앉았다. 마을은 흔적도 찾아볼 수 없었고 눈에 보이는 것이라고는 철도와 불타 버린 땅뿐이었다. 시니[1] 마을 한 거리에 늘어서 있던 열세 채나 되던 술집도 온데간데없이 사라지고 없었다. 맨션 하우스 호텔은 초석만이 땅바닥 위로 불쑥 튀어나와 있었다. 초석은 불에 타 조각이 나고 갈라진 채였다. 시니 마을에 남은 흔적이라곤 이것이 전부였다. 땅바닥마저 모두 불에 그을려 있었다.

닉은 마을의 집들이 띄엄띄엄 흩어져 있으리라고 기대했던

1) 미국 미시간 주 북부 미시간 호와 슈피리어 호의 중간쯤에 있는 마을.

산허리의 불타 버린 곳을 바라보고 난 뒤 강에 놓였던 다리 쪽을 향해 철길을 따라 걸어 내려갔다. 강은 그곳에 있었다. 통나무로 박아 놓은 다리말뚝에 물살이 부딪혀 소용돌이치고 있었다. 닉은 자갈 강바닥 때문에 갈색으로 비치는 맑은 물속을 들여다보았다. 그리고 지느러미를 움직이며 물살 속에서도 가만히 떠 있는 송어 떼를 지켜보았다. 가만히 지켜보는 동안 송어 떼는 재빨리 방향을 돌려 위치를 바꿨다가 빠른 물살 속에서 또다시 가만히 멈췄다. 닉은 오래도록 송어 떼를 지켜보았다.

닉은 송어들이 물살에 코를 처박은 채 가만히 떠 있는 모습을 지켜보았다. 볼록렌즈 같은 수면을 아래쪽까지 내려다보고 있으려니 많은 수의 송어 떼가 깊고도 빠른 물살 속에서 조금 일그러져 보였다. 그리고 그곳 수면은 통나무를 박은 다리말뚝의 저항을 받아 서로 부딪쳤다 불쑥 솟아올랐다 하고 있었다. 강물 밑바닥에는 큼직한 송어 떼가 있었다. 처음에 닉은 그것들을 보지 못했다. 그러다가 송어 떼가 웅덩이 밑바닥에 있는 것을 보았던 것이다. 큼직한 송어 떼가 거세게 흐르는 물살 때문에 자갈과 모래가 시시각각으로 일으키는 거품 속에서 자갈 바닥에 몸을 버티고 있는 것처럼 보였다.

닉은 다리 위에서 물속을 내려다보았다. 무더운 날씨였다. 물총새 한 마리가 강 위쪽으로 날아갔다. 닉이 물속을 들여다보고 송어 떼를 본 것은 참으로 오래간만의 일이었다. 더할 나위 없이 기분이 좋았다. 물총새의 그림자가 강 위쪽으로 움직이자, 큼직한 송어 한 마리가 기다란 각도를 그리며 쏜살같이 강을 거슬러 뛰어올랐다. 그런데 그림자는 각도를 그릴 뿐 물위로 떠올라 햇빛을 받고는 곧 사라져 버렸다. 그런 뒤 송어가 수면 아래 물살 속으로 다시 내려가자 그림자는 아무런 저항도 받지 않고 물살을 따라 다리 밑으로 되돌아가서는 그곳에서 팽팽히 물살에 맞서는 것 같았다.

송어가 움직이자 닉의 심장도 고동쳤다. 옛날에 맛보았던 감정이 온몸으로 밀려왔다.

닉은 몸을 돌려 강 하류 쪽을 바라보았다. 저 멀리 뻗은 하류의 얕은 여울에는 밑바닥에 자갈이 깔려 있었고, 절벽 밑으로 돌아가는 곳에는 큼직한 바위와 깊은 웅덩이가 있었다.

닉은 철로의 침목을 따라 선로 옆 석탄재에 놓아두었던 짐이 있는 곳으로 되돌아갔다. 그는 행복했다. 짐의 멜빵을 단단히 죄어 잘 맞춘 뒤 어깨에 둘러메고 두 팔을 어깨끈에다 밀어넣었다. 그리고 이마에 대는 멜빵의 넓은 밴드에 숙인 이마를 갖다 대어 어깨에 파고드는 짐의 무게를 조금이나마 덜어 보았다. 그래도 무겁기는 마찬가지였다. 짐이 너무 무거웠던 것이다. 그는 가죽으로 만든 낚싯대 주머니를 손에 들고 몸을 앞쪽으로 내밀어 짐 무게를 양쪽 어깨에 걸리도록 하고는, 불에 탄 마을을 뒤로한 채 더위 속에서 철로와 나란히 이어진 길을 따라 걸음을 옮겼다. 그리고 길 양쪽으로 불에 탄 높은 언덕이 있는 또 다른 언덕을 돌아서 시골로 되돌아가는 도로로 들어섰다. 무거운 짐 때문에 통증을 느끼면서 그는 곧장 길을 따라 걸어갔다. 길은 계속 오르막이었다. 오르막길을 걸어 올라가자니 여간 힘이 드는 게 아니었다. 근육은 쑤시고 날은 무더웠지만 그래도 닉은 즐겁기만 했다. 생각한다느니, 글을 쓴다느니, 그 밖의 다른 필요한 일을 모두 뒤에 남겨 놓고 온 기분이 들었다. 이제 모든 것은 그의 뒤에 남아 있었다.

닉이 기차에서 내리고 수하물 취급인이 그의 짐을 열린 문 밖으로 내던져 준 때부터 상황은 완전히 바뀌었다. 시니는 불에 타고 그 일대 역시 다 타 버려 달라졌지만 그런 것은 아무래도 좋았다. 모든 것이 다 타 버릴 수야 없는 일 아니겠는가. 그는 그 사실을 잘 알고 있었다. 뜨거운 햇살에 땀을 뻘뻘 흘리며 도로를 따라 걸어서 철로와 소나무 숲을 가르는 능선을 가로질러 터벅터벅 올라갔다.

어쩌다 내리막도 있었지만 길은 줄곧 오르막이었다. 닉은 계속 걸어 올라갔다. 도로는 불에 탄 산허리와 나란히 올라간 뒤 마침내 꼭대기에 다다랐다. 닉은 그루터기에 기대어 짐의 멜빵을 벗었다. 눈에 보이는 데까지 소나무 숲이었다. 불에 탄 지대는 왼쪽 능선에서 끝나 있었다. 저 앞 들판에 검은 소나무 숲이 섬처럼 우뚝 솟아 있었다. 멀리 왼쪽에는 강줄기가 있었다. 닉이 그쪽으로 시선을 돌리자 강물이 햇빛에 반짝이는 광경이 눈에 띄었다.

저 멀리 슈피리어 호 고지대의 경계를 구분 짓는 푸른 언덕이 있는 곳까지는 온통 소나무 숲이 펼쳐져 있었다. 푸른 언덕마저도 들판 일대의 뜨거운 열기와 빛 속에서 저 멀리 어렴풋하게만 보일 따름이었다. 너무 찬찬히 보려고 하면 오히려 보이지 않았다. 그저 보는 둥 마는 둥 바라보면 고지대의 언덕이 저 멀리 눈에 들어왔다.

닉은 까맣게 다 버린 그루터기에 기대앉아 담배를 피웠다. 등에 메고 있어 우묵하게 들어간 짐은 그루터기 꼭대기에 균형을 잡고 얹혀 있었고, 멜빵끈은 언제든 맬 수 있게 준비되어 있었다. 닉은 앉아서 담배를 피우며 들판을 내려다보았다. 지도를 꺼낼 필요조차 없었다. 강의 위치를 보면 자신이 있는 곳을 잘 알 수 있기 때문이었다.

두 다리를 쭉 뻗고 담배를 피우는데 메뚜기 한 마리가 땅바닥을 따라 기어오더니 그의 털양말 위로 올라왔다. 메뚜기는 검은 놈이었다. 그가 오르막길을 걸어 오르는 동안 많은 메뚜기들이 먼지 속에서 튀어 올랐다. 하나같이 검은 메뚜기들이었다. 날아오를 때 딱지날개에서 노랗고 검은 날개나 빨갛고 검은 날개를 퍼덕이며 날아오르는 그런 큼직한 녀석들이 아니었다. 그야말로 아주 흔한 메뚜기였지만 온통 거무칙칙한 색깔을 띠고 있었다. 골똘히 생각한 것은 아니었지만 닉은 걸어오면서도 메뚜기에 대해 의아하게 생각했었다. 이제 사방으로 갈라진 입술로 양말의 털을 갉아먹고 있는 검은 메뚜기를 내려다보면서 그는 그것들이 불타 버린 들판에서 살다 보니 이렇게 검어진 것이라는 사실을 깨달았다. 화재는 분명히 작년에 일어났건만 메뚜기는 아직도 온통 까만색이었다. 그렇다면 앞으로도 얼마나 오랫동안 이런 상태로 남아 있을까.

닉은 조심스럽게 손을 뻗어 메뚜기 날개를 잡았다. 그런 다음 뒤집어 올리자 녀석은 허공에 대고 발을 버둥거렸다. 그는 메뚜기 관절이 있는 배 부분을 들여다보았다. 아니나 다를까 그곳 역시 검었으며, 먼지투성이의 등과 머리는 무지갯빛을 띠고 있었다.

"자, 가거라, 메뚜기야." 닉이 처음으로 크게 소리를 내어 말했다. "어디로든 날아가려무나."

닉은 메뚜기를 공중으로 집어던진 뒤 그놈이 길을 건너 시커멓게 타 버린 나무 그루터기 쪽으로 날아가는 것을 지켜보았다.

닉은 자리에서 일어섰다. 그루터기에 똑바로 놓인 무거운 짐에 등을 기대고 멜빵끈에 두 팔을 꼈다. 그리고 짐을 등에 짊어지고 언덕 꼭대기에 서서 들판 너머 저 멀리 강 쪽을 내려다보고는 길에서 벗어나 산허리를 따라 걸어 내려갔다. 발밑의 땅은 걷기에 좋았다. 200미터가 안 되는 산허리를 따라 내려가자 불에 탄 자리가 그곳에서 끝이 났다. 그곳부터는 발목 높이만큼 자란 소귀나무와 미송나무 숲을 뚫고 나아갔다. 오르막길과 내리막길의 기복이 많은 길쭉한 지대로 바닥에는 모래가 깔려 있었다. 이 지역은 다시 살아나고 있었다.

닉은 해를 보고 방향을 잡았다. 지금 가려고 하는 강의 위치를 잘 알았기 때문에 계속 솔밭을 지나 낮은 언덕을 차례로 올라가자 낮은 언덕 앞에 또 다른 낮은 언덕이 보였다. 가끔 언덕 꼭대기에서 바라보면 오른쪽이나 왼쪽으로 소나무가 빽빽이 자란 거대한 숲이 섬처럼 자리하고 있었다. 그는 히스 비슷한 소귀나무의 작은 가지를 꺾어 배낭끈 밑에 넣었다. 부비는 바람에 소귀나무 가지가 부러져, 걸어가는 동안 냄새가 풍겼다.

울퉁불퉁한 데다 그늘 하나 없는 소나무 들판을 걸어가자니 지치고 무더웠다. 닉은 언제라도 왼쪽으로 꼬부라져 들어

가면 강이 나오리라는 것을 잘 알고 있었다. 기껏해야 1.5킬로미터 정도만 가면 될 것이다. 그러나 그는 하루 동안에 될 수 있는 대로 많이 걸어서 멀리 상류 쪽 강으로 나아가기 위해 북쪽을 향해 계속 걸음을 옮겼다.

얼마 동안 걸어가자 닉이 가로질러 가고 있는 고지대 위쪽에 거대한 소나무 숲이 섬처럼 우뚝 솟아 있는 모습이 눈에 띄었다. 그는 길을 조금 내려가고 나서 다리 꼭대기로 천천히 올라가다가 길을 꺾어 소나무 숲 쪽으로 걸어갔다.

섬 같은 소나무 숲에는 덤불이 하나도 없었다. 나무줄기가 곧바로 위를 향해 자라는가 하면, 서로를 마주 보고 기울어져 있었다. 갈색 나무줄기는 나뭇가지도 없이 곧게 뻗어 있었다. 나뭇가지들은 높은 곳에 자리하고 있었다. 어떤 나무들은 서로 뒤엉켜 갈색의 숲 바닥에 짙은 그림자를 드리웠다. 숲 주위에는 아무것도 자라고 있지 않았다. 닉은 그 위를 걸었다. 발밑은 갈색인 데다 부드러웠다. 땅바닥에 겹쳐 깔린 솔잎이 높은 가지의 폭 너머로 길게 펴져 있었다. 자랄 대로 높이 자란 나무들이 가지를 높이 움직이자 한때 그늘에 뒤덮였던 이 벌거벗은 땅이 햇살에 밝게 빛났다. 숲이 넓게 펼쳐진 곳 끝에서 갑자기 소귀나무가 모습을 드러냈다.

닉은 배낭을 벗어 놓고 그늘에 벌렁 드러누웠다. 등을 대고 누운 채 소나무들을 올려다보았다. 몸을 쭉 뻗자 목과 등과 허리가 비로소 편해졌다. 등에 느껴지는 땅바닥의 감촉이 좋았다. 그는 나뭇가지 사이로 하늘을 올려다보고 나서 눈을 감았다. 눈을 뜨고 다시 쳐다보았다. 우뚝 솟은 나뭇가지 위로 바람이 불고 있었다. 그는 다시 눈을 감았고, 그러다 그만 잠이 들고 말았다.

눈을 뜨니 몸이 뻣뻣하고 쥐가 났다. 어느새 해 질 녘이었다. 배낭을 짊어졌다. 무겁고 끈이 닿은 곳이 아프게 쑤셨다. 닉은 배낭을 짊어진 채 허리를 굽혀 가죽으로 만든 낚싯대 케이스를 집어 든 뒤 솔밭을 지나 소귀나무가 자라는 습지를 건너 강 쪽으로 향했다. 기껏해야 1.5킬로미터도 안 되는 거리라는 것을 그는 잘 알고 있었다.

닉은 그루터기로 뒤덮인 산허리를 내려와 초원으로 들어섰다. 그 초원 끝에 강이 흐르고 있었다. 닉은 강에 다다른 것이 몹시 기뻤다. 초원을 지나 강 상류 쪽을 향해 걸어갔다. 걸어가는 사이 바짓가랑이가 이슬에 젖었다. 날씨가 무더워서 이슬이 빠르게 많이 내리고 있었다. 강에서는 아무 소리도 들리지 않았다. 물 흐름은 빨랐지만 수면은 잔잔했다. 그는 천막을 치러 고지로 올라가기 전에 초원 끝에서 강을 내려다보며 송어 떼가 올라오는 것을 지켜보았다. 해가 지자 강 저쪽의 습지에서 날아오는 벌레를 보고 송어 떼가 올라왔다. 송어 떼는 벌레를 잡아먹으려고 물 위로 뛰어올랐다. 닉이 강 흐름을 따라 작은 초원 지대를 지나는 동안 송어 떼는 물 위로 높이 뛰어올랐다. 강물을 내려다보니 송어 떼가 강 아래쪽에서 꾸준히 먹이를 먹고 있었다. 아마도 벌레들이 수면 위로 떨어지고 있는 게 틀림없었다. 저 멀리 시선이 닿는 곳까지 마치 비가 내리듯 송어들이 수면 아래쪽에 동그라미를 그리며 올라오는 모습이 보였다.

나무가 많고 모래밭인 고지에서는 넓게 펼쳐진 초원과 습지가 내려다보였다. 닉은 배낭과 낚싯대를 내려놓고 평평한 땅을 찾았다. 배가 고팠지만 식사 전에 우선 천막부터 치고 싶었다. 미송나무 두 그루 사이에 꽤 평평한 바닥이 있었다. 그는 배낭에서 도끼를 꺼내 땅 위로 솟아 나온 나무뿌리 두 개를 잘라 냈다. 그랬더니 사람 하나가 누워 잘 수 있는 평평한 자리가 만들어졌다. 손바닥으로 모래밭을 고르고 소귀나무 덤불을 뿌리째 뽑아 버렸다. 두 손에서 소귀나무의 구수한 냄새가 났다. 그는 뿌리가 뽑힌 땅을 평평하게 골랐다. 담요 밑이 울퉁불퉁해지는 것이 싫었기 때문이다. 바닥을 고르고 난 뒤 그는 그 위에 담요 세 장을 깔았다. 한 장은 둘로 접어 바닥에 깔고, 나머지 두 장은 그 위에다 폈다.

닉은 도끼를 들고 그루터기에서 깨끗한 소나무 조각을 하나 잘라 낸 뒤 그것을 쪼개 천막용 말뚝을 만들었다. 말뚝이 바닥에 오랫동안 단단히 박혀 있었으면 싶었다. 천막을 풀어 바닥에 펴니 미송나무에 기대 놓은 배낭이 훨씬 작아 보였다. 닉은 천막의 버팀 역할을 하는 밧줄을 소나무 줄기 하나에 붙들어 매고 밧줄의 나머지 끝을 잡아당겨 천막을 세우고는 다른 소나무 가지에 잡아맸다. 천막은 빨랫줄에 매달아 놓은 캔버스 담요처럼 밧줄에 걸려 있었다. 닉은 잘라 낸 막대기를 캔버스 뒤쪽 꼭대기 아래에 박아 놓고서, 네 모퉁이를 말뚝으로 박아 천막을 쳤다. 가장자리를 말뚝으로 단단히 박아 밧줄 매듭이 땅에 묻히고 천막이 북처럼 팽팽해질 때까지 납작한 도끼 등으로 말뚝을 땅속 깊숙이 박아 넣었다.

닉은 모기를 쫓기 위해 천막 입구에 거친 무명천을 걸쳐 놓았다. 그런 다음 배낭에서 여러 가지 물건을 꺼내 가지고 모기장 밑으로 기어 들어가 천막의 경사진 곳 침대 머리맡에 놓아 두었다. 갈색 캔버스 사이로 빛이 스며들어 왔다. 캔버스에서는 기분 좋은 냄새가 풍겼다. 이것만으로도 천막 안은 벌써 어딘지 신비스럽고 아늑한 분위기를 풍겼다. 천막 안에 들어가자 닉은 기분이 좋았다. 오늘 하루 종일 행복하지 않은 순간이 없었다. 그러나 지금은 또 달랐다. 이로써 일은 모두 끝이 난 셈이었다. 이렇게 되기까지 그는 많은 일을 해야 했다. 고생스럽게 여행도 했다. 그래서 말할 수 없이 피곤했다. 그러나 이제는 그 일도 끝이 났다. 그는 천막을 쳤다. 이제 자리를 잡은 셈이었다. 이제는 아무것도 거칠 게 없었다. 야영에는 그야말로 안성맞춤인 장소였다. 그는 지금 좋은 장소에 와 있었다. 자신이 만든 집에 들어와 있었던 것이다. 지금 그는 배가 고팠다.

닉은 무명천 밑으로 해서 밖으로 나왔다. 바깥은 꽤 어두웠다. 오히려 천막 안이 더 밝았다.

닉은 배낭이 있는 곳으로 가서 손으로 배낭 밑을 더듬어서는 못을 담은 종이 봉지에서 기다란 못 한 개를 끄집어냈다. 그 못을 단단히 쥐고 도끼 등으로 부드럽게 소나무에 박았다. 그리고 못에다 배낭을 걸었다. 식료품은 모두 배낭에 들어 있었다. 식료품은 이제 바닥에서 떨어져 있어 안전했다.

닉은 배가 고팠다. 지금처럼 배가 고픈 적은 한 번도 없었다는 생각이 들었다. 그는 돼지고기와 콩이 든 통조림과 스파게티 통조림을 따서 프라이팬에 쏟았다.

"힘들게 여기까지 운반해 왔으니 얼마든지 먹을 권리가 있지." 닉이 혼잣말을 했다. 어둑어둑 저물어 가는 숲 속에서 그의 목소리가 이상하게 들렸다. 그는 더 이상 아무 말도 하지 않았다.

닉은 도끼로 그루터기를 잘라 만든 소나무 조각으로 불을 피웠다. 구둣발로 발 네 개를 땅바닥에 박아 놓고 불 위에 석쇠를 걸었다. 닉은 프라이팬을 불꽃 위 석쇠 위에 올려놓았다. 아까보다 더 배가 고팠다. 콩과 스파게티가 따뜻해졌다. 닉은 그것들을 저어서 서로 섞었다. 표면에 작은 거품들이 힘겨운 듯 일더니 보글보글 끓기 시작했다. 구수한 냄새가 풍겼다. 토마토케첩이 든 병을 꺼내고 빵을 네 조각으로 잘랐다. 조그마한 거품이 아까보다 더 빨리 끓어올랐다. 닉은 불 옆에 앉아 프라이팬을 내려놓았다. 양철 접시에 절반가량을 쏟자 천천히 접시 위로 퍼져 나갔다. 닉은 그것이 너무 뜨겁다는 것을 잘 알았다. 그래서 그 위에 토마토케첩을 조금 부었다. 콩과 스파게티가 아직도 뜨겁다는 것을 그는 잘 알았다. 그는 불을 쳐다보고 나서 천막 쪽으로 눈길을 돌렸다. 혓바닥을 데어 음식 맛을 망치고 싶은 생각은 없었다. 그는 음식이 식을 때까지 기다리지 못해 지난 몇 해 동안 튀긴 바나나를 제대로 맛본 적이 없었다. 그의 혀는 너무나도 예민했다. 그는 몹시 배가 고팠다. 강 건너편 거의 어둠에 감싸인 습지에서 안개가 자욱이 피어올랐다. 그는 다시 한 번 천막을 쳐다보았다. 이제는 됐겠지. 그는 접시에서 한 숟가락 가득 펐다.

"야, 이거 맛이 끝내주는데." 닉이 행복한 듯이 말했다.

한 접시 다 먹고 나서야 비로소 빵 조각이 생각났다. 그는 두 번째 접시를 빵 조각으로 깨끗이 닦아 가면서 다 먹었다. 세인트이그너스[2] 역의 식당에서 커피 한 잔과 햄 샌드위치를 먹은 뒤로는 입에 댄 게 아무것도 없었다. 매우 좋은 경험이었다. 전에도 이처럼 배가 고픈 적이 있었지만 지금처럼 식욕을 만족시킬 수는 없었다. 천막은 이보다 몇 시간 전에 칠 수도 있었다. 강가에는 야영하기에 알맞은 장소가 얼마든지 있었기 때문이다. 그러나 이곳이 마음에 들었다.

닉은 석쇠 밑에 큼직한 장작 두 개비를 밀어 넣었다. 그러자 불꽃이 활활 타올랐다. 커피 끓일 물을 떠 온다는 걸 깜박 잊고 있었다. 그는 배낭에서 접을 수 있는 캔버스 양동이를 끄집어내 언덕을 내려가 초원 가장자리를 가로질러 개울가로 걸어갔다. 강 건너편은 흰 안개 속에 잠겨 있었다. 개울둑에 무릎을 꿇고 흐르는 물 속에 양동이를 담는데 풀이 젖어 차갑게 느껴졌다. 양동이가 물속에서 불룩해지자 그는 힘껏 당겼다. 물은 얼음처럼 차가웠다. 닉은 양동이를 씻은 다음 물을 가득 담아 캠프로 가져왔다. 강에서 퍼 온 물은 아까만큼 차지 않았다.

닉은 나무에 큰 못을 또 하나 박고 물이 가득 찬 양동이를 매달아 놓았다. 주전자에 물을 반쯤 넣고 그릴 아래에 나무토막을 더 넣은 뒤 주전자를 올려놓았다. 어떤 방법으로 커피를 끓여야 할지 잘 기억이 나지 않았다. 이 일로 홉킨스와 논쟁한

2) 미시간 주 북부 미시간 호와 휴런 호 사이에 있는 소도시.

적이 있었지만 어느 방법에 찬성했는지 생각나지 않았다. 그는 물이 끓게 그냥 내버려 두기로 했다. 이것이 바로 홉킨스가 하던 방법이었다는 게 떠올랐다. 한때 그는 모든 일에 관해 홉킨스와 논쟁을 했다. 커피가 끓기를 기다리는 동안 그는 조그마한 살구 캔 하나를 땄다. 그는 캔 따는 것을 좋아했다. 양철 컵에 살구를 쏟았다. 불 위에 얹어 놓은 커피를 쳐다보면서 그는 처음에는 엎지르지 않게 조심하면서, 그다음에는 멍하니 생각에 잠겨서 살구 시럽을 마신 뒤 살구를 빨아먹었다. 싱싱한 살구보다 맛이 더 좋았다.

닉이 지켜보는 동안 커피가 끓었다. 뚜껑이 위로 올라오면서 커피와 찌꺼기가 주전자 옆으로 흘러내렸다. 닉은 그릴에서 주전자를 내렸다. 홉킨스가 승리를 거둔 셈이었다. 살구를 담았던 빈 컵에 설탕을 넣고 커피를 조금 따라 식혔다. 너무 뜨거워 그대로는 붓지 못하고 모자를 사용해 주전자 손잡이를 잡았다. 컵을 주전자 안에 담그고 싶지는 않았다. 첫 잔부터 말이다. 처음부터 철저하게 홉킨스 방식으로 해야 했다. 호프[3]라면 이 정도 대접은 해 줘야 한다. 아주 진지하게 커피를 마시는 녀석이었으니까. 닉은 여태껏 그렇게 진지한 친구를 본 적이 없었다. 엄격한 것이 아니라 진지했다. 그것도 이미 오래전 일이다. 홉킨스는 입술을 움직이지 않고 말했다. 또 폴로 경기[4]를 즐겼다. 그는 텍사스에서 수백만 달러를 벌었다.

---

3) '홉킨스'의 애칭.

4) 네 명이 한 조가 되어 말을 타고 공을 치는 경기.

첫 번째 큰 유정(油井)이 발굴됐다는 전보를 받았을 때 그는 찻삯을 빌려 시카고로 갔다. 돈을 부치라고 전보를 칠 수도 있었지만 그러면 돈이 너무 늦게 올 것 같았기 때문이다. 그들은 호프의 여자 친구를 '금발의 비너스'라고 불렀다. 진짜 애인이 아니었기 때문에 그래도 호프는 별로 기분 나빠하지 않았다. 진짜 애인에게라면 아무도 그렇게 놀리지 않을 것이라고 그는 자신만만하게 말했다. 그건 사실이었다. 어쨌든 홉킨스는 전보를 받자마자 달려갔다. 블랙리버[5]에 있을 때였다. 전보가 그의 손에 닿기까지는 무려 여드레나 걸렸다. 홉킨스는 닉에게 22구경 콜트 자동 권총을 주었고, 빌에게는 카메라를 주었다. 그것으로 자기를 언제까지나 기억해 달라고 했다. 다음 해 여름 그들 셋은 낚시질을 하기로 했었다. 그런데 이제 부자가 된 호프 헤드는 요트를 구입해 슈피리어 호의 북쪽 호반을 따라 항해하고 싶어 했다. 그는 쉽게 흥분했지만 진지한 친구였다. 작별할 때 그들 셋은 모두 아쉬워했다. 이제 여행은 깨지고 말았다. 그 후로는 홉킨스를 두 번 다시 만나지 못했다. 오래전 블랙리버에서 있었던 일이다.

닉이 홉킨스 방식으로 끓인 커피를 마셨다. 쓴맛이 났다. 닉은 소리를 내어 껄껄 웃었다. 이야기의 결말치고는 괜찮았다. 그의 정신이 제대로 돌아가기 시작했다. 그러나 몸이 피곤해 정신이 방해받을 수도 있다는 것을 알고 있었다. 그는 주전자에서 커피를 따르고 찌꺼기를 흔들어 불 속에 쏟았다. 담배에

---

5) 미시간 주 울버린 근처에 위치한 강.

불을 붙여서 천막 안으로 가지고 들어갔다. 신발과 바지를 벗은 다음 담요 위에 주저앉아 신발을 바지에 넣고 말아 베개로 삼은 다음 담요 안으로 기어 들어갔다.

천막 입구에서 그는 밤바람에 불려 활활 타오르는 불꽃을 지켜보았다. 고요한 밤이었다. 늪도 쥐 죽은 듯 잔잔했다. 닉은 담요를 덮고 기분이 좋은 듯 몸을 쭉 폈다. 모기 한 마리가 귓전에서 윙윙거렸다. 닉은 일어나 앉아 성냥을 그었다. 모기는 머리 위쪽 캔버스에 앉아 있었다. 닉은 재빨리 그쪽에다 성냥불을 갖다 대고 움직였다. 모기는 불꽃 속에서 쉬잇 하고 기분 좋은 소리를 냈다. 성냥불이 꺼졌다. 닉은 다시 담요를 덮고 누웠다. 옆으로 돌아누워 눈을 감았다. 졸렸다. 졸음이 밀려왔다. 그는 담요를 덮고 그 아래에 웅크린 채 잠이 들었다.

심장이 두 개인 큰 강
(2부)

아침에 해가 뜨자 천막 안이 더워지기 시작했다. 닉은 천막 입구에 친 모기장 밑을 기어 나와 동트는 아침을 바라보았다. 기어 나올 때 손에 닿은 풀이 이슬에 젖어 축축했다. 그는 바지와 신발을 손에 쥐고 있었다. 해는 언덕 위로 막 떠오르는 중이었다. 초원과 강과 늪이 보였다. 강 건너편 늪의 녹지에는 자작나무들이 서 있었다.

이른 아침의 강물은 맑은 데다 물살이 빨랐다. 아래쪽으로 200미터 조금 안 되는 곳에 통나무 세 개가 가로놓여 강 흐름을 막고 있었다. 그 때문에 통나무 위쪽으로는 물이 잔잔하고 깊었다. 닉이 쳐다보는 동안 밍크 한 마리가 통나무를 따라 강을 건너 늪지대로 들어갔다. 가슴이 두근거렸다. 이른 아침과 강을 보자 가슴이 진정되지 않았다. 너무 급하게 아침을 먹었지만 그는 자신이 그렇게 할 수밖에 없었다는 것을 잘 알고 있었다. 작게 불을 피우고 커피 주전자를 올렸다.

주전자의 물이 끓는 동안 닉은 빈 병을 들고 언덕을 넘어 초원으로 걸어 내려갔다. 초원은 이슬에 젖어 있었고, 닉은 풀이 햇볕에 마르기 전에 미끼로 삼을 메뚜기를 잡고 싶었다. 미끼로 쓰기 좋은 메뚜기들이 지천이었다. 보통은 풀 줄기 밑에 있었다. 때로는 풀 줄기에 꼭 달라붙어 있기도 했다. 몸이 찬 데다 이슬에 젖어 있어 메뚜기들은 햇볕에 몸이 데워질 때까지 제대로 날지 못했다. 닉은 중간 크기의 갈색 메뚜기만을 골라잡아 병 속에 집어넣었다. 통나무 하나를 뒤집으니 그 가장자리 밑에 메뚜기 수백 마리가 숨어 있었다. 마치 메뚜기의 하숙집 같았다. 닉이 중간 크기의 갈색 메뚜기 50여 마리를 병 속에 담았다. 그가 메뚜기를 잡는 동안 다른 메뚜기들이 햇볕에 몸이 데워져 껑충껑충 뛰기 시작했다. 뛰면서 날았다. 한 번 날고 난 뒤 땅 위에 내려앉으면 죽은 듯 꼼짝도 하지 않았다.

닉은 아침을 다 먹을 즈음이면 메뚜기들이 전처럼 활기를 띠게 될 것이라고 생각했다. 풀에 이슬이 없으면 쓸 만한 메뚜기를 병 하나 가득 잡는 데 온종일이 걸릴 것이다. 더구나 모자를 쳐서 잡아야 하니 메뚜기가 납작하게 뭉개질 것이다. 그는 강물에 손을 씻었다. 강가에 이르자 마음이 들떴다. 그는 천막 쪽으로 걸어 올라갔다. 메뚜기들은 부자연스러운 동작으로나마 벌써 병 속에서 뛰고 있었다. 햇볕에 데워진 병 속에서 메뚜기들은 한 덩어리가 되어 뛰었다. 닉은 소나무 막대기를 마개로 삼았다. 메뚜기들이 밖으로 나오는 건 불가능했지만 공기가 들어갈 구멍은 충분했다.

닉은 통나무를 굴려 본래대로 해 놓았다. 아침마다 이곳에 만 오면 메뚜기는 얼마든지 잡을 수 있을 것 같았다.

닉은 마구 뛰노는 메뚜기들이 가득한 병을 소나무 줄기에 기대 놓았다. 그런 다음 급히 서둘러 메밀가루 한 컵에 물 한 컵을 섞어 부드럽게 휘저었다. 커피 한 줌을 주전자에 넣고, 캔에서 기름 덩이를 떠서 벌겋게 단 프라이팬에 넣었다. 연기가 나는 프라이팬에 반죽한 메밀가루 반죽을 부드럽게 부었다. 반죽은 무섭게 기름을 튀기며 용암처럼 퍼져 나갔다. 바깥부터 굳어지기 시작해서 다음에는 갈색으로 변하고 다시 바삭해졌다. 표면에 거품이 일더니 천천히 구멍이 생겼다. 닉은 깨끗한 소나무 조각을 갈색이 된 메밀 팬케이크 뒤쪽에 밀어 넣었다. 프라이팬을 옆으로 뒤흔들자 팬케이크가 프라이팬 표면에서 떨어져 나왔다. 프라이팬을 크게 흔들어 팬케이크를 뒤집는 건 그만두자, 하고 그는 생각했다. 그는 깨끗한 나뭇조각을 팬케이크 아래에 끝까지 밀어 넣고 뒤집었다. 그러자 프라이팬에서 지직지직 하는 소리가 났다.

팬케이크가 다 만들어지자 닉은 다시 프라이팬에 기름을 둘렀다. 반죽한 것을 모두 사용했다. 그렇게 하여 큰 팬케이크 하나와 조그마한 팬케이크 하나를 더 만들었다.

닉은 사과 버터를 발라 큰 팬케이크와 작은 팬케이크를 먹었다. 세 번째 팬케이크에도 사과 버터를 바른 뒤 둘로 접어 기름종이에 싸서 셔츠 주머니에 넣었다. 사과 버터 병을 배낭에 집어넣고 샌드위치를 만들기 위해 빵을 두 조각으로 잘랐다.

배낭에는 큼직한 양파 한 개가 들어 있었다. 그것을 둘로 썬

다음 실크처럼 매끄러운 겉껍질을 벗겼다. 그리고 그중 하나를 잘게 썰어 양파 샌드위치를 만들었다. 그것을 기름종이에 싼 다음 카키색 셔츠의 다른 주머니에 넣고 단추를 채웠다. 프라이팬을 거꾸로 하여 석쇠에 걸쳐 놓은 뒤 설탕과 연유를 넣어 황갈색이 된 커피를 마셨다. 그다음 캠프를 정리했다. 참으로 훌륭한 캠프였다.

닉은 가죽 낚시 케이스에서 제물낚싯대를 꺼내 이어 맞추었다. 그런 다음 케이스를 다시 천막 안으로 밀어 넣었다. 그는 얼레를 감고 낚시 목줄을 따라 낚싯줄을 끼워 넣었다. 낚싯줄을 끼울 때는 두 손으로 줄을 붙잡아야 했다. 그러지 않으면 줄 전체의 무게 때문에 되감아지기 때문이다. 묵직한 데다 겹으로 꼰 제물낚싯줄이었다. 닉은 오래전에 이 낚싯대를 8달러 주고 샀다. 공중으로 들어 올리면 곧 앞으로 평평하게 쑥 나올 정도로 묵직했으며, 제물낚시를 힘들이지 않고 던질 수 있도록 묵직하고 곧게 만들어져 있었다. 닉은 알루미늄 목줄 상자를 열었다. 목줄은 축축한 플란넬 헝겊 조각 사이에 감겨 있었다. 헝겊은 세인트이그너스행 기차 안 물탱크에서 적셔 두었다. 축축해진 헝겊 때문에 목줄은 부드러워졌고, 닉은 그중 하나를 풀어 맨 끝에 고리를 만들어 묵직한 파리 낚싯줄에 맸다. 그리고 목줄 맨 끝에 낚싯바늘을 동여맸다. 아주 작은 바늘로 매우 얇고 탄력이 있었다.

닉은 낚싯대를 무릎에 걸치고 앉아 낚싯바늘 쌈지에서 바늘을 뽑아냈다. 낚싯줄을 팽팽히 당겨 매듭과 낚싯대의 탄력을 시험해 보았다. 감촉이 좋았다. 바늘이 손가락을 찌르지 않도록 조심했다.

닉은 낚싯대를 들고 메뚜기 병의 모가지에 반쯤 끈을 동여매 목에 매달리게 묶은 뒤 물가로 걸어 내려갔다. 낚시용 그물은 벨트에 훅으로 매달아 놓았다. 어깨에는 자루 끝을 귀 모양으로 묶은 기다란 자루를 짊어지고 있었다. 끈은 어깨 너머에 매달려 있었다. 자루가 두 다리에 탁탁 부딪쳤다.

온갖 낚시 도구를 걸치고 보니 귀찮기도 했지만 전문 낚시꾼 같아 보여 닉은 기분이 좋았다. 메뚜기 병이 가슴에 부딪쳐 흔들거렸다. 셔츠의 가슴주머니는 점심과 낚시 쌈지로 불룩했다.

닉은 물속에 발을 들여놓았다. 선뜩할 만큼 몹시 차가웠다. 바짓가랑이가 다리에 찰싹 달라붙었다. 구둣발 밑으로 자갈이 느껴졌다. 물은 점점 더 차갑고 선뜩해졌다.

앞으로 나아가자 물줄기가 다리에 부딪혀 소용돌이쳤다. 닉이 들어간 곳은 물이 무릎까지 찼다. 그는 물줄기를 따라 걸었다. 구두 밑에서 자갈이 미끄러웠다. 양쪽 다리 밑에 소용돌이치는 물결을 내려다보고는 메뚜기를 꺼내려고 병을 거꾸로 들어 올렸다.

첫 번째 메뚜기는 병 모가지에서 껑충 뛰어오르다가 그만 물속으로 떨어지고 말았다. 녀석은 닉의 오른쪽 발끝에서 일어난 소용돌이에 휩쓸려 갔다가 조금 아래쪽 수면 위에 떠올랐다. 파닥거리면서도 빠르게 물결에 휩쓸려 떠내려갔다. 잔잔한 수면에 갑자기 둥근 원이 생기더니 메뚜기가 사라지고 말았다. 송어가 잡아먹은 것이다.

또 다른 메뚜기 한 마리가 병 모가지에서 빠끔 얼굴을 내밀었다. 더듬이가 흔들거렸다. 병에서 앞발을 드러내고는 뛸 준비를 하고 있었다. 닉은 메뚜기의 머리를 붙잡고 가느다란 낚싯바늘을 턱 밑으로 넣어 가슴팍에서부터 배 끝까지 꿰뚫었다. 메뚜기는 앞발로 바늘을 잡고 늘어진 채 담뱃진 같은 액체를 내뿜었다. 닉은 메뚜기를 물속에 떨어뜨렸다.

닉은 오른손에 낚싯대를 쥐고 물속에서 메뚜기가 끄는 힘에 맞추어 낚싯줄을 내보냈다. 왼손으로 낚싯줄을 풀어 얼레에서 풀려 가는 대로 내맡겼다. 잔물결 속에 메뚜기가 보였다. 그러다가 갑자기 시야에서 사라졌다.

낚싯줄이 당겨졌다. 닉은 팽팽히 당겨지는 줄을 잡아당겼다. 첫 번째 물고기가 걸린 것이었다. 이제 그는 살아 움직이는 듯한 낚싯대를 오른손으로 잡고 왼손으로는 낚싯줄을 끌어 올렸다. 송어 한 마리가 물결을 거슬러 뛰어오르면서 낚싯대가 휘어졌다. 작은 송어라는 것을 알 수 있었다. 닉은 낚싯대를 공중으로 곧장 추어올렸다. 당겨진 낚싯대는 활 모양으로 휘었다.

흐름을 따라 낚싯줄이 이리저리 움직이자 물속에서 송어가 대가리와 몸통을 꿈틀거리는 모습이 보였다.

닉은 왼손으로 낚싯줄을 잡고, 물결에 맞서 지친 몸을 세게 부딪치는 송어를 수면 위로 끌어 올렸다. 등에는 자갈 위로 흐르는 물처럼 맑은 빛깔의 반점이 있었고 옆구리는 햇빛을 받아 반짝이고 있었다. 닉은 낚싯대를 오른팔 밑에 끼우고 상체를 앞으로 굽혀 왼손을 물에 담갔다. 잠시도 가만히 있지 않는 송어를 왼손으로 꽉 붙들어 주둥이에서 낚싯바늘을 뽑아낸 뒤 물속으로 도로 던져 버렸다.

송어는 물결 속에서 잠시 흔들흔들하더니 이내 밑바닥 돌 옆에서 멈췄다. 닉은 팔꿈치까지 잠기도록 팔을 물에 담그고 손을 뻗어 송어를 만져 보았다. 돌 옆 자갈 위의 송어는 물줄기 속에서도 꼼짝 않고 가만히 있었다. 닉의 손가락이 매끄럽고 찬물 같은 송어의 감촉을 느끼는 순간 송어는 바닥의 흐름을 헤치고 어두운 그늘로 사라졌다.

괜찮아질 거야, 하고 그는 생각했다. 녀석은 다만 지쳐 있을 뿐이야.

젖은 손으로 만졌으니 송어 몸을 덮고 있는 그 섬세한 점액은 상하지 않았으리라고 생각했다. 만일 마른 손으로 만졌다간 백색 균이 점액이 없는 부분을 침범하게 된다. 몇 해 전 그의 앞뒤에서 제물낚시로 낚시질하는 사람들이 우글거리는 강에서 낚시질을 할 때 그는 백색 균이 뒤덮인 죽은 송어가 잇달아 떠내려오다가 바위에 부딪히기도 하고 배때기를 위로 하고 웅덩이에 떠 있는 것을 본 일이 있다. 닉은 다른 낚시꾼이 있는 강에서 낚시질하는 것이 싫었다. 일행이 아니면 다른 낚시꾼들은 낚시질을 망치기 때문이다.

닉은 무릎 위까지 물에 잠긴 채 물결을 가로지르는 통나무 말뚝 위쪽 얕은 곳을 45미터쯤 지나 철벅거리며 내려갔다. 바늘에 미끼를 새로 달지 않고 손에 쥔 채 걸어갔다. 얕은 곳에서도 조그마한 송어는 잡을 수 있으리라고 확신했지만 그러고 싶지가 않았다. 하루 중 이맘때면 얕은 곳에는 큰 송어가 없었다.

이제 물은 넓적다리까지 올라올 정도로 갑자기 깊어졌다. 차가웠다. 앞쪽 통나무 위쪽에는 댐처럼 잔잔한 물이 고여 있었다. 물은 매끄럽고도 거무스름했다. 왼쪽에는 나지막한 초원이 펼쳐져 있었고 오른쪽에는 늪이 있었다.

닉은 물결을 거슬러 몸을 뒤로 젖힌 뒤 메뚜기 한 마리를 병에서 꺼냈다. 바늘에 메뚜기를 걸고 침을 뱉어 행운을 빌었다. 그런 다음 낚싯줄 몇 미터를 얼레에서 풀어 물살이 빠른 검은 물 위로 메뚜기를 내던졌다. 메뚜기는 통나무 쪽으로 떠내려갔지만 낚싯줄의 무게 때문에 그만 물속에 가라앉고 말았다. 닉은 왼손에 낚싯대를 쥐고 손가락 사이로 낚싯줄을 풀었다.

그때 낚싯줄이 길게 당겨졌다. 닉이 줄을 당기자 낚싯대는 살아 있는 듯 팽팽해지면서 부러질 것처럼 반으로 휘었다. 무겁고 팽팽한 낚싯줄이 끊어질 것 같은 꾸준한 힘으로 끌리면서 물속에서 나왔다. 더 이상 당기면 낚싯줄이 끊어질 것 같은 느낌에 닉은 줄을 풀어 주었다.

줄이 획획 소리를 내며 풀려 나가자 얼레는 계속 돌면서 날카로운 소리를 냈다. 너무 빠르게 풀려 나갔던 것이다. 그러나 줄은 갑자기 자꾸만 풀려 나가고 줄이 풀려 나가면서 얼레 소리가 점차 높아졌기 때문에 닉이 제어할 방법은 없었다.

얼레 심지가 드러나자 닉의 심장도 흥분으로 멈춰 버릴 것 같았다. 넓적다리까지 올라온 얼음같이 찬 물결을 거슬러 몸을 뒤로 젖히면서 닉은 왼손으로 간신히 얼레를 막았다. 제물낚시의 얼레 속에 엄지손가락을 집어넣으니 어색한 느낌이

들었다.

줄을 잡아당기니 갑자기 팽팽해지면서 통나무 저쪽에서 큼직한 송어 한 마리가 물 위로 높이 솟아올랐다. 물고기가 뛰어오르자 닉은 낚싯대 끝을 내렸다. 팽팽한 힘을 줄이려고 낚싯대 끝을 내리자 당김이 너무 크고 단단하게 느껴졌다. 목줄이 끊어진 게 틀림없었다. 줄이 탄력을 잃고 팽팽해져 갈 때의 느낌이 틀릴 리가 없었다. 그러다가 줄이 축 늘어졌다.

입은 바싹바싹 타고 마음은 실망으로 가라앉았다. 닉은 얼레를 감았다. 지금껏 그렇게 큰 송어는 본 적이 없었다. 무게며 지탱할 수 없는 힘이며, 그리고 뛰어오를 때의 크기가 대단했다. 송어는 연어만큼이나 큼직해 보였다.

닉의 손이 떨렸다. 천천히 낚싯줄을 감았다. 너무나 짜릿한 흥분이었다. 앉아서 쉬어야 할 정도로 속이 조금 메스꺼웠다.

목줄은 바늘을 묶은 지점에서 뚝 끊어져 있었다. 닉은 손에 줄을 감았다. 저 통나무 밑바닥 어디에, 빛이 닿지 않는 저 아래쪽에 낚싯바늘을 턱 밑에 꽂은 채 자갈 위에 꼼짝 않고 있을 송어를 떠올렸다. 송어의 이빨이 낚시의 목줄을 뚫고 지나갔다는 걸 그는 잘 알고 있었다. 바늘은 결국 턱 속에 파묻히고 말 것이다. 송어는 틀림없이 화가 나 있을 것이다. 그 정도 크기라면 어떤 송어라도 화가 날 테지. 다른 물고기도 아니고 송어가 아닌가. 게다가 바늘에 단단히 걸려들었거든. 바위처럼 단단히 말이야. 움직이기 전에도 놈은 바위처럼 묵직하게 느껴졌었다. 정말이지, 정말 대단히 큰 놈이었어. 정말, 그렇게 큰 놈은 아직 본 적이 없어.

닉이 초원으로 기어 올라가 서자 바지와 구두에서 물이 뚝뚝 떨어지고 신발에서는 철벅거리는 소리가 났다. 통나무 쪽으로 걸어가 그 위에 걸터앉았다. 자신의 기분에 휩쓸리고 싶은 생각은 조금도 없었다.

닉은 구두를 신은 채 발가락으로 물을 철벅이며 가슴주머니에서 담배 한 개비를 꺼냈다. 불을 붙이고 나서 성냥개비를 통나무 아래 물살이 빠른 곳에 던졌다. 성냥개비가 급류에 빙빙 돌자 조그마한 송어 한 마리가 그것을 노리고 뛰어올랐다. 닉은 소리 내어 웃었다. 그는 담배를 다 피우기로 마음먹었다.

닉은 통나무 위에 앉아 담배를 피우면서 따듯한 햇살을 등에 받으며 몸을 말렸다. 앞쪽의 얕은 강줄기는 숲 속으로 구부러져 들어갔고, 얕은 여울은 햇빛에 반짝였으며, 흐름에 씻겨 매끈해진 바위가 있었고, 강둑을 따라서는 삼목과 하얀 자작나무들이 서 있었다. 그가 앉아 있는 통나무는 햇볕을 받아 따스했으며 껍질이 벗겨져 있어서 앉기에 매끄러웠고 손에 닿으면 회색이 묻어났다. 실망감이 조금씩 잦아들었다. 전율로 두 어깨에 통증을 느낀 뒤에 갑자기 찾아온 실망감은 이제 천천히 사라지고 있었다. 이제는 아무렇지도 않았다. 통나무 위에 낚싯대를 걸쳐 놓은 채 닉은 낚싯줄을 힘껏 당겨 단단히 매듭을 지어 목줄에 바늘을 묶었다.

닉은 미끼를 달고 낚싯대를 들고는 통나무들이 있는 끄트머리까지 걸어가 수심이 별로 깊지 않은 물속으로 들어갔다. 통나무 밑과 그 건너편에는 깊은 웅덩이가 있었다. 닉은 늪 근처 선반 모양의 얕은 지층을 돌아 마침내 얕은 강바닥으로 나아갔다.

초원이 끝나고 숲이 시작하는 왼쪽에는 큼직한 느릅나무 한 그루가 뿌리째 뽑혔다. 폭풍에 쓰러져 숲 속으로 넘어졌는데, 나무뿌리에 흙이 덮여 풀이 자라면서 강 옆에 단단한 둑을 이뤘다. 강물은 뿌리째 뽑힌 나무 가장자리를 꿰뚫고 지나갔다. 닉이 서 있는 곳에서 물살이 흐르면서 생긴 얕은 강바닥에 바퀴 자국 같은 깊은 수로가 난 것이 보였다. 그가 선 곳에는 조약돌이 많았으며, 그 건너편에는 조약돌과 옥석이 많이 깔려 있었다. 나무뿌리 근처 강물이 굽이굽이 돌고 있는 곳에는 강바닥이 이회질(泥灰質)로 되어 있었고, 깊은 수로와 수로 사이에는 녹색 수초가 물결에 너울거렸다.

닉이 낚싯대를 어깨 위에서 흔들어 앞으로 내던지자 줄이 둥그런 원을 그리며 앞으로 날면서 메뚜기가 수초가 우거진 깊은 수로 위로 떨어졌다. 송어 한 마리가 달려들었고 닉은 그놈을 낚았다.

뿌리 뽑힌 나무 쪽으로 낚싯대를 쑥 내밀고 물을 튕기며 뒤로 물러서면서 닉은 마치 살아 있는 것 같은 낚싯대를 휘어잡고는 위험한 수초에서 넓은 강 쪽으로 달아나는 송어를 잡아 올리려고 했다. 낚싯대를 꼭 붙잡고 물줄기를 거슬러 움직이면서 송어를 강 위로 끌어 올렸다. 송어는 필사적으로 도망치려고 했지만 점점 가까이 당겨졌다. 송어가 돌진할 때마다 낚싯대가 휘어지며 때로는 갑자기 물속에 가라앉기도 했지만 송어를 당기고 있는 것만은 확실했다. 닉은 달아나려는 송어를 강 아래쪽으로 늦추어 주었다. 그러다가 낚싯대를 머리 위로 추어올려 도망치려는 송어를 그물 위로 유도한 뒤 들어 올렸다.

송어가 그물에 무겁게 걸렸다. 얼룩얼룩한 등과 은빛 옆구리가 그물눈 사이로 보였다. 닉은 낚싯바늘을 뽑았다. 잡아 쥐기에 좋을 만큼 묵직한 옆구리, 아래턱을 쑥 내민 주둥이를 지닌 송어였다. 닉은 어깨에 맨 채 물속에 드리우고 있는 자루에 미끄러져 나갈 듯 꿈틀거리는 송어를 집어넣었다.

닉이 흐르는 물에 대고 자루의 아가리를 열자 그 속에 물이 가득 차면서 묵직해졌다. 자루의 밑바닥을 물에 담근 채 들어 올리니 양쪽 옆에서 물이 줄줄 흘러내렸다. 자루 밑바닥 물속에서 큼직한 송어가 꿈틀거렸다.

닉은 강 아래쪽으로 내려갔다. 자루는 물속에 무겁게 잠긴 채 어깨에 매달려 앞으로 흘러내렸다.

햇볕이 목덜미 뒤에 뜨겁게 내리쬐면서 날씨가 점점 더 더워졌다.

닉은 훌륭한 송어 한 마리를 손에 넣었다. 많이 낚을 생각은 없었다. 이제 물줄기는 얕고 넓어져 있었다. 양쪽 강둑에는 나무가 우거져 있었다. 왼쪽 강둑의 숲은 오전의 햇빛을 받아 짤막한 그늘을 물 위로 던지고 있었다. 어느 쪽 그늘 밑이건 송어 떼가 있으리라는 것을 닉은 잘 알고 있었다. 오후가 되어 해가 언덕 너머로 지면 송어 떼는 반대쪽 서늘한 그늘로 옮겨 갈 것이다.

가장 큰 놈들은 강둑 가까이에 바짝 붙어 있을 것이다. 블랙 리버에서는 언제든 그곳에서 큼직한 놈들을 낚을 수 있다. 해가 질 무렵이면 송어들은 모조리 물줄기 한가운데로 나온다. 해가 지기 전 수면이 눈부시게 빛날 때는 물줄기 어디에서나 큼직한 송어를 낚을 수 있다. 수면이 저녁 해를 받아 거울처럼 눈부시게 반짝일 때는 낚시질이 거의 불가능했다. 물론 상류에서는 가능했지만 블랙리버나 이곳 같은 물줄기에서는 흐름을 거슬러 깊은 곳을 건너가야 하기 때문에 물을 뒤집어쓰게 된다. 이처럼 물이 많은 곳에서는 상류에서의 낚시질이 별로 재미없었다.

닉은 깊은 구멍을 찾아 강둑을 주의 깊게 살피면서 얕은 곳을 따라 내려갔다. 강가에서 자라는 너도밤나무 한 그루가 가지를 물 위로 늘어뜨리고 있었다. 나뭇잎 아래로는 물줄기가 소용돌이치고 있었다. 송어는 언제나 그런 곳에 있었다.

닉은 그런 구멍에서 고기를 낚을 생각이 없었다. 낚싯바늘이 나뭇가지에 걸릴 게 뻔했기 때문이다.

물은 상당히 깊은 듯했다. 메뚜기를 떨어뜨리자 나뭇가지가 걸린 곳 아래에서 물줄기가 삼켜 버렸다. 낚싯줄이 당겨졌고 닉은 잡아당겼다. 송어가 물 위로 반쯤 몸통을 드러내더니 나뭇잎과 나뭇가지 사이에서 거세게 몸부림쳤다. 낚싯줄이 걸렸다. 닉이 힘껏 잡아당기자 송어는 빠져나갔다. 그는 얼레를 감아올려 바늘을 손에 들고 물줄기를 따라 강 아래쪽으로 내려갔다.

앞쪽으로 왼쪽 강둑 가까운 곳에 큼직한 통나무 하나가 있었다. 닉이 보기엔 속이 텅 빈 것 같았다. 물줄기가 거슬러 올라 그 속으로 들어가서 통나무 양쪽으로 잔물결이 퍼져 나갔다. 물은 점점 깊어지고 있었다. 속이 빈 통나무 꼭대기는 말라서 잿빛을 띠고 있었다. 일부가 그늘에 놓여 있었다.

닉이 메뚜기 병의 마개를 여니 메뚜기 한 마리가 병마개에 매달려 있었다. 그놈을 잡아 바늘에 끼우고는 멀리 던졌다. 메뚜기가 물 위에 떠서 내려가다가 속이 빈 통나무 속으로 흘러가는 물에 얹히도록 낚싯대를 멀리 잡았다. 닉이 낚싯대를 내리자 메뚜기는 그곳으로 떠내려 들어갔다. 갑자기 묵직하게 당기는 힘이 느껴졌다. 닉은 당기는 힘을 거슬러 낚싯대를 흔들었다. 살아 있는 느낌을 제외하고는 마치 통나무를 낚는 것 같았다.

닉은 송어를 물줄기 속으로 유도하려고 애썼다. 물고기는 묵직하게 다가왔다.

낚싯줄이 느슨해져서 닉은 송어가 달아났다고 생각했다. 바로 그때 가까이에서 낚싯바늘에서 벗어나려고 머리를 흔드는 송어가 보였다. 녀석의 주둥이는 꼭 다물려 있었다. 맑게 흐르는 물 속에서 송어는 낚싯바늘과 한창 사투를 벌이는 중이었다.

닉은 왼손으로 줄을 감아들이며 낚싯대를 흔들어서 줄을 팽팽하게 하여 송어를 그물에 끌어 올리려고 했지만, 송어는 도망쳐 보이지 않았고 줄이 아래위로 흔들렸다. 닉은 물줄기를 거스르는 그놈과 싸우면서 낚싯대의 탄력에 맞서 물속에서 몸부림치도록 내버려 두었다. 그러고는 낚싯대를 왼손으로 바꿔 쥐고 나서 물고기의 무게를 지탱하며 낚싯대로 싸우면서 송어를 상류 쪽으로 몰아낸 뒤 그물 속에 넣었다. 그물에서 물이 뚝뚝 떨어졌다. 그는 그물 속에 들어 있는 묵직한 반원형의 몸통을 물 위로 들어 올려 낚싯바늘을 뽑은 뒤 자루 속으로 밀어 넣었다.

닉은 자루 아가리를 열어젖히고 물속에서 노니는 큼직한 송어 두 마리를 내려다보았다.

점점 깊어지는 곳을 지나 닉은 속이 텅 빈 나무가 있는 쪽으로 물속을 헤치고 걸어갔다. 그가 머리 위로 자루를 풀자 송어들이 물속에서 나오면서 파닥거렸다. 그는 자루가 물속 깊이 잠기도록 내려놓았다. 그런 다음 통나무 위에 걸터앉으니 바지와 구두에서 물이 흘러내려 강으로 떨어졌다. 닉은 낚싯대를 내려놓고 통나무의 그늘진 곳으로 걸어가 주머니에서 샌드위치 꾸러미를 꺼냈다. 샌드위치를 찬물에 담갔다. 빵 껍질 부스러기가 물살에 실려 갔다. 샌드위치를 먹은 다음 모자에 물을 가득 담아 마시려고 했지만 입에 갖다 대기도 전에 물은 모자에서 빠져나갔다.

그늘진 통나무 위에 앉아 있으니 시원했다. 담배를 꺼내 불을 붙이려고 성냥을 그었다. 성냥은 조그마한 줄을 그으며 회색 나무 속에 떨어졌다. 닉은 통나무 옆으로 몸을 내밀며 단단한 곳을 찾아 성냥을 그었다. 그리고 앉아서 담배를 피우며 강을 쳐다보았다.

강은 앞쪽에서 좁아져 늪으로 흘러가고 있었다. 잔잔하고 깊었으며, 늪지대는 줄기와 줄기가 서로 맞닿고 가지와 가지가 빽빽이 우거진 삼목으로 덮여 있었다. 그런 늪을 빠져나간다는 건 불가능할 것 같았다. 나뭇가지가 너무 낮게 자라고 있었기 때문이다. 움직이기 위해서는 땅바닥과 거의 수평으로 기다시피 해야 할 것이다. 나뭇가지를 헤치고 나갈 수도 없을 것이다. 습지에 사는 동물이 그런 모습을 하고 있는 것도 아마 그 때문일 것이라고 닉은 생각했다.

읽을거리라도 가져올걸 그랬다는 생각이 들었다. 책을 읽고 싶었다. 늪으로 들어가고 싶은 생각은 없었다. 그는 강 아래쪽을 내려다보았다. 큰 삼목 하나가 비스듬히 강 이쪽에서 건너편까지 기울어져 있었다. 그곳을 빠져 강은 늪으로 흘러 들어가고 있다.

닉은 지금 그곳에 들어가고 싶지 않았다. 점점 깊어져 겨드랑이까지 닿는 물속에 들어가 큼직한 송어를 낚아 올릴 장소 하나 없는 곳에서 낚시질을 하기는 싫었다. 늪의 강둑은 벌거숭이인데 삼목은 머리 위까지 우거져 햇빛이 나뭇가지 사이로 비치지 못하고 듬성듬성 겨우 스며들었다. 어스름한 곳에서, 또 물살이 급하고 깊은 물에서 낚시질을 한다는 것은 비참한 일이었다. 늪에서 하는 낚시질은 비참한 모험이었다. 닉은 그러기 싫었다. 오늘은 더 이상 강 하류로 내려가고 싶지 않았다.

닉은 칼을 꺼내 통나무에 꽂았다. 그런 뒤 자루를 끌어 올리고 손을 넣어 송어 한 마리를 집어냈다. 살아 있는 놈이라 손에 잡기 어려웠지만 그는 꼬리를 움켜쥐고 통나무에 대고 세게 쳤다. 바르르 떨더니 송어는 이내 빳빳해졌다. 그것을 그늘진 통나무 위에 두고 다른 한 마리도 같은 방식으로 대가리를 잘랐다. 그는 두 마리 모두 통나무 위에 나란히 놓았다. 아주 훌륭한 송어였다.

닉은 송어를 꼬리에서 턱 끝까지 칼로 갈라 다듬었다. 내장, 아가미, 혀가 통째로 나왔다. 두 마리 모두 수놈이었다. 길쭉한 회백색의 이리가 반들반들하고도 깨끗했다. 깨끗하고 오밀조밀한 내장도 한 덩어리가 되어 나왔다. 닉은 밍크가 찾아 먹도록 강가로 내장을 내던졌다.

닉은 물에다 송어를 씻었다. 등을 위쪽으로 하여 물속에 담그니 마치 살아 있는 물고기처럼 보였다. 아직은 빛깔이 변하지 않았던 것이다. 닉은 손을 씻은 다음 통나무 위에 얹어 말렸다. 그런 뒤 송어를 통나무 위에 펼쳐 놓은 자루 위에 얹고 그것을 말아 꾸러미로 묶어 가지고 그물에 집어넣었다. 칼은 아직 통나무에 박힌 채 그대로 있었다. 그것을 나무에 문질러 주머니에 넣었다.

닉은 낚싯대에 묵직한 그물을 매단 채 들고 통나무 위에 올라선 다음 다시 물속으로 들어가 철벅거리며 강가로 나아갔다. 강둑을 기어오른 뒤 숲 속으로 들어가 고지대 쪽을 향해 걸음을 옮겼다. 그는 지금 캠프로 되돌아가는 중이었다. 뒤를 돌아다보았다. 나무 사이로 강이 보일 뿐이었다. 늪에서 낚시질을 할 수 있는 날은 앞으로도 많을 것이다.

나의 아버지

지금 와서 돌이켜 보면 아버지는 태어날 때부터 뚱뚱해질 체질, 즉 우리 주위에서 흔히 보는 땅딸막한 뚱보 중 하나가 될 체질이었다는 생각이 든다. 하지만 아버지는 말년에 가서 약간 그랬던 것 외에는 한 번도 뚱뚱했던 적이 없다. 그런데 그마저도 문제가 되지 않았으니 아버지는 오직 장애물 뛰어넘기 경마밖에는 하지 않았고, 그래서 체중이 좀 나가도 크게 상관이 없었기 때문이다. 나는 지금도 아버지가 두꺼운 속옷을 두 벌이나 껴입고 그 위에 고무로 만든 셔츠를 입고 또 그 위에 땀복을 입은 뒤, 뜨거운 오전 햇볕 속으로 나를 끌고 나가 같이 달음박질하던 일이 기억난다. 아마 아버지는 새벽 4시에 토리노에서 막 돌아오자마자 곧바로 마차를 타고 마구간으로 달려가, 아침 일찍 라초 종(種)의 삐쩍 마른 말 한 마리를 시험 삼아 타 보았을 것이다. 그런 뒤 모든 것이 이슬에 젖어 있고 해가 막 얼굴을 내밀 무렵이면 나는 아버지가 승마화 벗는 것을 도와드리곤 했다. 그런 다음 아버지는 밑창이 부드러운 신발을 신고 방금 말한 옷들을 모조리 껴입은 뒤 나를 데리고 운동하러 나가곤 했다.

"자, 어서 가자, 얘야." 아버지는 기수의 탈의실 앞을 발끝으로 왔다 갔다 하면서 말하곤 했다. "어서 움직여야지."

그런 뒤 우리는 우선 경마장의 내야(內野)를 한 바퀴 천천히 돌았다. 대개는 아버지가 멋지게 앞서서 달렸고 그 뒤로 문을 나와 산시로[6] 쪽에서부터 이어진, 양쪽에 가로수가 있는 길을 따라 달려가곤 했다. 도로에 들어서면 내가 아버지 앞에서 멋지게 달렸다. 그러다 뒤를 돌아보면 아버지는 내 바로 뒤에서 느긋하게 달리고 있었으며, 얼마 뒤 다시 뒤를 돌아보면 땀을 줄줄 흘리기 시작했다. 땀을 흠뻑 흘리면서도 아버지는 내 등 뒤를 지켜보면서 열심히 따라왔다. 하지만 아버지는 내가 자기를 돌아다보는 걸 보고는 히죽 웃으며 "땀이 많이 나지?"라고 묻곤 했다. 아버지가 히죽 웃을 때면 누구도 따라 웃지 않을 수가 없었다. 내가 그대로 계속 산을 향해 달려가면 아버지가 "어이, 조!" 하고 외쳤고, 내가 뒤를 돌아보면 아버지는 허리에 둘렀던 수건을 목덜미에 감고 나무 밑에 앉아 있었다.

내가 되돌아가서 아버지 옆에 앉으면 아버지는 주머니에서 밧줄을 꺼내 햇볕 속에서 얼굴에 줄줄 땀을 흘리며 줄넘기했다. 탁탁탁, 탁탁탁 소리를 내고 흰 먼지를 일으키면서 계속

---

6) 이탈리아 밀라노에 있는 유명한 스타디움.

줄넘기하면 해는 점점 더 뜨거워지고 아버지는 더욱 열심히 줄넘기하면서 길 한쪽을 왔다 갔다 했다. 아, 어쨌든 아버지가 줄넘기하는 모습을 바라보는 것도 무척 재미있었다. 아버지는 바람 소리가 날 만큼 밧줄을 빨리 돌릴 수 있었고, 철썩거리며 천천히 돌릴 수도 있었으며, 또 재주를 부리며 돌릴 수도 있었다. 아, 어쨌든 희고 큰 황소에게 짐마차를 끌게 하면서 마을로 들어가던 이탈리아 사람들이 우리들 곁을 지나가다가 우리를 지켜보는 모습을 봤어야 했다. 그들은 사실 이 노인이 미치광이가 아닌지 의심하는 듯한 표정을 짓고 있었다. 그리고 아버지가 밧줄을 빙빙 돌리기 시작하면 걸음을 딱 멈추고 서서 그 모습을 지켜보곤 했다. 그러다가 황소에게 뭐라고 소리치거나 막대기로 때려 다시 움직이게 하면서 가던 길을 가곤 했다.

아버지가 뜨거운 햇볕을 받으며 열심히 땀 빼는 운동을 하고 있는 것을 앉아서 바라보노라면 나는 정말 아버지가 좋아졌다. 아버지는 진짜로 신바람이 나서 열심히 했다. 그리고 마지막은 으레 무섭게 빨리 빙빙 돌려 마무리함으로써 얼굴에 물을 끼얹은 듯이 땀을 줄줄 흘리다가 마침내 밧줄을 나무에 던져 놓고, 내 옆에 와서 앉아 수건과 스웨터를 목에 감고 나무에 기댔다.

"체중이 늘지 않게 하려니 정말 끔찍하구나, 조." 아버지는 이렇게 말하고는 뒤쪽으로 몸을 기대면서 눈을 감고 길고도 깊게 숨을 들이마셨다. "젊었을 때하곤 달라." 그런 다음 아버지는 몸이 서늘해지기 전에 일어나서 마구간으로 되돌아갔다.

이런 식으로 아버지는 몸무게를 줄였다. 아버지는 늘 걱정했다. 대부분의 기수들은 말을 타기만 하면 얼마든지 몸무게를 줄일 수가 있다. 말을 탈 때마다 대개 1킬로그램 정도 몸무게가 줄어든다. 하지만 아버지는, 말하자면 수분이 말라 버려 그렇게 운동을 하지 않으면 좀처럼 몸무게를 줄일 수가 없었다.

언젠가 한번은 이런 일도 있었다. 산시로에서 부조니의 말을 타던 레골리라는 조그마한 이탈리아인이 몸무게를 달아본 뒤 채찍으로 장화를 철썩 갈기면서 무슨 찬 음료를 미시려고 말이 집결한 잔디밭을 가로질러 나타났고, 이때 아버지도 막 몸무게를 잰 뒤 안장을 겨드랑이에 끼고 붉은 얼굴에 지친 표정을 지으며 몸에 맞지 않게 작아 보이는 실크 제복 차림으로 나타났다. 아버지는 젊은 레골리가 야외에 있는 음료수 가게로 성큼성큼 걸어가는 것을 냉정하고도 어린애 같은 얼굴로 바라보며 서 있었다. 그래서 나는 레골리가 아버지를 때렸든지 무슨 짓을 했나 보다 생각하고는 "아버지, 왜 그러세요?" 하고 물어보았다. 하지만 아버지는 여전히 레골리를 노려보며 "오, 제기랄!"이라는 한마디만을 내뱉은 뒤 탈의실로 가 버렸다.

어쨌든 만약 우리가 밀라노에 머물면서 밀라노나 토리노에서 말을 탔다면 만사가 잘 풀렸을지도 모른다. 이 세상에서 경마하기 쉬운 코스는 그 두 곳밖에 없을 것이기 때문이다. "피아놀라,[7] 조." 이탈리아인들이 대단한 장애물 경주라고 생각

7) "아주 쉬운 일이지."라는 뜻의 이탈리아어.

하던 경주를 끝내고, 우승한 말을 두는 외양간에서 말에서 내리며 아버지는 이렇게 말했다. 언젠가 나는 아버지에게 물어본 적이 있었다. 하지만 아버지는 이렇게 대답했다. "이런 경마장에선 큰 힘을 안 들여도 저절로 달려지지. 장애물 넘기가 위험한 건 달리는 속도 때문이야, 조. 여기서는 속도를 내지 않아도 되고, 장애물도 그렇게 어렵지 않거든. 그러니 사고가 나는 건 언제나 속도 때문이지 장애물 때문이 아냐."

산시로는 내가 본 중에서 제일 좋은 경마장이었지만 아버지는 그곳 생활이 말할 수 없이 고달프다고 했다. 하루 걸러 한 번씩 기차를 타면서 미라피오레[8]와 산시로를 왔다 갔다 하며 거의 일주일 내내 말을 타야 하기 때문이라는 것이다.

나도 말이라면 정신을 놓을 만큼 좋아했다. 장내에 말이 나타나 출발점을 향해 트랙을 따라 달려갈 때의 기분은 뭐라고 표현할 수 없을 정도였다. 춤추는 듯 경쾌하면서도 긴장한 모습을 한 채 기수는 말을 완전히 장악하고 고삐를 조금 늦춰 주어 말을 조금씩 달리게 하면서 앞쪽으로 나아가곤 했다. 그러고 나서 말이 장애물에 이르면 나는 그만 미칠 것만 같았다. 특히 넓고 푸른 경기장이 있고 머나먼 산들에 둘러싸여 있으며 큼직한 채찍을 든 뚱뚱한 이탈리아인 출발 신호인이 있는 산시로에서의 경주는 참으로 굉장했다. 기수들이 말을 이리저리 돌리고 있으면 장애물이 불쑥 올라오고, 벨이 울리면 말들은 한 덩어리가 되어 뛰어나가기 시작한다. 그리고 이

8) 이탈리아 토리노 근교에 있는 소도시.

내 한 줄로 서서 달리기 시작한다. 여러분도 삐쩍 마른 말들이 한 덩어리가 되어 뛰어나가는 모습을 상상할 수 있으리라. 만일 쌍안경을 갖고 스탠드에 서 있다면 제일 먼저 말들이 일제히 뛰어나가는 광경이 눈에 뜨일 것이고 그다음에는 벨 소리가 들릴 텐데, 마치 천 년 동안 울리듯 들릴 것이며, 조금 더 있으면 말들이 모퉁이를 돌아 질주해 돌아오는 모습을 보게 될 것이다. 내가 생각할 때 이 세상에 이보다 대단한 광경은 없었다.

하지만 아버지는 어느 날 탈의실에서 평상복으로 갈아입으면서 이렇게 말했다. "이런 건 진짜 말들이 아니란다, 조. 파리에서라면 죽여서 가죽이나 말발굽을 얻을 만한 말들이지." 아버지가 란토르나를 타고 마지막 수백 미터를 마치 포도주 병에서 코르크를 빼듯 지면에서 말을 높이 솟아오르게 하여, 콤메르치오 상(賞)이 걸린 경기에서 우승하던 그날의 일이었다.

아버지가 경마에서 손을 떼고 우리가 이탈리아를 떠난 것은 콤메르치오 상을 받은 직후였다. 아버지는 홀브룩과 밀짚모자를 쓰고 늘 손수건으로 얼굴을 가리고 다니는 뚱뚱한 이탈리아인과 셋이서 갈레리아[9]의 한 테이블에 앉아 말다툼을 벌였다. 프랑스어로 지껄이던 세 사람 중 두 사람이 무엇 때문인지 아버지를 몰아세우기 시작했다. 아버지는 한마디도 하지 않고 가만히 앉아 홀브룩을 쳐다보고만 있었는데, 두 사람은 계속 번갈아가며 아버지를 힐난했으며, 뚱뚱한 이탈리아

9) 지붕을 유리로 한 상점가.

인은 홀브룩이 말하는 도중 옆에서 계속 말참견을 했다.

"밖에 나가서《스포츠맨》좀 사 가지고 오너라, 조." 아버지는 이렇게 말하면서 홀브룩한테서 눈을 떼지 않고 내게 솔디[10] 몇 닢을 건네주었다.

그래서 나는 갈레리아를 나와 스칼라 극장[11] 앞까지 걸어가 신문을 사 가지고 돌아왔다. 그리고 그들을 방해하지 않으려고 좀 떨어진 곳에 서 있었는데, 아버지는 의자 깊숙이 앉아 커피 잔을 내려다보며 스푼으로 커피를 휘저었으며, 홀브룩과 몸집이 뚱뚱한 이탈리아인은 서 있었고, 뚱뚱보 이탈리아인은 계속 얼굴을 닦으며 고개를 흔들어 댔다. 그리고 내가 가까이 다가가자 아버지는 마치 그 두 사람이 그곳에 있지 않다는 듯 "아이스크림 먹겠니, 조?" 하고 물었다. 그러자 홀브룩이 아버지를 내려다보며 조심스럽게 천천히 "이 개자식!"이라고 내뱉고는 뚱뚱한 이탈리아인과 함께 테이블 사이를 빠져나갔다.

아버지는 그곳에 그대로 앉은 채 내게 히죽 웃어 보였지만 얼굴은 백지장처럼 하얗게 질리고 기분이 몹시 나빠 보였다. 나는 겁이 나고 속이 메스꺼웠다. 무슨 일이 일어난 것을 알고 있는 데다 우리 아버지를 개자식이라고 부르고도 무사하게 빠져나갈 수 있다는 게 도무지 이해가 되지 않았기 때문이다. 아버지는《스포츠맨》을 펼치고 잠시 동안 불리한 조건이 붙

---

10) 이탈리아의 과거 화폐 단위로, 1솔디는 20분의 1리라.

11) 밀라노에 있는 유명한 오페라 극장.

은 경마 기사를 상세히 읽다가 "너도 이 세상에서 온갖 일을 겪어야 할 거야, 조."라고 말했다. 이런 일이 있은 지 사흘 뒤 우리는 트렁크 한 개와 여행용 가방 하나에 넣을 수 없는 물건을 모두 터너의 마구간 앞에서 경매에 붙인 다음, 토리노 기차를 타고 밀라노를 영원히 떠나 파리로 향했다.

우리는 아침 일찍 파리에 들어가 아버지가 리옹 역이라고 가르쳐 준 길고 지저분한 역에 도착했다. 밀라노에서 온 사람이 보기에 파리는 엄청나게 큰 도시였다. 밀라노에서는 누구나 다 어딘가로 가고 있고 또 모든 전차가 어딘가를 향해 달리고 있는데도 조금도 혼란스럽지 않았다. 하지만 파리는 하나같이 혼란스러웠고, 사람들은 그 혼란을 바로잡으려고조차 하지 않는 것 같았다. 하지만 나는 파리를, 어쨌든 적어도 그 일부분을 좋아하게 되었다. 파리에는 세계에서 가장 훌륭한 경마장이 있지 않은가. 그런 경마장이 있다는 사실 때문에 파리가 계속 움직이고 있는 것처럼 보였으며, 또 이곳에서 유일하게 기대할 수 있는 것은 어디에서 경마가 벌어지건 반드시 그 경마장까지 직행하는 버스가 날마다 있다는 사실이었다. 실제로 나는 메종[12]에서 일주일에 한두 번만 아버지를 따라 파리에 나왔기 때문에 파리에 대해 자세히 알 기회가 전혀 없었다. 게다가 아버지는 항상 메종에서 온 다른 기수들과 함께 오페라 좌(座) 쪽 거리에 있는 카페 드라 페에 앉았다. 그래서 나는 이 거리가 이 도시에서 가장 번화한 거리가 아닐까 생

12) 프랑스 파리 근교 생제르맹의 숲 속 경마장이 있는 마을.

각했다. 그런데 파리 같은 대도시에 갈레리아가 하나도 없다는 건 아무리 생각해도 우스운 일 같았다.

어쨌든 아버지는 메종라피트의 마이어스 부인이 경영하는 하숙집에서 살게 되었는데, 샹티이[13]에 사는 기수들을 제외하면 거의 모든 기수들이 이곳에 살고 있었다. 메종은 내가 지금까지 보았던 곳 중에서 가장 멋졌다. 마을은 그리 크지 않았지만 호수와 훌륭한 숲이 있어 내 또래의 아이들은 늘 그곳에 나가 하루 종일 빈둥거리며 놀곤 했다. 아버지는 내게 고무총을 만들어 주었고, 그 총으로 우리는 새를 많이 잡았는데 그중에서도 가장 괜찮은 새는 까치였다. 어느 날 딕 앳킨슨이라는 아이가 새총으로 토끼 한 마리를 잡았다. 우리는 그 토끼를 나무 밑에 두고 빙 둘러앉아 딕이 가져온 담배 몇 개비를 피우고 있었는데, 갑자기 토끼가 뛰어오르더니 숲 속으로 달아나고 말았다. 우리는 곧 토끼를 뒤쫓았지만 끝내 찾을 수가 없었다. 아, 정말이지 메종에서 우리는 참으로 재미있는 시간을 보냈다. 마이어스 부인이 언제나 아침에 도시락을 싸 주었기 때문에 나는 하루 종일 바깥에 나가 있었다. 얼마 지나지 않아 나는 프랑스어로 말할 수 있게 되었다. 프랑스어는 쉬웠다.

우리가 메종으로 옮긴 직후 아버지는 밀라노에 편지를 보내 자격증을 보내 달라고 부탁했고, 그것이 올 때까지 꽤나 걱정하며 지냈다. 아버지는 메종에 있는 카페 드 파리에서 친구

---

13) 파리 북부에 있는 마을.

들과 함께 앉아 있곤 했다. 아버지는 전쟁[14] 전에 파리에서 경마를 했으며 메종에 살고 있었으므로 아는 사람이 많았고, 마구간에서 기수들이 하는 일도 아침 9시면 거의 끝났기 때문에 빈둥거릴 시간이 많았다. 그들은 아침 5시 30분에 첫 번째 팀의 말을 끌어내어 달리게 하고, 8시에 두 번째 팀을 달리게 한다. 말하자면 다들 일찍 자고 일찍 일어나는 것이다. 다른 사람의 말을 타는 기수라면 줄곧 술을 마시고 빈둥거릴 수가 없을 것이다. 그 기수가 젊은 사람이면 조마사가 늘 그를 주시할 것이며, 또 젊은 사람이 아니라도 늘 자기 자신에게 주의를 기울여야 하기 때문이다. 그래서 기수는 일하지 않을 때는 대부분 친구들과 함께 카페에 앉아 베르무트[15]나 셀처[16] 같은 음료를 앞에 놓고 두서너 시간씩 앉아 있을 수가 있었으며, 여러 가지 이야기를 주고받는가 하면 당구를 치기도 했다. 이를테면 일종의 클럽이나 갈레리아 같은 곳이었다. 갈레리아와 차이가 있다면, 카페에는 사람들이 늘 들락날락하는 데다 누구든지 테이블에 가서 앉을 수 있다는 점 정도였다.

어쨌든 아버지는 마침내 무사히 자격증을 손에 넣을 수 있었다. 그들이 별말 없이 아버지에게 그것을 보내 주었기 때문에 북부 지방에 있는 아미앵[17]인지 뭔지 하는 곳에서 두서너 번 말을 탈 수 있었다. 하지만 아버지가 장기 계약을 한 것 같

14) 1차 세계 대전을 말한다.
15) 커피에 섞어 마시는 술.
16) 독일산 광천수.
17) 파리에서 북쪽으로 130킬로미터 떨어진 솜 강 연안에 위치한 도시.

지는 않았다. 모두들 아버지를 좋아했으며, 내가 점심 전에 카페에 들어가면 아버지는 언제나 누군가와 술을 마시고 있었다. 아버지는 1904년에 세인트루이스[18]에서 열린 세계 박람회의 경마에서 처음으로 돈을 번 기수들이 대부분 그렇듯, 인색하게 굴지 않았던 것이다. 이건 아버지가 조지 번스를 놀릴 때마다 하던 말이다. 하지만 다들 아버지에게 말 탈 기회는 주려 하지 않는 것 같았다.

우리는 어디서 경마가 벌어지건 날마다 메종에서 차를 타고 나갔는데 그건 세상에서 가장 즐거운 일이었다. 여름이 되어 말들이 도빌[19]에서 돌아왔을 때는 나도 꽤나 반가웠다. 그때부터는 아버지와 함께 앙갱[20]이니, 트랑블레[21]니, 생클루[22]니 하는 곳에 가서 조마사와 기수 들의 관람석에서 경마를 구경했기 때문에 더는 숲 속에서 빈둥거릴 수가 없었다. 그리고 이런 사람들과 같이 구경하러 다니는 동안 나는 경마에 대해 꽤 많은 것을 알게 되었으며, 날이 갈수록 경마에도 흥미를 붙였다.

언젠가 한번은 생클루에 간 적이 있다. 말 일곱 마리가 출전하는 20만 프랑의 큰 경주로 자르라는 말이 가장 인기가 좋았다. 나는 아버지와 함께 그 말을 보러 갔는데 이제껏 그런 말

18) 미주리 주에 있는 도시.
19) 프랑스 북서부의 휴양 도시.
20) 앙갱레뱅. 파리에서 북쪽으로 13킬로미터쯤 떨어져 있는 마을.
21) 트랑블레 공원. 파리의 일부인 샹피니쉬르마른에 있는 공원.
22) 파리 서쪽 교외에 있는 마을.

은 한 번도 본 적이 없었다. 아주 큰 황색 말 자르는 달리는 것 말고는 아무것도 모르는 것 같아 보였다. 정말 그런 말을 본 것은 그때가 처음이었다. 자르는 고개를 아래로 숙이고 마구간 앞 잔디밭 위에서 끌려가고 있었는데, 내 옆을 지나갈 때 그 모습이 너무나도 아름다워 나는 그만 얼빠진 사람처럼 넋을 잃고 물끄러미 바라보았다. 그 말처럼 훌륭하고 후리후리하고 빨리 달릴 것 같은 체격을 지닌 말은 일찍이 본 적이 없었다. 그리고 자르는 너무나 멋지고도 조용히, 그리고 신중히 발을 딛고 마치 자신이 해야 할 일을 잘 안다는 듯이 움직이며 유유히 잔디밭을 돌아서 갔다. 게다가 출발하기 전에 흥분제 주사 한 방을 맞아야 하는 그런 엉터리 말들처럼 머리를 갑자기 잡아당긴다든지, 두 발로 일어선다든지, 사나운 눈초리를 하는 법도 없었다. 많은 사람들로 인해 대단히 혼잡했던 터라, 나는 자르를 다시 볼 수 없었다. 눈에 보이는 것이라곤 앞을 지나가는 다리와 노란 몸뚱이의 일부분뿐이었다. 하지만 아버지가 사람들 틈을 헤치고 나아가기 시작했기 때문에 나도 그 뒤를 따라 뒤쪽 숲에 있는 기수 탈의실로 갔다. 그곳도 사람들로 인산인해를 이루고 있었지만 중산모를 쓰고 문을 지키던 사나이가 아버지에게 고개를 끄덕이자 우리는 안으로 들어갔다. 안에 들어가니 모두들 빙 둘러앉아 옷을 갈아입기도 하고, 머리에서 스웨터를 당기기도 하고, 양말을 신기도 했는데, 온통 후텁지근한 땀 냄새와 몸에 바르는 연고 냄새가 코를 찔렀다. 그리고 바깥에는 군중이 몰려들어 안쪽을 들여다보려 하고 있었다.

아버지는 안쪽으로 들어가더니 바지를 입고 있던 조지 가드너 옆에 가서 앉아 평소와 같은 어조로 물었다. "오늘 예상은 어떤가, 조지?" 조지는 말하고 싶으면 하고 그렇지 않으면 안 했기 때문에 아버지가 눈치로 감을 잡으려 해도 소용이 없었던 것이다.

"그놈은 우승 못해." 조지는 몸을 굽혀 바지의 단추를 채우면서 아주 나지막하게 대답했다.

"그럼 어느 놈이 할 것 같은가?" 아버지가 아무에게도 들리지 않도록 그에게 몸을 바짝 갖다 대며 물었다.

"커큐빈이야. 그놈이 우승하거든 내 몫으로 마권 두 장 남겨 주게." 조지가 말했다.

아버지가 보통 때의 목소리로 조지에게 뭐라고 말하자 조지는 "아무 말에나 걸면 절대 안 돼." 하고 놀리듯이 말했다. 그런 다음 우리는 그곳을 빠져나와 안을 들여다보는 사람들을 헤치고 100프랑짜리 마권 판매소로 갔다. 하지만 나는 조지가 바로 그 자르의 기수였기 때문에 뭔가 대단한 일이 일어날 거라 생각했다. 도중에 아버지는 최초 가격이 적혀 있는 노란 배당표 한 장을 손에 넣었다. 자르는 10프랑에 대해 배당률이 겨우 5프랑밖에는 되지 않았고, 그다음으로는 세피시도트가 1프랑에 대해 배당률이 3프랑이었으며, 커큐빈은 순위가 다섯 번째로 내려가 1프랑에 대해 배당률이 8프랑이었다. 아버지가 커큐빈의 단식 경기에 5000프랑을 걸고 복식 경기에 1000프랑을 건 다음, 우리는 특별 관람석 뒤를 돌아 계단을 올라가서 경기를 관람하기 위해 자리를 잡았다.

관람석은 사람들로 꽉 차 있었다. 맨 처음 회색 실크해트를 쓰고 검은 채찍을 손에 든, 긴 웃옷을 입은 사나이가 나타났고, 그 뒤를 이어 기수를 태우고 말 양쪽에 굴레를 잡은 마부들을 거느린 말이 차례로 나타났다. 그리고 그 당당한 황색 말 자르가 맨 앞에 나타났다. 처음 보았을 때는 그렇게 커 보이지 않았는데 다리 길이와 전체 몸집과 걸음걸이를 보니 달랐다. 나는 정말 그렇게 훌륭한 말은 일찍이 본 적이 없었다. 조지 가드너가 말 위에 올라타자 둘은, 회색 실크해트를 쓰고 마치 서커스의 연기 감독처럼 걷는 늙은이 뒤에서 의젓하게 움직였다.

햇살을 받아 노랗게 번쩍이면서 천천히 움직이고 있는 자르 뒤에는 토미 아치볼드가 올라탄 검은 말이 있었다. 머리가 잘생긴 멋진 말이었다. 그리고 그 검은 말의 뒤를 따라 말 다섯 마리가 일렬로 천천히 움직이며 특별 관람석과 중량 계측장 앞을 지나갔다. 아버지는 그 검은 말이 바로 커큐빈이라고 말했고, 그래서 나는 그 말을 자세히 살펴보았다. 틀림없이 잘생기기는 했지만 자르와는 도저히 비길 바가 못 되었다.

자르가 앞쪽을 지날 때 모든 사람이 환호성을 질렀다. 대단히 잘생긴 말인 건 틀림없었다. 말의 행렬이 한 바퀴 빙 돌아 저쪽 끝 잔디밭을 지나 경마 코스의 이쪽 끝까지 되돌아왔다. 서커스의 연기 감독은 말들이 출발점을 향해 나아가는 도중 관람석 앞을 지날 때 모든 사람이 잘 볼 수 있도록 마부들에게 차례차례 고삐를 놓게 했다. 말들이 출발점에 들어서자 바로 징 소리가 들려왔다. 그러자 내야의 저쪽에서 마치 작은 장난

감처럼 말들이 한 덩어리가 되어 일제히 뛰어나가는 것이 보였다. 쌍안경으로 보니 자르는 밤색 말 한 마리와 나란히 보조를 맞추어 뒤에서 달리고 있었다. 말들은 신나게 돌진하며 말굽을 울리면서 지나갔는데 우리들 앞을 지나갈 때 자르는 꽤 뒤쪽에 떨어져 달리고 있었고, 커큐빈은 선두에 서서 순조롭게 달리고 있었다. 아, 말들이 앞쪽을 지나갈 때는 정말 겁이 났다. 그러고 나서 말들이 차츰 멀리 사라져 점점 작아지더니 다시 커브에 이르자 한 덩어리가 되었다. 이어서 커브를 돌아서 직선 코스를 향해 달릴 때는 욕지거리를 하고 "빌어먹을!"이라고 외치고 싶었다. 드디어 말들이 마지막 커브를 돌고 직선 코스를 들어올 때는 커큐빈이 훨씬 선두에서 달리고 있었다. 모두들 이상야릇한 표정을 짓고는 조금 슬픈 듯이 "자르!"라고 외쳤다. 말들은 말굽 소리를 요란하게 울리며 직선 코스에서 목표를 향해 다가가고 있었다. 그때 말 머리 모양을 한 황색 줄무늬가 섬광처럼 무리 속에서 뛰어나오는 모습이 내 쌍안경에 들어왔다. 사람들이 모두 정신이라도 나간 듯 "자르, 자르!"라고 큰 소리로 외치기 시작했다. 자르는 내가 지금까지 본 어떤 말보다 더 빨리 달려와 커큐빈을 바짝 뒤따르고 있었다. 커큐빈도 역시 기수한테 마구 채찍질당하면서 어떤 검은 말에게도 지지 않을 만큼 무서운 속력으로 목표를 향해 달렸다. 결국 두 마리는 일순간 우열을 가릴 수 없을 정도로 머리를 나란히 했는데, 자르 쪽이 크게 도약하면서 머리를 쑥 내밀고는 두 배쯤 더 빨리 달리는 것 같았다. 두 마리는 머리를 나란히 한 채 결승 지점을 통과했지만 결국 등수 게시판에는 2라는 숫자가 먼저 올라갔다. 커큐빈이 우승했다는 뜻이었다.

나는 온몸이 사시나무처럼 벌벌 떨리면서 이상야릇한 기분에 사로잡혔다. 얼마 뒤 우리는 사람들 틈에 끼여 밀고 밀치며 커큐빈에게 건 마권에 얼마를 지불하는지 보기 위해 게시판 앞에 나가려고 아래층으로 내려갔다. 거짓말이 아니라, 경주를 보는 동안 나는 아버지가 커큐빈한테 돈을 얼마나 걸었는지 까맣게 잊고 있었다. 그만큼 자르 쪽이 이기기를 간절히 바랐던 것이다. 하지만 모든 것이 끝난 지금 우리가 건 말이 이긴 것을 알고는 기분이 좋았다.

"굉장한 시합이었죠, 아버지?" 내가 아버지에게 물었다.

아버지는 머리 뒤쪽에 실크해트를 삐딱하게 쓰고 좀 묘한 표정을 지으며 나를 쳐다보았다. "정말 조지 가드너는 훌륭한 기수야. 정말로 훌륭한 기수가 아니고선 저 자르가 우승하지 못하게 할 수 없거든." 그가 말했다.

물론 나도 그것이 이상하다는 것을 처음부터 알고 있었다. 하지만 아버지가 자르의 패배를 그처럼 까놓고 말했기 때문에 내가 느낀 기쁨은 모조리 날아가 버리고 말았다. 게시판에 숫자가 붙고 지불을 알리는 벨 소리가 울리고 커큐빈에게 10프랑에 대해 67.50프랑의 비율로 배당하는 것을 알았을 때조차 나는 하나도 기쁘지 않았다. 사람들은 모두 여기저기서 "불쌍한 자르! 가련한 자르!"라고 말하고 있었다. 그래서 나는 내가 직접 기수가 되어 그따위 개자식 대신에 그 말을 타는 게 좋았을 뻔했다고 생각했다. 그런데 조지 가드너를 개자식이라고 생각하다니 참으로 우스운 일이었다. 나는 언제나 그를 좋아했었고, 더구나 그는 우리에게 승리를 안겨 주었기 때문이다. 하지만 모르긴 몰라도 그 사람은 개자식이 틀림없을 거라는 생각이 든다.

아버지는 그 경기가 있은 뒤 엄청난 돈을 손에 넣은지라 더욱 자주 파리 시내로 나가는 버릇이 붙었다. 트랑블레에서 경마가 있을 때는 그들이 메종으로 돌아가는 도중 파리에서 내려 주었으며, 아버지와 나는 카페 드라 페 앞에 앉아서 지나가는 사람들을 바라보곤 했다. 그곳에 앉아 있으면 재미있었다. 사람들이 떼를 지어 그 앞을 지나갔으며, 여러 사람이 다가와서는 이것저것 무엇을 팔려고 야단법석을 떨었다. 그래서 나는 아버지와 함께 그곳에 앉아 있는 것이 좋았다. 가장 유쾌한 시간을 보낸 것도 바로 그 무렵이었다. 장사꾼들은 고무공을 누르면 뛰어오르는 이상한 토끼를 팔러 왔고, 그들이 우리 있는 데로 다가오면 아버지는 그 사람들에게 농담을 걸곤 했다. 아버지는 프랑스어를 영어처럼 자유자재로 구사했는데, 그 사람들은 첫눈에 기수를 알아보았기 때문에 모두 아버지를 잘 알았다. 게다가 우리는 밤낮 똑같은 테이블에 앉아 있었고, 그들은 우리가 그곳에 앉아 있는 것을 자주 보았던 것이다. 결혼 증명서를 파는 장사꾼이 있는가 하면, 달걀을 누르면 수탉이 튀어나오는 고무 달걀을 파는 아가씨들도 있었다. 또 파리의 그림엽서를 들고 지나가는 사람마다 보여 주는 지렁이같이 생긴 노인도 있었다. 물론 아무도 그런 그림엽서는 사려고 하지 않았다. 그러자 노인은 다시 돌아와서 그림엽서 한 장의 뒷면을 보여 주었다. 그것은 추잡한 도색 그림엽서였는데, 많은 사람이 너도나도 달려들어 그것을 사곤 했다.

사실 나는 우리 앞을 지나간 우스운 사람들을 지금도 기억하고 있다. 저녁때가 되면 식사에 데리고 갈 상대를 물색하며 다니는 아가씨들이 있었는데, 그녀들이 아버지에게 말을 건네곤 했지만 아버지가 프랑스어로 그 여자들을 놀려 주면 그들은 내 머리를 쓰다듬으며 그냥 지나갔다. 한번은 우리 테이블 옆에 미국인 부인이 딸과 함께 앉아서 아이스크림을 먹었다. 나는 소녀를 줄곧 지켜보았다. 소녀는 얼굴이 매우 예뻤고, 내가 웃음을 던지면 내게도 웃음을 던졌는데 그게 다였다. 나는 날마다 그 모녀를 찾았으며, 그녀에게 말을 걸어 볼 방법을 생각해 보기도 하고, 또 만약 그녀를 알게 되면 그녀의 어머니가 과연 내가 그녀를 오퇴이[23]나 트랑블레에 데리고 가도록 허락해 줄까 생각했지만, 결국 나는 그 두 모녀를 다시 보지 못했다. 어쨌든 그 소녀와 만났더라도 뾰족한 수는 없었으리라는 생각이 든다. 지금 돌이켜 보면, 그녀에게 말을 붙이는 가장 좋은 방법으로 내가 기껏 생각해 낸 말이 "있잖아, 오늘 앙갱의 경마에서 어느 말이 우승할지 가르쳐 주고 싶은데 같이 가지 않을래?" 같은 것이었으니 말이다. 그러니 결국 소녀도 내가 정말로 그녀에게 우승할 말을 가르쳐 주려 한다고 생각하기보다는 차라리 손님을 끄는 망나니로 생각했을 것이다.

아버지와 나는 늘 카페 드 라 페에 앉아 있었고, 우리는 웨

---

23) 파리의 불로뉴 숲 근처에 위치한 고급 주택가.

이터들한테 무척 인기가 있었다. 아버지는 늘 위스키를 마셨는데, 한 잔에 5프랑짜리라 술값을 받을 때면 팁이 꽤 들어왔기 때문이다. 아버지는 어느 때보다 술을 많이 마셨다. 그때는 말을 타지 않은 데다 위스키를 마시면 몸무게가 늘지 않는다고 말했다. 하지만 내가 보기에 아버지는 계속 살이 찌고 있었다. 아버지는 메종의 옛 친구들을 멀리했으며 나와 둘이서 가로수가 있는 넓은 길 아무 데나 앉아 있기를 좋아하는 것 같았다. 하지만 날마다 경마에 돈을 갖다 버리다시피 하고 있었고, 경마에 지는 날이면 조금 우울해했다. 하지만 마침내 늘 앉던 테이블에서 위스키 한 잔만 마시고 나면 아버지는 다시 기분이 좋아졌다.

아버지는《파리 스포츠》를 읽으면서 내게로 눈길을 돌리고는 "그 애는 어디 갔니, 조?"라고 물으며 나를 놀렸다. 그 까닭은 그날 내가 아버지에게 옆 테이블에 앉아 있던 소녀에 대해 얘기했기 때문이다. 나는 얼굴을 붉혔지만 소녀의 일로 놀림받는 것이 조금도 싫지 않았다. 오히려 기분이 좋았다. "눈을 크게 뜨고 잘 찾아봐, 조. 그 애는 돌아올 거니까." 아버지는 이렇게 말했다.

아버지는 내게 여러 가지 질문을 던졌고 내가 뭐라고 대답하면 웃음을 터뜨렸다. 그러고 나서 아버지는 이집트에서 말을 타던 이야기며, 어머니가 세상을 떠나기 전에 생모리츠[24]의 얼음판 위에서 말을 타던 이야기며, 전쟁 동안 프랑스 남부

---

24) 스위스 남동부에 위치한 휴양지.

에서 상금도, 내기도, 관중도 없이 다만 우수한 종마를 키우기 위해 정식 경마를 하던 이야기 등을 해 주었다. 기수들이 말을 죽어라 달리게 했다는 정식 경마 말이다. 그렇다, 나는 몇 시간이고 아버지의 얘기를 들었다. 아버지가 술을 한두 잔 마셨을 때는 특히 그랬다. 아버지는 켄터키 주에서 지낸 어린 시절에 대해, 그리고 곰 사냥을 하러 갔던 일에 대해, 또 모든 일이 엉망이 되기 이전의 옛날 미국에 대해 이야기해 주었다. 그러고는 이렇게 말하는 것이었다. "조, 이번에 상금 좀 타면 넌 미국으로 돌아가서 학교에 다니도록 하자."

"지금 미국은 모든 게 엉망이라는데 왜 미국에 돌아가서 학교에 다녀야 하나요?" 내가 아버지에게 물었다.

"그건 별개의 문제지." 아버지는 이렇게 말한 뒤 웨이터를 불러 술값을 치렀다. 그러고는 택시를 타고 생라자르 역까지 달려 그곳에서 기차를 타고 메종에 돌아왔다.

어느 날 오퇴이에서 경주가 끝난 뒤 말을 파는 장애물 경마에서 아버지는 그 말을 3만 프랑에 사들였다. 그 말을 손에 넣기까지 가격을 두고 다소 다툼이 있었지만, 말을 소유한 회사에서는 마침내 그 말을 내놓았으며 아버지는 일주일 안에 허가증과 깃발을 손에 넣었다. 아, 나도 아버지가 경마의 주인이 된 것이 정말 가슴 뿌듯했다. 아버지는 찰스 드레이크와의 교섭 끝에 마구간을 정하여 일부러 파리까지 나가는 수고를 덜 수 있었고, 다시 달음박질을 하고 땀을 빼어 체중을 조절하기 시작했다. 마구간은 나와 아버지 둘이서 돌보았다. 우리 말의 이름은 길포드였는데 아일랜드산으로 장애물을 굉장히 잘 뛰어넘었다. 그래서 아버지는 말을 잘 훈련하여 직접 자신이 타면 수지맞는 투자가 될 거라고 생각했다. 나는 모든 게 자랑스러웠고, 길포드가 자르 못지않게 훌륭한 말이라고 생각했다. 그 밤색 말은 매우 안정감 있게 장애물을 잘 넘었으며, 속력을 내게 하면 평지에서도 꽤 빨리 달릴 수 있었다. 게다가 생김새도 멋졌다.

아, 나는 그 말이 무척 좋았다. 처음으로 길포드가 아버지를 태우고 나갔을 때는 2500미터 장애물 경주에서 3등으로 들어왔다. 입상석에서 아버지가 땀투성이가 된 채 말에서 내려 몹시 기뻐하면서 말의 무게를 달기 위해 안으로 들어갔을 때 나는 마치 아버지가 처음으로 경마에서 입상한 듯 자랑스러웠다. 오랫동안 말을 타지 않던 사람을 보며 과거에 그가 말을 탄 적이 있으리라고 믿기는 어려웠기 때문이다. 밀라노에서는 아무리 큰 경기가 열려도 아버지한테는 한 번도 중요하지 않았으며, 설령 이기더라도 흥분한다든지 하는 일이 없었다. 하지만 지금은 사정이 달라져 경기가 있기 전날 밤이면 나는 거의 잠을 이루지 못했으며, 아버지 역시 비록 겉으로 내색은 안 해도 자못 흥분했다. 자기 소유의 말을 직접 타는 것과 다른 사람의 말을 타는 것은 하늘과 땅만큼 차이가 컸던 것이다.

두 번째로 길포드와 아버지가 출전한 경기는 비 내리는 어느 일요일 오퇴이에서 마라 상(賞)이 걸린 4500미터 장애물 경주였다. 아버지가 출전하자마자 나는 아버지가 사 준 쌍안경을 갖고 관람석으로 뛰어올라가 지켜보았다. 그들은 경마 코스의 반대쪽 끝에서 출발했는데 장애물이 있는 곳에서 조금 문제가 생긴 것 같았다. 눈가리개를 한 어떤 말이 야단법석을 떨기 시작했으며, 뒷발로 서서 장애물 넘기에서 한 번 실수를 했다. 하지만 내 눈에는 검은 재킷을 입고 하얀 십자 표지가 달린 검은 모자를 쓴 아버지가 길포드 위에 올라앉아 손으로 말을 가볍게 토닥거리는 모습이 보였다. 이윽고 말들이 일제히 뛰어오르더니 숲 뒤로 사라졌고, 징 소리가 필사적으로 마구 울린 후 마권 판매소의 문이 덜컹하고 닫혔다. 아, 나는 너무 흥분하여 말을 바라보기가 두려웠다. 하지만 말이 숲 뒤에서 나타날 지점에 쌍안경을 고정시켰다. 조금 지나자 말이 나타났는데 검은 재킷을 입은 아버지는 세 번째로 달리고 있었고, 다른 말들도 새처럼 가볍게 장애물을 뛰어넘고 있었다. 곧이어 말들은 다시 보이지 않더니 이내 말굽 소리를 요란하게 내면서 언덕을 내려갔다. 그리고 늠름하고 멋지고 경쾌하게 달려 한 덩어리가 되어 울타리를 끼고 돌아 우리 앞에서 멀어져 갔다. 말들이 한 덩어리가 되어 그야말로 나란히 달리고 있었으므로 말 잔등 위를 걸어서 건너갈 수 있을 것 같아 보였다. 그러더니 말들이 높은 이중 장벽을 배가 닿을락 말락 뛰어넘을 바로 그때 무언가가 쓰러졌다. 나는 그게 누구 말인지 알 수 없었다. 잠시 후 말만이 일어나서 혼자 제멋대로 달려가고 다른 말들은 여전히 한 덩어리가 된 채 길게 왼쪽으로 돈 뒤 직선 코스로 들어오고 있었다. 그런 다음 돌 벽을 뛰어넘고, 관람석 바로 앞의 큰 물웅덩이를 향해 직선 코스를 서로 밀치며 달려왔다. 나는 달려오는 말을 지켜보면서 아버지가 지나갈 때 환호성을 지르며 응원했다. 아버지는 말의 키만큼 앞지르며 마구 달렸는데, 마치 원숭이처럼 가볍게 말을 몰았다. 말들은 물웅덩이를 향해 앞을 다퉈 달렸다. 그런데 말들이 물웅덩이의 큰 산울타리를 일제히 뛰어넘는 순간 서로 부딪쳤고, 말 두 마리가 그것을 옆으로 피하고 그대로 달려갔는데, 다른 세 마리는 그 위에 덮쳐 쓰러지고 말았다. 그런데 아버지의 모습이 어느 곳에서도 보이지 않았다. 그중 한 마리가 일어서자 기수는 고삐를 단단히 잡아 다시 올라타고는 상금을 타려고 채찍질을 하며 열심히 달려갔다. 또 한 마리가 일어서더니 머리를 흔들며 고삐를 달랑거리면서 혼자 달려갔고, 그 말의 기수는 코스의 가장자리 울타리에 몸을 기대 비틀거리며 걸어갔다. 그다음에 길포드가 한쪽에서 아버지를 뿌리치고 일어서더니 오른쪽 앞발 하나를 질질 끌며 세 발로 달리기 시작했다. 그런데 아버지가 풀 위에 얼굴을 위로 한 채 쓰러져 있었다. 머리는 온통 피투성이였다. 나는 관람석 아래로 뛰어내려서는 사람들 틈에 끼어들어 난간 있는 곳까지 걸어 나갔지만 순경이 나를 붙잡고 놓아주지 않았다. 그러자 몸집이 큰 두 사내가 들것을 들고 아버지 있는 곳으로 달려갔고, 코스의 저쪽에서는 숲에서 나타난 말 세 마리가 저 멀리 한 줄로 늘어서서 장애물을 뛰어넘고 있었다.

사람들이 아버지를 들고 들어왔을 때 아버지는 이미 숨을 거둔 뒤였다. 의사가 귓속에 무엇을 쑤셔 넣고 심장의 고동 소리에 귀를 기울이는 동안 경마 코스에서 탕 하고 총소리가 들렸는데, 길포드를 쏘아 죽이는 소리였다. 그들이 들것을 병실로 들고 와서 나는 아버지 옆에 쪼그리고 앉아 들것에 매달려

울고 또 울었다. 아버지는 얼굴이 아주 창백했고 이미 숨이 끊어져 완전히 죽은 것처럼 보였다. 만일 아버지가 죽었다면 굳이 길포드까지 죽일 필요는 없지 않았을까. 말의 발굽은 회복될지도 모르는데 말이다. 나로서는 알 수 없는 일이다. 다만 나는 아버지를 너무도 사랑했을 뿐이다.

사내 둘이 들어와서 그중 한 사람이 내 등을 가볍게 툭툭 치더니 저쪽으로 가서 아버지를 들여다보고는 침대에서 이불을 끌어내어 아버지의 얼굴에 덮었다. 또 한 사람은 아버지를 메종으로 싣고 갈 구급차를 보내 달라고 프랑스어로 전화를 걸었다. 그때 나는 울음을 그치지 못하고 울고 또 울어 거의 목이 쉬어 있었다. 조지 가드너가 들어와서 내 옆 마룻바닥 위에 주저앉아 내게 팔을 끼면서 말했다. "자, 조, 기운 내. 일어나 함께 밖으로 나가서 구급차가 오기를 기다리자."

조지와 나는 문 쪽으로 걸어 나갔다. 나는 큰 소리로 울지 않으려고 이를 악물었고, 조지는 손수건으로 내 얼굴을 닦아 주었다. 우리는 관중이 문에서 쏟아져 나오는 동안 문 뒤 조금 떨어진 곳에 서서 그들이 모두 나가기를 기다렸다. 두세 명의 사내가 우리 근처에 멈추더니 그중 한 사람이 마권 한 다발을 세면서 말했다. "하기야 버틀러가 마침내 천벌을 받은 거지."

또 한 사내가 말했다. "그 사기꾼 놈이야 그리되도 싸지. 자업자득이지 뭐야."

"물론이고말고." 다른 사내가 대꾸하더니 마권 다발을 둘로 찢어 버렸다.

그러자 조지 가드너는 그 사람들이 지껄인 말을 내가 듣지나 않았을까 하여 나를 힐끗 쳐다보았다. 나는 그들이 하는 말을 모두 들었다. 그는 그 사실을 알아차리고는 이렇게 말했다.
“그따위 건달들 말은 곧이들을 것 없다, 조. 네 아버진 정말로 훌륭한 분이셨어.”

하지만 나는 잘 모른다. 사람들이란 일단 욕하기 시작하면 남에 대해선 눈곱만치도 상관하지 않는 것 같으니 말이다.

스미르나의 부두에서

그 사람 말로는, 이상하게도 날마다 한밤중이 되면 그들이 소리를 지른다고 했다. 그런 시간에 왜 그들이 소리를 지르는지 나는 잘 모른다. 우리는 항구[25] 안에 있었고, 그들은 모두 부두에 있었는데 밤중이 되면 그들이 갑자기 소리를 지르기 시작한다는 것이다. 우리는 그들이 소리를 지르지 못하도록 서치라이트를 비추곤 했다. 그건 언제나 효과가 있었다. 그들 머리 위로 서치라이트를 두세 번 비추면 그들은 더 이상 소리를 지르지 않았다. 언젠가 내가 부두의 선임 장교로 근무할 때 한 터키 장교[26]가 굉장히 화가 나서 나를 찾아왔다. 우리 수병

25) 오늘날 터키 이즈미르에 해당하는 스미르나 항구로 소아시아 서쪽 에게 해변의 전략적 요충지였다.
26) 1차 세계 대전 중 터키는 미국과 연합국이었다. 이 부분은 동부 트라키아에서 그리스인들을 퇴각시키는 장면이다.

중 하나가 자기에게 몹시 무례하게 군다는 것이다. 그래서 나는 수병을 배로 불러 엄하게 처벌할 테니 그 수병이 누군지 알려 달라고 말했다. 그러자 그는 포병 상사를 지적했는데 그 상사는 아주 얌전한 사람이었다. 거듭 그 사람이 자신에게 심한 모욕을 주었다고 터키 장교는 통역을 통해 말했다. 나는 그 포병 상사가 남을 모욕할 수 있을 만큼 터키어를 잘 안다고 생각하지 않았다. 나는 그를 불러다가 물었다. "혹시나 해서 묻는데, 자네 터키 장교 중 누구하고 말해 본 적 있나?"

"저는 누구와도 말해 본 적이 없습니다, 장교님."

"나도 그럴 줄 알았네. 하지만 자넨 배에 오르게. 그리고 오늘 나머지 시간 동안은 상륙하지 않는 게 좋겠어." 내가 말했다.

그러고 나서 나는 터키 장교에게 이 사람을 배에 데리고 가서 따끔하게 혼내 주겠다고 말했다. 아, 단단히 혼내 주겠다고 말이다. 그러자 그는 아주 만족스러워했다. 그래서 우리는 친한 친구가 되었다.

그 사람 말에 따르면, 가장 난처한 것은 죽은 아기를 데리고 있는 여자들이라고 했다. 여자들은 아무리 설득해도 죽은 아기를 내놓으려 하지 않는다는 것이었다. 죽은 아기들을 엿새 동안이나 데리고 있으려고 한 사람도 있었다. 정말로 어떻게 할 도리가 없었다. 결국 억지로 아기를 떼어 놓아야만 했다. 또 참으로 괴상한 경우에 해당하는 노파도 한 사람 있었다. 내가 그 일을 군의관에게 말했더니 그는 내가 거짓말을 한다고 했다. 우리는 그들을 모두 부두에서 철수시키고 있었으며, 죽은 사람들도 처리해야만 했다. 그런데 이 노파는 들것 비슷한 것에 누워 있었다. "장교님, 잠깐 저 여자를 보십시오." 그들이 말했다. 내가 그 여자를 쳐다봤더니 그때 막 숨을 거둔 그 여자의 몸이 아주 뻣뻣하게 굳어져 가고 있었다. 먼저 다리가 오그라들고 이어 허리부터 위쪽으로 오그라들더니 결국 완전히 굳어 버리고 말았다. 마치 전날 밤부터 죽어 있었던 것처럼 말이다. 그렇게 그 여자는 완전히 숨을 거두고 굳어 버렸다. 군의관에게 이 이야기를 했더니 그는 그럴 리가 없다며 믿지 않았다.

터키인들은 모두 부두에 나와 있었지만 지진이나 그 비슷한 소동이 일어난 것 같지는 않았다. 그들은 그 터키인에 대해 아무것도 모르고 있었기 때문이다. 이 늙은 터키인 사령관이 어떻게 처리할지 전혀 알지 못했다. 그들이 우리보고 이제 더 이상 철수시키러 오지 말라고 명령을 내린 때를 여러분도 기억할 것 아닌가? 그날 아침 우리가 항구에 들어갔을 때 나는 깜짝 놀랐다. 사령관은 포병들을 상당히 많이 거느리고 있어 우리를 해상으로부터 깨끗이 몰아낼 수 있었다. 우리는 항구 옆에 바짝 붙어 들어가 앞쪽과 뒤쪽의 닻을 내린 뒤 이 마을의 터키군 관할 지역을 포격할 작정이었다. 그들이 우리를 해상에서 몰아낼지도 모르지만, 우리도 마을을 쑥대밭으로 만들 수 있었던 것이다. 그러나 우리가 항구에 들어갔을 때 그들은 공포를 두세 발 쏘았을 뿐이었다. 케말[27]이 와서 그 터키군 사

27) 무스타파 케말 파샤(Mustafa Kemal Pasha, 1881~1938). 터키 군인으로 1923년 터키의 초대 대통령에 선출되었다.

령관을 파면했다. 월권행위인지 뭔지 하는 이유에서였다. 사령관은 조금 우쭐해 있었다. 만약 전투가 벌어졌다면 큰 혼란이 빚어졌을지도 모른다.

그 항구에 대해서는 여러분도 기억할 것이다. 근처에는 굉장한 것이 잔뜩 떠 있었다. 나로서는 평생에 한 번 겪은 일이라 그런 일들에 대해 꿈까지 꾸었다. 갓난아이를 낳는 여자들에 대해서도 죽은 아이를 데리고 있는 여자들만큼이나 상관하지 않았다. 여자들은 무사히 아이를 낳았다. 놀랍게도 죽은 아이는 거의 없었다. 몸에 아무것이나 덮어 주기만 하고 아이를 낳게 했다. 산모들은 배 밑 가장 어두운 곳을 골라 그곳에서 아이를 낳았다. 그 여자들은 일단 부두를 떠나고 나면 어떤 것에도 신경을 쓰지 않았다.

그리스군도 좋은 친구들이었다. 그들은 철수할 때 짐을 나르는 노새를 모두 데려갈 수 없게 되자 노새의 앞다리를 꺾어서 물이 얕은 곳에 버리고 갔다. 앞다리가 꺾인 노새들은 모두 얕은 물 속으로 밀려 떨어졌다. 하나같이 유쾌한 일이었다. 정말이지, 아주 유쾌한 일이었다.

빗속의 고양이

그 호텔에 머무는 사람은 미국인 두 사람이 전부였다. 두 사람은 방을 오가는 길에 계단에서 스치는 사람 중 어느 누구도 알지 못했다. 그들의 방은 바다를 마주 보는 2층에 있었다. 그 방은 또한 공원과 전쟁 기념비를 바라보고 있었다. 공원에는 큼직한 종려나무와 녹색 벤치들이 놓여 있었다. 날씨가 화창할 때면 화가 한 사람이 언제나 화가(畵架)를 세워 두고 그림을 그렸다. 화가들은 키 큰 종려나무와 정원과 바다를 마주 보고 늘어선 호텔의 밝은 빛을 좋아했다. 이탈리아인들은 전쟁 기념비를 보려고 먼 곳에서 찾아왔다. 청동으로 만든 기념비는 비에 젖어 번쩍거렸다. 비가 내리고 있었다. 종려나무에서도 빗방울이 뚝뚝 떨어졌다. 자갈길은 여러 군데 물이 고여 웅덩이를 이루었다. 빗속에서 바다는 파도가 길게 부서졌다가 해안 아래쪽으로 미끄러져 갔다가 다시 빗속에서 길게 부서졌다. 자동차 몇 대가 광장에서 전쟁 기념비 옆으로 사라져 갔다. 광장 저쪽에 있는 카페 입구에 웨이터 하나가 텅 빈 광장을 내다보았다.

미국인 아내는 창가에 서서 바깥을 내다보았다. 그들 방의 창문 바로 아래 빗방울이 뚝뚝 떨어지는 도박 테이블 밑에 고양이 한 마리가 웅크리고 있었다. 고양이는 비에 젖지 않으려고 몸을 작게 웅크렸다.

"밑에 내려가 고양이를 데려올게요." 미국인 아내가 말했다.

"내가 갔다 오지." 남편이 침대에서 제안했다.

"아니에요. 내가 데리고 올래요. 가엾게도 테이블 밑에서 비에 젖지 않으려고 애쓰고 있네요."

남편은 침대 발치에 베개 두 개를 괴어 받치고 누워서 책을 읽고 있었다.

"비 맞지 않도록 해." 그가 말했다.

아내가 아래로 내려가자 호텔 주인이 자리에서 일어나 사무실 앞을 지나가는 그녀에게 인사를 했다. 그의 책상은 사무실 한쪽 구석에 놓여 있었다. 키가 상당히 큰 노인이었다.

"일 피오베.(비가 내려요.)"[28] 미국인 아내가 말했다. 그녀는 이 호텔 주인이 마음에 들었다.

"시, 시, 시뇨라, 브루토 템포.[29] 아주 고약한 날씨예요."

호텔 주인은 희미한 방 저쪽 구석의 책상 뒤에 서 있었다.

---

28) 이어지는 외국어는 모두 이탈리아어이다.
29) "네, 네, 그렇습니다, 부인, 고약한 날씨입니다."

여자는 그를 좋아했다. 어떤 불평이라도 무척 진지하게 받아들이는 것이 마음에 들었다. 그의 위엄 있는 태도도 마음에 들었다. 그가 자신에게 봉사하려는 태도가 마음에 들었다. 또한 호텔 주인이라는 사실에 자부심을 느끼는 그의 태도가 마음에 들었다. 나이가 들어 멍한 그의 얼굴 표정과 큼직한 손이 마음에 들었다.

그에게 이렇게 호감을 느끼면서 미국인 아내는 문을 열고 바깥을 내다보았다. 비는 아까보다 더 세차게 내리고 있었다. 고무 비옷을 입은 사내가 텅 빈 광장을 가로질러 카페로 걸어가고 있었다. 고양이는 오른쪽으로 돌아가면 있을 것이다. 어쩌면 처마 밑을 따라 걸어가면 될지도 모른다. 여자가 문 입구에 서 있는데 뒤에서 누가 우산을 펼쳐 들었다. 그녀의 방을 돌봐 주는 호텔 하녀였다.

"비에 젖으시면 안 돼요." 그녀가 웃으면서 이탈리아어로 말했다. 물론 호텔 주인이 보낸 여자였다.

우산을 받쳐 주는 하녀와 함께 그녀는 자갈길을 걸어 자신의 창문 아래까지 갔다. 비에 씻긴 도박 테이블은 밝은 녹색을 띤 채 그곳에 놓여 있었지만 고양이는 보이지 않았다. 그녀의 마음이 갑자기 실망으로 가득 찼다. 하녀가 그녀의 얼굴을 올려다보았다.

"하 페르두토 칼체 코사, 시뇨라?[30)]"

"조금 전에 이곳에서 고양이를 봤거든요." 미국인 아내가

---

30) "부인, 무슨 물건을 잃어버렸나요?"

대답했다.

"고양이라고요?" 호텔 직원이 웃었다. "빗속에 고양이가 있었단 말이에요?"

"시, 일 가토.[31)]" 여자가 대답했다.

"고양이라고요? 이런 빗속에 고양이라니." 하녀가 웃었다.

"네, 맞아요. 이 테이블 밑에 있었어요." 여자가 대답하고 나서 다시 말을 이었다. "아, 정말 갖고 싶었는데. 새끼 고양이를 갖고 싶었어요."

여자가 영어로 말하자 하녀의 얼굴이 굳어졌다.

"자, 들어가시죠, 부인. 안으로 들어가야 합니다. 비에 젖습니다." 그녀가 말했다.

"그래야겠지요." 미국인 아내가 대답했다.

두 사람은 자갈길을 되돌아가 문 입구에 이르렀다. 하녀는 우산을 접기 위해 바깥에 남아 있었다. 미국인 아내가 사무실을 지나갈 때 주인이 책상 있는 곳에서 꾸벅 인사를 했다. 그녀는 몸 안에서 무언가가 아주 작고 단단해지는 느낌이 들었다. 주인 때문에 자신이 아주 작게 느껴졌지만 동시에 자신이 매우 소중하다고 느끼게 되었다. 잠시나마 그녀는 자신이 아주 중요한 인물이 된 듯한 기분을 느꼈다. 그녀는 계단을 따라 올라갔다. 그리고 방문을 열었다. 조지는 여전히 침대에 누워 책을 읽고 있었다.

"고양이는 데려왔어?" 그가 책을 내려놓으면서 물었다.

---

31) "네, 고양이요."

"어디로 가 버렸는지 없어요."

"어디로 갔을까." 그는 읽고 있던 책에서 눈을 돌리면서 말했다.

여자는 침대에 앉았다.

"고양이가 몹시 갖고 싶었는데. 어째서 그토록 갖고 싶었는지는 모르겠어요. 어쨌든 그 불쌍한 고양이가 갖고 싶었어요. 비에 젖은 가엾은 고양이 신세가 된다면 정말 낙이 없을 거예요." 여자가 말했다.

조지는 다시 책을 읽기 시작했다.

여자는 침대를 떠나 화장대의 거울 앞에 앉아 손거울로 자기 모습을 들여다보았다. 처음에는 한쪽에서, 다음에서 반대쪽에서 자기 옆얼굴을 자세히 살펴보았다. 그런 뒤 머리 뒷부분과 목덜미를 살폈다.

"머리를 길러 보면 어떨까요?" 그녀가 옆얼굴을 다시 쳐다보면서 물었다.

조지는 고개를 쳐들어 마치 사내아이처럼 머리를 짧게 자른 아내의 목 뒤를 바라보았다.

"지금 그대로가 좋은데."

"이젠 이 머리가 지긋지긋해요. 사내아이처럼 보이는 것도 지겹고요." 그녀가 말했다.

조지는 침대 위에서 몸의 위치를 바꿨다. 여자가 이야기를 시작한 뒤로 그는 눈을 돌리지 않았다.

"당신은 아주 멋져 보여." 그가 말했다.

여자는 화장대 위에 거울을 내려놓고 창가로 걸어가 바깥을 내다보았다. 바깥은 점점 어두워졌다.

"머리를 뒤로 바짝 빗어 손으로 만질 수 있을 만큼 큼직하게 묶고 싶어요." 그녀가 말했다. "또 무릎에 새끼 고양이를 앉혀 놓고 쓰다듬어 주면서 기분 좋을 때 내는 가르랑 소리를 듣고 싶어요."

"그래?" 조지가 침대에서 대꾸했다.

"그리고 내 은 식기가 있는 식탁에서 식사하고 싶어요. 또 촛불이 있었으면 해요. 지금이 봄이었으면 좋겠고, 거울 앞에서 마음껏 머리를 빗어 봤으면 좋겠고, 그리고 새끼 고양이도 갖고 싶고, 새 옷도 입고 싶어요."

"아, 이젠 그만하고 책이나 읽지." 조지가 말했다. 그는 다시 책을 읽기 시작했다.

그의 아내는 창밖을 내다보았다. 이제는 꽤 어두워졌고, 종려나무에는 아직도 비가 내렸다.

"어쨌든 고양이를 갖고 싶어요. 고양이가 갖고 싶다고요. 지금 당장 갖고 싶단 말이에요. 머리를 기르지도 못하고 아무 재미도 없으니 고양이 정도는 가져도 되잖아요." 여자가 말했다.

조지는 이미 아내의 말을 듣고 있지 않았다. 그는 책을 읽고 있었다. 그의 아내는 창밖으로 광장의 불빛이 비치고 있는 곳을 바라보고 있었다.

그때 누군가가 문에 노크를 했다.

"아반티![32]" 조지가 말했다. 그는 읽고 있던 책에서 얼굴을

---

32) "들어와요!"

들었다.

문밖에는 하녀가 서 있었다. 그녀는 큼직한 삼색 얼룩 고양이 한 마리를 꽉 안고서 몸에 대고 흔들었다.

"실례합니다. 주인님께서 부인께 이걸 갖다 드리라고 하시던데요." 그녀가 말했다.

대지를 뒤덮은 눈

등산 전차는 한 번 더 들썩하더니 그대로 멈춰 섰다. 눈이 선로 위에 단단히 붙어 있어서 그 이상은 갈 수가 없었다. 훤히 드러난 산허리 위를 지나는 강풍이 눈 표면을 아주 단단히 얼려 놓고 있었다. 수하물차 안에서 스키에 밀랍을 칠하고 있던 닉은 토 아이언[33]에 구두를 쑤셔 넣고 죔쇠를 단단히 조였다. 그는 차 옆으로 해서 단단하게 굳은 눈 위로 뛰어내려 점프턴을 하고는 몸을 웅크리고 스틱을 질질 끌며 쏜살같이 비탈을 따라 미끄러져 내려갔다.

아래쪽 흰 눈 위에서 조지는 급강하하다 올라오다가 다시 시야에서 사라졌다. 산허리의 가파른 기복을 내려갈 때의 그 빠른 속력과 급강하 때문에 닉은 정신이 하나도 없었다. 오직

33) 스키에 발을 묶어 주는 쇠로 된 고정 장치.

기분 좋게 비상했다가 내려가는 느낌뿐이었다. 경사가 완만한 언덕을 올라간 뒤 마지막 가파른 비탈을 쏜살같이 아래로, 아래로 점점 더 속력을 내며 미끄러져 내려가자 눈이 마치 그의 발밑에서 사라져 없어지는 것 같았다. 닉은 스키 위에 거의 주저앉을 만큼 몸을 웅크린 채 될 수 있는 대로 중심을 아래쪽에 두려고 애썼다. 모래바람처럼 휘몰아치는 눈 속에서 속력이 너무 빠르다는 것을 알 수 있었다. 그런데도 그는 속력을 늦추려고 하지 않았다. 넘어지지 않을 것이기 때문이다. 그러다가 바람을 맞지 않아 부드러운 눈이 그대로 쌓여 있는 움푹 들어간 곳에 이르러서는 그만 넘어져 스키를 덜컥거리면서 마치 총에 맞은 토끼처럼 고꾸라진 모양으로 데굴데굴 굴렀다. 간신히 멎은 뒤에 보니 다리는 꼬여 있었고, 스키는 똑바로 꽂혀 서 있었으며, 그의 코와 귀 속에는 온통 눈이 가득했다.

조지는 비탈 저 아래에서 방풍 재킷의 눈을 탁탁 쳐서 털어내고 있었다.

"참 멋졌어, 마이크. 그곳은 눈이 더럽게 부드러워. 나도 똑같이 당했지 뭐야." 그가 닉에게 소리쳤다.

"저 벼랑 너머는 어때?" 닉이 반듯하게 누운 채 스키를 차올리고 일어섰다.

"왼쪽에 중심을 둬야 해. 저 아래는 울타리가 있으니까. 크리스티[34]를 해서 아주 빨리 내려가야 해."

34) 스키에서, 잇달아 작게 회전하는 방법.

"잠깐 기다려 봐. 우리 같이 하자."

"아니, 네가 먼저 가. 저 벼랑을 넘는 걸 보고 싶으니까."

닉이 널찍한 등과 금발에 아직 눈을 조금밖에 묻히지 않은 조지 곁을 지나고 난 뒤 그의 스키는 끝에서부터 서서히 미끄러지기 시작했다. 수정 같은 가루눈 속에서 쉿쉿 소리를 내며 떠올랐다가 가라앉았다 하듯 기복이 심한 가파른 비탈을 올라갔다 내려갔다 하면서 그는 단숨에 미끄러져 내려갔다. 그는 달리면서도 중심을 계속 왼쪽에 두었으며, 마지막에 울타리를 향해 돌진할 때는 두 무릎을 딱 붙이고 마치 나사를 조이듯이 몸을 돌리면서 갑자기 오른쪽으로 꺾어 눈보라를 일으키고는 속력을 늦춰 산허리와 철사 울타리와 나란히 미끄러져 내려갔다.

닉은 언덕 위쪽을 바라다보았다. 조지는 무릎을 꿇고 텔레마크[35] 자세로 내려오고 있었다. 한쪽 다리를 앞쪽으로 내밀어 굽히고 또 한쪽 다리를 끌면서. 스틱은 곤충의 가느다란 다리처럼 매달려서는 눈 표면에 닿을 때마다 휙휙 눈을 차올렸다. 마침내 그는 한쪽 무릎을 앞쪽으로 굽히고 한쪽 다리를 끄는 자세로 웅크리면서 오른쪽으로 멋지게 커브를 돌았다. 그때 다리를 앞뒤로 내밀고 흔들리지 않도록 몸을 앞쪽으로 굽힌 채 스틱으로 빛의 점들처럼 커브를 세게 돌자 모든 것이 자욱한 눈구름에 휩싸였다.

---

35) 스키에서, 한쪽 발을 진행 방향 쪽으로 밀면서 다른 발은 무릎이 스키에 닿을 정도로 굽히는 회전 방법.

"난 크리스티를 하는 게 두려웠어. 눈이 너무 깊어서 말이야. 그런데 넌 썩 잘해내더군." 조지가 말했다.

"내 다리로는 텔레마크를 할 수가 없는걸." 닉이 대꾸했다.

닉은 철사 울타리의 맨 윗줄을 스키로 눌러 조지가 그 위를 미끄러져 넘어가게 해 주었다. 닉은 그의 뒤를 따라 길 있는 데까지 내려갔다. 두 사람은 무릎을 꿇고 그 길을 돌진하여 소나무 숲으로 들어갔다. 길은 통나무를 나르는 말 썰매 때문에 반들반들한 얼음판이 되어 있는 데다 오렌지 빛이나 담배 빛으로 얼룩져 있었다. 그 때문에 스키를 타는 사람들은 길옆을 따라 눈이 남아 있는 쪽을 택했다. 길은 갑자기 개울로 빠진 뒤 언덕 위로 곧장 연결되었다. 숲 사이로 처마가 낮고 긴 비바람을 맞은 집 한 채가 보였다. 나무들 사이에서 보니 빛바랜 황색을 띠고 있었다. 그러나 좀 더 가까이 가 보니 창살은 녹색으로 칠해져 있었다. 페인트가 오래되어 벗겨지는 중이었다. 닉은 스키 스틱 하나로 죔쇠를 늦춘 뒤 스키를 발로 차서 벗었다.

"스키도 함께 갖고 올라가는 게 좋겠어." 그가 말했다.

닉은 스키를 어깨에 메고 얼어붙은 발판을 구두 뒤축의 징으로 밟으면서 가파른 길을 따라 올라갔다. 바로 뒤에서 조지가 숨을 헐떡이면서 발판을 뒤꿈치로 밟으며 따라오는 소리가 들렸다. 두 사람은 술집 바깥에 스키를 세워 두고 바지의 눈을 서로 털어 주고 발을 굴러 눈을 깨끗이 털어 낸 뒤 안으로 들어갔다.

방 안은 꽤 캄캄했다. 방 한구석에 큼직한 사기 난로가 밝게 빛나고 있었다. 천장은 나지막했다. 방 양쪽을 따라 포도주로 더러워진 거무스레한 테이블 뒤쪽에 반들반들한 벤치들이 놓여 있었다. 스위스인 두 사람이 난롯가에 앉아 파이프 담배를 피우며 흐릿한 새 포도주가 들어 있는 데시리터들이의 잔을 비우고 있었다. 두 사람은 재킷을 벗고 난로와 반대쪽 벽에 기대앉았다. 옆방에서 들리던 노랫소리가 멎더니 파란색 앞치마를 두른 젊은 여자가 들어와서는 무엇을 마시겠느냐고 물었다.

"시옹[36] 한 병 주십시오." 닉이 주문했다. "그걸로 괜찮겠나, 조지?"

"좋아. 포도주에 관해선 나보다 자네가 더 많이 알잖나. 난 아무거나 좋아." 조지가 대답했다.

여자는 밖으로 나갔다.

"정말이지 스키만큼 멋진 운동은 없지? 긴 활주로를 처음 미끄러져 내려갈 때의 그 기분 말이야." 닉이 말했다.

"두말하면 잔소리지. 도저히 말로는 표현할 수 없는 기분이거든." 조지가 맞장구쳤다.

젊은 여자가 포도주를 갖고 들어왔다. 두 사람은 병마개를 뽑느라고 애를 먹었다. 마침내 닉이 병마개를 뽑았다. 여자는 밖으로 나갔고, 곧 옆방에서 그녀가 독일어로 노래를 부르는 소리가 들렸다.

"코르크 조각이 좀 들어갔지만 상관없어." 닉이 말했다.

---

36) 스위스 시옹 지방에서 생산하는 포도주.

"이 집에는 케이크가 있나 몰라."

"한번 물어보지."

젊은 여자가 들어오자 닉은 그녀가 부푼 앞치마로 임신한 몸을 감추고 있다는 사실을 알아차렸다. 그녀가 처음 들어왔을 때 왜 그것을 눈치채지 못했을까 하고 그는 생각했다.

"무슨 노래를 부르고 있었나요?" 그가 물었다.

"오페라요, 독일 오페라예요." 그녀는 더 이상 말을 하려 들지 않았다. "원하신다면 사과 스트루델[37] 같은 건 좀 있는데요."

"애교가 별로 없는 여자지?" 조지가 말했다.

"응, 그런 편이지. 하지만 그 여자는 우리가 어떤 사람인지 잘 모르니 자기 노래를 놀린다고 생각했을지도 몰라. 아마도 독일어를 하는 내륙 지방 출신일 거야. 이곳에 와 있는 것도 짜증 나고 또 결혼도 하기 전에 임신까지 했으니 더더욱 짜증이 나겠지."

"그녀가 결혼하지 않았다는 걸 어떻게 아나?"

"반지가 없잖아. 도대체가 이 지방 여자들은 다들 임신을 해야만 결혼을 하거든."

그때 방문이 열리며 벌목꾼 한 무리가 윗길에서 들어와 방 안에서 구두를 탁탁 털며 몸뚱이에서 김을 내뿜었다. 시중드는 여자가 1리터들이 새 포도주 세 병을 그들에게 갖다 주자 그들은 두 테이블에 앉아 모자를 벗고 잠자코 담배를 피우며

---

37) 사과를 얇은 밀가루 반죽에 감아서 만든 케이크.

벽에 기대기도 하고, 테이블 위로 몸을 내밀기도 했다. 바깥에서는 목재 썰매를 끄는 말들이 머리를 쳐들 때 내는 귀에 거슬리는 방울 소리가 이따금씩 날카롭게 들려왔다.

조지와 닉은 행복했다. 두 사람은 서로를 좋아했다. 둘은 이제 자기들이 고향에 돌아갈 수 있게 되었음을 잘 알고 있었다.

"학교로는 언제 돌아가야 하나?" 닉이 물었다.

"오늘 밤에. 몽트뢰[38]에서 10시 40분 기차를 타야 해." 조지가 대답했다.

"좀 더 늦출 수 있다면 좋겠는걸. 그러면 함께 당뒤리[39]에서 스키를 탈 수 있을 텐데."

"난 학교에 가서 공부를 해야지." 조지가 말했다. "이봐, 마이크. 우리가 함께 빈둥거리며 지낼 수 있다면 얼마나 좋겠나? 스키를 갖고 활강로(滑降路)가 좋은 곳까지 기차를 타고 가서, 그곳에서 좀 더 나아가 여관에서 자고, 그다음에는 오베를랑[40]을 가로질러 발레[41]로 들어가 앙가딘[42] 협곡을 빠져나가는 거야. 수선 도구와 여분의 스웨터와 잠옷을 배낭에 집어넣고 학교 일이건 뭐건 전혀 신경 쓰지 않고 말이지."

"그래, 그런 다음 슈바르츠발트[43]를 곧장 빠져나가는 거야.

---

38) 스위스 중부에 위치한 도시. 『무기여 잘 있어라』에서 프레더릭 헨리와 캐서린 바클리가 몇 달 머문 곳이다.

39) 스위스의 레만 호수 옆에 있는 산.

40) 스위스 중부에 위치한 산악 지대.

41) 스위스 중서부에 위치한 마을.

42) 스위스의 알프스 산중에 있는 협곡.

43) 독일 서남부의 삼림지대로 흔히 '흑림'이라고 한다.

아, 참으로 대단한 곳이지."

"그곳은 자네가 작년 여름에 낚시하러 간 곳 아닌가?"

"그렇지."

두 사람은 스트루델을 먹고 남은 포도주를 마저 마셨다.

조지는 벽에 기대앉아 눈을 감았다.

"술을 마시면 늘 이런 기분이 들어." 그가 말했다.

"기분이 나쁜가?" 닉이 물었다.

"아니. 기분은 좋은데 조금 우스워."

"그 기분 알 만하네." 닉이 말했다.

"그럴 테지." 조지가 말했다.

"한 병 더 마실까?" 닉이 물었다.

"난 됐어." 조지가 대답했다.

닉은 팔꿈치를 테이블에 대고 조지는 벽에 기댄 채 계속 앉아 있었다.

"헬렌이 아이를 가졌나?" 조지가 벽에서 테이블 있는 쪽으로 몸을 일으키며 물었다.

"응."

"출산이 언젠데?"

"늦여름이야."

"기쁜가?"

"응, 지금은 그래."

"미국으로 돌아갈 텐가?"

"아마 그렇게 되겠지."

"돌아가고 싶은가?"

"아니."

"헬렌은 돌아가고 싶어 하나?"

"아니."

조지는 아무 말 없이 조용히 앉아 있었다. 그는 빈 술병과 빈 술잔을 바라보았다.

"미국은 지독한 곳이지?" 그가 물었다.

"아니, 꼭 그렇지만도 않아." 닉이 대답했다.

"왜 그렇지 않지?"

"글쎄, 그건 잘 모르겠는걸." 닉이 대답했다.

"미국에서도 같이 스키 타러 갈 수 있을까?" 조지가 물었다.

"글쎄." 닉이 대답했다.

"산이 별로 많지 않아서." 조지가 말했다.

"그래, 산이 별로 없지. 미국의 산엔 바위가 너무 많아. 또 나무도 너무 많은 데다 거리도 너무 멀고." 닉이 말했다.

"그렇지. 캘리포니아가 바로 그래." 조지가 맞장구쳤다.

"그렇다마다. 내가 가 본 곳은 어디나 다 그랬어." 닉이 말했다.

"그렇지. 전부 다 그래." 조지가 말했다.

스위스인들이 자리에서 일어나 돈을 지불하고 밖으로 나갔다.

"우리가 스위스인으로 태어났더라면 좋았을걸 그랬어." 조지가 말했다.

"스위스인은 죄다 갑상샘종을 앓고 있어." 닉이 말했다.

"믿기지 않는군." 조지가 대꾸했다.

"나도 그래." 닉이 말했다.

두 사람은 함께 웃었다.

"어쩌면 다시는 함께 스키를 타러 가지 못하겠군, 닉." 조지가 말했다.

"그래도 가야지. 스키를 못 탄대서야 무슨 재미로 살겠나?" 닉이 말했다.

"좋아, 그럼 또 타러 가기로 하지." 조지가 말했다.

"당연히 그래야지." 닉이 맞장구쳤다.

"꼭 가기로 약속을 했으면 좋겠네." 조지가 제안했다.

닉은 자리에서 일어났다. 바람막이 재킷의 띠를 단단히 잡아맸다. 그는 조지에게로 몸을 굽혀 벽에 기대 놓은 스키 스틱 두 개를 집어 들었다. 그리고 그중 하나를 마룻바닥에 박았다.

"지금 약속한들 무슨 소용이 있겠나." 그가 말했다.

두 사람은 문을 열고 밖으로 나갔다. 바깥은 무척 추웠다. 눈이 꽁꽁 얼어붙어 있었다. 길은 언덕을 올라 소나무 숲으로 이어졌다.

두 사람은 술집 벽에 기대 두었던 스키를 내려놓았다. 닉은 장갑을 꼈다. 조지는 벌써 스키를 어깨에 메고 길 위쪽으로 오르고 있었다. 이제 그들은 활강로를 따라 미끄러지면서 함께 집으로 돌아갈 것이다.

때늦은 계절

페두치는 호텔 정원을 삽으로 파 주고 받은 4리라[44]로 술을 마시고 꽤 취해 있었다. 젊은 신사가 길에서 걸어 내려오는 것을 보자 그는 수수께끼처럼 뭐라고 말을 걸었다. 젊은 신사는 아직 식사를 하지 않았지만 점심 식사를 하는 대로 곧 떠날 준비를 할 거라고 말했다. 사십 분이나 한 시간 안으로 말이다.

다리 근처의 술집에서는 페두치가 오후 일에 대해 너무도 자신만만해하고 수수께끼처럼 행동했기 때문에 브랜디를 석 잔이나 외상으로 주었다. 그날은 바람이 많이 불어서 해가 얼굴을 내밀었다가 바로 구름 뒤로 숨어 버리더니 빗방울을 흩뿌렸다. 송어 낚시하기에는 더없이 좋은 날씨였다.

젊은 신사는 호텔에서 나오자 낚싯대에 대해서 물었다. 아

44) 이탈리아의 과거 화폐 단위.

내더러 낚싯대를 가지고 뒤따라오라고 해야 할까? "그러시죠. 부인은 우리 뒤에 오게 하시죠." 페두치가 말했다. 젊은 신사는 호텔로 돌아가 아내에게 그 말을 전했다. 그와 페두치는 도로를 따라 내려가기 시작했다. 젊은 신사는 어깨에 작은 배낭을 메고 있었다. 페두치가 쳐다보니 그의 아내는 젊은 신사와 나이가 비슷해 보였다. 등산화를 신고 파란 베레모를 쓴 그녀는 아직 잇지 않은 낚싯대를 양손에 하나씩 들고 그들 뒤를 따라 내려오고 있었다. 페두치는 여자가 그처럼 멀리 떨어져 오는 것이 마음에 들지 않았다. "시뇨리나[45]!" 하고 페두치가 젊은 신사에게 윙크하면서 말했다. "이리 와서 함께 가시죠. 시뇨라[46], 어서 이리로 오세요. 다 함께 걸어가요." 페두치는 셋이서 나란히 코르티나[47]의 거리를 거닐고 싶었다.

여자는 뒤에 처져서 조금 무뚝뚝한 얼굴로 따라오고 있었다. "부인, 이리 와서 같이 갑시다." 페두치가 부드럽게 말했다. 젊은 신사가 뒤돌아보고 뭐라고 소리쳤다. 여자는 더 이상 꾸물거리지 않고 가까이 걸어왔다.

마을의 큰 거리를 걷는 동안 페두치는 사람을 지나칠 때마다 정중하게 인사했다. "부온 디[48], 아르투로!" 그러고는 모자를 약간 치켜들었다. 은행의 출납계원이 파시스트 당원의 카

---

45) "아가씨!"라는 뜻의 이탈리아어. 이어지는 외국어는 대부분 이탈리아어이다.

46) "아주머니!" 또는 "부인!"

47) 이탈리아 북부 오스트리아 국경 지대에 위치한 마을.

48) "안녕하십니까?"

페 입구에서 그를 응시했다. 가게 앞에서 서너 명씩 무리 지어 서 있던 사람들이 이들 세 사람을 뚫어지게 바라보았다. 신축 호텔의 기초 공사를 하느라 돌가루가 묻은 웃옷을 입은 노동자들이 그들이 지나가는 것을 쳐다보았다. 그러나 말라빠지고 늙은 데다 침 때문에 수염이 더러워진 마을의 거지가 그들 셋이 지나갈 때 모자를 들어 인사한 것을 제외하고는 어느 한 사람 그들에게 말을 걸지 않았으며 어떤 신호도 보내지 않았다.

페두치는 진열장 가득히 술병을 늘어놓은 가게 앞에서 걸음을 멈추고는 낡은 군복 안주머니에서 빈 브랜디 병을 꺼냈다. "마실 것 약간 말입니다. 부인이 마실 마르살라[49] 포도주라도 말입니다. 뭐, 조금, 살짝 마실 것 말이죠." 그는 술병을 들어 몸짓을 해 보였다. 날씨가 좋은 날이었다. "마르살라 말입니다. 부인께선 마르살라를 좋아하나요? 마르살라 조금 어떠세요?"

여자는 무뚝뚝한 표정으로 서 있었다. "당신이 상대해요. 난 이 사람이 무슨 말을 하는지 한마디도 알아들을 수가 없으니. 이 사람 지금 취한 거 맞죠?" 그녀가 물었다.

젊은 신사는 페두치의 말을 듣고 있는 것 같지 않았다. 그는 도대체 무엇 때문에 이 사람이 마르살라 얘기를 꺼냈는지 생각하고 있었다. 그것은 맥스 비어봄[50]이 마시던 술 아닌가.

"겔트.[51]" 페두치는 마침내 젊은 신사의 소매를 당기면서

---

49) 이탈리아 시칠리아섬에서 나는 포도주.
50) Max Beerbohm(1872~1956). 영국의 수필가이자 풍자가이자 만화가.
51) "돈요."라는 뜻의 독일어.

말했다. "리라를요." 그는 그 얘기를 꺼내기 싫었지만 젊은 신사를 움직여야 했기 때문에 이렇게 말하고는 빙긋 웃었다.

젊은 신사는 지갑을 꺼내 10리라짜리 지폐 한 장을 그에게 건네주었다. 페두치는 층계를 올라가 '국산 및 외국산 포도주'를 판다고 쓴 가게 문에 이르렀다. 그러나 문이 잠겨 있었다.

"2시까지는 열지 않아요." 거리를 지나가던 사람이 조롱하듯 일러 주었다. 페두치는 층계를 내려왔다. 그는 속이 상했다. "걱정 없어요. 콩코르디아에 가면 얼마든지 살 수 있으니까." 그가 말했다.

세 사람은 나란히 콩코르디아로 통하는 길을 따라 내려갔다. 녹슨 봅슬레이 썰매가 쌓여 있는 콩코르디아의 현관에서 젊은 신사가 물었다. "바스 볼렌 지?[52]" 그러자 페두치는 여러 번이나 접고 접은 10리라짜리 지폐를 그에게 다시 건네주었다. "아니오, 아무것도 아니오." 그가 말했다. 그는 어쩔 줄 몰라 했다. "마르살라라도 말입니다. 잘 모르겠어요. 마르살라라도 괜찮을까요?"

콩코르디아의 문은 젊은 신사와 그 아내가 들어가자 곧 닫혔다. "마르살라 세 잔 주십시오." 젊은 신사가 식료품 카운터 뒤에 있는 점원 아가씨에게 말했다. "두 잔 말입니까?" 그녀가 물었다. "아니, 세 잔이오. 한 잔은 베치오[53]가 마실 거요." 그가 말했다. "어머! 영감이." 그녀는 이렇게 말하고는 웃으

52) "무엇을 주문하시겠습니까?"라는 뜻의 독일어.
53) '영감.'

면서 병을 내려놓았다. 그녀는 탁해 보이는 술을 세 개의 잔에 따랐다. 아내는 신문걸이가 일렬로 늘어선 곳 아래 테이블에 앉아 있었다. 젊은 신사는 그녀 앞에 마르살라 한 잔을 놓았다. "좀 마셔 봐. 기분이 좋아질지도 몰라." 그가 말했다. 그녀는 앉은 채 술잔을 바라보았다. 젊은 신사는 페두치에게 줄 잔을 들고 문밖으로 나갔지만 그를 찾을 수 없었다.

"어디로 갔는지 모르겠어." 그가 잔을 들고 빵 가게로 돌아오면서 말했다.

"그 사람은 1쿼트[54]를 마시고 싶어 했어요." 아내가 말했다.

"4분의 1리터면 얼마죠?" 젊은 신사가 점원 아가씨에게 물었다.

"백포도주로요? 1리라입니다."

"아니, 마르살라 포도주로요. 그리고 이 두 잔 값도 함께 계산해 주십시오." 그가 자신의 잔과 페두치를 위해 따랐던 잔을 그녀에게 건네주면서 말했다. 그녀는 깔때기로 마르살라를 4분의 1리터 병에 가득 채웠다. "그걸 갖고 갈 병도 주십시오." 젊은 신사가 말했다.

점원은 병을 찾으러 갔다. 그녀는 이 모든 일을 즐기는 듯 보였다.

"기분 상하게 해서 미안해, 타이니. 점심 식사 때 그런 식으로 말해서 미안해. 우린 같은 문제를 각자 다른 각도에서 보고

---

54) 야드파운드법에 의한 부피 단위로 미국에서는 약 0.95리터, 영국에서는 약 1.11리터.

있었던 거야." 그가 말했다.

"그런 건 아무래도 좋아요. 전혀 문제가 안 돼요." 그녀가 대답했다.

"너무 춥지 않아?" 그가 물었다. "스웨터를 하나 더 입고 오지 그랬어."

"스웨터라면 세 개나 입은걸요."

점원 아가씨가 아주 가느다란 갈색 병을 갖고 와 그 병에 마르살라를 따랐다. 젊은 신사는 5리라를 더 주었다. 그들은 가게 밖으로 나갔다. 점원 아가씨의 표정이 즐거워 보였다. 페두치는 바람을 피해 반대쪽 끝에서 낚싯대를 들고 왔다 갔다 하고 있었다.

"자, 갑시다. 내가 낚싯대를 들고 가죠. 누가 보면 어때요? 아무도 우리를 괴롭히지는 않을 거요. 이 코르티나에서는 내게 시비를 걸 사람이 아무도 없어요. 난 무니시피오[55]에 있는 사람들을 잘 알거든. 난 예전에 군인이었죠. 그래서 이 마을 사람들은 모두 나를 좋아해요. 지금은 개구리를 팔고 있소이다. 그런데 낚시질을 금한다고 해서 그게 뭐 어쨌다는 겁니까? 아무렇지도 않아요. 아무 문제도 없죠. 큰 송어는 말입니다. 얼마든지 있어요."

그들은 언덕을 내려와 강이 있는 쪽으로 걸어갔다. 읍내는 그들 뒤쪽에 있었다. 해가 이미 지고 서서히 빗방울이 떨어지기 시작했다. "저쪽 좀 보시오." 페두치가 그들이 지나가던 어

---

55) '시청.'

느 집 문가에 서 있는 아가씨를 가리키면서 말했다. "내 도터(딸)요."

"이 사람, 독터(의사)래요. 우리가 이 사람 의사까지 봐야 하나요?" 그의 아내가 물었다.

"자기 딸이라고 말한 거야." 젊은 신사가 말했다.

그 젊은 아가씨는 페두치가 손가락질을 하자 집 안으로 들어가 버렸다.

그들은 언덕을 내려가 들판을 지난 뒤 방향을 돌려 강둑을 따라 걸어갔다. 페두치는 계속 윙크를 하고 아는 척하면서 잠시도 쉬지 않고 지껄여 댔다. 세 사람이 나란히 걷고 있을 때 그의 입김이 바람결에 그녀에게로 불어왔다. 한번은 그녀의 옆구리를 쿡 찌르기도 했다. 어떤 때는 담페초[56] 사투리로 말하는가 하면, 또 어떤 때는 티롤[57] 지방의 독일어 사투리로 지껄이기도 했다. 젊은 신사와 그의 아내가 어느 사투리를 더 잘 알아듣는지 몰랐기 때문에 두 가지 언어를 모두 사용한 것이다. 그러다가 젊은 신사가 "야, 야.[58]"라고 독일어로 말하자 페두치는 티롤 말을 쓰기로 결정했다. 그러나 젊은 신사와 그의 아내는 그의 말을 한 마디도 이해하지 못했다.

"마을 사람들이 우리가 낚싯대 들고 가는 것을 다 봤어. 그러니 지금쯤은 아마 수렵 감독관이 우리 뒤를 쫓고 있을 거야. 이런 쓸데없는 일로 감옥에 가긴 싫은데. 저 늙은 바보는 이렇

---

56) 이탈리아 북부 알프스 남부에 위치한 소도시.

57) 오스트리아 서부에 위치한 마을.

58) "네, 네."라는 뜻의 독일어.

게 취해 있으니."

"하지만 당신은 지금 당장 돌아갈 용기가 없을 테죠. 물론 당신은 이대로 가야 할 거예요." 그의 아내가 대꾸했다.

"그러면 당신은 돌아가면 되지 않아? 자, 돌아가, 타이니."

"난 당신과 함께 있겠어요. 당신이 감옥에 가게 된다면 우리 둘이 같이 가는 게 더 나을 거예요."

그들은 갑자기 돌아 강둑을 내려갔고, 페두치는 바람에 웃옷을 나부끼며 우뚝 서서 강을 향해 몸짓을 했다. 강물은 갈색으로 잔뜩 흐려져 있었다. 오른쪽 저쪽에는 쓰레기 더미가 있었다.

"이탈리아어로 말해 보시오." 젊은 신사가 말했다.

"운 메초라. 피우 둔 메초라.[59]"

"적어도 삼십 분은 더 걸린다는데. 그러니 돌아가, 타이니. 이런 바람이라면 많이 추울 거야. 사나운 날씨라 어쨌든 재미도 없을 테고."

"그럼 알았어요." 이렇게 말하고 그녀는 풀이 자란 둑으로 올라갔다.

페두치는 강에 내려가 있었기 때문에 그녀의 모습이 꼭대기에서 사라질 때까지 알아채지 못했다. "프라우! 프라우! 프라울라인![60] 가면 안 돼요." 그가 소리쳤다.

그녀는 언덕 꼭대기를 넘어갔다.

---

59) "어, 삼십 분, 적어도 삼십 분은 걸릴 거요."
60) "부인! 부인! 아가씨!"라는 뜻의 독일어.

“가 버렸군!” 페두치가 말했다. 그는 몹시 실망했다.

페두치는 낚싯대를 묶은 고무 밴드를 풀어 마디마디를 붙잡고 낚싯대 하나를 연결하기 시작했다.

“하지만 앞으로 삼십 분도 더 걸린다고 하지 않았습니까?”

“아, 그렇죠. 삼십 분 정도 더 내려가면 좋죠. 하지만 여기도 괜찮아요.”

“정말인가요?”

“물론이죠. 여기도 좋고 저기도 좋아요.”

젊은 신사는 강둑에 주저앉아 낚싯대를 잇고 얼레를 달아 낚싯줄을 줄 돌리개에 동여맸다. 언제 수렵 감독관이나 마을 사람들이 무리를 지어 마을에서 강둑을 넘어올지 몰라 그는 안절부절못했으며 겁을 먹고 있었다. 언덕 끝으로 마을의 집들과 종각이 보였다. 그는 낚시 목줄을 넣은 상자를 열었다. 페두치는 허리를 굽혀 평평하고 단단한 엄지손가락과 둘째손가락을 상자 안에 넣어 축축한 낚시 목줄을 엉키게 했다.

“납 있어요?”

“없는데요.”

“납이 있어야 하는데.” 페두치는 흥분해 있었다. “피옴보[61]가 있어야 해요. 피옴보. 조그마한 피옴보 말이죠. 여기에 달아야 하거든요. 바늘 바로 위에 말이오. 그러지 않으면 먹이가 물 위로 떠내려가요. 납이 필요한데. 조그마한 피옴보면 되는데 말이오.”

---

61) ‘납.’

"아저씨한테 없나요?"

"없어요." 그는 주머니들을 마구 뒤졌다. 군복 주머니 안감의 실 부스러기까지 휘저었다. "하나도 없어요. 어쨌든 납이 있어야 하는데."

"그러면 낚시질은 못 하겠군요." 젊은 신사가 말했다. 그러고는 줄 돌리개에 낚싯줄을 도로 감아 들이면서 결합한 낚싯대를 분리했다. "낚시질은 납을 구해서 내일 하기로 하죠."

"들어 봐요, 가로[62], 피옴보가 있어야 해요. 납이 없으면 낚싯줄이 물 위에 뜨고 만다니까요." 페두치가 기대하던 날이 이제 그의 눈앞에서 산산이 부서지고 있었다. "피옴보가 있어야 해요. 조금만 있으면 돼요. 당신의 낚시 도구는 모두 새것이고 깨끗하지만, 납이 없단 말씀이오. 내가 가져왔으면 좋았을걸. 당신이 다 준비해 놓았다고 하기에."

젊은 신사는 눈이 녹으면서 더러워진 강물을 바라보았다. "알았어요. 내일 납을 구해서 다시 옵시다." 그가 말했다.

"내일 아침 몇 시 말입니까? 말해 주시오."

"7시에요."

그때 해가 나왔다. 따뜻하고 기분이 좋았다. 젊은 신사는 한결 마음이 가뿐해졌다. 이제는 법을 어기지 않아도 되는 것이다. 강둑에 앉아 그는 주머니에서 마르살라 병을 꺼내 페두치에게 넘겨주었다. 페두치는 그것을 다시 돌려주었다. 젊은 신사도 한 모금 마시고는 다시 병을 페두치에게 주었다. 페두치

62) 상대를 친근하게 부르는 호칭.

가 또다시 그것을 돌려주었다. "마셔요. 자, 마셔요. 당신 술이니까." 그가 말했다. 한 모금 잠깐 마신 다음 젊은 신사는 또 술병을 넘겨주었다. 페두치는 그 모습을 자세히 지켜보았다. 그러고 나서 급히 병을 받아 들더니 곧바로 쭉 들이켰다. 길쭉한 갈색 병 끝을 쳐다보며 마시는 동안 목덜미 주름에 난 희끗희끗한 털이 움직였다. 그는 술을 모두 마셔 버렸다. 그가 술을 마시는 동안 햇살이 밝게 빛났다. 멋진 날이었다. 누가 뭐라 해도 대단한 날이었다. 정말 멋진 날이었다.

"센타[63], 카로! 아침 7시요." 그는 젊은 신사를 몇 번이나 '카로'라고 불렀지만 아무런 일도 일어나지 않았다. 고급 마르살라였다. 그의 두 눈이 반짝 빛났다. 오늘 같은 날이 앞으로도 계속 이어질 것이다. 내일은 아침 7시부터 시작될 예정이었다.

두 사람은 언덕을 올라 마을을 향해 걸어갔다. 젊은 신사가 앞장을 섰다. 그는 한참 떨어져 언덕 위에 올라가 있었다. 페두치가 그에게 소리 질렀다.

"들어 봐요, 카로. 내게 5리라만 줄 수 없겠소?"

"오늘 안내한 값으로 말인가요?" 젊은 신사가 얼굴을 찡그리며 물었다.

"아니 오늘 분이 아니죠. 내일 분으로 줘요. 내일 준비는 내가 다 하리다. 파네, 살라미, 포르마조[64] 등 우리가 먹을 것들

---

63) "들어 봐요."
64) '빵, 소시지, 치즈.'

모두 말이오. 당신과 나와 당신 아내가 먹을 것 말입니다. 미끼는 지렁이가 아니라 피라미로 준비하겠소. 어쩌면 마르살라도 좀 살 수 있을 거요. 전부 5리라 안에서 사 오죠. 그러니 5리라만 부탁합니다."

젊은 신사는 지갑을 들여다보고 2리라짜리 지폐 한 장과 1리라짜리 지폐 두 장을 꺼냈다.

"고맙소, 젊은이. 정말 고맙소이다." 페두치는 마치 칼턴 클럽[65] 회원이 다른 회원한테서 《모닝 포스트》를 받을 때 하는 말투로 말했다. 인생이란 이렇게 사는 것이다. 꽁꽁 얼어붙은 퇴비를 쇠스랑으로 부수는 호텔 정원 일은 이제 끝이다. 새로운 삶이 바야흐로 열리고 있었다.

"그럼, 내일 아침 7시에 만납시다, 카로." 그는 젊은 신사의 등을 두드리며 말했다. "정확히 7시요."

"어쩌면 난 못 갈지도 모릅니다." 젊은 신사가 주머니에 지갑을 다시 넣으면서 말했다.

"뭐라고요. 피라미를 갖고 가겠어요. 소시지니 뭐니 모두 갖고 갈 겁니다. 선생하고 나하고 선생의 부인, 우리 셋이서 먹을 것을 말이오."

"어쩌면 못 갈지도 모릅니다. 그럴 가능성이 훨씬 큽니다." 젊은 신사가 말했다. "만약 못 가게 되면 호텔 주인에게 말해 놓겠습니다."

---

65) 런던에서 조직된 정치가 클럽.

세계의 수도

마드리드에는 파코라는 이름을 가진 소년들이 아주 많다. 파코란 프란시스코를 줄여서 부르는 애칭이다. 마드리드의 우스갯소리 중에 이런 말이 있다. 마드리드로 찾아온 어느 아버지가 《엘 리베랄》 신문의 광고란에 "파코, 화요일 정오에 몬타나 호텔로 나를 찾아오너라. 모든 것을 용서한다. 아버지가."라는 광고를 낸 적이 있다. 그랬더니 무려 800명이나 되는 젊은이들이 이 광고를 보고 몰려와 경찰 한 중대가 출동하여 그들을 해산시켜야 했다는 것이다. 그러나 여기서 말하는 이 파코라는 소년은 루아르카 펜션에서 심부름을 하고 있는 웨이터로 그에게는 자기를 용서해 줄 아버지도 없었고, 또 아버지의 용서를 받아야 할 아무런 까닭도 없었다. 그에게는 누나가 둘 있었는데 같은 루아르카 펜션에서 하녀 노릇을 했다. 전에 이 루아르카 펜션에서 하녀로 일하던 어느 여자가 열심히 일했을 뿐만 아니라 정직해서 그녀의 고향과 그곳 출신 사람들이 성실하다는 평판을 입증한 일이 있었기 때문에 바로 그 마을 출신이라는 이유만으로 하녀 자리를 얻었던 것이다. 그런 뒤 이 두 누나는 파코가 마드리드까지 나올 수 있도록 그의 버스 값을 치러 주고, 수습 웨이터 자리까지 마련해 주었다. 파코는 에스트레마두라[66]의 어느 마을 출신이었다. 생활 조건이 믿기지 않을 만큼 원시적인 데다 먹을거리도 부족하고, 오락 시설 같은 것은 전혀 알려져 있지 않았던 그곳에서 그는 기억할 수 있는 무렵부터 죽어라고 일만 해 왔다.

파코는 다부져 보이는 몸집에 머리카락은 새까맣고 약간 곱슬거렸으며 고른 치아에 살결은 누나들이 부러워할 만큼 고왔다. 또 그는 늘 자연스러운 미소를 띠었다. 동작이 날쌔 일도 곧잘 했다. 그리고 아름답고 세련된 누나들을 사랑했다. 그는 마드리드를 사랑했지만 아직도 그 도시가 실제로 존재한다는 게 믿어지지 않았다. 또 그는 자신의 일도 사랑했다. 밝은 불빛 아래 깨끗한 리넨이 깔린 식탁에서 정복을 입고 부엌에는 먹을 것이 얼마든지 있어서 그가 하는 일은 자못 낭만적으로 멋져 보였다.

루아르카에 머물며 식당에서 식사를 하는 사람은 여덟 명에서 열두 명 정도였지만, 식사 시중을 드는 세 웨이터 중 가장 나이 어린 파코에게는 오직 투우사만이 진짜 손님처럼 보였다.

이 펜션에 머무는 이들은 대개가 이류 투우사들이었는데,

66) 스페인 서부에 위치한 자치 지방으로 서쪽으로는 포르투갈과 접해 있다.

그 까닭은 산헤로니모 거리에 있어 위치가 좋고 음식 맛도 훌륭한 데다 하숙비가 쌌기 때문이다. 화려한 모습을 갖출 필요까지는 없었지만 투우사라면 적어도 존경받을 만한 외형을 갖춰야 했다. 단정한 몸가짐과 위엄 있는 행실은 스페인에서 가장 높이 평가받는 미덕으로, 용기보다도 더 중요하게 여겨졌기 때문이다. 그래서 투우사들은 마지막 한 푼이 다 떨어질 때까지 이 루아르카에 머물렀다. 투우사들이 루아르카를 떠나 이보다 좋고 값비싼 호텔로 옮겨 갔다는 기록은 아직 없다. 이류 투우사들은 결코 일류 투우사가 되는 법이 없었다. 루아르카에서 더 낮은 호텔로 옮기는 것은 순식간의 일이었다. 무엇이든 일을 하고 있는 사람은 누구나 이곳에 머물 수 있었고, 또 루아르카를 경영하는 여주인은 그들의 일이 희망 없다고 판단할 때까지는 손님이 먼저 요구하지 않는 한 계산서를 내밀지 않았기 때문이다.

이 무렵 루아르카에는 아주 훌륭한 피카도르[67] 두 명과 뛰어난 반데리야로[68] 한 명과 함께 최고 투우사 세 명이 머물고 있었다. 루아르카 펜션은 피카도르와 반데리야로에게는 분수에 넘치는 곳이었다. 그들 가족은 세비야에 있었지만 봄철 시즌 동안에는 마드리드에 숙소를 정할 필요가 있었다. 하지만 이들은 보수가 좋았고, 다음 시즌 계약을 많이 맺은 투우사들

---

67) 창으로 황소의 목을 찔러 성나게 함으로써 투우를 시작하게 하는 기수. 황소를 죽이는 투우사인 마타도르(matador)의 조수 격이다.
68) '반데리야'를 사용하는 투우사. 반데리야는 투우할 때 사용하는 창으로 화려한 색깔로 장식되어 있고 끝에는 쇠갈고리가 달려 있다.

에게 미리 고용되어 있었다. 따라서 이들 세 하급 투우사들은 저마다 정식 투우사 세 명보다도 돈을 많이 벌고 있었는지도 모른다. 정식 투우사 셋 중 한 명은 병을 앓았는데 그는 그 사실을 감추려고 애썼다. 또 한 명은 참신한 묘기를 자랑하던 투우사로 짧은 기간 동안 인기를 누렸지만 이제는 관중들한테서 잊히고 말았다. 그리고 세 번째 투우사는 겁이 많았다.

이 겁쟁이 투우사도 한때는 최고 투우사로서 아주 용감무쌍하고 뛰어난 솜씨를 자랑했다. 첫 시즌이 시작되어 복부 아래쪽에 뿔이 받혀 심한 상처를 입기 전까지는 말이다. 그래서인지 그는 아직도 그 화려했던 시절의 호탕한 버릇을 대부분 그대로 지녔다. 지나칠 정도로 쾌활해서 웃을 일이 있건 없건 늘 웃었다. 한창 잘나갈 무렵에는 짓궂은 농담을 일삼는 버릇이 있었지만 이제 그런 버릇은 다 버렸다. 사람들은 이제 그 사람에게는 감정조차 없다고 확신했다. 이 투우사는 지적이고 솔직한 얼굴 표정을 짓고 있으면서도 꽤나 멋을 부렸다.

병을 앓는 투우사는 조심성이 많아 앓는 티를 조금도 내지 않았고, 식탁에 차려 놓은 음식을 하나도 빼놓지 않고 조금씩이라도 입에 대 보는 등 지나칠 만큼 소심했다. 그는 손수건도 꽤 많이 갖고 있었는데 그것을 하나하나 자기 방에서 손수 빨곤 했다. 그리고 최근에는 자신의 투우복마저 팔아 치웠다. 크리스마스 전에 한 벌을 헐값에 처분했고, 4월 첫 주에도 또 한 벌을 팔아 치웠다. 투우복은 값이 많이 나갔기 때문에 언제나 잘 간수했으며, 그에게는 아직도 한 벌이 남아 있었다. 병으로 앓아눕기 전까지는 꽤 전도 유망하고 한때는 센세이션을 불러일으키던 투우사였다. 마드리드 데뷔 무렵에는 벨몬테[69]보다 훌륭하다는 평을 들었는데, 일자무식임에도 그는 그 때의 신문 기사를 오려 스크랩해 두었다. 그는 조그마한 식탁에서 혼자 식사를 했고 얼굴을 거의 들지 않았다.

한편 참신한 묘기로 이름을 날렸던 투우사는 작달막한 키에 얼굴이 갈색이었지만 꽤나 점잔을 빼고 있었다. 그 역시 다른 식탁에서 혼자 식사를 했으며, 좀처럼 미소를 짓는 법이 없었고 소리 내어 웃는 일은 아예 없었다. 몹시 진지하다는 평을 듣는 바야돌리드[70] 출신으로 유능한 투우사였다. 용감무쌍하며 침착한 솜씨가 장점이었지만 그러나 그의 스타일은 이런 장점만으로 관중들의 사랑을 받기도 전에 이미 시대에 뒤떨어진 것이 되어 버렸다. 그래서 포스터에서 그의 이름을 보고 투우장에 가는 관객은 한 명도 없었다. 그의 이색적인 특징이라면 키가 너무 작아서 황소의 양쪽 어깨뼈 사이에 솟아오른 융기 위로 보이지 않는다는 점이었다. 그러나 키 작은 투우사들은 그 말고도 얼마든지 있었기 때문에 그는 한 번도 관중의 사랑을 받지 못했다.

피카도르 중 한 사람은 몸이 마르고 매 같은 얼굴에 머리카락이 희끗희끗한 사나이로 몸이 날씬하고 팔다리가 강철과 같았다. 바지 밑에는 늘 목부(牧夫)가 신는 신발을 걸쳤고, 저

---

69) 후안 벨몬테(Juan Belmonte, 1892~1962). 스페인의 투우사로 흔히 투우 역사에서 가장 훌륭한 투우사로 평가받는다.

70) 스페인의 북중부에 위치한 유서 깊은 도시로 피수에르가 강과 에스게바 강이 만나는 지점에 있다.

녁마다 고주망태가 되도록 술을 마셨으며, 이 펜션의 아무 여자에게나 음탕한 눈길을 던지곤 했다. 다른 피카도르는 몸집이 큰 데다 검은 갈색 얼굴을 한 미남으로 인디언처럼 새까만 머리카락에 손이 엄청나게 컸다. 둘 다 쓸 만한 피카도르였지만, 첫 번째 사람은 술과 방탕한 생활 때문에 훌륭한 솜씨 상당 부분을 잃게 되었다는 소문이 돌았고, 두 번째 사람은 너무 고집쟁이에다 싸움을 좋아해 어떤 투우사하고도 한 시즌 이상 같이 일을 못한다는 소문이 나돌았다.

반데리야로는 머리카락이 희끗희끗한 중년으로 나이에 비해 몸이 날렵했다. 식탁에 앉아 있는 그의 모습은 그런대로 돈깨나 만지는 사업가처럼 보였다. 두 다리는 이번 시즌에도 여전히 쓸모가 있었고, 다리만 잘 움직인다면 머리도 잘 돌아가고 경험도 있어 오랫동안 정기적으로 고용될 가능성이 있었다. 다만 지금은 투우장 안팎에서 자신만만하고 침착하게 굴고 있지만 그의 빠른 발동작이 사라질 때면 늘 겁에 질려 있게 될 것이다.

이날 저녁 모든 사람이 떠난 식당에는 술을 지나치게 마시는 얼굴이 매처럼 생긴 피카도르, 역시 술을 너무 많이 마시는 스페인의 시장과 축제에서 시계를 경매하는 반점이 있는 사람, 그리고 갈리시아[71]에서 온 신부 두 명만이 남아 있었다. 그런데 이 신부들은 귀퉁이 식탁에 앉아 지나치게는 아니어도 그런대로 꽤 술을 마시고 있었다. 그 무렵 포도주 값은 호텔

71) 스페인 서북부에 위치한 지방.

비용에 포함되어 있어 웨이터들은 처음에는 경매인의 식탁에, 그 뒤에는 피카도르의 식탁에, 마지막에는 두 신부의 식탁에 발데페냐스[72] 포도주 병을 막 갖다 놓은 참이었다.

웨이터 셋이 식당의 끄트머리에 서 있었다. 각자 맡은 식사 손님들이 자리를 뜰 때까지 자리를 지키는 것이 이 호텔의 규칙이었다. 그러나 신부 두 사람을 책임 맡고 있는 웨이터는 아나코 생디칼리스트[73] 집회에 참석하기로 약속되어 있어 파코가 대신 그의 식탁을 맡아 주기로 했다.

2층에는 병을 앓고 있는 투우사가 침대에 얼굴을 파묻고 혼자 누워 있었다. 이제 참신하다는 명성을 잃어버린 투우사는 창밖을 내다보면서 카페라도 나가 볼까 하여 준비를 하고 있었다. 겁쟁이 투우사는 파코의 누나 한 사람을 자기 방에 데려다 놓고 무언가를 요구하고 있었고, 그녀는 웃으면서 그 부탁을 거절하고 있었다. "제발, 이 잔인한 아가씨야." 투우사는 이렇게 말하고 있었다.

"안 돼요. 왜 내가 그래야 돼요?" 파코의 누나가 말했다.

"부탁이야."

"식사를 마쳤으니 이제 나를 후식으로 삼으려는 거군요."

"딱 한 번만. 해될 것도 없잖아?"

"날 그냥 내버려 둬요. 제발 가만히 내버려 두라니까요."

"그리 대단한 일도 아니잖아."

---

72) 스페인 술.

73) 무정부 노동조합주의자.

"그냥 내버려 두라고요."

아래층 식당에서는 회합 시간에 늦은 키가 제일 큰 웨이터가 투덜거렸다. "저 검은 돼지 같은 놈들이 술 마시는 꼴 좀 봐요."

"그런 식으로 말하면 안 되지. 저분들은 점잖은 단골손님이야. 그리고 그다지 많이 마시는 것도 아니잖아." 두 번째 웨이터가 대꾸했다.

"나로선 점잖게 말하는 거예요." 키 큰 웨이터가 대꾸했다. "스페인에는 저주할 게 두 가지 있어요. 하나는 투우사고, 다른 하나는 성직자예요."

"하지만 투우사고 성직자고 개별적으로 하나하나 따져 보면 반드시 그렇지만도 않아." 두 번째 웨이터가 말했다.

"그렇죠. 하지만 개인을 통해서만 전체 계급을 공격할 수 있거든요. 개별적인 투우사와 개별적인 성직자를 죽여 버려야 해요. 모조리 다요. 한 놈도 안 남을 때까지 말이죠." 키 큰 웨이터가 말했다.

"그 일은 회합을 위해 남겨 두시지." 다른 웨이터가 말했다.

"마드리드가 얼마나 야만적인지 봐요. 11시 30분이 다 된 이 시간까지도 술을 퍼마셔 대고 있으니." 키 큰 웨이터가 말했다.

"10시가 돼서야 겨우 식사를 시작했잖아. 자네도 알다시피, 아직 요리 접시가 많이 남아 있고. 포도주 값이 싼 데다 그 술값도 다 치렀어. 또 독한 술도 아니잖아." 다른 웨이터가 대꾸했다.

"아저씨처럼 어리석은 사람들 때문에 노동자들이 단결이 안 되는 거예요." 키 큰 웨이터가 말했다.

"이봐, 난 평생을 두고 일만 해 왔네. 남은 여생도 일을 해야 해. 그래도 일에 대해선 어떤 불평도 하지 않아. 일하는 건 정상적인 거야." 나이가 쉰이 된 두 번째 웨이터가 말했다.

"그래요, 일이 없으면 사람은 죽죠."

"난 늘 일을 해 왔단 말이야. 자넨 어서 회합에나 가게. 여기 있을 필요가 없잖아." 나이 많은 웨이터가 말했다.

"아저씨는 훌륭한 동지예요. 하지만 이데올로기가 전혀 없어요." 키 큰 웨이터가 말했다.

"메호르 시 메 팔타 에소 케 엘 오트로.[74] 어서 미틴[75]에나 나가게." 나이 많은 웨이터가 대꾸했다.

파코는 말없이 가만히 있었다. 그는 정치에 대해서는 아직 이해하지 못했지만, 키 큰 웨이터가 신부와 민병대를 모두 죽여야 한다고 말하는 것을 들을 때마다 스릴을 느꼈다. 그에게 있어 키 큰 웨이터는 혁명을 의미했고, 혁명은 낭만적인 것이었다. 그 자신은 선량한 가톨릭 신자도 되고 싶었고 혁명주의자도 되고 싶었으며, 이와 같이 안정된 직업도 갖고 싶었지만 동시에 투우사도 되고 싶었다.

"회합에나 다녀와요, 이냐시오. 내가 대신 맡아서 할 테니." 그가 말했다.

---

74) "일이 없는 것보다는 그것이 없는 쪽이 나아."라는 뜻의 스페인어. 이어지는 외국어는 모두 스페인어이다.

75) '회합' 또는 '모임.'

"우리 둘이서 같이 하자." 나이 많은 웨이터가 말했다.

"혼자서도 넉넉히 할 수 있어요. 어서 회합에나 가요." 파코가 말했다.

"푸에스, 메 보이.[76]" 키 큰 웨이터가 말했다.

그러는 동안 2층에서는 파코의 누나가 마치 레슬링 선수가 살짝 몸을 비켜 빠져나오듯이 마타도르의 포옹에서 교묘하게 빠져나오면서 발끈 화를 내며 한마디 쏘아붙였다. "이 사람들은 만날 굶주리기만 했나 봐. 실패한 투우사 주제에! 겁만 잔뜩 남아 가지고는! 아직도 그런 용기가 남아 있거든 투우장에서나 멋지게 써 보시든가."

"그건 창녀나 지껄이는 말투야."

"창녀도 여자예요. 난 창녀가 아니지만요."

"너도 그렇게 될 거야."

"당신과는 어림도 없어요."

"어서 나가." 투우사가 내뱉었다. 그녀한테서 거절당한 그는 비겁함이 되살아나는 것을 느꼈다.

"나가라고요? 못 나갈 거 없죠. 하지만 이불을 깔아 드려야 해요. 그건 내가 돈 받고 하는 일이니까요." 파코의 누나가 말했다.

"어서 나가라니까!" 투우사는 잘생긴 얼굴을 찡그리면서 울상이 되어 소리쳤다. "이 갈보 년, 이 더러운 갈보 년!"

"투우사님, 나의 투우사님." 파코의 누나는 문을 닫으면서

---

76) "그래, 간다."

말했다.

투우사는 방 안 침대 위에 앉아 있었다. 여전히 얼굴을 찡그리고 있었다. 그런데 그는 투우장에서는 이런 찡그린 얼굴을 한결같이 미소로 감추는 바람에 그 모습을 잘 알고 있는 좌석 첫 줄에 앉아 있는 관람자들은 겁을 집어먹곤 했다. "이년이! 이년이! 이년이!" 그는 큰 소리로 부르짖었다.

그는 한창 이름을 떨치던 때를 떠올렸다. 지금으로부터 겨우 삼 년 전의 일이었다. 5월 어느 더운 날 오후, 금실로 수놓은 비단 투우복이 그의 어깨를 묵직하게 누르던 그 느낌을 기억할 수 있었다. 그때 그의 목소리는 투우장에 있을 때나 카페에 앉아 있을 때나 한결같았다. 그는 아래쪽으로 기울어진 뾰쪽한 칼날을 따라 황소의 어깨 꼭대기 지점을 얼마나 멋지게 겨눴는지 모른다. 그가 죽이려고 덤벼들 때 저 아래로 숙인 널찍하고 나무 소리가 나고 끝이 나무 조각처럼 뾰족한 황소의 뿔 위쪽, 짧은 털이 난 시꺼먼 살덩어리에는 먼지가 뿌옇게 쌓여 있었다. 또 그때 손바닥으로 칼자루를 밀고, 그의 왼쪽 팔은 나지막하게 교차되고, 왼쪽 어깨를 앞쪽으로 기울이며 몸무게를 왼쪽 다리에 걸었다가 다리에서 무게를 뗄 때 칼날은 그 단단한 살덩이 속에 얼마나 쉽게 쑥 들어갔는지 모른다. 그의 몸무게는 아랫배 쪽에 실려 있었는데, 황소가 머리를 쳐드는 바람에 뿔이 보이지 않아, 그는 사람들이 자기를 잡아당길 때까지 두 번이나 그 뿔 위에서 흔들거렸다. 그래서 이제 그는 황소를 죽이려 덤벼들 때도 도저히 뿔을 쳐다볼 수가 없었다. 그가 투우와 싸우기 전에 어떤 일을 겪었는지를 어느 창녀인들 알겠는가? 그리고 자기를 비웃고 있는 사람들은 도대체 무엇을 겪어 왔단 말인가? 그자들은 하나같이 창녀들이었고, 또 자기들이 어떤 짓을 할 수 있는지 잘 알고 있었다.

아래층 식당에는 피카도르가 신부들을 쳐다보며 앉아 있었다. 만약 방 안에 여자들이 있었다면 그는 여자들을 쳐다보았을 것이다. 여자들이 없는 날이면 잉글레스[77] 같은 외국인이라도 흥미롭게 빤히 바라보았을 것이다. 그러나 여자들도 외국인들도 없는 지금 그는 신부 두 사람을 재미있다는 듯이 무례하게 응시하고 있었다. 그가 뚫어져라 바라보는 동안 반점이 있는 경매인은 자리에서 일어나 냅킨을 접고 자신이 주문한 마지막 술병을 반 이상이나 그대로 남겨 둔 채 식당에서 나갔다. 만약 루아르카 호텔에서 포도주 값을 따로 계산했다면 그는 아마 술병을 탁탁 털어 한 방울도 남기지 않고 마셨을 것이다.

두 신부는 자기들을 바라보고 있는 피카도르를 쳐다보지 않았다. 한 신부가 이렇게 말했다. "그 사람을 만나려고 여기 와서 기다린 지 벌써 열흘이나 되었어요. 온종일 객실에 앉아 있었지만 나를 만나 주려 하지 않는군요."

"그럼 어떻게 할 겁니까?"

"모르겠어요. 무슨 방법이 있을까요? 당국에 맞설 수도 없으니."

"나도 여기 온 지 벌써 이 주나 되었는데 역시 헛수고입니

77) '영국인.'

다. 아무리 기다려도 만나 줘야 말이죠."

"우린 버림받은 지방에서 왔나 봅니다. 돈이 다 떨어지면 돌아가야죠."

"다시 버림받은 지방으로 말이죠. 마드리드가 갈리시아에 대해 무슨 관심이나 두겠어요? 어쨌든 우리 지역은 가난한 곳이니까요."

"바실리오 형제의 행동도 이해할 수 있을 것 같아요."

"하지만 난 바실리오 알바레스[78]의 성실성은 정말 신뢰할 수가 없습니다."

"마드리드에 있으면 이것저것 알게 되지요. 마드리드는 스페인의 암적 존재이니까요."

"그 사람들이 만나라도 주고 거절했으면 좋겠는데."

"아뇨. 결국 기다리다 지치고 말 겁니다."

"글쎄, 어디 두고 보죠. 나도 다른 사람들처럼 기다릴 수 있으니 말이오."

그때 피카도르는 자리에서 일어나 신부들의 식탁으로 걸어가서는 희끗희끗한 머리에 매 같은 얼굴을 똑바로 쳐들고 그들을 빤히 쳐다보면서 미소를 지었다.

"토레로[79]로군." 한 신부가 다른 신부에게 말했다.

"꽤 솜씨가 좋은 토레로죠." 이렇게 말하면서 피카도르는 식당 밖으로 걸어 나갔다. 허리가 날씬하고 다리는 안짱다리

78) Basilio Alvarez(1900~1937). 스페인 갈리시아에서 활동한 농촌 지역 지도자.
79) '투우사.'

인 그는 회색 재킷을 걸치고 몸에 꼭 끼는 바지에 굽이 높은 목부의 신발을 신고는 마룻바닥을 쿵쿵 구르며 미소를 지으면서 꽤 침착하게 으스대며 걸어 나갔다. 개인의 능력을 발휘하는 작지만 야무진 직업 세계 속에 살고 있는 그는 밤에는 술에 얼큰하게 취해서 오만하게 굴었다. 시가에 불을 붙이고 현관 복도에서 모자를 비스듬히 고쳐 쓰더니 카페를 향해 걸어 나갔다.

피카도르가 밖으로 나가자 신부들도 자기네들이 식당 안에 마지막으로 남아 있다는 것을 깨달았는지 그의 뒤를 이어 곧바로 식당을 떠났다. 이제 식당 안에는 파코와 중년 웨이터 말고는 아무도 없었다. 그들은 식탁을 치우고 술병을 부엌에 갖다 놓았다.

부엌에는 접시를 닦는 소년이 하나 있었다. 그는 파코보다 세 살 위로 사뭇 냉소적이고 적대적이었다.

"이 잔 마시게." 중년 웨이터가 이렇게 말하면서 발데페냐스 한 잔을 따라 그에게 건네주었다.

"네, 마시죠." 소년이 술잔을 받았다.

"파코, 너도 한잔하겠니?" 다른 웨이터가 물었다.

"고맙습니다." 파코가 대답했다. 그래서 셋은 함께 술을 마셨다.

"자, 이제 난 그만 가 봐야겠어." 중년 웨이터가 말했다.

"그럼 안녕히 들어가십시오." 그들은 그에게 인사를 했다.

그가 밖으로 나가자 그들만이 남게 되었다. 파코는 신부 한 사람이 사용했던 냅킨을 들고 똑바로 섰다. 그리고 발뒤꿈치를 딱 버티고 냅킨을 아래로 내린 뒤 머리도 동작을 따라가며 서서히 회전하는 베로니카[80] 흉내를 내면서 두 팔을 흔들었다. 그는 돌아서서 오른발을 앞으로 가볍게 내밀고 두 번째 파세[81]를 한 뒤 머릿속 상상으로 황소에게 조금 유리한 위치를 확보하고는 천천히 완벽하게 시간에 맞춰 멋지게 세 번째 파세를 했다. 그러고 나서 다시 냅킨을 허리에 모으고 중간 베로니카로 엉덩이를 살짝 황소에게서 돌려 뗐다.

이름이 엔리케라는 접시닦이 소년은 파코가 하는 짓을 못마땅해하면서 경멸하듯이 쳐다보았다.

"황소는 어때?" 그가 물었다.

"굉장히 용감해." 파코가 대답했다. "자, 보라고."

날씬하게 똑바로 서서 그는 네 번 더 완벽한 파세를, 그것도 아주 부드럽고도 고상하고 우아하게 해치웠다.

"황소는?" 싱크대를 등지고 서 있던 엔리케가 앞치마를 걸친 채 술잔을 들고 물었다.

"아직도 위세가 당당하지." 파코가 말했다.

"널 보고 있으면 구역질이 나." 엔리케가 말했다.

"어째서?"

"자, 이것 봐."

엔리케는 앞치마를 벗어 버리고 가상의 황소를 끌어들이면

80) 황소가 케이프를 통과하여 돌진할 때 투우사가 케이프를 두 손으로 펼쳐 들고 천천히 선회하는 동작.

81) 투우사가 케이프(망토)나 물레타(붉은 천)로 황소의 주의를 끌어 소의 공격 코스를 조절하는 동작.

서 조각 같은 몸짓으로 느릿한 집시풍의 베로니카를 완벽하게 네 번 반복하고는 황소에게서 걸어 나오면서 앞치마를 흔들어 황소의 콧등을 스쳐 완전한 호(弧)를 그리는 레볼레라[82]로 끝을 맺었다.

"자, 봤지." 그가 말했다. "그럼 이제 난 접시나 닦겠어."

"왜 구역질이 나는데?"

"공포 때문이지. 미에도.[83] 네가 투우장에서 황소와 마주칠 때 느낄 그 공포 말이야." 엔리케가 말했다.

"아냐, 난 공포 같은 거 안 느낄 거야." 파고가 대꾸했다.

"레체![84] 공포를 안 느끼는 사람은 없어. 하지만 투우사라면 황소를 다뤄야 하니까 공포를 억제할 수 있어야 해. 나도 아마추어 시합에 나간 일이 있는데 하도 무서워서 그만 도망치고 말았지 뭐야. 모두들 아주 우습게 생각하더군. 그러니 너도 공포를 느낄 거야. 만약 공포라는 게 없다면 아마 스페인의 구두닦이들도 모두 투우사가 되려고 할걸. 너 같은 시골뜨기야 나보다 몇 곱절 더 겁먹을 테고."

"천만의 말씀!" 파코가 대꾸했다.

파코는 머릿속으로 이 투우 놀이를 여러 번 해 왔다. 상상 속에서 너무 여러 번 황소의 뿔을 보았고, 황소의 젖은 콧등을 보았으며, 퍼뜩퍼뜩 귀를 경련시키고 나서는 머리를 수그린 채 발굽을 쿵쿵거리며 돌진해 오는 모습을 보아 왔다. 또 그가

82) 투우에서 황소를 넘어뜨리는 마지막 단계.

83) '공포' 또는 '두려움.'

84) "제기랄!" 또는 "빌어먹을!"

케이프를 휘두르면 성난 황소가 자기 옆을 스쳐 지나가고, 또 다시 계속해서 케이프를 휘두르면 덤벼들고, 또 휘두르면 덤벼들고, 또 휘두르면 덤벼들곤 하는 것을 보아 왔던 것이다. 그러다가 마침내 큼직한 중간 베로니카로 황소를 자기 주위에 맴돌게 하고 난 뒤 아슬아슬한 파세에서 황소 머리털이 자기 재킷의 황금 장식에 걸리게 하고서는 몸을 흔들며 걸어 나오면, 황소는 마치 최면술에 걸린 듯이 멍하니 서 있고 관중은 박수갈채를 보냈다. 천만의 말씀, 그는 절대 겁먹지 않을 것이다. 물론 다른 사람들이야 무서워하겠지. 하지만 그는 절대로 그렇지 않을 것이다. 그는 자신이 무서워하지 않으리라는 것을 잘 알았다. 설사 무서움이 느껴지더라도 어떻게든 해치울 수 있으리란 것을 잘 알았다. 그는 자신만만했다. "난 무서워하지 않을 거야." 그가 말했다.

엔리케가 다시 "레체!" 하고 내뱉었다.

그러고는 다시 말을 이었다. "어디 한번 해 볼까?"

"어떻게?"

"이봐, 넌 황소만 생각하지 황소의 뿔은 생각하지 않잖아." 엔리케가 말했다. "황소는 힘이 하도 세서 뿔로 칼처럼 날카롭게 찢고, 칼처럼 푹 쑤셔 박고, 곤봉처럼 때려죽인단 말이야. 이봐!" 그는 테이블 서랍을 열고 고기 자르는 식도 두 개를 꺼냈다. "의자 다리에 이 칼을 묶을게. 내가 의자를 머리 앞에 쳐들고 널 위해 황소 시늉을 해 주지. 이 칼들이 뿔이란 말이야. 만일 네가 그런 파세를 해낸다면 그건 대단한 거지."

"그럼 앞치마 좀 빌려 줘. 식당에 가서 해 보자." 파코가 말했다.

"아냐. 하지 마, 파코." 엔리케가 갑자기 비꼬는 듯한 말투를 버리고 말했다.

"해 보겠어. 난 안 무서워." 파코가 말했다.

"칼이 덤벼드는 걸 보면 무서워질 거야."

"어디 두고 봐. 내게 앞치마 좀 줘." 파코가 말했다.

이때 엔리케는 면도날처럼 날카롭고 큼직한 날이 달린 식도를 의자 다리에 단단히 붙들어 매고 더러운 냅킨 두 장으로 칼자루를 반쯤 단단히 싸서 꽁꽁 동여매기 시작했다. 그러는 동안 파코의 누나인 두 하녀는 「안나 크리스티」에 등장하는 그레타 가르보를 보러 영화관에 가고 있었다. 두 신부 중 한 명은 셔츠 바람으로 앉아서 성무일과(聖務日課) 기도서를 읽고 있었고, 다른 신부는 잠옷으로 갈아입고 기도를 올리고 있었다. 병으로 앓아누운 투우사를 제외한 나머지 투우사들은 저녁이면 늘 그러듯이 포르노스 카페에 나가 있었다. 그곳에서 몸집이 크고 머리카락이 검은 피카도르는 당구를 쳤고, 키가 작고 진지한 표정의 투우사는 밀크 커피 한 잔을 앞에 놓고 중년의 반데리야로와 다른 진지한 노동자들과 함께 혼잡한 테이블에 앉아 있었다.

술을 좋아하는 반백의 피카도르는 카살라스 브랜디 한 잔을 앞에 놓고 만족스러운 얼굴로 테이블을 응시하고 있었다. 그런데 이 테이블에는 이미 용기를 잃은 투우사가 이제 다시 반데리야로가 되려고 투우 검을 포기한 다른 투우사와 일에 지친 듯한 창녀 두 명과 함께 앉아 있었다.

경매인은 길모퉁이에 서서 친구들과 이야기를 주고받고 있었다. 키 큰 웨이터는 아나코 생디칼리스트 회합에서 발언할 기회를 노리고 있었다. 중년 웨이터는 알바레스 카페의 발코니에 자리 잡고 앉아 약한 맥주를 마시고 있었다. 루아르카 펜션 여주인은 덧베개를 두 다리 사이에 끼고 반듯하게 드러누워 벌써 잠에 빠져 있었다. 몸집이 크고 뚱뚱한 데다 정직하고 청결하고 무사태평한 그 여자는 매우 독실한 신자로, 이십 년 전 사망한 남편을 매일 그리워하거나 그를 위해 기도드리는 것을 한 번도 잊지 않았다. 병석에 누워 있는 투우사는 자기 방에서 혼자 손수건을 입에 갖다 대고 엎드려 잠을 자고 있었다.

이제 아무도 없이 텅 빈 식당에서는 엔리케가 냅킨으로 칼을 의자 다리에 마지막으로 붙들어 매고는 의자를 번쩍 치켜들었다. 칼 달린 의자 다리를 앞쪽으로 내밀어 칼 두 개가 똑바로 앞을 향하고 머리 양쪽에 하나씩 뾰족 나오게 하여 머리 위로 쳐들었다.

"아휴, 무거워. 이봐, 파코. 이건 정말 위험한 짓이야. 하지 말자니까." 그는 땀을 뻘뻘 흘리고 있었다.

파코는 그와 마주 보고 서서 앞치마를 펴 든 다음 양쪽 가장자리를 접어 한 손에 하나씩 꽉 움켜쥐고는 엄지는 위로, 검지는 아래로 향하게 하여 황소의 눈을 잡으려는 자세를 취했다.

"똑바로 돌진해 봐. 황소처럼 빙빙 돌아. 자, 얼마든지 덤비라고." 그가 말했다.

"언제 파세를 할지 어떻게 알지?" 엔리케가 물었다. "세 번

하고 난 뒤에 중간 파세를 하는 게 좋겠는데.”

“그래. 하지만 똑바로 돌진해. 자, 덤벼 봐, 토리토[85]. 어서 덤벼 보라고, 이 바보 같은 황소야!” 파코가 외쳤다.

엔리케는 머리를 숙이고 파코한테 달려들었고, 파코는 칼날이 자기 배 바로 앞을 스쳐 지날 때 앞치마를 칼 앞에 흔들었다. 그에게는 스쳐 간 칼날이 끝이 하얗고 매끄럽고 검은 진짜 황소 뿔 같았다. 엔리케가 그를 보내고 몸을 돌려 다시 돌진해 올 때 그것은 쿵 하고 옆을 지나가는 황소의 따끈하고도 피투성이가 된 옆구리 동체였다. 그러고 나서 파코가 케이프를 천천히 흔들어 대자 황소는 고양이처럼 몸을 돌려 다시 공격해 왔다. 그런 뒤 황소는 다시 몸을 돌려 돌진해 왔고, 돌진해 오는 점을 노려보며 파코가 왼쪽 발을 5센티미터쯤 더 앞쪽으로 내미는 바람에 칼은 빗나가지 않고 마치 포도주 가죽 부대를 쑤시듯 쉽게 쑥 미끄러져 들어갔다. 칼이 갑자기 몸속의 단단한 부분 위쪽에 부딪치자 뜨거운 것이 솟구쳐 올랐다. 엔리케가 “아아! 아아! 칼을 뽑아 줄게! 칼을 뽑아 줄게!”라고 부르짖었다. 그러는데 파코는 여전히 앞치마를 손에 걸머쥔 채 의자 앞쪽으로 미끄러졌다. 칼이 그에게, 파코의 몸속에 들어갈 때 엔리케는 의자를 잡아당기고 있었다.

칼은 그제야 빠져나왔고, 파코는 따스한 피 웅덩이가 퍼져 나가는 마룻바닥에 주저앉아 있었다.

“상처 위에 냅킨을 대. 꼭 쥐어. 꼭 쥐고 있으라고. 의사를

---

85) ‘황소.’

불러올 테니. 출혈을 막아야 해." 엔리케가 말했다.

"고무 컵이 있을 텐데." 파코가 말했다. 투우장에서 그것을 사용하는 걸 보았던 것이다.

"곧 돌아올게. 난 위험하다는 걸 보여 주려고 했을 뿐인데." 엔리케가 울며 말했다.

"걱정 마. 하지만 의사 선생님을 데리고 와." 파코가 점점 작아지는 목소리로 대답했다.

투우장에서는 사람들이 부상당한 투우사를 들어 올려 수술실로 달려가지. 그리고 혹시라도 수술실에 닿기 전에 넓적다리 동맥에서 피가 다 흘러 없어지게 되면 그들은 신부님을 불러오지.

"신부님에게도 알려 줘." 파코는 냅킨을 아랫배에 꼭 누르면서 말했다. 자신에게 이런 일이 일어나리라고는 꿈에도 생각하지 못했다.

엔리케는 산헤로니모 거리 아래쪽으로 달려가 야간 응급치료실로 갔다. 혼자 남아 있던 파코는 처음에는 앉아 있었지만 다음 순간 몸을 웅크렸다가 곧바로 마루 위로 푹 쓰러지고 말았다. 마침내 마개를 뽑고 나면 욕조의 더러운 물이 쏴 하고 빠져나가듯이 자기 몸에서 생명이 빠져나가는 것을 느끼며 그는 모든 것이 끝났다고 생각했다. 그는 공포와 함께 현기증을 느꼈다. 참회의 말을 중얼거리려 애쓰던 그는 첫 구절을 생각해 냈다. "오, 하느님, 저의 모든 사랑을 받아 마땅하신 당신을 노하게 하여 죄송스럽기 그지없사오며, 이제 단호히 결심하기를……." 될 수 있는 대로 빨리 되뇌려고 했지만 다 끝내

기도 전에 그는 격심한 현기증을 느꼈다. 마룻바닥에 얼굴을 박고 누운 채 그의 생명은 아주 빠르게 끝나 갔다. 끊어진 넓적다리 동맥은 믿기 어려울 만큼 빠른 속도로 비었다.

응급 치료실의 의사가 엔리케의 팔을 붙잡은 경찰 한 명과 함께 계단을 오를 때 파코의 두 누나는 아직도 그란비아[86]에 있는 영화관에서 영화를 보고 있었다. 늘 엄청난 사치와 눈부신 화려함에 둘러싸인 모습만 보여 주던 그 위대한 여배우가 이 영화에서는 비천한 환경에서 나뒹구는 것을 보고 누나들은 가르보의 영화에 크게 실망했다. 다른 관중들도 이 영화에 크게 실망해서는 휘파람을 불고 발을 동동 구르며 항의했다. 이 사건이 일어났을 때 펜션의 다른 손님들은 하던 일을 거의 그대로 계속하고 있었다. 다만 두 신부는 기도를 마치고 잠자리에 들 준비를 하고 있었고, 반백의 피카도르는 술잔을 들고 일에 지친 창녀 둘이 있는 테이블로 자리를 옮겼을 뿐이다. 조금 뒤 그는 그중 한 명을 데리고 카페에서 나왔다. 겁쟁이가 된 투우사가 술을 사 준 창녀였다.

소년 파코는 이런 모든 일도, 이 사람들이 이튿날, 아니 닥쳐 올 앞날에 무슨 일을 할지도 알지 못했다. 그들이 정말로 어떻게 살고 있는지, 또 어떻게 생을 마감할지도 전혀 알지 못했다. 그들의 삶 역시 언젠가는 종말을 맞는다는 사실조차 깨닫지 못했다. 스페인어 표현에도 있듯이, 그는 환상을 가득 품은 채 숨을 거두고 말았다. 그는 삶에서 그 어느 것 하나 잃어

86) '큰 거리'라는 뜻으로 마드리드의 중심가를 가리킨다.

버릴 시간의 여유도 없었고, 심지어 최후의 순간에 참회할 시간마저 없었다.

일주일 내내 마드리드의 온 시민을 실망시킨 그 가르보 영화에 대해서도 그는 실망할 시간조차 없었던 것이다.

엘리엇 부부

엘리엇 부부는 아이를 가지려고 무척이나 애를 썼다. 두 사람은 엘리엇 부인이 견뎌 낼 수 있는 한 몇 번이고 시도했다. 결혼 후 보스턴에서도 시도했고, 배를 타고 대서양을 건너면서도 시도했다. 엘리엇 부인이 뱃멀미가 심하여 배 위에서는 자주 시도할 수 없었다. 그녀는 뱃멀미를 했는데 멀미를 할 때면 남부 출신 여성들이 흔히 그러듯 심하게 했다. 그녀도 미국 남부 출신이었다. 남부 출신 여성들이 모두 그러듯이 엘리엇 부인은 뱃멀미를 하면 아주 금방 녹초가 되어 밤에는 돌아다니고 아침이면 엄청나게 일찍 일어났다. 선객들은 대부분 그녀를 엘리엇의 어머니로 착각했다. 그들이 부부라는 사실을 아는 다른 사람들은 그녀가 임신 중이라고 믿었다. 그녀의 실제 나이는 마흔 살이었다. 여행을 시작하면서 그녀는 갑자기 늙어 버렸다.

몇 주 동안 구애한 끝에 엘리엇이 결혼했을 때만 해도 그녀는 지금보다 훨씬 젊어 보였고, 실제로 세월이 그녀를 비껴간 것처럼 보였다. 그녀가 일하는 찻집에서 오랫동안 그녀를 알고 지내던 어느 날 저녁 엘리엇은 그녀에게 키스한 뒤 결혼했던 것이다.

휴버트 엘리엇은 결혼할 당시 하버드 대학 대학원에서 법학을 전공하고 있었다. 그는 시인으로 일 년에 1만 달러 가까운 돈을 벌었다. 그는 무척 긴 시를 아주 빠르게 썼다. 그때 스물다섯 살이던 그는 엘리엇 부인과 결혼하기 전까지는 어떤 여성과도 잠자리를 해 본 적이 없었다. 아내에게 정신적 순결과 육체적 순결을 기대하듯이 자기도 순결을 지키고 싶었다. 그는 그것이 올바른 생활이라고 생각했다. 엘리엇 부인에게 키스하기 전 그는 여러 여성과 연애했으며, 얼마 지나지 않아 늘 상대 여성에게 자신이 순결한 생활을 해 왔다고 고백했다. 그러면 여성 중 열에 아홉은 그에게 흥미를 잃고 말았다. 그는 여성들이 지금껏 방탕하게 살아온 남성들과 약혼하고 결혼하는 것을 보고 충격을 받아 몸서리치기까지 했다. 한번은 잘 아는 아가씨에게 대학 시절에 확실히 바람둥이였던 한 남성을 조심하라고 경고하려다가 오히려 불쾌한 사건에 휘말리기도 했다.

엘리엇 부인의 이름은 코닐리아였다. 그녀는 그에게 남부에서 가족끼리 부르는 애칭인 '칼루티나'로 부르라고 일러 주었다. 결혼한 뒤 그가 코닐리아를 데리고 집에 갔을 때 그의 어머니는 울었지만, 그들이 해외에서 살 것이라는 사실을 알고는 무척 기뻐했다.

휴버트가 코닐리아에게 그녀를 위해 자신이 순결을 지켰다고 말하자 그녀는 "아, 이 귀엽고 착한 소년!"이라고 말하고는 전보다 더 따뜻하게 그를 포옹해 주었다. 코닐리아도 순결을 지켜 왔다. "그렇게 다시 한 번 키스해 줘요." 그녀가 말했다.

휴버트는 키스하는 방법을 전에 어떤 남자의 얘기를 듣고 배웠다고 그녀에게 설명했다. 그는 그 키스의 실험이 마음에 들어 둘이서 가능한 범위까지 발전시켜 보았다. 이따금 둘이 오랫동안 키스를 하고 있노라면 코닐리아는 그에게 자신을 위해 순결을 지켰다는 말을 다시 한 번 해 달라고 부탁하곤 했다. 그런 선언을 들을 때면 여지없이 다시 한 번 몸이 달아올랐던 것이다.

그들은 결혼 첫날밤을 보스턴에 있는 한 호텔에서 보냈다. 두 사람 모두 실망했지만 마침내 코닐리아는 잠이 들었다. 휴버트는 잠을 이루지 못하고 신혼여행을 위해 구입한 예이거[87] 목욕 가운을 걸친 채 몇 번이나 방 밖으로 나가 호텔 복도를 왔다 갔다 했다. 걸어 다니는 동안 그는 호텔의 방문 밖에 온갖 구두, 즉 큼직한 구두와 조그마한 구두가 나란히 놓여 있는 것을 보았다. 이 광경을 보자 심장이 방망이질하듯 두근거려 그는 서둘러 자기 방으로 돌아갔지만 코닐리아는 이미 잠들어 있었다. 아내를 깨우고 싶지 않았던 데다, 곧 모든 것이 정상적인 상태로 돌아와 그는 편히 잠들 수 있었다.

---

87) 영국의 직물 제조업체 예이거에서 생산하는 모직.

이튿날 그들은 그의 어머니를 방문하고 그다음 날 유럽행 배를 탔다. 아이를 가져 보려고 시도할 수 있었다. 두 사람은 이 세상 무엇보다도 아이를 원했지만 코닐리아는 그다지 자주 그 일을 시도할 수 없었다. 그들은 셰르부르[88]에 상륙한 뒤 파리로 갔다. 파리에서도 아이를 가져 보려고 시도했다. 그러고 나서 그들은 하기 학교가 열리는 디종[89]에 가기로 결심했는데, 그곳에는 같은 배로 온 사람들이 많이 머물고 있었다. 디종에서는 별로 할 일이 없었다. 그러나 휴버트는 시를 상당히 많이 썼으며, 코닐리아는 그를 위해 원고를 타자로 쳐 주었다. 그가 쓴 시는 하나같이 무척 길었다. 그는 타자 실수에 대해서는 무척 엄격해서 만약 하나라도 실수가 나면 그 페이지 전부를 다시 치게 했다. 그래서 그녀는 꽤나 많이 울었고, 그래도 그들은 디종을 떠나기 전 여러 번 아이를 가지려고 노력했다.

두 사람은 파리로 돌아왔고, 같은 배를 타고 온 친구들도 대부분 파리로 돌아왔다. 그들은 디종이 지겨워졌지만 그래도 이제는 하버드 대학이나 컬럼비아 대학 또는 워배시 대학을 졸업한 뒤 코트도르[90]에 있는 디종 대학에서 연구했다고 말할 수 있게 되었다. 만약 랑그도크, 몽펠리에, 페르피냥에도 대학이 있었다면 그들 대부분은 아마도 그곳을 선택했을 것이다. 그러나 그런 곳들은 하나같이 너무 멀었다. 디종은 파리에서 겨우 네 시간 반밖에는 걸리지 않았고, 그곳에 가는 기차에는

88) 프랑스 북부 노르망디 지방에 위치한 도시.
89) 프랑스 중동부에 위치한 도시.
90) 프랑스 디종 근처에 위치한 소도시.

식당차가 붙어 있었다.

그래서 그들은 모두 며칠 동안 카페 뒤 돔[91]에 모여 있었다. 길 건너편 로통드에는 언제나 외국인들이 북적였기 때문에 그곳은 가까이하지 않았다. 그 뒤 엘리엇 부부는《뉴욕 헤럴드》의 광고를 보고 투렌 지방에 있는 별장 하나를 빌렸다. 이제 엘리엇 주위에는 그의 시에 경의를 표하는 친구가 아주 많아졌고, 엘리엇 부인은 보스턴에 연락하여 자신이 일하던 찻집에서 일을 보던 여자 친구를 불러오도록 남편을 설득했다. 여자 친구가 온 뒤로 엘리엇 부인은 훨씬 명랑해졌으며, 두 사람은 서로 얼싸안고 몇 번이나 마음껏 울었다. 자기보다 몇 살 위인 이 여자 친구를 코닐리아는 '허니'라고 불렀다. 그녀 역시 미국 남부의 대단히 유서 깊은 집안 출신이었다.

이 세 사람은 엘리엇을 '휴비'라고 부르는 몇몇 친구와 함께 투렌의 별장으로 내려갔다. 투렌이라는 곳은 캔자스 주와 매우 비슷한 곳으로 아주 무더운 평원 지방이었다. 이 무렵 엘리엇은 시집을 출판할 만큼 충분한 분량의 시를 창작해 둔 상태였다. 그는 그것을 보스턴에서 출판할 작정으로 이미 어느 출판사에 수표를 보내고 계약을 맺었다.

얼마 지나지 않아 친구들은 하나둘 파리로 돌아가기 시작했다. 투렌은 처음 왔을 때 보던 곳과는 달랐다. 마침내 친구들은 모두 어떤 부유한 젊은 독신 시인을 따라 트루빌[92] 근처

---

91) 파리 몽파르나스 대로에 위치한 카페.
92) 노르망디 지방에 위치한 소도시.

의 해안 피서지로 떠나 버렸다.

엘리엇은 투렌의 별장을 한여름 내내 빌리기로 계약했기 때문에 그대로 별장에 남았다. 그와 엘리엇 부인은 크고 후텁지근한 침실의 큼직하고 딱딱한 침대 위에서 아이를 만들려고 갖은 노력을 다했다. 엘리엇 부인은 터치 시스템이라는 정식 타자법을 배웠는데, 속도는 빠르지만 실수가 더 많이 난다는 것을 깨달았다. 사실 이제는 여자 친구가 원고를 모두 타자해 주었다. 그녀는 아주 꼼꼼하고 능률적이었으며 그 일을 즐기는 듯했다.

엘리엇은 백포도주를 마시는 버릇을 갖게 되었으며, 자기 방에서 혼자 지낼 때가 많았다. 그는 밤새 상당히 많은 시를 창작했고, 그래서 아침이 되면 아주 피곤해 보였다. 엘리엇 부인과 여자 친구는 이제 큼직한 중세풍 침대에서 함께 잠잤다. 두 사람은 함께 실컷 울었다. 저녁이 되면 그들은 정원의 플라타너스 나무 아래서 함께 식사했다. 저녁 바람이 불어왔고, 엘리엇은 백포도주를 마셨으며, 엘리엇 부인은 여자 친구와 대화를 나눴다. 세 사람은 모두 흐뭇한 행복감에 젖어 들었다.

다리 위의 노인

금속 테 안경을 쓰고 온통 먼지를 뒤집어쓴 노인 하나가 길가에 앉아 있었다. 강을 가로질러 부교(浮橋)가 놓여 있었고, 마차와 트럭 그리고 남자와 여자, 어린아이 할 것 없이 모두 다리를 건넜다. 노새가 끄는 마차들은 군인들이 바퀴살을 밀어 주자 가파른 강둑을 비틀거리며 올라갔다. 트럭들은 힘들게 올라가 저 멀리 앞쪽으로 다리를 빠져나갔다. 농부들은 발꿈치까지 빠지는 먼지 속에서 터벅터벅 걸음을 옮겼다. 그러나 노인은 미동도 하지 않고 그 자리에 앉아 있었다. 길을 더 걷기에는 너무 피곤했던 것이다.

다리를 건너 그 건너편 교두보를 탐색하고 어느 지점에 적군이 진격해 올지 알아내는 것이 내 임무였다. 이제는 마차들도 그리 많지 않았고, 걸어가는 사람들도 아주 적었지만 노인은 여전히 길가에 가만히 앉아 있었다.

"어디서 오셨나요?" 내가 그에게 물었다.

"산카를로스에서 왔소." 그가 대답하며 미소 지었다.

그곳은 바로 그의 고향이었고, 이렇게 고향을 언급하자 그는 기분이 좋아져서 미소를 지었던 것이다.

"난 짐승들을 돌보았소." 그가 설명했다.

"아, 그렇군요." 나는 제대로 이해도 못하면서 대충 대답했다.

"그래요. 짐승을 돌보면서 마을에 남아 있었지. 산카를로스 마을을 맨 마지막으로 떠났어." 그가 말했다.

노인은 양치기나 목부처럼 보이지는 않았다. 그래서 나는 먼지를 뒤집어쓴 그의 검은 옷과 잿빛 먼지투성이 얼굴 그리고 금속 테 안경을 바라보았다. "어떤 짐승을 돌보셨나요?"

"여러 짐승을 돌봤지." 그가 대답하고는 고개를 흔들었다. "한데 그놈들 곁을 떠나야 했소."

나는 다리와 아프리카 땅처럼 보이는 에브로 강[93]의 삼각주를 지켜보면서 이제 얼마나 있으면 적군과 만나게 될지 생각하고 있었다. 그러면서 접전이라고 부르는 그 신비스러운 사건을 알리는 첫 번째 굉음에 귀를 기울이는 중이었다. 노인은 여전히 그곳에 앉아 있었다.

"어떤 짐승들을 돌보셨습니까?" 내가 물었다.

"모두 세 종류였지. 염소 두 마리, 고양이 한 마리, 그리고 비둘기가 네 마리였소." 그가 설명했다.

"한데 그 짐승 곁을 떠나야 했다고요?" 내가 물었다.

---

93) 스페인 동남부를 흘러 지중해로 들어가는 강.

"그렇소. 포격 때문이었지. 대위가 포격이 있으니 나더러 그곳을 떠나라고 했소."

"가족은 없으신가요?" 마지막으로 마차 몇 대가 강둑 내리막길을 서둘러 내려가는 다리 반대편 끝을 지켜보면서 내가 물었다.

"없소이다. 아까 말한 짐승들뿐이었지. 물론 고양이는 괜찮을 거요. 녀석은 혼자서도 제 몸을 돌볼 수 있으니까. 하지만 다른 녀석들은 어떻게 지내는지 모르겠어."

"정치적으로는 어느 입장이십니까?" 내가 물었다.

"난 정치 같은 건 잘 모르오." 그가 대답했다. "내 나이 일흔하고도 여섯이야. 12킬로미터나 걸어서 여기까지 왔고, 이젠 더 이상 걸어갈 수가 없어."

"이곳은 멈춰 있기엔 그리 좋은 장소가 아닙니다. 조금만 가시면 토르토사로 갈라지는 길 위쪽에 트럭들이 있습니다."

"이곳에서 좀 기다렸다가 갈 거요. 그 트럭들은 어디로 가오?" 그가 물었다.

"바르셀로나 쪽으로 갑니다." 내가 그에게 말했다.

"그쪽 방향엔 아는 사람이 하나도 없어. 어쨌든 고맙소. 아주 고마워." 그가 말했다.

노인은 아주 멍한 표정으로 피곤한 듯이 나를 쳐다보고서 자신의 걱정을 누구와 같이 나누고 싶은 듯 다시 입을 열었다. "고양이 녀석은 분명히 괜찮을 거요. 그러니 고양이에 대해선 걱정할 필요가 없지. 하지만 다른 녀석들은. 다른 녀석들은 어떨 것 같소?"

"글쎄, 모르긴 몰라도 그 녀석들도 괜찮지 않을까요."

"그렇게 생각하오?"

"그럼요." 이제는 마차가 한 대도 없는 반대편 강둑을 바라보면서 내가 대답했다.

"난 포격을 피해 그곳을 떠나왔는데, 녀석들은 포격을 받으면 어떻게 할까?"

"비둘기장 문은 열어 뒀나요?"

"그럼."

"그럼 날아갈 겁니다."

"그렇겠지. 녀석들은 날아가겠지. 하지만 다른 녀석들은. 다른 녀석들은 생각하지 않는 게 낫겠어."

"노인장께서 쉬셨으면 전 이제 그만 가 보겠습니다. 자리에서 일어나 이제 걸어 보시죠." 내가 말했다.

"고맙소." 그가 말하면서 일어섰다. 그러나 좌우로 흔들대다가 먼지투성이 땅에 뒤쪽으로 주저앉고 말았다.

"짐승들을 돌봤어." 노인은 느릿하게 말했지만 더 이상 내게 하는 말은 아니었다. "짐승들을 돌봤을 뿐이라고."

그 노인은 더 이상 어떻게 할 도리가 없었다. 그날은 부활절이었고, 파시스트들은 에브로 강을 향해 진격해 오고 있었다. 나지막한 하늘이 잿빛으로 잔뜩 찌푸린 날이어서 놈들의 비행기는 뜨지 않았다. 그 사실과, 고양이들이 제 몸 정도는 돌볼 줄 안다는 사실이 노인이 바랄 수 있는 유일한 행운이었다.

패배하지 않는 사람들

마누엘 가르시아는 돈 미겔 레타나의 사무실 계단을 올라갔다. 손가방을 내려놓고 문을 두드렸다. 그러나 아무런 대답이 없었다. 복도에 서 있었지만 마누엘은 방 안에 누군가 있다고 느꼈다. 문을 통해 어쩐지 그런 느낌이 전해졌던 것이다.

"레타나!" 그가 이렇게 부르고는 귀를 기울였다.

그래도 아무런 대답이 없었다.

아무렴, 방 안에 있는 게 틀림없어, 하고 마누엘은 생각했다.

"레타나!" 그가 부르면서 문을 탕 쳤다.

"누구요?" 사무실 안에서 누군가 말했다.

"나야, 마놀로[94]." 마누엘이 대답했다.

"무슨 일이에요?" 목소리가 물었다.

---

94) '마누엘'의 애칭.

"일하러 왔어." 마누엘이 대답했다.

짤깍 소리가 몇 번 들리더니 문이 활짝 열렸다. 마누엘은 손가방을 들고 들어갔다.

조그마한 사내가 방 끄트머리에 있는 책상 너머에 앉아 있었다. 그의 머리 위에는 마드리드의 박제사가 만든 황소 머리가 걸렸다. 주위 벽에는 액자에 끼운 사진이며 투우 포스터가 여러 장 걸렸다.

조그마한 사내는 자리에 앉은 채 마누엘을 바라보았다.

"당신 죽은 줄 알았는데요." 그가 말했다.

그러자 마누엘은 손가락 관절로 책상을 두드렸다.[95] 조그마한 사내는 자리에 앉아 책상 너머로 그를 바라보기만 했다.

"올해 투우를 몇 번이나 했습니까?" 레타나가 물었다.

"한 번밖에 못했어." 그가 대답했다.

"그때 그 경기뿐인가요?" 조그마한 사내가 물었다.

"그래, 그것뿐이지."

"그 경기에 대해선 신문에서 읽었죠." 레타나가 말했다. 그는 의자에 등을 기댄 채 마누엘을 바라보았다.

마누엘은 박제한 황소 머리를 쳐다보았다. 전에도 여러 번 본 적이 있었다. 그것을 볼 때마다 가족 생각이 났다. 구 년 전쯤 저 황소한테 앞날이 창창한 청년이던 형이 죽은 것이다. 마누엘은 그날이 기억났다. 황소 머리가 놓인 참나무 방패 위에는 놋쇠 판이 달렸다. 마누엘은 그것을 읽을 수 없었지만 자기

---

95) 서양에는 불길한 말을 들으면 손가락 관절로 나무를 두드리는 미신이 있다.

형을 기념하는 말이 쓰여 있을 것이라고 생각했다. 그래, 아주 멋진 형이었지.

놋쇠 판에는 "베라구아 공작 소유의 투우 마리포사는 말 일곱 마리를 상대로 아홉 번 창(槍)을 받았으며, 1909년 4월 27일 견습 투우사 안토니오 가르시아를 죽였다."라고 적혀 있었다.

레타나는 마누엘이 박제된 황소 머리를 쳐다보고 있는 모습을 바라보았다.

"공작이 일요일을 위해 보낸 황소들이 말썽을 일으킬 것 같아요. 하나같이 다리가 안 좋거든요. 카페에선 모두들 뭐라고 하던가요?" 그가 물었다.

"잘 모르겠어. 지금 막 도착한 길이라." 마누엘이 대답했다.

"그렇군요. 아직 가방을 들고 있는 걸 보니." 레타나가 말했다.

그는 큼직한 책상 너머에서 몸을 뒤로 젖히고 앉아 마누엘을 건너다보았다.

"앉으세요. 모자도 벗고요." 그가 말했다.

마누엘은 자리에 앉았다. 모자를 벗으니 얼굴이 달라 보였다. 창백했고, 모자 밑으로 보이지 않게 앞이마에 핀으로 꽂은 콜레타[96] 때문에 얼굴이 이상야릇하게 보였다.

"안색이 안 좋군요." 레타나가 말했다.

"방금 퇴원했거든." 마누엘이 말했다.

"다리를 절단했다고 들었습니다만." 레타나가 말했다.

---

96) '변발'이라는 뜻의 스페인어. 전통적으로 투우사는 변발을 했다. 이어지는 외국어는 대부분 스페인어이다.

"아냐. 안 그랬어." 마누엘이 대답했다.

레타나는 책상 위로 몸을 기울이고 나무로 만든 담뱃갑을 마누엘 앞으로 내밀었다.

"한 대 피우시죠." 그가 말했다.

"고맙네."

마누엘이 불을 붙였다.

"피우겠나?" 그가 레타나에게 성냥을 내밀며 물었다.

"아니요. 난 담배 안 피웁니다." 레타나가 손을 내저었다.

레타나는 그가 담배 피우는 모습을 바라보았다.

"취직해서 일해야 하는 거 아닌가요?" 그가 물었다.

"취직할 생각은 없어. 난 투우사니까." 마누엘이 대답했다.

"요즈음 투우사가 어디 있어요." 레타나가 말했다.

"내가 바로 투우사지." 마누엘이 대꾸했다.

"하기야 투우장 안에 들어가 있는 동안은 그렇겠죠." 레타나가 대꾸했다.

마누엘은 웃었다.

레타나는 앉아서 가만히 마누엘을 쳐다보고만 있었다.

"정 하고 싶다면 야간 경기에 넣어 주죠." 레타나가 제안했다.

"언제 말인가?" 마누엘이 물었다.

"내일 밤에요."

"대타 노릇은 하고 싶지 않아." 마누엘이 말했다. 모두들 그런 짓을 하다가 죽어 나갔던 것이다. 살바도르도 그러다가 죽었다. 그는 손가락 관절로 책상을 두드렸다.

"그거 외엔 다른 일이 없어요." 레타나가 말했다.

"왜 다음 주 경기에 안 넣어 주나?" 마누엘이 물었다.

"인기가 없으니까요. 관객이 원하는 건 리트리, 루비토, 라토레뿐이거든요. 그 애들은 잘하잖아요."

"내가 해도 보러 올 거야." 마누엘이 기대를 품고 말했다.

"아니요, 오지 않을 겁니다. 사람들은 이제 당신이 누군지도 몰라요."

"나도 솜씨가 꽤 괜찮은데." 마누엘이 말했다.

"지금 내일 밤에 넣어 주겠다고 제안했잖아요. 광대 프로그램이 끝난 뒤 젊은 에르난데스와 짝을 지어 노비요[97] 두 마리는 죽일 수 있을 거예요."

"누구 노비요인데?" 마누엘이 물었다.

"그건 나도 몰라요. 울안에 넣는 황소라면 어떤 소든지요. 대낮 같으면 수의사들이 통과시키지 않을 소들이죠."

"대타 노릇은 하기 싫대도." 마누엘이 말했다.

"그거라도 하든 말든 마음대로 하세요." 레타나가 말했다. 그는 서류 위로 몸을 구부렸다. 이제 아무런 흥미도 없다는 표정이었다. 옛날을 회상할 때 잠시나마 느꼈던 마누엘에 대한 매력은 이제 사라지고 없었다. 싸게 먹히기 때문에 라리타 대신 그를 쓰고 싶었던 것이다. 싸게 고용할 수 있는 사람은 얼마든지 있었다. 하지만 그를 도와주고 싶었다. 어찌 되었든 그에게 기회를 준 셈이다. 이제 선택은 저 사람한테 달려 있다.

"얼마나 줄 텐가?" 마누엘이 물었다. 마음속으로는 여전히

---

97) 투우용 어린 황소.

거절해 버릴까 하는 생각이 들었다. 그러나 거절할 수 없다는 것을 잘 알고 있었다.

"250페세타[98] 드리죠." 레타나가 대답했다. 500페세타는 줘야겠다고 생각 중이었는데, 막상 입을 열자 그만 250페세타라는 말이 나와 버리고 말았다.

"비얄타에겐 7000페세타를 주잖나." 마누엘이 말했다.

"당신은 비얄타가 아니잖아요." 레타나가 대꾸했다.

"그건 나도 알아." 마누엘이 말했다.

"그는 인기가 대단하거든요, 마놀로." 레타나가 설명하듯이 말했다.

"하긴 그렇지." 마누엘이 말했다. 그는 자리에서 일어섰다. "300페세타만 줘, 레타나."

"좋아요." 레타나가 동의했다. 그는 손을 뻗어 서랍에서 서류를 꺼냈다.

"지금 50페세타만 줄 수 있나?" 마누엘이 물었다.

"그러죠." 레타나가 대답했다. 그는 지갑에서 50페세타짜리 지폐 한 장을 꺼내 펴서 책상 위에 올려놓았다.

마누엘은 그것을 집어 주머니에 넣었다.

"콰드리야[99]는 어떻게 하나?" 그가 물었다.

"늘 밤에 일하는 애들이 있어요. 괜찮은 애들입니다." 레타나가 대답했다.

---

98) 스페인의 과거 화폐 단위.

99) 투우사를 돕는 보조 투우사들.

"피카도르는?" 마누엘이 물었다.

"그다지 신통친 않아요." 레타나가 사실대로 말했다.

"솜씨 있는 피카도르가 한 명은 있어야 해." 마누엘이 말했다.

"그럼 당신이 구해 봐요. 직접 구해 오십시오." 레타나가 말했다.

"이 돈에서 치를 순 없어. 60두로[100]에서 콰드리야에게 돈을 줄 수는 없잖나." 마누엘이 말했다.

레타나는 말없이 책상 너머로 마누엘을 바라보았다.

"쓸 만한 피카도르 한 사람이 필요해." 마누엘은 말했다.

레타나는 멀찍이 떨어져서 마누엘을 쳐다보았다.

"그건 부당해." 마누엘이 말했다.

레타나는 의자에 몸을 기대고 멀리 있는 사람을 바라보듯이 그를 주시했다.

"전속 피카도르들이 있어요." 그가 제안했다.

"그건 나도 알아. 자네의 전속 피카도르들을 잘 알지." 마누엘이 말했다.

레타나는 웃지 않았다. 마누엘은 얘기가 끝났음을 알았다.

"내가 원하는 건 정당한 대우야. 어차피 출전할 바엔 황소를 제압하고 싶어. 그러려면 솜씨 좋은 피카도르가 한 사람은 있어야 하지." 마누엘이 논리적으로 따졌다.

그러나 마치 쇠귀에 경(經)을 읽는 격이었다.

"추가로 피카도르가 필요하다면 구해 와요. 전속 피카도르

---

100) 스페인의 과거 화폐 단위로 1두로는 5페세타.

들도 대기하고 있으니까. 원하는 만큼 피카도르를 데려오라고요. 광대 프로그램은 10시 30분이면 모두 끝납니다."

"알았네. 자네 생각이 그렇다면." 마누엘이 말했다.

"그래요." 레타나가 말했다.

"그럼 내일 밤에 만나지." 마누엘이 말했다.

"그곳에서 기다리죠." 레타나가 말했다.

마누엘은 손가방을 집어 들고 사무실 밖으로 나갔다.

"문 닫고 나가요!" 레타나가 소리쳤다.

마누엘은 뒤를 돌아보았다. 레타나는 책상 앞쪽으로 몸을 굽히고 무슨 서류를 들여다보고 있었다. 마누엘은 짤깍 소리가 나도록 문을 꼭 잡아당겼다.

마누엘은 계단을 내려와 문을 나선 뒤 햇볕이 쨍쨍 내리쬐는 거리로 나왔다. 거리는 무척 뜨거웠고 흰 건물에 반사되는 햇빛 때문에 갑자기 눈이 부셨다. 가파른 거리의 그늘 쪽을 걸어 푸에르타델솔[101]을 향해 내려갔다. 그늘은 짙고 흐르는 물결처럼 서늘했다. 네거리를 건널 때 갑자기 후끈한 열기가 느껴졌다. 지나가는 사람 중에 마누엘이 알 만한 사람은 하나도 없었다.

푸에르타델솔에 들어가기 직전에 그는 어느 카페로 들어갔다.

카페는 조용했다. 몇 사람이 벽을 등지고 테이블에 앉아 있었다. 한 테이블에서는 네 사람이 카드놀이를 하고 있었다. 벽

---

101) '태양의 문'이라는 뜻으로 마드리드 구시가에서 가장 번화한 상업 지역.

을 등지고 앉아 있는 사람들은 대개 담배를 피우고 있거나 테이블 위에 빈 커피 잔과 술잔을 올려놓고 있었다. 마누엘은 기다란 방을 지나 조그마한 뒷방으로 들어갔다. 한 사내가 테이블에 자리를 잡고 앉아 있었다.

웨이터가 들어오더니 마누엘의 테이블 옆에 섰다.

"주리토 봤나?" 마누엘이 그에게 물었다.

"점심 전에 들렀습니다. 5시나 돼야 돌아올 겁니다." 웨이터가 대답했다.

"밀크 커피하고 브랜디 한 잔 주게." 마누엘이 주문했다.

웨이터는 큼직한 커피 잔과 술잔이 놓인 쟁반을 받쳐 들고 방으로 돌아왔다. 왼손에는 브랜드 병을 받쳐 들고 있었다. 병을 테이블 위에 사뿐히 내려놓자 그의 뒤를 따라온 소년이 긴 손잡이가 달린 번쩍거리는 주전자 두 개에서 커피와 우유를 잔에 따랐다.

마누엘이 모자를 벗었고 웨이터는 그의 앞이마에 핀으로 변발이 꽂혀 있는 것을 보았다. 마누엘의 커피 잔 바로 옆에 놓인 조그마한 술잔에 브랜디를 따르면서 그는 커피를 따르는 어린 웨이터에게 윙크를 했다. 커피를 따르던 소년은 호기심 가득한 눈으로 마누엘의 창백한 얼굴을 바라보았다.

"이곳에서 출전하나요?" 웨이터가 병마개를 닫으면서 물었다.

"그래, 내일." 마누엘이 대답했다.

웨이터는 술병을 허리춤에 댄 채 그냥 서 있었다.

"찰리 채플린식 광대 프로그램에 나가는 건가요?" 그가 물었다.

커피를 따르는 소년이 당황해서 시선을 돌렸다.

"아냐, 보통 투우야."

"차베스하고 에르난데스가 경기하는 줄 알았는데요." 웨이터가 말했다.

"아냐. 나하고 다른 한 사람이 해."

"누구요? 차베스인가요, 아니면 에르난데스인가요?"

"에르난데스일 거야."

"차베스한테 무슨 일이 있나요?"

"다쳤어."

"그 얘기 어디서 들었어요?"

"레타나한테서."

"어이, 루이!" 웨이터가 옆방에 대고 소리를 질렀다. "차베스가 코히다[102]를 당했대."

마누엘은 겉 종이를 벗겨 각설탕을 커피 잔에 떨어뜨렸다. 저어서 마시니 달고 뜨거워 빈 배 속이 다 훈훈했다. 그는 브랜디 잔을 비웠다.

"이걸로 한 잔 더 주게." 그가 웨이터에게 말했다.

웨이터는 병마개를 빼 한 잔 가득 따르고는 받침 접시에 한 잔가량이나 더 따라 주었다. 다른 웨이터가 테이블 앞으로 다가왔다. 커피 따르는 소년은 가고 없었다.

"차베스가 많이 다쳤나요?" 두 번째 웨이터가 마누엘에게

102) 투우 도중 황소 뿔에 받히는 것.

물었다.

"글쎄, 잘 모르겠어. 레타나가 아무 말도 해 주지 않았거든." 마누엘이 대답했다.

"그 사람이야 뭔 상관이겠어." 키 큰 웨이터가 말했다. 마누엘이 이제껏 한 번도 보지 못한 사내였다. 새로 온 사람이 틀림없었다.

"이곳에선 레타나와 손잡기만 하면 성공은 따 놓은 당상이죠. 하지만 그 사람과 손을 잡지 않으면 밖에 나가 권총 자살이라도 하는 게 나을걸요." 키 큰 웨이터가 내뱉었다.

"두말하면 잔소리지. 정말로 그래." 방금 들어온 웨이터가 말했다.

"그렇다마다. 그 사람에 관해서라면 내 말이 틀림없어." 키 큰 웨이터가 말했다.

"그자가 비얄타에게 한 짓을 봐." 첫 번째 웨이터가 말했다.

"어디, 그뿐인가. 마르시알 랄란다[103]한테 한 짓을 봐. 나시오날 2세[104]한테는 또 어땠고." 키 큰 웨이터가 내뱉었다.

"자네 말이 백번 옳아." 키 작은 웨이터가 맞장구쳤다.

마누엘은 테이블 앞에 서서 이야기를 주고받는 웨이터들을 바라보았다. 그는 두 번째 브랜디도 벌써 마셔 버렸다. 웨이터들은 그에 대해 까맣게 잊고 있었다. 그에게는 아무런 관심도 없었다.

---

103) Marcial Lalanda(1903~1990). 스페인의 투우사.

104) 스페인의 투우사 후안 안로(Juan Anro, 1898~1925)를 가리킨다.

"그 머저리 같은 놈들을 보란 말이야. 나시오날 2세를 본 적이 있나?" 키 큰 웨이터가 물었다.

"지난 일요일에 봤지?" 브랜디를 처음 따라 준 웨이터가 말했다.

"멍청이지 뭐야." 키 작은 웨이터가 말했다.

"내가 뭐랬어? 레타나의 자식들은 죄다 그 꼴이라니까." 키 큰 웨이터가 내뱉었다.

"이봐, 한 잔 더 주게." 마누엘이 말했다. 그들이 한창 이야기를 나누는 동안 그는 벌써 접시 받침의 술을 잔에 따라 마셔 버렸다.

처음 웨이터가 기계적으로 그의 잔에 술을 따라 주고, 셋은 자기들끼리 지껄여 대며 방 밖으로 나갔다.

저쪽 구석에 자리 잡은 사내는 아직도 잠들어 있었는데, 머리를 벽에 기댄 채 숨을 들이쉴 때마다 가볍게 코를 골았다.

마누엘은 브랜디를 마셨다. 그도 졸렸다. 시내로 나가기에는 날씨가 너무 더웠다. 게다가 나가 봐야 특별히 할 일도 없었다. 그는 주리토를 만나고 싶었다. 그를 기다리는 동안 잠자고 싶었다. 테이블 밑으로 손가방을 발로 차서 그곳에 그대로 있는지 확인해 보았다. 의자 밑 벽에 기대 놓는 편이 더 나을 것 같았다. 그는 몸을 구부려 그것을 밑으로 밀어 넣었다. 그런 뒤 테이블에 엎드려 잠잤다.

잠에서 깨니 누군가가 테이블 맞은편에 앉아 있었다. 인디언처럼 큼직한 갈색 얼굴에 몸집이 큰 사내였다. 그는 아까 전부터 그곳에 앉아 있었다. 그는 손짓으로 웨이터를 내보낸 뒤

자리에 앉아 신문을 읽으면서 이따금 테이블에 머리를 기대고 잠이 든 마누엘을 내려다보았다. 그는 한 글자 한 글자 발음해 가면서 힘들게 신문을 읽었다. 싫증이 나면 마누엘 쪽을 바라보았다. 그는 까만 코르도바 모자를 깊숙이 눌러쓰고 의자에 육중하게 버티고 앉아 있었다.

마누엘은 몸을 일으키고 그를 바라보았다.

"어이, 주리토." 마누엘이 말했다.

"어이, 이 사람아." 몸집이 큰 사내가 말했다.

"잠이 들었어." 마누엘은 손등으로 앞이마를 문질렀다.

"그런 것 같더군."

"그래, 재미는 어떤가?"

"좋아. 자넨 어떤가?"

"별로 안 좋아."

두 사람은 모두 입을 다물고 있었다. 피카도르인 주리토는 마누엘의 창백한 얼굴을 바라보았다. 마누엘은 신문을 접어 주머니에 넣고 있는 피카도르의 큼직한 손을 내려다보았다.

"부탁할 게 하나 있네, 마노스." 마누엘이 말했다.

마노스두로스[105]는 주리토의 별명이었다. 그는 이 별명을 들을 때마다 엄청나게 큰 자신의 손을 떠올렸다. 그는 수줍어하며 두 손을 테이블 위에 올려놓았다.

"한잔하세." 그가 말했다.

"그러지." 마누엘이 대답했다.

---

105) '큼직한 손.'

웨이터가 왔다 가더니 다시 돌아왔다. 그는 테이블에 앉은 두 사람을 돌아보면서 방에서 나갔다.

"무슨 일인가, 마놀로?" 주리토가 술잔을 내려놓았다.

"내일 밤 나를 위해 황소 두 마리를 창질해 줄 수 있겠나?" 마누엘은 테이블 너머로 주리토를 올려다보며 물었다.

"안 돼. 이제 창질은 안 해." 주리토가 대답했다.

마누엘은 자기 술잔을 내려다보았다. 짐작했던 대답이었다. 다만 지금 그 답을 들었을 뿐이다. 그래, 분명히 그 말을 들었다.

"미안하네, 마놀로. 하지만 이제 창질은 안 해." 주리토는 자기 손을 바라보았다.

"괜찮아." 마누엘이 말했다.

"이젠 너무 늙었어." 주리토가 말했다.

"그냥 물어본 거야." 마누엘이 말했다.

"내일 야간 경기인가?"

"그래. 훌륭한 피카도르 한 사람만 있으면 멋지게 해치울 수 있을 것 같은데."

"얼마나 받는데?"

"300페세타."

"난 창질만 해도 그보다는 더 받네."

"알아. 내가 자네에게 부탁할 권리는 없지." 마누엘이 말했다.

"뭣 때문에 그 일을 계속하는가? 왜 콜레타를 잘라 버리지 못하나, 마놀로?"

"나도 모르겠어." 마누엘이 대답했다.

"자네도 이제 내 나이만큼 됐잖아." 주리토가 말했다.

"글쎄. 그럴 수밖에 없어. 성적을 올려 정당한 대우를 받을 수만 있다면야 더 바랄 게 없거든. 그래서 이 일에 매달리는 거야, 마노스." 마누엘이 말했다.

"아니, 그렇지 않아."

"그렇대도. 나도 그만두려고 해 봤지."

"자네 기분은 알겠어. 하지만 그건 옳지 않아. 이제 손을 떼고 돌아보지 말아야지."

"그럴 순 없어. 더구나 최근에는 솜씨도 나아졌거든."

주리토는 그의 얼굴을 쳐다보았다.

"자넨 입원해 있었잖아."

"하지만 부상당하기 전까진 한창 잘나갔지."

주리토는 아무 말도 하지 않았다. 그는 받침 접시에 넘친 코냑을 술잔에 따랐다.

"신문에선 그랬지, 그보다 훌륭한 파에나[106] 연기는 본 적이 없다고." 마누엘이 말했다.

주리토는 그를 바라보았다.

"신이 나기만 하면 내가 멋지게 해치운다는 것쯤 자네도 알잖아." 마누엘이 말했다.

"자넨 나이가 너무 많아." 주리토가 말했다.

"그렇지 않아. 자네야말로 나보다 열 살이나 많지." 마누엘이 대꾸했다.

---

106) 투우사가 황소를 죽이기 위해 물레타와 칼을 사용하는 마지막 단계.

“나하고는 사정이 다르지.”

“난 별로 늙지 않았어.” 마누엘이 말했다.

마누엘이 주리토의 얼굴을 쳐다보고 있을 뿐 두 사람은 아무 말도 하지 않았다.

“부상당하기 전까지야 나도 날렸지.” 마누엘이 말했다.

“자네가 내 경기를 봤어야 해, 마노스.” 마누엘이 나무라듯이 다시 말을 이었다.

“자네 경기는 보고 싶지 않네. 마음이 초조해지거든.” 주리토가 대꾸했다.

“자넨 최근에 내 경기를 통 안 봤잖아.”

“여러 번 봤어.”

주리토는 마누엘의 시선을 피하면서 그를 바라보았다.

“그만둬야 해, 마놀로.”

“그렇게는 못하겠어. 정말이지 지금 상태가 좋거든.” 마누엘이 대답했다.

주리토는 테이블 위에 두 손을 짚은 채 앞쪽으로 몸을 기울였다.

“이봐, 창질은 해 줄 테니까 말이지, 만약 내일 밤 멋지게 해내지 못하면 이제 그만둬야 해, 알겠나? 그러겠어?”

“좋아, 그러지.”

주리토는 안심한 듯이 뒤로 기대앉았다.

“자넨 이제 손을 떼야 해. 바보 같은 짓 작작 하라고. 그 콜레타도 잘라 버리고.” 그가 말했다.

“그렇게 되진 않을걸. 어디 두고 보라고. 요령을 알거든.”

마누엘이 대꾸했다.

주리토는 자리에서 일어섰다. 입씨름을 한 탓에 피곤이 밀려왔다.

"자넨 손을 떼야 해. 내 손으로 자네 콜레타를 잘라 주겠어." 그가 말했다.

"당찮은 소리. 그럴 일은 없을 거야." 마누엘이 대꾸했다.

주리토는 웨이터를 불렀다.

"자, 그만 가지. 집으로 가세." 주리토가 말했다.

마누엘은 의자 밑으로 손을 뻗어 손가방을 들었다. 그는 행복했다. 주리토가 창질을 맡아 주기로 했기 때문이다. 그는 살아 있는 피카도르 중에서 가장 뛰어난 피카도르였다. 이제 모든 게 간단해졌다.

"우리 집에 가서 식사나 하세." 주리토가 권했다.

마누엘은 황소 마구간에 서서 찰리 채플린식 광대 프로그램이 끝나기를 기다리고 있었다. 주리토도 그 옆에 서 있었다. 그들이 서 있는 곳은 어두웠다. 투우장으로 통하는 높은 문은 굳게 닫혀 있었다. 머리 위에서는 환호성이 일다가 다시 웃음보가 터지곤 했다. 그러더니 잠깐 동안 잠잠해졌다. 마누엘은 황소 마구간 냄새가 좋았다. 어둠 속에서 구수한 냄새가 풍겨왔다. 투우장에서는 또 한 번 환호성이 터지더니 곧이어 박수갈채가 오랫동안 계속되었다.

"저 녀석들을 본 일이 있나?" 어둠 속에서 주리토가 마누엘 곁에 거대한 몸집을 어슴푸레하게 드러내면서 물었다.

"아니, 없는데." 마누엘이 대답했다.

"꽤 재미있는 친구들이지." 주리토가 말했다. 그는 어둠 속에서 혼자 미소를 짓고 있었다.

투우장으로 통하는, 높고 꽉 맞는 이중문이 활짝 열리자 마누엘은 강렬한 아크등 불빛이 비치는 투우장을 쳐다보았다. 주위가 온통 어두운 가운데 광장이 높게 솟아 있었다. 부랑아처럼 차려입은 사내 둘이 투우장 가장자리를 뛰어다니면서 허리를 숙이며 인사했고, 그 뒤를 호텔 종업원 제복을 입은 사내가 따르며 모래밭에 던진 모자와 지팡이를 집어 들어 어둠 속으로 다시 던져 주었다.

마구간에도 전깃불이 켜져 있었다.

"자네가 조수들을 모으는 동안 난 저 조랑말에 타고 있겠네." 주리토가 말했다.

등 뒤에서 방울 소리가 들리더니 노새들이 나타나 죽은 황소를 끌어내러 투우장으로 들어갔다.

투우장의 바레라[107]와 관람석 사이 통로에서 광대 구경을 하고 있던 투우사 조수들이 어슬렁어슬렁 걸어 나오더니 마구간 전등 밑에 모여 서서 이야기를 주고받았다. 은빛과 오렌지 색 옷을 입은 미남 청년이 마누엘이 있는 데로 다가와서 미소를 지었다.

"제가 에르난데스입니다." 그가 이렇게 말하며 손을 내밀었다.

---

107) 투우장을 빙 둘러 빨갛게 칠한 보호벽.

마누엘은 그와 악수했다.

"오늘 밤에 상대할 놈은 코끼리만큼이나 대단한 놈입니다." 젊은이가 유쾌한 듯이 말했다.

"뿔이 무섭게 돋은 큰 코끼리 말이지." 마누엘도 맞장구쳤다.

"제일 재수 없게 걸렸어요." 젊은이가 말했다.

"괜찮아. 황소가 클수록 가난한 사람들한테 돌아갈 고기가 많은 법이니까." 마누엘이 대꾸했다.

"그런 농담은 어디서 배웠어요?" 에르난데스가 히죽 웃었다.

"예로부터 전해 오는 말이야." 마누엘이 대답했다. "조수들을 세워 봐. 어떤 친구들인지 좀 봐 두게."

"괜찮은 애들이에요." 에르난데스가 말했다. 그는 자못 쾌활했다. 전에도 두 번이나 야간 경기에 출전한 일이 있어 마드리드에서 팬들이 생기는 참이었다. 몇 분 뒤에 투우가 시작될 걸 생각하니 기분이 좋았다.

"피카도르들은 어디 있나?" 마누엘이 물었다.

"뒷마당 울안에서 서로 좋은 말을 타겠다고 싸우고 있어요." 에르난데스가 히죽 웃었다.

채찍 소리가 요란하고 방울 소리가 울리더니 노새들이 문으로 돌진해 들어왔고, 곧이어 어린 황소가 모래밭에 이랑을 지어 놓았다.

황소가 지나가자마자 그들은 곧 파세를 위한 준비를 갖추었다.

마누엘과 에르난데스가 앞장섰다. 젊은 조수들은 묵직한 케이프를 팔에 걸고 뒤따랐다. 뒤쪽에는 피카도르 네 명이 말을 타고 울안의 어둠침침한 곳에서 쇠 창날이 꽂힌 창대를 꼿꼿이 세우고 있었다.

"말을 잘 볼 수 있도록 레타나가 불을 충분히 비춰 줘야 할 텐데 이상한 일이군." 피카도르 한 사람이 말했다.

"그 사람은 우리가 이 말라빠진 말들을 자세히 보지 않는 게 오히려 마음 편하리란 걸 아는 게지." 다른 피카도르가 대꾸했다.

"지금 내가 타고 있는 이놈도 겨우 나를 땅 위에 올려놓고 있다니까." 첫 번째 피카도르가 말을 받았다.

"글쎄, 그래도 말은 말이지."

"아무렴, 말은 말이지."

어둠 속에서 그들은 여윈 말을 타고 앉아 서로 대화를 주고받았다.

주리토는 아무 말이 없었다. 그는 너절한 말 중에서 유일하게 실한 놈을 골랐다. 울안에서 빙빙 돌아 이미 시험도 다 해 본 데다 고삐와 박차에 잘 반응하는지도 확인했다. 말 오른편 눈에 감아 두었던 붕대를 풀고 귀밑을 바싹 비끄러맸던 끈도 끊어 버렸다. 두 다리가 튼튼한 훌륭하고 견실한 말이었다. 그에게 필요한 것은 그것뿐이었다. 주리토는 코리다[108]가 끝날 때까지 이 말을 탈 작정이었다. 어슴푸레한 어둠 속에서 크고 푹신한 안장에 올라앉아 입장을 기다리기 시작한 이후 그는 이미 마음속으로 투우가 끝날 때까지 모든 창질을 하고 있었

108) '투우.'

다. 다른 피카도르들은 그의 좌우에서 계속 이야기를 늘어놓고 있었다. 그러나 그의 귀에는 그들의 말이 들리지 않았다.

투우사 두 명이 똑같은 모양으로 왼팔에 케이프를 걸고 세 명의 페오네[109] 조수 앞에 나란히 서 있었다. 마누엘은 자기 등 뒤에 있는 젊은 조수 셋을 생각하고 있었다. 세 사람 모두 에르난데스처럼 마드리드 출신으로 열아홉 살가량 된 젊은이들이었다. 그중에는 진지하고 냉정한 표정에 얼굴이 검은 집시도 하나 있었는데, 마누엘은 그의 얼굴이 마음에 들었다. 그가 고개를 돌렸다.

"이름이 뭐지, 꼬마야?" 그가 집시에게 물었다.

"푸엔테스라고 합니다." 집시가 대답했다.

"좋은 이름이군." 마누엘이 말했다.

그러자 집시는 이를 드러내며 히죽 웃었다.

"황소가 나오거든 붙잡아서 조금 달리게 해 주게." 마누엘이 말했다.

"그러죠." 집시가 대답했다. 그의 표정이 자못 진지해졌다. 어떻게 하면 될지 생각하기 시작했던 것이다.

"자, 황소가 나오는군." 마누엘이 에르난데스에게 말했다.

"네, 나가죠."

그들은 머리를 똑바로 들고 음악에 맞춰 몸을 흔들고 오른팔을 휙휙 흔들며 아크등 불빛 아래 모래가 깔린 투우장으로 나아갔다. 조수들이 대열을 이루어 뒤따르고, 그 뒤에는 말에

---

109) 투우가 시작될 때 투우장의 문을 열고 소를 입장시키는 사람.

탄 피카도르들, 그 뒤로는 투우장 정비원과 방울 소리 요란한 노새들이 뒤따랐다. 그들이 투우장을 가로질러 행진할 때 관중들이 에르난데스에게 갈채를 보냈다. 그들은 당당하게 몸을 흔들며 행진하면서도 두 눈은 똑바로 앞을 바라보고 있었다.

대회장 앞에 이르러 인사를 한 뒤 행렬은 흩어져 저마다 맡은 장소로 자리를 옮겼다. 투우사들은 바레라로 가서 무거운 외투를 가벼운 투우용 케이프로 갈아입었다. 노새들은 경기장 밖으로 나갔다. 피카도르들은 경기장 주위를 휙 하고 선속력으로 달렸고, 그중 두 명은 아까 들어온 문으로 퇴장했다. 정비원들이 모래를 쓸어 평평하게 만들었다.

마누엘은 레타나의 대리인으로 자신의 매니저 겸 칼잡이 노릇을 하고 있는 사람이 따라 준 물을 한 잔 마셨다. 에르난데스는 자기 매니저와 이야기를 나누고 나서 다시 돌아왔다.

"인기가 상당하군, 이 사람." 마누엘이 그를 칭찬했다.

"저를 좋아들 하죠." 에르난데스가 기쁜 듯이 대답했다.

"파세는 어땠지?" 마누엘이 레타나의 대리인에게 물었다.

"결혼식 같았습니다. 훌륭했어요. 마치 호셀리토나 벨몬테[110]라도 나온 것 같았죠." 그가 대답했다.

주리토가 거대한 기마상(騎馬像) 같은 모습으로 말을 타고 지나갔다. 그는 말 머리를 돌려서 투우장 저쪽, 소가 나오게 되어 있는 토릴[111]을 향해 말을 세웠다. 아크등 불빛을 받고

---

110) 1920년대 초엽 스페인에서 이름을 날린 투우사들.

111) '황소 우리.'

있는 모습이 이상야릇해 보였다. 그는 오후의 뜨거운 햇볕 아래에서 돈을 많이 벌려고 피카도르 노릇을 했다. 그러나 이 아크등 밑에서 하는 경기는 별로 좋아하지 않았다. 경기가 어서 빨리 시작되기를 바라고 있었다.

마누엘이 그에게 다가갔다.

"창으로 찔러 주게, 마노스. 내 힘에 맞게 기를 좀 죽여 달란 말이야." 그가 말했다.

"찔러 주지, 이 사람. 투우장 밖으로 뛰어나가게 해 놓겠네." 주리토는 모래에 탁 하고 침을 뱉었다.

"확 덮쳐 버려, 마노스." 마누엘이 말했다.

"덮쳐 버려야지. 그런데 왜 이렇게 꾸물대고 있는 거야?" 주리토가 물었다.

"이제 곧 나올 걸세." 마누엘이 말했다.

주리토는 등자(鐙子)에 두 발을 버티고 녹피로 덮개를 한 큼직한 다리로 단단히 말을 죄고, 차양 넓은 모자를 깊숙이 눌러 써 불빛을 가리고는, 저 멀리 황소 토릴의 문을 지켜보며 앉아 있었다. 말의 귀가 바르르 떨렸다. 그러자 주리토는 왼손으로 목덜미를 가볍게 쓰다듬어 주었다.

붉은 토릴이 활짝 열린 순간 주리토는 투우장 저 멀리 텅 비어 있는 통로를 바라보았다. 그러자 황소가 온몸에 불빛을 받으며 네발로 미끄러지듯이 돌진해 왔다. 꽤 빠른 걸음걸이로 경쾌하게 움직여 덤벼들면서 큼직한 콧구멍으로 소리를 낼 때를 제외하고는 어두운 우리에서 풀려나 기분이 좋은 듯했다.

관람석 앞줄에는《엘 에랄도》신문의 투우 담당 대리 기자가 약간 권태로운 듯 앞쪽으로 몸을 구부린 채 무릎 앞 시멘트 벽에 대고 기사를 쓰고 있었다. "캄파네로. 흑색 42번. 시속 145킬로미터 속력으로 맹렬히 돌진해 오다가……."

마누엘이 바레라에 몸을 기대고 황소를 지켜보며 손을 내흔들자 집시 청년이 케이프를 펄럭이며 뛰어나왔다. 전속력으로 달려오던 황소는 급회전한 뒤 머리를 숙이고 꼬리를 곤두세우며 케이프를 향해 돌진해 왔다. 집시가 지그재그로 뛰었다. 획 지나치자 황소 눈에 그 청년이 들어왔고, 그가 지나가자 그를 본 황소가 케이프를 포기하고 사람에게 덤벼들었다. 집시가 전속력으로 달려 붉은색 바레라를 뛰어넘자 황소는 뿔로 그것을 들이받았다. 두 번이나 뿔로 들이받으며 무턱대고 말뚝을 쿵 하고 떠받았다.

《엘 에랄도》기자는 담배에 불을 붙이고 성냥개비를 황소에게 집어던진 다음 수첩에 적었다. "입장료를 지불한 관객을 만족시킬 만한 거대한 몸뚱이와 훌륭한 뿔, 캄파네로는 투우사의 영토에 파고 들어갈 기세를 보였다."

황소가 바레라를 떠받을 때 마누엘은 단단한 모래밭으로 걸어 나갔다. 주리토가 투우장을 왼편으로 4분의 1쯤 돌다가 바레라 가까이에서 흰 말에 올라타는 것이 보였다. 마누엘은 케이프를 바로 몸 앞에 펴서 양손에 접어 쥐고 황소를 향해 "우! 우!" 하고 소리를 질렀다. 마누엘이 옆으로 살짝 비켜서면서 황소의 공격에 맞춰 발꿈치를 딛고 돌며 바로 뿔 앞에서 케이프를 흔들어 보이자, 황소는 머리를 획 돌리고 바레라에 대고 네발을 버티는 듯하더니 케이프를 향해 돌진해 왔다. 마누엘은 회전이 끝나자 황소와 또다시 마주 보고 서서 아까처럼 바로 몸 앞에 케이프를 펴 들었다가 황소가 다시 덤벼들자 다시 한 번 회전했다. 그가 케이프를 휘두를 때마다 관중들은 환호성을 질렀다.

마누엘은 케이프를 크게 물결치듯이 휘둘러 황소와 함께 네 차례나 맴돌았고, 그때마다 황소는 계속해서 덤벼들었다. 그 뒤 다섯 번째 회전을 마치고 그가 케이프를 엉덩이에 갖다 대고 회전을 하자 케이프가 마치 발레리나의 스커트처럼 활짝 펴지면서 벨트처럼 황소를 휘감았다. 그러다가 그가 얼른 비켜서니 황소는 흰 말을 타고 와서 딱 버티고 있는 주리토와 마주 섰다. 말은 귀를 앞쪽으로 숙이고 입술을 부르르 떨며 황소와 마주하고 서 있었고, 모자를 깊숙이 눌러쓴 주리토는 몸을 앞으로 굽히면서 기다란 창이 오른팔 밑에 예각으로 앞뒤로 뻗어 나오게 한 뒤 창대를 반쯤 잡고 황소를 향해 세모난 쇠 창날을 겨누었다.

《엘 에랄도》의 대리 기자는 담배를 빨아들이고 황소를 주시하면서 기사를 써 내려갔다. "베테랑 투우사 마놀로는 그런대로 일련의 베로니카를 시도하며 벨몬테다운 레코르테[112] 연기로 끝내 관객들로부터 박수갈채를 받았고, 기마전(騎馬戰)인 테르시오[113]에 들어갔다."

---

112) '사이드스텝' 또는 '옆으로 비키기.'
113) '투우의 다음 단계' 또는 '세 번째'라는 뜻도 있다.

주리토는 말 위에서 황소와 창끝 사이의 거리를 재어 보았다. 그가 그러는 사이 황소는 온몸에 힘을 모아 말의 가슴을 노리고 덤벼들었다. 황소가 머리를 숙여 받으려고 할 때 주리토는 황소 어깨 위쪽으로 부풀어 오른 근육을 향해 창을 내리꽂고는 창대에 온몸의 무게를 실었다. 또한 그는 왼손으로 고삐를 당겨 흰 말의 앞발을 공중으로 솟아오르게 한 뒤 황소를 아래로 내리밀면서 말을 오른쪽으로 회전시켰다. 그때 황소 뿔이 말 복부 밑을 무사히 살짝 지나갔다. 말이 부르르 떨면서 땅으로 내려왔고, 에르난데스가 내민 케이프를 향해 달려들던 황소 꼬리가 말의 가슴을 슬쩍 스치고 지나갔다.

에르난데스는 케이프로 황소를 다루면서 옆 걸음으로 달려 다른 피카도르에게로 유도했다. 그는 케이프를 한 번 휘둘러 말과 기수를 정면으로 맞서게 해 놓고 뒤로 물러났다. 황소가 말을 보고 덤벼들었다. 피카도르의 창이 황소의 등에서 미끄러졌다. 황소가 덤벼드는 바람에 말이 뛰어올라 피카도르는 이미 안장에서 절반이나 벗어나 있었다. 그 때문에 창이 빗맞은 순간 오른쪽 다리를 공중으로 곤두세우며 왼쪽으로 떨어져 황소와 피카도르 사이에 말이 끼였다. 말은 덤벼드는 황소의 뿔에 받혀 공중에 번쩍 들렸다가 돌진하던 황소와 함께 쓰러지고 말았다. 피카도르는 장화로 말을 걷어차면서 나자빠져 누가 와서 일으켜 떠메어 가기를 기다리고 있었다.

마누엘은 넘어진 말을 황소가 뿔로 떠받도록 그대로 내버려 두었다. 피카도르가 안전한 이상 서두를 필요가 없었다. 더구나 그런 피카도르에게는 조금 겁을 주는 게 좋았다. 그러면 다음번에는 좀 더 오래 버틸 수 있을 것이다. 엉터리 창수들 같으니. 모래밭 너머로 주리토가 바레라에서 조금 떨어진 곳에 긴장한 말을 세우고 기다리는 것이 보였다.

그는 "우!" 하고 황소에게 소리를 지르고는 "토마르![114]" 하며 황소 눈에 띄도록 케이프를 두 손에 펼쳐 들었다. 그러자 황소는 말에서 떨어져 나와 케이프를 보고 달려들었다. 마누엘은 비스듬히 옆으로 달리면서 케이프를 넓게 벌리고 멈춰 서서 발꿈치로 빙글 돌아 황소를 주리토와 정면으로 맞서게 했다.

《엘 에랄도》 기자는 이렇게 썼다. "에르난데스와 마놀로가 키테[115]를 하는 도중 캄파녜로는 두 번 창에 맞으면서 로시난테를 죽였다. 황소는 창으로 돌진하며 말에게 노골적으로 적의를 드러냈다. 베테랑 피카도르 주리토는 옛날 솜씨를 회복한 듯, 특히 수에르테[116]에서는 ……."

"올레! 올레![117]" 그의 옆에 있던 사람이 소리를 질렀다. 그 소리도 관중의 환호성 속에 묻혀 버리고, 사내는 기자의 등을 툭툭 쳤다. 기자가 얼굴을 쳐드니 바로 아래쪽에 주리토가 말 위에서 몸을 앞쪽으로 내밀고 있는 모습이 보였다. 그는 겨드랑이 밑에서 예각을 이루며 길게 뻗은 창대를 창날 가까이 잡고 온몸의 무게를 실어 황소를 덮치려 하고 있었고, 황소는 말

114) "덤벼라!"
115) 즉각적인 위험에 처해 있는 투우사로부터 소를 떼어 놓는 동작.
116) 피카도르가 말을 타고 황소에 긴 창을 꽂는 행위.
117) "잘한다! 잘한다!"

에게 덤벼들려 하고 있었다. 주리토는 몸을 앞쪽으로 길게 내밀어 황소 위에 그를 계속 멈추게 하다가 천천히 말을 돌려 마침내 황소의 뿔에서 완전히 벗어났다. 주리토는 말이 벗어나고 황소가 스쳐 지나갈 수 있는 순간이 왔다고 느끼고 강철 자물쇠처럼 강한 항력을 이완시켰다. 황소가 바로 콧등에서 에르난데스의 케이프를 발견하고 떨어져 나오는 순간, 세모꼴 강철 창날이 황소의 불쑥 솟아오른 어깨 근육 자리를 깊숙이 파고 들어갔다. 황소는 맹목적으로 케이프를 향해 달려들었고, 젊은이는 황소를 넓은 투우장으로 이끌고 나갔다.

관중이 환호하는 동안 밝은 불빛 아래서 주리토는 말을 쓰다듬으며 에르난데스가 휘두르는 케이프를 향해 황소가 달려드는 모습을 지켜보았다.

"지금 광경 봤지?" 그가 마누엘에게 물었다.

"놀라운 솜씨로군." 마누엘이 대답했다.

"아까 찔렀거든. 지금 저놈을 봐." 주리토가 말했다.

마지막으로 케이프가 바짝 뒤집혀 지나가자 황소는 무릎을 꿇고 미끄러졌다가 곧바로 다시 일어섰다. 그러나 멀리 모래밭 저편에서 마누엘과 주리토는 황소의 어깨 뒤에서 선혈이 쏟아져 나와 번들번들 번쩍이는 것을 지켜보았다.

"아까 제대로 찔렀지." 주리토가 말했다.

"훌륭한 황소로군." 마누엘이 말했다.

"한 번만 더 찌르게 해 준다면 놈을 죽이고 말 텐데." 주리토가 대꾸했다.

"3회전은 우리에게 맡길 거야." 마누엘이 말했다.

“저놈 좀 봐.” 주리토가 말했다.

“난 이제 저쪽으로 가 봐야 해.” 마누엘은 이렇게 말하면서 투우장 반대쪽으로 달려갔다. 그곳에서는 모노스[118]들이 막대기든 뭐든 닥치는 대로 들고 말 다리를 후려갈기면서 말고삐를 잡아당겨 황소가 있는 곳으로 말을 데려가려 하고 있었다. 황소는 머리를 떨어뜨리고 앞발로 땅을 긁어 대면서 차마 덤벼들 결심을 하지 못하고 있었다.

주리토는 말을 몰아 그곳으로 달려가면서 무엇 하나 놓치지 않고 자세히 살피며 얼굴을 찌푸렸다.

드디어 황소가 돌진하자 말을 인도하던 사람들은 바레라 쪽으로 달아나고, 피카도르가 너무 뒤쪽으로 빗나가 찌르는 바람에 황소는 말 아래로 들어가 말을 떠받아 등 위로 던져 버렸다.

주리토는 이 모든 모습을 지켜보고 있었다. 붉은 셔츠를 입은 모노스들이 뛰어나와 피카도르를 끌어냈다. 피카도르는 발로 일어서서는 욕설을 퍼부으며 두 팔을 툭툭 털었다. 마누엘과 에르난데스는 케이프를 펴 들고 만반의 준비를 갖추고 섰다. 거대한 검은 황소는 등에 말을 지고 있었는데, 뿔에는 말고삐가 걸려 있고 말굽이 매달려 있었다. 말을 등에 업은 황소가 짧은 다리로 비틀거리며 목을 둥그렇게 구부렸다 추켜들었다, 떠받았다 달렸다 하며 말을 떨어뜨리려고 하는 바람에 마침내 말이 미끄러져 떨어졌다. 그러고 나서 황소는 마누엘이 펼쳐 든 케이프를 향해 돌진해 왔다.

---

118) ‘잡역부.’

마누엘은 이제 황소의 동작이 조금 느려졌다고 생각했다. 황소는 피를 무척 많이 흘리고 있었다. 복부 아래쪽을 따라 선혈이 번들거렸다.

마누엘은 또다시 황소에게 케이프를 내밀었다. 그러자 황소가 눈을 징그럽게 크게 뜨고는 케이프를 노리고 덤벼들었다. 마누엘은 옆으로 살짝 비켜서면서 베로니카 동작을 하기 위해 두 팔을 추켜들고 케이프를 황소 코앞에 바짝 들이댔다.

이제 마누엘은 황소를 마주 보고 서 있었다. 황소 머리가 조금 아래쪽으로 처져 있었다. 머리를 좀 더 수그린 자세를 하고 있었다. 주리토가 와서 마주 보고 있었기 때문이었다.

마누엘이 케이프를 펄럭거렸다. 그러자 황소가 덤벼들었다. 옆으로 살짝 비켜서 또 한 번 베로니카 동작으로 선회했다. 저놈은 아주 정확하게 떠받고 있군, 하고 그는 생각했다. 실컷 싸웠으니 이제는 조심하고 있는 거야. 지금 덤빌 곳을 찾고 있구나. 하지만 난 네놈에게 케이프 외에는 아무것도 내주지 않을걸.

마누엘은 황소를 향해 케이프를 흔들어 댔다. 황소가 덤벼들자 옆으로 살짝 비켰다. 이번에는 엄청나게 가까웠다. 이렇게까지 가까이 상대하고 싶진 않아.

황소가 지나칠 때 그 등을 스쳤던 케이프 한쪽 끝이 피에 젖었다.

좋아, 이번이 마지막이다.

마누엘은 황소와 맞서 두 손으로 케이프를 내밀며 황소가 덤벼들 때마다 같이 맴돌았다. 황소는 그를 바라보았다. 뿔을 앞으로 내민 황소는 계속 그를 주의 깊게 지켜보고 있었다.

"우! 이놈의 황소!" 하고 마누엘이 소리치고는 몸을 뒤로 젖히면서 케이프를 휘둘렀다. 그러자 황소가 다시 덤벼들었다. 옆으로 비켜나면서 그가 케이프를 뒤쪽에서 흔들어 대다가 획 돌아서니 황소는 소용돌이처럼 돌아가는 케이프를 따라갔지만 허탕치고 케이프에 압도당한 채 파세 때문에 꼼짝 못하고 그대로 서 있었다. 마누엘은 한 손으로 케이프를 황소의 콧등 바로 밑에서 흔들어 황소가 서 있다는 것을 보여 주고 걸어 나가 버렸다.

관중들은 갈채를 보내지 않았다.

마누엘은 모래밭을 가로질러 바레라가 있는 데로 갔고, 주리토는 투우장 밖으로 말을 몰고 나갔다. 마누엘이 황소와 씨름하는 동안 나팔 소리가 울리며 투우가 이제 반데리야를 꽂는 순서로 접어들었음을 알렸다. 그는 이 신호를 별로 의식적으로 듣지 않았다. 모노스들이 죽은 말 두 마리 위에 캔버스 천을 덮어 주고 그 주위에 톱밥을 뿌렸다.

마누엘은 물을 마시려고 바레라 쪽으로 갔다. 레타나의 대리인이 구멍이 뚫린 무거운 주전자를 그에게 건네주었다.

키가 큰 집시 푸엔테스는 가늘고 붉은 창대에 낚싯바늘처럼 뾰족한 창날이 박힌 반데리야 한 쌍을 모아 쥐고 서 있었다. 그는 마누엘을 바라보았다.

"자, 나가." 마누엘이 말했다.

집시는 빠른 걸음으로 걸어 나갔다. 마누엘은 물그릇을 내려놓고 지켜보았다. 그리고 수건으로 얼굴을 닦았다.

《엘 에랄도》 기자는 다리 사이에 놓아둔 미지근한 샴페인

병에 손을 뻗어 한 모금 마신 뒤 쓰던 기사의 단락을 마무리했다. "……나이 많은 마놀로는 일련의 어색한 케이프 연기를 보여 갈채를 받지 못했고, 드디어 3회전 반데리야 경기로 접어들었다."

황소는 투우장 한가운데에서 여전히 움쩍도 않고 혼자 서 있었다. 키가 크고 등이 넓적한 푸엔테스가 두 팔을 벌리고, 가늘고 붉은 창대 한 쌍을 한 손에 하나씩 움켜쥐고 창날을 똑바로 앞으로 내민 채 거만한 표정으로 황소를 향해 다가갔다. 푸엔테스는 계속 앞으로 나아갔다. 그의 뒤쪽 한쪽에는 케이프를 든 페온[119]이 뒤따랐다. 그를 쳐다본 황소는 이제 더 이상 가만히 있지 않았다.

황소는 가만히 서서 푸엔테스를 노려보았다. 푸엔테스는 몸을 뒤로 젖히면서 소리 내어 황소를 불렀다. 푸엔테스가 창 두 자루를 꿈틀꿈틀 움직이자 창날에 번쩍이는 불빛이 황소 눈에 띄었다.

황소는 꼬리를 곤두세우면서 덤벼들었다.

황소는 똑바로 사람을 노리며 달려왔다. 푸엔테스는 몸을 뒤로 젖히고 창을 앞으로 내민 채 가만히 서 있었다. 황소가 머리를 숙이고 떠받으려 할 때 푸엔테스가 몸을 뒤로 젖히면서 두 팔을 맞잡아 들어 올리자 창이 두 줄기 붉은 선처럼 내리꽂혔다. 그는 몸을 앞으로 숙이면서 황소 어깨에 창날을 박고 황소 뿔 훨씬 위쪽으로 몸을 내맡기면서, 다리를 바짝 모으

---

119) '비숙련 노동자' 또는 '반데리야로.'

고 꼿꼿이 선 창대에 의지해 회전하면서 몸을 한쪽으로 비틀어 황소가 지나가게 했다.

"올레!" 관중들이 환호성을 질렀다.

황소는 네발을 공중에 솟구쳐 마치 송어처럼 껑충 뛰면서 맹렬히 떠받았다. 황소가 껑충 뛸 때마다 반데리야의 붉은 창대가 같이 뛰었다.

바레라에 선 마누엘은 황소가 항상 오른쪽으로만 떠받는다는 것을 알아차렸다.

"다음 창으로는 황소의 오른쪽을 찌르라고 해." 그가 새 반데리야를 가지고 푸엔테스에게 달려가는 젊은이에게 말했다.

그때 누가 묵직한 손으로 그의 어깨를 쳤다. 주리토였다.

"기분이 어떤가?" 그가 물었다.

마누엘은 황소를 지켜보고 있었다.

주리토는 두 팔로 몸을 가누면서 바레라 앞쪽으로 몸을 내밀었다. 마누엘이 그에게 고개를 돌렸다.

"잘하고 있군." 주리토가 말했다.

마누엘은 고개를 내저었다. 다음 3회전까지 그는 이제 아무것도 할 일이 없었다. 집시는 반데리야 연기를 자주 멋지게 해내고 있었다. 다음 3회전에는 황소가 그럴듯한 모습으로 그에게 덤벼들 것이다. 훌륭한 황소였다. 지금까지는 모든 게 수월했다. 그로서는 장검(長劍)으로 하는 마지막 판이 걱정이었다. 그러나 사실 그는 걱정하지 않았다. 걱정은커녕 아무런 생각도 하지 않았다. 그러나 그곳에 서 있자니 불안감이 그를 짓눌렀다. 그는 황소를 지켜보면서 붉은 천으로 황소의 힘을 죽이고 다루기 좋게 하는 연기, 즉 파에나를 계획하고 있었다.

집시는 무도장의 댄서처럼 약 올리듯이 발뒤꿈치와 발끝을 번갈아 디디며 발걸음을 옮길 때마다 반데리야의 붉은 창대를 까딱까딱 움직이면서 다시 황소를 향해 걸어 나갔다. 황소는 이제 가만히 있지 않고 덤벼들어 뿔을 찌를 수 있도록 그가 가까이 다가오기를 노려보면서 기다리고 있었다.

푸엔테스가 앞으로 발을 내디디니 황소가 덤벼들었다. 황소가 덤벼들자 푸엔테스는 원의 4분의 1가량 되는 곳을 가로질러 달려갔다. 황소가 뒤쪽으로 물러났다. 그러자 그는 멈춰서서 앞쪽으로 휙 돌아 발끝으로 선 채 똑바로 팔을 뻗어 소가 그를 놓치고 지나치는 순간 두툼한 어깨 살 탄탄한 곳에 반데리야를 깊숙이 꽂았다.

그러자 관중이 흥분하며 열광에 휩싸였다.

"저 친구는 야간 경기에 오래 남아 있지 않을 것 같은데요." 레타나의 대리인이 주리토에게 말했다.

"잘하는군." 주리토가 말했다.

"이제 저 사람을 지켜봐요."

그들은 그를 지켜보았다.

푸엔테스는 바레라를 등지고 섰다. 콰드리야 두 명이 그 뒤에서 울타리 너머로 케이프를 던져 황소를 떼어 놓을 준비를 했다.

황소는 혀를 빼물고 배를 벌렁거리며 집시를 노려보았다. 이번에는 틀림없이 그를 잡았다고 생각하는 모양이었다. 뒤쪽은 붉은 판자로 가로막혔다. 또한 달려들 거리도 짧았다. 황소는 그를 노려보았다.

집시는 몸을 뒤로 젖히고 두 팔을 빼면서 황소를 향해 반데리야를 겨누었다. 한 발을 구르면서 황소를 불렀다. 황소의 눈에 의심이 깃들었다. 그가 바라는 것은 오직 사람이었다. 이제는 더 이상 어깨에 창날을 받기 싫었던 것이다.

푸엔테스는 황소 쪽으로 조금 더 가까이 갔다. 몸을 젖혔다. 또다시 황소를 불렀다. 그러자 관중석에서 누군가가 조심하라고 소리쳤다.

"녀석 너무 가까이 있는걸." 주리토가 말했다.

"잘 보십시오." 레타나의 대리인이 말했다.

몸을 뒤로 젖히고 반데리야로 황소를 자극하면서 푸엔테스는 두 발을 모아 껑충 뛰어올랐다. 그가 껑충 뛰어오르는 순간 황소가 꼬리를 빳빳이 세우고 덤벼들었다. 푸엔테스는 발끝으로 땅을 내려딛고 팔을 쭉 뻗어 앞쪽으로 온몸을 활 모양으로 굽히면서 오른쪽 뿔을 피해 몸을 빼내는 순간 창대를 내리꽂았다.

황소는 사람을 놓치고 케이프가 흔들리며 시선을 끄는 바레라에 머리를 들이박았다. 집시는 관중의 갈채를 받으면서 바레라를 따라 마누엘이 있는 데로 달려갔다. 쇠뿔을 완전히 피하지 못해 조끼의 일부분이 찢겨 있었다. 그는 기분이 좋은지 조끼를 관중에게 내보였다. 그리고 투우장을 한 바퀴 돌았다. 주리토는 그가 조끼를 가리키며 미소를 짓고 지나가는 것을 보았다. 그도 미소를 지었다.

누군가 다른 사람이 최후의 반데리야를 찌르고 있었다. 그러나 주의를 기울이는 사람은 아무도 없었다.

레타나의 대리인이 물레타에 막대기를 싸서 접은 뒤 바레라 너머로 마누엘에게 넘겨주었다. 그리고 또 가죽 장검 상자에 손을 넣어 장검을 꺼내서는 가죽 칼집으로 칼을 잡고 울타리 너머로 마누엘에게 내주었다. 마누엘이 붉은 칼자루를 쥐고 칼을 빼자 칼집이 힘없이 축 늘어졌다.

마누엘은 주리토를 바라보았다. 몸집이 큰 사내는 마누엘이 땀을 흘리는 것을 보았다.

"자, 이제 죽여 버리게, 이 사람아." 주리토가 말했다.

마누엘이 고개를 끄덕였다.

"이제 알맞게 되었어." 주리토가 말했다.

"자네가 바라던 대로지." 레타나의 대리인이 용기를 북돋아 주었다.

마누엘은 고개를 끄덕였다.

나팔수가 저 높이 지붕 밑에서 마지막 경기를 알리는 나팔을 불자 마누엘은 투우장을 가로질러 어두운 관람석 위쪽 대회장이 있음 직한 곳을 향해 걸어 나갔다.

관람석 앞줄에는 《엘 에랄도》 대리 기자가 미지근한 샴페인을 한 모금 길게 들이켰다. 그는 관전 기사를 쓸 만한 가치까지는 없다고 생각하여 투우 관련 기사를 신문사에 돌아가서 쓰기로 마음먹었다. 도대체 이런 경기가 어디 있단 말인가? 기껏해야 야간 투우 경기에 지나지 않았다. 혹시 놓친 것이 있더라도 조간신문을 읽고 보충하면 그만이었다. 그는 샴페인을 또 한 모금 마셨다. 12시에 카페 막심에서 사람을 만나기로 되어 있었다. 뭐 이따위 투우사들이 있담? 아이들과 건달들이 아닌가. 건달들의 패거리지 뭐야. 그가 수첩을 주머니에 집어넣고 마누엘 쪽을 바라보니, 마누엘은 투우장에 혼자 서서 어두워서 잘 보이지 않는 관람석 높은 데를 향해 모자를 벗어 들고 인사하고 있었다. 투우장 저편에는 황소가 멍한 눈빛으로 가만히 서 있었다.

"회장 각하, 이 황소를 귀하, 그리고 이 세상에서 가장 지적이고 관대한 마드리드 시민께 바치고자 합니다." 마누엘은 이렇게 외쳤다. 그것은 판에 박은 격식이었다. 그는 한마디도 빼놓지 않고 모두 말했다. 야간 경기치고는 조금 길었다.

어두운 곳을 향해 인사를 하고 나서 그는 몸을 꼿꼿이 세우고 모자를 어깨 너머로 집어던진 뒤 왼손에는 붉은 수건을, 오른손에는 장검을 쥐고 황소를 향해 걸어 나갔다.

마누엘은 그렇게 황소를 향해 나아갔다. 황소는 눈을 재빨리 움직이며 그를 바라보았다. 마누엘은 반데리야가 황소 왼편 어깨에 꽂힌 채 늘어진 것이며, 주리토가 찌른 상처에 피가 엉겨 번쩍이는 것을 보았다. 또 황소의 발 위치를 눈여겨봤다. 왼손에는 물레타를, 오른손에는 장검을 쥐고 앞으로 나아가면서 그는 황소의 발 위치를 주의 깊게 살펴보았다. 소는 발을 한데 모으지 않으면 덤벼들지 못한다. 황소는 지금 네발을 굳게 딛고 멍한 표정으로 서 있었다.

마누엘은 황소의 발을 지켜보면서 황소를 향해 걸어갔다. 이 정도면 염려할 필요가 없었다. 거뜬히 해치울 수 있었다. 뿔 사이로 들어가 찔러 죽이려면 황소가 머리를 숙이게 만들어야 했다. 그는 칼을 생각하지도 않고, 또 황소를 죽일 생각도 하지 않았다. 한 번에 한 가지만을 생각했다. 그래도 앞에 일어날 여러 일이 그의 가슴을 짓눌렀다. 황소의 눈을 주시하며 앞으로 나아갈 때 황소의 눈이며, 젖은 콧등이며, 넓고 앞으로 뾰족 내민 뿔이 차례로 보였다. 황소의 눈언저리에 가벼운 원이 있었다. 그 눈은 마누엘을 지켜보고 있었다. 황소는 얼굴이 창백하고 조그마한 이 사내 정도는 너끈히 해치울 수 있다고 생각하는 듯했다.

이제 조용히 서서 왼손에 든 칼 끝으로 물레타의 붉은 천을 찔러 돛배의 삼각돛처럼 펴 든 채 마누엘은 황소의 뿔 끝을 주시했다. 한쪽 뿔은 바레라에 부딪혀 갈라졌다. 다른 쪽 뿔은 고슴도치의 털처럼 뾰족했다. 마누엘은 붉은 수건을 펼치면서 뿔 뿌리의 흰 곳이 피로 빨갛게 물든 것을 보았다. 이런 것들을 살피는 동안에도 그는 황소의 발 움직임을 놓치지 않았다. 황소는 한결같이 마누엘을 지켜보고 있었다.

저놈이 이제 방어 태세를 취했구나, 하고 마누엘은 생각했다. 지금 힘을 모으는 중이야. 저런 상태에서 놈을 끌어내어 머리를 숙이도록 해야지. 언제나 머리를 숙이게 해야지. 주리토가 저놈 머리를 한 번 숙이게 했지만 이제 본래대로 돌아왔군. 저놈을 달리게 하면 피를 흘릴 것이고, 그렇게 되면 머리를 숙이고 말 테지.

물레타를 들고 왼손에 쥔 장검을 황소 앞에 펴 보이면서 그는 황소를 향해 소리쳤다.

그러자 황소가 그를 바라보았다.

그는 얕잡아보듯 몸을 뒤로 젖히고 널따랗게 편 플란넬 물레타를 흔들어 보였다.

황소는 물레타를 보았다. 그것은 아크등 불빛 아래 밝은 진홍빛을 띠었다. 황소가 다리를 팽팽히 당겼다.

바로 그때 이크! 황소가 달려들었다. 황소가 달려들자 마누엘은 몸을 슬쩍 돌리면서 물레타를 높이 쳐들어 쇠뿔 위쪽을 스쳐 지나 머리에서 꼬리까지 널찍한 등을 쓰다듬었다. 공격하던 황소의 몸뚱이가 공중으로 떠올랐다. 마누엘은 조금도 움직이지 않았다.

파세가 끝나자 황소는 모퉁이로 돌아가는 고양이처럼 몸을 돌려 마누엘을 마주 보고 섰다.

황소는 다시 방어 태세를 취했다. 육중함은 이제 사라지고 없었다. 마누엘은 선혈이 검은 어깨 아래로 번쩍이면서 다리로 뚝뚝 떨어지는 것을 알아챘다. 그는 붉은 수건에서 칼을 뽑아 오른손에 쥐었다. 왼손에 물레타를 나지막이 쥐고 왼편으로 몸을 기울이면서 황소를 불렀다. 황소의 눈은 물레타를 노려보았고 다리는 팽팽해졌다. 이제 덤비는구나, 하고 마누엘은 생각했다. 야아!

마누엘은 두 다리를 굳게 버틴 채 황소 코앞에서 물레타를 휘두르며 몸을 돌려 소를 피했고, 칼날은 아크등 아래서 한 점 빛이 되어 곡선을 그렸다.

이렇게 파세 나투랄[120]이 끝나자 황소는 다시 한 번 덤벼들

120) 칼을 사용하지 않고 왼쪽 물레타를 사용하는 동작.

었고, 마누엘은 이번에는 파세 데 페초[121]를 하려고 물레타를 높이 쳐들었다. 황소는 단단히 버티고 서서 높이 쳐든 물레타 밑으로 가슴을 스치면서 덤벼들었다. 마누엘은 고개를 뒤로 젖혀 반데리야의 창대를 피했다. 검은 황소의 뜨거운 몸뚱이가 지나치면서 그의 가슴에 닿았다.

이거 너무 가깝군, 하고 마누엘은 생각했다. 주리토는 바레라에 기대서서 케이프를 가지고 마누엘에게 뛰어가는 집시를 향해 빠른 말로 뭐라고 지껄였다. 주리토는 모자를 깊숙이 눌러쓰고 멀리 투우장에 있는 마누엘을 바라보았다.

마누엘은 물레타를 왼편에 나직이 쥐고 다시 황소와 마주섰다. 황소가 수건을 보면서 머리를 숙였다.

"만약 벨몬테가 저 동작을 한다면 관중이 미쳐 날뛸 텐데." 레타나의 대리인이 말했다.

주리토는 아무 대꾸도 하지 않았다. 그는 투우장 한복판에 나가 있는 마누엘을 지켜보고 있었다.

"우리 보스는 이 친구를 도대체 어디서 찾아낸 겁니까?" 레타나의 대리인이 물었다.

"병원에서 찾아왔어." 주리토가 대답했다.

"빌어먹을, 곧바로 다시 그곳에 가야겠군요." 레타나의 대리인이 대꾸했다.

주리토는 그에게 고개를 돌렸다.

"어서 그걸 두들기게!" 그가 바레라를 가리키며 말했다.

121) 황소의 가슴 높이로 물레타를 움직이는 동작.

“그냥 농담으로 해 본 말이에요.” 레타나의 대리인이 말했다.
“어서 나무를 두들기란 말이야.” 주리토가 말했다.
레타나의 대리인은 앞쪽으로 몸을 굽히고 바레라를 세 번 두드렸다.
“파에나를 지켜보게.” 주리토가 말했다.
마누엘은 투우장 한가운데서 불빛을 받으며 무릎을 꿇고 황소와 마주 보고 있었다. 그가 두 손으로 물레타를 쳐들자 황소가 꼬리를 곤두세우고 덤벼들었다.
마누엘은 몸을 비틀어 피했고, 다시 한 번 황소가 덤벼들자 물레타를 반원형으로 휘둘러 여지없이 소를 무릎 꿇게 했다.
“정말 훌륭한 투우사로군.” 레타나의 대리인이 말했다.
“아니, 그렇지 않아.” 주리토가 말했다.
마누엘은 일어서서 왼손에는 물레타를, 오른손에는 장검을 들고 어두운 관람석에서 울리는 박수갈채에 답례를 보냈다.
황소는 무릎을 세우더니 등을 구부리고 일어나 머리를 나직이 숙인 채 서서 기다렸다.
주리토는 나머지 콰드리야 두 명에게 뭐라고 말했고, 그들은 케이프를 펴 들고 마누엘 뒤쪽으로 뛰어나가 섰다. 이제 그의 뒤에는 모두 네 사람이 서 있었다. 그가 맨 처음 물레타를 들고 나올 때부터 에르난데스는 그를 뒤따랐다. 키 큰 푸엔테스는 몸에 케이프를 갖다 대고 졸린 듯한 편안한 눈빛으로 지켜보았다. 그런데 지금 또 두 사람이 달려왔다. 에르난데스는 한쪽에 한 사람씩 갈라서라고 몸짓을 했다. 마누엘은 혼자서 황소와 맞서고 있었다.

마누엘은 손짓으로 케이프를 들고 있는 사람들을 뒤로 물러서게 했다. 조심스럽게 뒤로 물러나면서 그들은 백지장처럼 창백해진 그의 얼굴에서 땀이 줄줄 흐르는 것을 보았다.

저 사람들은 뒤쪽으로 물러서 있어야 한다는 것을 모른단 말인가? 황소가 꼼짝하지 않고 칼 맞을 준비를 하고 있는데 케이프로 눈길을 끌려고 한단 말인가? 그에게는 그런 것 말고도 걱정거리가 충분했다.

황소는 네발을 버티고 선 채 물레타를 노려보고 있었다. 마누엘은 왼손으로 물레타를 걷었다. 황소의 눈이 그것을 지켜보고 있었다. 몸뚱이가 네발 위에 육중하게 놓여 있었다. 머리를 나지막하게 숙이고 있었지만 그렇다고 너무 낮지도 않았다.

마누엘은 황소를 향해 물레타를 쳐들었다. 황소는 움직이지 않았다. 가만히 눈으로 지켜보기만 했다.

그놈 납덩이처럼 무겁군, 하고 마누엘은 생각했다. 이제 만반의 준비가 끝났어. 죽이기에 안성맞춤인 상태가 된 거야. 자, 칼을 받으려무나.

마누엘은 투우사들이 사용하는 용어로 생각했다. 가끔 그는 무슨 생각이 떠올라도 꼭 들어맞는 단어가 얼른 생각나지 않아 자기 생각을 표현하지 못할 때가 있었다. 그의 본능과 지식은 자동적으로 작용했지만, 두뇌는 느리게 작용하여 말로 표현되었다. 그는 황소에 관한 것은 모조리 알고 있었다. 그래서 황소에 관해선 생각할 필요가 없었다. 해야 할 행동만 하면 그만이었다. 눈으로 사태를 식별하고 몸뚱이는 생각을 하는 대신 필요한 조치를 취했다. 만약 그 일에 대해 억지로 생각했다가는 그는 끝장이 나고 말 것이다.

이제 황소와 맞서게 되자 동시에 그는 온갖 일을 의식했다. 한쪽에는 갈라진 뿔이, 다른 한쪽에는 매끄럽고 날카로운 뿔이 있었고, 왼쪽 뿔을 향해 옆으로 자세를 갖추고 빨리 똑바로 찔러야 했고, 황소가 따라오도록 물레타를 나직이 내려야 했으며, 뿔 위쪽에서 들어가듯이 황소의 두 어깨가 불쑥 솟은 사이 5페세타짜리만 한 목덜미의 조그마한 부위를 장검으로 깊숙이 찔러야 했다. 이 모든 것을 해야 할뿐더러 그러고 난 뒤에는 뿔 사이를 빠져나와야 했다. 이 모든 동작을 해야 한다고 의식했지만 생각나는 것은 '코르토 이 데레초[122]'라는 말 한마디뿐이었다.

'코르토 이 데레초!' 하고 마누엘은 물레타를 접으면서 생각했다. 빠르게 그리고 똑바로! '코르토 이 데레초!' 그는 물레타에서 장검을 뽑아 들고 갈라진 왼편 뿔을 향해 비스듬히 자세를 갖추고 물레타를 그의 몸에 걸쳐 나지막하게 내려뜨렸다. 그러고는 칼을 든 오른손을 눈높이까지 올려 십자 성호를 그었고, 발끝으로 몸을 높이 일으켜 세우면서 황소의 두 어깨 사이 높이 솟아오른 부위에 구부러진 칼날을 겨누었다.

'코르토 이 데레초!' 그는 황소를 향해 몸을 날렸다.

충격이 느껴지더니 몸이 공중으로 솟구쳐 올라갔다. 공중으로 떠오르면서 그는 위에서 칼을 힘껏 찔렀지만 그만 손에

---

122) '빠르게 그리고 똑바로.'

서 칼이 떨어지고 말았다. 그가 땅에 떨어지자 소가 그의 몸 위로 덮쳤다. 마누엘은 땅에 드러누운 채 구둣발로 황소의 콧등을 걷어찼다. 차고 또 차자, 뒤쪽으로 돌아간 황소는 흥분한 나머지 마누엘을 떠받는다는 것이 모래밭에 뿔을 처박았다. 공중에 연속으로 공을 차올리는 사람처럼 마누엘은 황소를 계속 걷어차며 정면으로 떠받히는 것을 겨우 면할 수 있었다.

황소를 향해 흔들어 대는 케이프 때문에 그는 등 뒤에서 바람이 이는 것을 느꼈다. 황소는 그를 넘어 질풍처럼 사라졌다. 황소 배때기가 넘어갈 때는 어두컴컴했다. 그는 한 번도 짓밟히지 않았다.

마누엘은 일어서서 물레타를 집어 들었다. 푸엔테스가 그에게 장검을 건네주었다. 황소의 어깨뼈를 내리친 곳이 휘어져 있었다. 마누엘은 무릎에 대고 칼을 바로잡은 뒤 죽은 말 옆에 서 있는 황소를 향해 달려갔다. 그가 달려갈 때 겨드랑이 아래가 찢어진 재킷이 너덜너덜하게 나부꼈다.

"황소를 거기서 쫓아 보내!" 마누엘이 집시에게 소리쳤다. 황소는 죽은 말의 피 냄새를 맡고, 뿔로 시체를 덮은 캔버스 천을 찌르고 있었다. 황소가 캔버스 천을 갈라진 뿔에 걸친 채 푸엔테스의 케이프를 향해 덤벼들자 관중이 폭소를 터뜨렸다. 멀리 투우장에서 황소는 캔버스 천을 떼어 버리려고 머리를 뒤흔들었다. 에르난데스가 황소 뒤쪽에서 달려와 캔버스 천 끝을 붙잡고 솜씨 있게 뿔에서 벗겨 놓았다.

황소는 캔버스 천을 따라가 덤빌 듯하더니 가만히 멈춰 섰다. 그리고 다시 방어 태세를 취했다. 마누엘은 칼과 물레타를 들고 황소를 향해 걸어 나갔다. 황소 앞에 물레타를 흔들어 보였다. 그러나 황소는 덤벼들지 않았다.

마누엘은 황소를 향해 옆으로 비켜서서 구부러진 칼날을 눈으로 따르며 겨눴다. 그러나 황소는 네 다리가 꽁꽁 얼어붙어 더는 공격하지 못하겠다는 듯이 꼼짝 않고 서 있었다.

마누엘은 발가락을 딛고 일어서서 황소를 향해 칼날을 겨누면서 공격했다.

또다시 충격이 느껴지더니 마누엘이 갑자기 뒤로 던져지다가 모래밭에 쿵 하고 처박혔다. 이번에는 황소를 발길로 찰 기회조차 없었다. 황소가 그의 위에 내리 덮쳤다. 마누엘은 두 팔로 머리를 감싸고 죽은 듯 누워 있었고, 황소는 그에게 부딪쳐 왔다. 그의 등을 툭 떠받더니 모래밭에 처박은 얼굴을 떠받았다. 황소가 감싼 팔 사이의 모래밭으로 뿔을 박는 게 느껴졌다. 황소는 그의 허리 잘록한 곳에 일격을 가했다. 그 덕분에 그의 얼굴이 모래밭에 처박혔다. 뿔이 그의 한쪽 소매를 꿰뚫어 떼어 가 버렸다. 마누엘은 보기 좋게 내동댕이쳐졌고, 황소는 케이프를 따라갔다.

마누엘은 일어서서 칼과 물레타를 찾아 엄지손가락 끝으로 칼끝을 만져 보고는 새 칼을 가지러 바레라 쪽으로 달려갔다.

레타나의 대리인이 바레라 너머로 그에게 새 칼을 건네주었다.

"얼굴을 닦아요." 그가 말했다.

마누엘은 다시 황소를 향해 달려가면서 손수건으로 피투성이가 된 얼굴을 닦았다. 주리토의 모습은 보이지 않았다. 주리토는 어디로 갔을까?

콰드리야들은 황소에게서 물러나 손에 케이프를 든 채 기다리고 있었다. 황소는 한바탕 날뛰고 난 뒤라 또다시 멍해져서 육중한 모습으로 서 있었다.

마누엘은 물레타를 들고 황소를 향해 걸어갔다. 걸음을 멈추고 물레타를 흔들어 보였다. 황소는 아무런 반응도 나타내지 않았다. 황소의 콧등에 대고 오른쪽에서 왼쪽으로, 다시 왼쪽에서 오른쪽으로 물레타를 흔들어 보였다. 황소는 그것을 지켜보면서 흔들릴 때마다 움직였지만 덤벼들려고 하지는 않았다. 마누엘을 기다리고 있었던 것이다.

마누엘은 초조했다. 덤벼드는 것 외에는 다른 도리가 없었다. '코르토 이 데레초.' 그는 황소에게 어슷하게 옆으로 맞서면서 앞쪽에서 물레타로 십자 성호를 그리며 달려들었다. 칼을 찌르면서 왼편으로 휙 몸을 돌려 뿔에서 벗어났다. 황소는 피해 나갔고 칼은 공중으로 튀더니 아크등 불빛에 번쩍하며 붉은 칼자루가 모래밭에 떨어졌다.

마누엘은 뛰어가서 그것을 집어 들었다. 구부러져 있는 것을 무릎에 대고 바로잡았다.

또다시 꼼짝 않고 선 황소를 향해 뛰어가면서 그는 케이프를 들고 서 있는 에르난데스 옆을 지나쳐 갔다.

"뼈 덩어리와 다름없어요." 젊은이가 격려하듯이 말했다.

마누엘은 얼굴을 닦으며 고개를 끄덕였다. 피투성이가 된 손수건을 주머니에 집어넣었다.

황소가 그대로 버티고 있었다. 이번에는 바레라 가까이에 있었다. 망할 놈의 자식! 어쩌면 온통 뼈 덩어리일지도 몰라. 그래서 칼이 뚫고 들어갈 곳이 없는지도 모르지. 빌어먹을, 없을 리가 있나! 그는 본때를 보여 줄 생각이었다.

마누엘은 물레타로 유인해 봤지만 황소는 여전히 움직이지 않았다. 마누엘은 황소 코앞에서 물레타를 앞뒤로 흔들어 보였다. 그래도 아무 소용이 없었다.

그는 물레타를 접고 칼을 뽑아 몸을 옆으로 비키면서 황소를 찔렀다. 온몸의 무게를 실어 깊숙이 칼을 찌르자 칼이 휘는 듯한 느낌이 들었고, 칼은 공중으로 튀어 올라 빙글빙글 돌다가 관중 속으로 떨어지고 말았다. 칼이 튀어 오르는 순간 마누엘은 몸을 홱 비켰다.

처음 어둠 속에서 날아온 방석들은 그를 맞히지 못했다. 다음에 날아온 것이 피투성이가 된 채 관중을 쳐다보던 그의 얼굴에 맞았다. 방석들이 계속 빠르게 마구 날아왔다. 모래밭을 겨누고 던지는 것이었다. 가까운 줄에서 누군가가 빈 샴페인 병을 던졌다. 그 병이 마누엘의 발에 맞았다. 그는 이런 것들이 날아오는 어두운 곳을 지켜보고 서 있었다. 그때 무언가가 공중을 휙 하고 날아오더니 그의 바로 옆에 떨어졌다. 마누엘은 허리를 굽혀 그것을 집어 올렸다. 그의 칼이었다. 그것을 무릎에 대고 똑바로 펴고는 관중들에게 보여 주며 손짓으로 인사를 했다.

"고맙습니다. 정말 고맙습니다." 그가 소리쳤다.

아, 더러운 개새끼들! 더러운 사생아들! 아, 치사하고 더러운 개새끼들! 그는 뛰어나가면서 발로 방석을 걷어찼다.

황소가 그대로 있군. 아까와 조금도 달라지지 않았어. 오냐, 이 더럽고 치사한 놈아!

마누엘은 황소의 검은 콧등 앞에서 물레타를 내저었다.

그래도 아무 소용이 없었다.

싫다는 게지! 오냐. 그는 바짝 다가가 물레타의 뾰족한 부분으로 황소의 축축한 콧등을 찔렀다.

마누엘이 뛰어서 뒤로 물러나자 황소가 덮쳤고, 방석에 걸려 넘어지면서 동시에 뿔이 자기 옆구리를 찌르는 것이 느껴졌다. 두 손으로 뿔을 단단히 움켜잡고 뒤로 떼밀었다. 황소가 그를 받아 던지는 바람에 그는 벗어날 수 있었다. 그는 조용히 누워 있었다. 이제는 괜찮았다. 황소는 가 버렸다.

그는 기침을 하면서 일어섰지만 지칠 대로 지쳐 녹초가 되어 있었다. 이 더러운 놈!

"내게 칼을 줘! 얼른 가져와!" 그가 소리쳤다.

푸엔테스가 물레타와 칼을 가지고 다가왔다.

에르난데스가 한 팔로 그를 껴안았다.

"이제 병원으로 가야 해요, 아저씨. 바보처럼 굴지 마요." 그가 말했다.

"비켜서. 어서 비켜서지 못해." 마누엘이 명령했다.

마누엘은 몸을 비틀어 빠져나갔다. 에르난데스는 어깨를 들썩거렸다. 마누엘은 황소를 향해 달려갔다.

황소는 육중하고 당당하게 버티고 서 있었다.

오냐, 이 사생아 같은 놈아! 마누엘은 물레타에서 칼을 뽑아 똑같은 동작으로 겨누고 황소를 향해 몸뚱이를 내던졌다.

칼이 깊숙이 끝까지 들어가는 것이 느껴졌다. 칼 손잡이까지 푹 들어갔다. 네 손가락과 엄지손가락이 황소의 몸에 파묻혔다. 피가 손가락 마디에 뜨겁게 흘러내렸고, 마누엘은 황소 위에 올라탔다.

마누엘이 위에 올라탈 때 황소는 비틀거리면서 쓰러질 듯했다. 그래서 그는 얼른 비켜섰다. 황소가 천천히 옆으로 쓰러지며 갑자기 네 다리를 허공에 쳐드는 것이 보였다.

그런 다음 그는 황소의 피로 뜨거워진 손으로 관중을 향해 인사를 보냈다.

오냐, 이 개새끼들아! 그는 뭐라고 말하고 싶었지만 기침이 나오기 시작했다. 뜨겁고 숨이 막히는 기침이었다. 그는 고개를 숙여 물레타를 찾았다. 저쪽으로 가서 대회장에게 인사를 해야 했다. 빌어먹을 대회장! 그는 주저앉아서 무언가를 바라보고 있었다. 황소였다. 네 다리를 공중에 쭉 뻗고 두툼한 혀를 빼물고 있었다. 배때기와 다리 밑에 무언가가 꿈틀거리면서 흘러내리고 있었다. 죽은 황소였다. 빌어먹을 놈의 황소! 모조리 지옥에나 가라! 그는 일어서려 했지만 다시 기침이 나기 시작했다. 또다시 주저앉아 기침을 했다. 누군가가 다가와서 그를 끌어 일으켰다.

그들은 투우장을 가로질러 그를 병원으로 데리고 갔다. 모래밭을 달려가다 노새들이 들어오는 바람에 길이 막혀 문가에서 기다린 뒤 어두컴컴한 통로 아래를 돌아 투덜투덜하면서 계단 위로 올라가 그를 병실에 눕혔다.

의사와 흰옷을 입은 두 사내가 그를 기다리고 있었다. 그들은 그를 수술대 위에 눕혔다. 그의 내의를 찢어 내고 있었다. 마누엘은 피로감을 느꼈다. 가슴 전체가 속에서 타는 것 같았다. 기침을 하자 그들은 무언가를 그의 입에 갖다 댔다. 모두들 몹시 분주했다.

전등 불빛 때문에 눈이 부셨다. 그래서 그는 눈을 감았다.

누군가가 아주 육중하게 계단을 올라오는 소리가 들렸다. 그러더니 그 소리는 들리지 않았다. 그리고 저 멀리서 시끄러운 소리가 들렸다. 관중의 환호성이었다. 그래, 누가 또 한 마리 소를 죽여야 했다. 그들은 그의 셔츠를 모두 찢어 냈다. 의사가 그를 보고 미소를 지었다. 레타나도 있었다.

"어, 레타나!" 마누엘이 말했다. 그러나 그의 말소리가 잘 들리지 않았다.

레타나가 미소를 지으며 뭐라고 말했다. 마누엘에게는 들리지 않았다.

주리토가 수술대 곁에 서서 의사가 수술하는 모습을 들여다보고 있었다. 그는 피카도르 복장을 하고 있었지만 모자는 쓰고 있지 않았다.

주리토가 그에게 뭐라고 말했다. 그러나 마누엘의 귀에는 들리지 않았다.

주리토는 레타나에게 뭐라고 말하고 있었다. 흰 가운을 입은 의사 하나가 미소를 지으며 레타나에게 가위를 건네주었다. 레타나는 그것을 주리토에게 넘겨주었다. 주리토가 마누엘에게 뭐라고 말했다. 그러나 무슨 말인지 들리지 않았다.

이 빌어먹을 놈의 수술대! 전에도 수술대 위에는 많이 누워

봤다. 그는 죽어 가는 게 아니었다. 죽어 간다면 신부(神父)가 와 있을 것 아닌가.

주리토가 그에게 뭐라고 말했다. 가위를 쳐든 채 말이다.

그래, 그거야. 내 콜레타를 잘라 버리려는 거야. 그들은 그의 변발을 자르려 하고 있었다.

마누엘은 수술대 위에서 몸을 일으켰다. 의사가 화를 내면서 뒤로 물러섰다. 누군가가 그를 붙잡고 있었다.

"그런 짓을 해선 안 되지, 마노스." 그가 외쳤다.

갑자기 주리토의 목소리가 똑똑히 들렸다.

"괜찮아. 하지 않겠네. 농담한 거야." 주리토가 말했다.

"난 경기를 잘했어. 다만 재수가 없었던 거야. 그것뿐이라고." 마누엘은 외쳤다.

마누엘은 다시 드러누웠다. 그들이 그의 얼굴 위에 무언가를 갖다 댔다. 익숙한 일이었다. 그는 깊이 숨을 들이마셨다. 몹시 피곤했다. 몹시, 아주 몹시 피곤했다. 그들은 얼굴에 갖다 대고 있던 것을 벗겼다.

"난 경기를 잘했어. 훌륭하게 해냈다고." 마누엘이 힘없이 말했다.

레타나가 주리토를 바라보고는 문 쪽으로 걸어갔다.

"이곳에 같이 있겠네." 주리토가 말했다.

레타나는 어깨를 들썩거렸다.

마누엘이 눈을 뜨고 주리토를 바라보았다.

"내가 경기를 잘하지 않았나, 마노스?" 그가 확인하려는 듯이 물었다.

"그렇고말고. 자넨 훌륭하게 잘했어." 주리토가 대답했다.

의사의 조수가 마누엘의 얼굴에 원뿔 모양의 물건을 덮어 주자 마누엘은 깊이 숨을 들이마셨다. 주리토는 어색한 표정으로 우두커니 서서 그를 지켜보았다.

프랜시스 매코머의 짧지만 행복한 생애

이제 점심시간이었다. 모두들 아무 일 없었다는 듯 두 겹으로 된 초록색 식당용 텐트 장막 아래 앉아 있었다.

"라임 주스를 들겠나, 레몬스쿼시를 들겠나?" 매코머가 물었다.

"김릿[123]으로 하겠습니다." 로버트 윌슨이 대답했다.

"나도 김릿으로 할래요. 뭘 좀 마셔야겠어요." 매코머의 아내가 말했다.

"아무래도 그게 좋을 것 같군." 매코머도 맞장구쳤다. "김릿 세 잔 만들라고 해."

식당에서 일하는 소년은 벌써 준비에 들어가 냉각용 가죽 주머니에서 술병을 꺼냈다. 텐트에 그늘을 드리우는 나무 사

123) 진과 라임 주스를 섞어 만든 칵테일.

이로 바람이 불어왔고 그 아래 가죽 주머니는 땀이라도 흘린 듯 흠뻑 젖어 있었다.

"저 사람들에게는 얼마나 주면 될까?" 매코머가 물었다.

"1파운드면 충분할 겁니다. 공연히 버릇을 나쁘게 들일 필요는 없으니까요."

"추장이 나눠 줄까?"

"물론이죠."

프랜시스 매코머는 삼십 분 전에 요리사, 심부름하는 소년들, 가죽 벗기는 사나이, 짐꾼들의 팔과 어깨 위에 올라타 의기양양하게 캠프 끝에서 텐트까지 왔던 것이다. 엽총을 운반하는 사람들은 이 시위 행렬에는 참가하지 않았다. 원주민 소년들이 그를 텐트 문 앞에 내려놓았을 때, 그는 그들과 일일이 악수를 나누고 축하를 받고 난 뒤 텐트 안으로 들어가서 침대에 앉아 아내가 오기를 기다렸다. 아내는 들어왔지만 그에게 아무 말도 걸지 않았다. 그는 곧 밖으로 나가 휴대용 세면대에서 세수를 하고 식당 텐트로 건너가 서늘하게 바람이 부는 그늘 아래 안락한 캔버스 의자에 앉았다.

"드디어 사자를 잡았네요. 그것도 굉장한 놈을 말입니다." 로버트 윌슨이 그에게 말했다.

매코머 부인은 윌슨을 힐끗 쳐다보았다. 대단한 미인으로 아직도 미모와 사회적 지위를 유지하고 있는 여자였다. 오 년 전 그녀는 자신이 한 번도 사용해 본 적 없는 화장품을 자기 사진과 함께 보증해 준 광고 대가로 5000달러를 받은 일이 있었다. 그녀가 프랜시스 매코머와 결혼한 지는 십 년하고도 일

년이 되었다.

"아주 굉장한 사자였지?" 매코머가 말했다. 그제야 그의 아내가 남편을 바라다보았다. 그녀는 마치 두 사내를 처음 보는 듯이 쳐다보았다.

여자는 사내 중 한 사람, 즉 백인 수렵가 윌슨을 여태까지 한 번도 똑똑히 쳐다본 일이 없었다. 그 사람은 모랫빛 머리칼에다 짧고 빳빳한 콧수염을 기른 중키의 사내였다. 얼굴이 매우 불그스름했으며 푸른 눈은 몹시 차가웠고, 눈가에는 흰 주름이 희미하게 잡혀 웃을 때면 홈이 파이면서 명랑한 느낌을 주었다. 그는 지금 여자에게 미소를 던졌고, 그녀는 그의 얼굴에서 시선을 돌려 그가 걸친 헐렁한 웃옷 속에 어깨선이 내려가는 모습을 훑어보았다. 왼쪽 주머니가 달려 있어야 할 곳에는 큼직한 탄약 상자 네 개가 고리에 달려 있었다. 햇볕에 탄 큼직한 갈색 손이며 낡은 바지며 흙투성이 장화를 살피고 나서 다시 시선을 불그스레한 얼굴로 돌렸다. 햇볕에 탄 불그스레한 얼굴은 지금 텐트 기둥 못에 걸려 있는 그의 스텟슨[124] 모자가 만들어 놓은 둥글고 하얀 선에서 끝나고 있었다.

"자, 그럼 사자를 위해 건배!" 로버트 윌슨이 말했다. 그는 또다시 여자에게 미소를 던졌지만 그녀는 미소도 짓지 않은 채 호기심 어린 표정으로 남편을 쳐다보고만 있었다.

프랜시스 매코머는 매우 키가 큰 사람으로, 뼈대는 그렇게 크지 않아도 체격이 아주 당당했다. 얼굴은 거무스름하고 머

124) 챙이 넓고 운두가 높은 카우보이 모자.

리칼은 노잡이처럼 짧았으며, 입술은 조금 얇은 편으로 누가 봐도 미남이라 할 만했다. 매코머는 윌슨이 입은 것과 같은 종류의 사파리 복장이었지만 윌슨의 옷보다는 새것이었다. 서른다섯 살인 매코머는 체력을 잘 유지했으며, 코트에서 하는 게임을 잘하고 낚시질에서도 큰 고기를 낚았다. 하지만 바로 조금 전에는 여러 사람 앞에서 그만 겁쟁이의 모습을 드러내고 말았다.

"사자를 위해 건배! 당신 도움에 대해서는 뭐라고 고마워해야 할지 모르겠군." 그가 말했다.

그의 아내 마거릿은 남편에게서 눈을 돌려 다시 윌슨을 바라보았다.

"사자 얘기는 이제 그만하는 게 어때요." 여자가 말했다.

윌슨이 미소를 띠지 않고 여자 쪽을 건너다보자 이번에는 여자 쪽에서 그에게 미소를 던졌다.

"오늘은 참 이상한 날이었어요." 여자가 말했다. "그런데 한낮에는 텐트 안에서도 모자를 써야 하지 않나요? 당신이 그렇게 말하지 않았던가요?"

"쓰는 게 좋겠죠." 윌슨이 대답했다.

"얼굴이 정말 붉군요, 윌슨 씨." 이렇게 말하고 그녀는 다시 미소를 지었다.

"술 때문이죠." 윌슨이 말했다.

"난 그렇게 생각하지 않는데요. 프랜시스는 술을 엄청나게 많이 마시는데도 얼굴이 조금도 붉어지지 않거든요."

"나도 오늘은 붉어졌어." 매코머가 농담조로 말했다.

"아뇨. 오늘은 내 얼굴이 붉어졌어요. 하지만 윌슨 씨 얼굴은 언제나 붉잖아요." 마거릿이 말했다.

"아마 인종이 다른가 보죠. 하지만 이 잘생긴 얼굴을 계속 화제로 삼고 싶은 건 아니겠죠?"

"이제 막 얘기를 꺼냈을 뿐인걸요."

"어쨌든 그만두죠." 윌슨이 말했다.

"얘기가 점점 까다로워지네요." 마거릿이 말했다.

"바보처럼 굴지 마, 마것.[125)]" 그녀의 남편이 말했다.

"별로 까다로워질 것도 없죠. 굉장히 멋진 사자를 잡았다 뿐이니까." 윌슨이 말했다.

마거릿은 두 사내를 쳐다보았고, 두 사내는 그녀가 울먹이고 있는 걸 알아차렸다. 윌슨은 아까부터 그녀가 울지 않을까 생각하면서 그것을 두려워하고 있었다. 매코머는 두려워하는 기색이 전혀 없었다.

"그런 일만 일어나지 않았더라면! 아, 정말 그런 일이 일어나지 않았더라면 좋았을 텐데!" 그녀는 이렇게 말하고는 자기 텐트로 가 버렸다. 울음소리를 내지는 않았지만 입고 있는 햇볕 차단용 장밋빛 셔츠 밑에서 두 어깨가 들먹거리는 것이 보였다.

"여자들은 쉽게 흥분하죠. 그리 대단한 일은 아닙니다. 신경이 날카로워지면 그러는 데다, 또 이런저런 일 때문에 그러죠." 윌슨이 키 큰 사내에게 말했다.

---

125) '마거릿'의 애칭.

"그렇지 않아. 나도 앞으로 일생 동안 그 일 때문에 고민할 것 같은데." 매코머가 대꾸했다.

"말도 안 되는 소립니다. 위스키나 한잔 드시죠. 그리고 모두 잊어버리십시오. 어쨌든 그 일은 그렇게 중요한 게 아니니까요." 윌슨이 말했다.

"잊어버리려고 애는 써 보지. 하지만 당신이 나를 위해 해 준 일은 잊지 못할 거요." 매코머가 말했다.

"그건 아무것도 아닙니다. 대단치도 않은 일이에요." 윌슨이 말했다.

두 사람은 꼭대기가 넓게 퍼진 아카시아 나무 아래에 친 캠프 그늘에 앉아 있었다. 아카시아 나무 뒤쪽으로는 여기저기 옥석이 흩어진 낭떠러지가 있었고, 그 앞쪽에는 옥석이 깔린 개울 강둑으로 풀밭이 펼쳐졌으며, 그 건너편에는 숲이 있었다. 소년들이 점심 식사를 차리는 동안 두 사내는 마주 앉아 알맞게 차가워진 라임 주스를 마시면서도 서로의 시선을 피했다. 윌슨은 소년들도 지금은 그 일에 대해 다 안다는 것을 알아차릴 수 있었다. 매코머를 시중드는 소년이 테이블에 접시를 올려놓으면서 호기심 어린 눈으로 주인을 살피자, 윌슨은 스와힐리어로 소년을 나무랐다. 그러자 소년은 무표정한 얼굴로 자리를 떴다.

"지금 뭐라고 했나?" 매코머가 물었다.

"아무것도 아닙니다. 정신 바짝 차리지 않으면 열댓 대쯤 때려 주겠다고 했죠."

"그게 무슨 말이야? 매질을 한단 말인가?"

"물론 그건 불법이죠. 벌금을 물게 되어 있습니다."

"당신 지금도 원주민을 때리나?"

"물론이죠. 원주민들도 불평하고 싶으면 얼마든지 소동을 일으킬 수 있어요. 하지만 안 하죠. 벌금보다는 매를 더 좋아하거든요."

"참 이상도 하군." 매코머가 말했다.

"이상할 것 없습니다. 선생님 같으면 어느 쪽을 택하겠습니까? 매를 맞겠습니까, 아니면 급료를 안 받겠습니까?" 윌슨이 물었다.

그렇게 묻고 나니 어색하게 느껴졌고, 그래서 윌슨은 매코머가 대답하기 전에 먼저 말을 이었다. "우리도 어떤 의미에선 이런저런 식으로 날마다 매를 맞는 셈이죠."

이 말로도 그다지 신통치 않았다. 제기랄! 내가 뭐 중재하는 사람이라도 되나? 하고 그는 생각했다.

"그렇지. 우리도 매를 맞고 있는 셈이지." 매코머는 여전히 그를 쳐다보지도 않은 채 맞장구쳤다. "그놈의 사자 일 때문에 정말 골치 아파. 더 이상 소문이 퍼지지 말아야 하는데. 누구 귀엔들 안 들어가겠어?"

"설마 내가 마사이가 클럽[126)]에서 그 이야기를 할까 봐 그럽니까?" 윌슨은 쌀쌀맞게 상대편을 쳐다보았다. 미처 생각도 못 한 일이었다. 그러고 보니 이 친구는 난잡한 데다 지독한 겁쟁이로군, 하고 그는 생각했다. 나는 오늘까지 오히려 이 사

---

126) 케냐 나이로비에 있는 사파리 수렵인을 위한 사교 클럽.

내에게 호감을 갖고 있었는데 말이야. 어떻게 하면 미국인을 제대로 이해할 수 있을까?

"천만에요. 난 직업 사냥꾼이오. 우린 손님 일에 대해 이러쿵저러쿵 떠벌리지 않습니다. 그 점만은 안심하셔도 좋습니다. 하지만 소문을 퍼뜨리지 말라고 요구하는 건 그리 좋은 모양새가 아닌 것 같군요." 윌슨이 말했다.

윌슨은 친구처럼 가깝게 구는 건 이제 그만두는 게 속 편하겠다고 판단했다. 그렇게 되면 혼자서 식사하고, 식사하면서 책도 읽을 수 있을 것이다. 그들은 그들끼리 식사하고 말이다. 그는 그들과 원정 수렵을 하면서 매우 형식적인 격식(프랑스인들은 이걸 뭐라고 하더라? 기품 있는 배려라고 하던가?)을 차려 안내할 것이고, 그 편이 이런 감정 소모를 겪는 것보다는 훨씬 속이 편할 것이다. 그에게 모욕을 주어 깨끗이 헤어지자. 그렇게 되면 식사를 하면서 책도 읽을 수 있을 것이고, 그들의 위스키도 계속 마실 수 있지 않겠는가. 이것은 수렵 여행이 제대로 돌아가지 않을 때 쓰는 표현이었다. 다른 백인 수렵 안내인을 우연히 만나 "그래, 재미가 어떠시오?"라고 물었을 때 상대편이 "아, 여전히 그자들의 위스키를 마시고 있다네."라고 대답하면, 그것만으로 모든 일이 엉망이라는 것을 알 수 있었다.

"미안하이." 매코머는 이렇게 말한 뒤 중년이 된 지금까지도 아직 앳된 티가 남아 있는 미국인 특유의 얼굴로 그를 쳐다보았다. 윌슨은 매코머의 선원처럼 짧게 깎은 머리칼이며, 조금 음흉스럽기는 하지만 호감을 주는 눈이며, 균형 잡힌 코며, 얇은 입술이며, 잘생긴 턱을 바라보았다. "그런 것까지는 미처 깨닫지 못했군. 세상에는 이렇게 알지 못하는 일들이 수두룩하다니까.”

그렇다면 어떻게 해야 하나? 하고 윌슨은 생각했다. 그는 한시라도 빨리 깨끗이 손을 씻을 마음의 준비를 하고 있었다. 그런데 이 거지[127] 같은 친구는 방금 자기를 모욕하고서도 이러니저러니 변명만 늘어놓고 있지 않은가. 그래서 윌슨은 다시 건드려 보았다. “내가 소문이라도 낼까 봐 걱정할 필요는 없어요.” 그가 말했다. “나도 입에 풀칠은 해야 하니까요. 아시겠지만, 아프리카에선 어떤 여자도 사자를 보면 놓치는 법이 없고, 어떤 백인 남자도 도망치는 법이 없습니다.”

“그런데도 난 토끼처럼 도망쳐 버렸지.” 매코머가 대꾸했다.

이렇게 대꾸하는 인간은 도대체 어떻게 다뤄야 하는 거지? 하고 윌슨은 생각했다.

윌슨은 생기 없고 기관총 사수 같은 푸른 눈동자로 매코머를 쳐다보았다. 그러자 상대편은 그에게 미소를 지어 보였다. 기분이 상했을 때 그의 눈 표정을 보지 못한 사람이라면 호감을 느낄 만한 미소였다.

“어쩌면 물소를 잡을 때 만회할 수 있을지도 모르겠군. 다음번엔 물소[128] 사냥을 하기로 했지?” 그가 물었다.

---

127) 헤밍웨이는 본래 ‘거지(beggar)’ 대신에 ‘꼴도 보기 싫은 녀석(bugger)’이라는 단어를 사용했지만 후자에는 ‘남색’이나 ‘비역쟁이’의 뜻도 있어 출판사에서 ‘거지’로 바꿨다.

128) 여기서 말하는 물소는 북아메리카 대륙의 물소와는 다른 케이프 버팔로로 몸집이 크고 뿔이 있어 수렵인에게 가장 위협적인 짐승이다.

"원하시면 내일 아침에라도 하죠." 윌슨이 대답했다. 어쩌면 그가 잘못 생각하는 것일지도 모른다. 이런 식으로 확실히 해결할 수도 있는데. 그러니 미국인에 대해선 이러쿵저러쿵 한 가지도 확실히 말할 수 없는 노릇 아닌가. 그는 또다시 완전히 매코머 편이 되고 말았다. 만약 오늘 아침 일을 잊을 수만 있다면 말이다. 그러나 물론 잊을 수 없었다. 오늘 아침의 그 사건은 그들이 이곳에 사냥 온 것만큼이나 꼴불견이었다.

"멤사힙[129]이 나오십니다." 그가 말했다. 그 여자는 원기를 회복한 듯이 산뜻하고 쾌활하고 매우 우아한 모습으로 텐트에서 걸어 나오고 있었다. 어디 하나 흠잡을 데 없는 온전한 달걀형의 얼굴로, 너무 완벽해서 바보가 아닌지 생각될 정도였다. 하지만 저 여자는 바보가 아니지. 그럼, 전혀 바보가 아니고말고, 하고 윌슨은 생각했다.

"얼굴이 붉은 미남 윌슨 씨는 안녕하신가요? 당신은 기분이 나아졌어요, 내 진주 같은 프랜시스?"

"아, 많이 나아졌어." 매코머가 대답했다.

"나도 모든 일을 다 잊고 왔어요." 그녀가 테이블 앞에 앉으면서 말했다 "프랜시스가 사자 잡는 솜씨가 훌륭하든 어떻든 그게 뭐 그리 대단한 일이에요? 사냥은 그의 직업이 아니잖아요. 그거야 윌슨 씨의 직업이죠. 윌슨 씨는 정말 무엇이든 잡을 수 있어요. 당신은 무슨 짐승이든 다 잡을 수 있는 거죠?"

---

129) '마님'이라는 뜻으로, 원래 인도에서 백인 지배층 부인에게 붙이는 호칭이 널리 퍼져 일반화되었다.

"아, 그럼요, 무엇이든 다 잡을 수 있죠. 무엇이든 종류를 가리지 않고 잡습니다." 윌슨이 대답했다. 이런 여자들은 세상에서 가장 매정하지, 하고 그는 생각했다. 가장 매정한 데다 잔인하기 이를 데 없고, 가장 탐욕스러우면서 가장 매혹적이지. 이런 여자들이 매정해지면 상대편 남자들은 부드러워지거나 신경이 산산이 부서지고 말거든. 혹시 이런 여자들은 자기 마음대로 다룰 수 있는 남자들을 고르는 게 아닐까? 결혼할 당시 나이로는 그렇게 많은 걸 알 수 없었을 텐데, 하고 그는 생각했다. 지금 자기 앞에 있는 매력적인 여성을 보며 그는 지금까지 미국 여성들에 대해 경험을 쌓아 두길 잘했다고 생각했다.

"내일 아침에 물소를 잡으러 갈 겁니다." 그가 그녀에게 말했다.

"나도 갈래요." 그녀가 말했다.

"아니, 부인은 안 됩니다."

"아녜요, 갈 거예요. 프랜시스, 가면 안 되나요?"

"캠프에 그냥 남지그래?"

"무슨 일이 있어도 가야 해요. 무슨 일이 있어도 오늘처럼 뭔가를 놓치고 싶지는 않으니까요." 그녀가 대답했다.

아까 이 여자가 자리를 떴을 때, 울려고 밖으로 나갔을 때 매우 멋진 여자로 보였지, 하고 윌슨은 생각했다. 이해심 있고, 눈치 빠르고, 남편과 자신의 일 때문에 마음 아파하고, 또한 모든 사태를 잘 파악하고 있는 듯이 보였어. 그러던 것이 이십 분쯤 자리를 떴다가 돌아오자 미국 여자 특유의 냉정함으로 온몸을 단단히 감싸고 있구나. 세상에 벼락 맞을 여자들이야. 암, 벼락 맞을 여자들이지.

“내일은 오늘과는 다른 구경거리를 보여 주지.” 프랜시스 매코머가 말했다.

“부인께선 오지 마십시오.” 윌슨이 말했다.

“당신은 잘못 생각하고 있어요.” 여자가 그에게 말했다. “또다시 당신이 멋들어지게 해치우는 걸 보고 싶어요. 오늘 아침의 당신은 아주 그만이었어요. 내 말은, 짐승의 대가리를 날려 버리는 게 멋있다고 할 수 있다면 말이에요.”

“점심이 나오는군요. 부인께선 기분이 아주 좋으시죠?” 윌슨이 말했다.

“그럼요. 우울하려고 여기까지 온 건 아니니까요.”

“하기야 지금까진 지루하지 않았죠.” 윌슨이 말했다. 시냇물에 잠겨 있는 옥석과 그 건너편 나무들이 우거진 높은 강둑을 바라보니 아침 일이 다시 생각났다.

“아, 그럼요. 참 재미있었지요. 내일도 그럴 거예요. 내일이 오기를 얼마나 애타게 기다리고 있는지 당신은 모르실 거예요.” 여자가 말했다.

“지금 요리사가 드린 것은 일런드영양 고기입니다.” 윌슨이 설명했다.

“소처럼 생겨서는 산토끼처럼 껑충 뛰는 동물 말인가요?”

“그렇게 묘사할 수도 있겠군요.” 윌슨이 대답했다.

“고기 맛이 썩 좋군.” 매코머가 말했다.

“프랜시스, 당신이 잡은 건가요?” 그녀가 물었다.

"그럼."

"이 짐승은 별로 위험하진 않겠네요?"

"위에서 덤벼들지만 않으면 그렇죠." 윌슨이 그녀에게 대답했다.

"그것 참 반가운 얘기군요."

"쓸데없는 소리는 좀 그만두는 게 어때, 마것." 매코머가 일런드영양 고기 스테이크를 자르고 그 고기 조각에 꽂은 포크를 뒤집어 그 위에 으깬 감자와 그레이비소스와 당근을 얹으며 말했다.

"네, 그만두기로 하죠. 당신 말씨가 하도 예쁘니." 여자가 대꾸했다.

"오늘 저녁엔 사자를 위해 샴페인이나 마시기로 하죠. 대낮에는 좀 더우니 말이오." 윌슨이 제안했다.

"아, 그 사자 말이죠. 사자를 까맣게 잊고 있었네요!" 마거릿이 내뱉었다.

그래, 지금 이 여자는 남편을 호되게 다루고 있구나, 하고 로버트 윌슨은 생각했다. 아니면 한바탕 좋은 구경거리라도 만들 속셈인가? 자기 남편이 지독한 겁쟁이라는 사실을 알게 될 때 여자들은 대체 어떤 태도를 취할까? 이 여자는 지독하게 잔인하다. 하지만 여자들은 대체로 잔인하거든. 물론 이런 여자들은 남편을 쥐고 마구 흔드는 법이지. 마음대로 흔들자면 때론 잔인해질 수밖에 없어. 이런 여자들의 빌어먹을 폭력 행위야 실컷 봐 오지 않았던가.

"고기 좀 더 드십시오." 그가 공손히 여자에게 말했다.

그날 오후 늦게 매코머는 윌슨과 원주민 운전사와 엽총 운반인 두 명을 데리고 자동차를 몰고 나갔다. 매코머 부인은 캠프에 남아 있었다. 너무 더워서 나갈 수 없다고 하면서 이튿날 아침 일찍 동행하겠노라고 했다. 점차 멀어져 가는 자동차에서 윌슨은 그녀가 큰 나무 밑에 서 있는 것을 보았다. 장밋빛 카키복을 입고 검은 머리카락을 이마에서 뒤로 넘겨 목덜미 아래까지 땋아 내린 그녀의 모습은 아름답다기보다 사랑스러웠다. 생기 넘치는 얼굴이 마치 영국 느낌이 난다고 그는 생각했다. 그녀는 자동차가 키 큰 풀이 우거진 늪지를 뚫고 멀어져 가자 그들을 향해 손을 흔들었다. 차는 나무 사이를 구불구불 돌아 과수원 숲이 있는 조그마한 언덕으로 들어갔다.

과수원 숲에서 그들은 일런드영양 떼를 발견하고는 모두 차에서 내려 뿔이 길게 뻗친 늙은 일런드영양 한 마리 뒤를 살금살금 쫓아갔다. 매코머는 200미터 조금 못 미치는 거리에서 훌륭한 솜씨로 일런드영양 수놈을 맞혔다. 그러자 일런드영양 떼는 후닥닥 뛰어올라 서로의 등을 뛰어넘으며 도망쳤는데, 다리를 오그리고 껑충껑충 뛰어가는 꼴이 꿈속에서나 가끔 경험하는 것일 뿐 도저히 현실의 것이라고는 믿어지지 않았다.

"아주 훌륭한 솜씨였습니다. 과녁이 작았는데도 말이죠." 윌슨이 말했다.

"쏠 만한 가치가 있는 놈이었나?" 매코머가 물었다.

"아주 훌륭한 솜씨였어요. 그렇게만 쏘면 아무 문제가 없을 겁니다." 윌슨이 대답했다.

"내일 물소를 찾아낼 수 있을까?"

"그럴 가능성이 큽니다. 놈들은 아침 일찍 물 먹으러 나오거든요. 운이 좋으면 넓은 들판에서 잡을 수도 있어요."

"사자 사냥 일을 깨끗이 씻어 버리고 싶군. 그런 실수를 저지르는 걸 아내가 본다면 기분이 썩 좋진 않을 거야." 매코머가 말했다.

아내가 있건 없건, 그 일이 소문으로 퍼져 나가건 말건 나로서는 그런 것보다는 그런 실수를 했다는 사실 자체에 훨씬 불쾌감을 느낄 텐데, 하고 윌슨은 생각했다. 그러나 그는 자신의 생각을 입 밖에 내지 않았다. "나 같으면 그 일에 대해선 더 이상 생각하지 않을 겁니다. 누구라도 사자를 처음 만나면 당황할 테니까요. 다 지나간 일이죠."

그러나 그날 밤 저녁 식사를 마친 뒤 잠자리에 들기 전에 모닥불 옆에서 위스키소다를 마시고 모기장을 친 침대에 드러누워 밤의 정적에 귀를 기울이고 있던 프랜시스 매코머에게는 그 일이 완전히 끝난 것이 아니었다. 끝난 것도 아니었을뿐더러 시작한 것도 아니었다. 어떤 부분은 씻을 수 없을 만큼 돋보이는 채 그 일은 일어났던 그대로 남아 있었다. 그래서 그는 비참한 마음으로 그 일을 부끄럽게 떠올렸다. 아니, 부끄러움 이상으로 싸늘하고 공허한 공포감을 온몸으로 느꼈다. 한때는 자신만만하던 자리에 두려움이 마치 차고도 끈적한 텅 빈 동굴처럼 그대로 남아 메스꺼움이 올라왔다. 그런 느낌이 지금까지도 그에게 그대로 남아 있었던 것이다.

사건은 전날 밤 프랜시스가 잠에서 깨어 강 상류 어디선가 사자가 울부짖는 소리를 들으면서 시작되었다. 우렁차고 나지막한 울음소리였지만 마침내 기침 소리처럼 투덜거리는 소리로 바뀐 것으로 보아 사자가 바로 텐트 밖에 다가와 있는 것 같았다. 한밤중에 잠이 깬 프랜시스 매코머는 그 소리를 듣자 덜컥 겁이 났다. 아내는 숨소리를 고르게 내며 자고 있었다. 무섭다고 말할 사람도, 자신과 함께 무서워할 사람도 없이 그는 홀로 누워 있었다. "아무리 용감한 남자라도 사자에게 세 번은 놀란다. 발자국을 처음 보았을 때, 울부짖는 소리를 처음 들었을 때, 처음 마주쳤을 때 말이다."라는 소말리아 속담을 그는 몰랐다. 아침 해가 뜨기 전 식당 텐트에서 램프 불을 켜 놓고 아침 식사를 하고 있을 때 사자가 또다시 울부짖었다. 그래서 프랜시스는 사자가 바로 캠프 가까이에 와 있다고 생각했다.

"꼭 늙은이 같은 소리를 내는군요. 저놈이 기침하는 소리를 들어 보십시오." 로버트 윌슨이 훈제 청어와 커피[130]에서 얼굴을 들며 말했다.

"바로 가까이에 와 있는 거요?"

"시냇가 상류로 1.5킬로미터쯤 떨어진 곳에 있을 겁니다."

"한번 가서 볼 수 있을까?"

"보러 가죠."

"울부짖는 소리가 이렇게 멀리까지 들리나? 마치 캠프 안에 들어와 있는 것 같군."

"굉장히 멀리까지 들리죠. 어떻게 이렇게 멀리까지 들리는

---

130) 당시 영국인의 일상적인 아침 식사.

지 신기할 정도입니다. 총을 쏴서 잡을 만한 놈이라면 좋겠군요. 애들 말로는 이 근처에 아주 큰 놈이 하나 있다고 하던데요." 로버트 윌슨이 말했다.

"쏜다면 어디를 겨냥해야 쓰러뜨릴 수 있나?" 매코머가 물었다.

"어깨죠. 맞힐 수만 있다면 목도 좋습니다. 골격을 쏴야만 해요. 그래야만 뻗게 할 수가 있거든요."

"제대로 겨냥할 수 있길 바랄 뿐이야." 매코머가 대꾸했다.

"잘 쏘잖아요. 시간을 넉넉히 잡아요. 놈을 확실히 잘 겨눠야 합니다. 중요한 건 첫 발을 잘 맞히느냐 하는 거죠." 윌슨이 그에게 설명했다.

"거리는 어느 정도면 될까?"

"그건 알 수 없어요. 사자에 달렸다고 봐야죠. 충분히 가까이 다가올 때까지는 절대로 쏘면 안 됩니다."

"한 100미터 이내까지 말인가?" 매코머가 물었다.

윌슨은 재빨리 그를 쳐다보았다.

"100미터 정도면 괜찮습니다. 그보다 가까이 끌어들이면 더 좋고요. 그 이상 떨어진 데선 아예 쏘지 않는 편이 좋습니다. 100미터가 알맞은 거리죠. 그 거리에서는 어디라도 맞힐 수 있을 테니 말입니다. 부인께서 나오시는군요."

"안녕히 주무셨어요? 저 사자를 잡으러 가는 거예요?" 그녀가 물었다.

"부인께서 아침 식사를 마치시는 대로 곧 떠나기로 하죠." 윌슨이 대답했다. "그래, 기분은 좀 어떻습니까?"

"더할 나위 없이 좋아요. 벌써 신바람이 나네요." 그녀가 대답했다.

"준비가 다 됐는지 잠깐 나가 보겠습니다." 윌슨이 나갔다. 그가 나갈 때 사자가 또다시 울부짖었다.

"시끄러운 거지 같은 놈! 찍소리도 못하게 해 줄 테다." 윌슨이 말했다.

"무슨 일이에요, 프랜시스?" 아내가 그에게 물었다.

"아무것도 아냐." 매코머가 대답했다.

"아니, 좀 이상해요. 뭐 걱정되는 거 있나요?" 그녀가 물었다.

"아무것도 아니래도." 그가 대꾸했다.

"말 좀 해 보세요. 어디 몸이 불편한 데라도 있어요?" 여자는 그를 쳐다보았다.

"저 망할 놈의 울음소리 때문이야. 저놈이 밤새도록 으르렁거렸어." 그가 대답했다.

"그럼 왜 나를 깨우지 않았어요? 그 소리를 듣고 싶었는데." 여자가 말했다.

"저 망할 놈을 잡고 말겠어." 매코머가 비참한 표정으로 내뱉었다.

"그래야죠. 당신이 여기까지 온 것도 그 때문이잖아요?"

"그렇지. 하지만 어쩐지 초조해지는군. 저놈의 울음소리를 들으면 신경이 날카로워진단 말이야."

"그렇다면 윌슨 씨 말대로 그놈을 죽여 찍소리도 내지 못하게 해 버려요."

"암, 그래야지, 여보. 그런데 말이야 쉽지, 안 그래?" 프랜시스 매코머가 물었다.

"설마 겁먹은 건 아니겠죠?"

"물론 아니지. 하지만 밤새도록 으르렁거리는 소리를 듣고 나니 신경이 날카로워졌어."

"당신은 그놈을 보기 좋게 잡을 거예요. 그러리라 믿어요. 어서 그 광경을 보고 싶어요." 그녀가 말했다.

"어서 아침 식사를 하고 같이 떠납시다."

"아직 날이 밝지도 않았어요. 이 시간에 사냥이라니 말도 안 돼요." 그녀가 말했다.

바로 그때 사자는 가슴속 깊은 곳에서 우러나오는 듯한 소리로 울부짖다가 갑자기 공기를 뒤흔들듯이 목구멍을 울리며 점점 높이 떠는 소리를 내더니 마침내 한숨과 가슴속에서 우러나오는 묵직한 신음 소리로 잦아들었다.

"바로 옆에 와 있는 것 같아요." 매코머의 아내가 말했다.

"빌어먹을! 저 지긋지긋한 소리 정말 듣기 싫군." 매코머가 말했다.

"아주 인상적인데요."

"인상적이지. 몸서리쳐질 정도로."

그때 로버트 윌슨이 총신이 짧고 구경이 상당히 커서 흉측해 보이는 0.505구경 깁스 엽총[131]을 가지고 벙글벙글 웃으며 돌아왔다.

---

131) 사파리 안내인은 만약의 사태에 대비해 깁스 같은 대형 엽총을 가지고 다녔다.

"자, 가시죠. 엽총 운반인이 선생의 스프링필드 엽총과 대형 총을 가지고 갑니다. 차 안에 모든 준비가 되어 있습니다. 총탄은 갖고 있죠?"

"물론이지."

"난 준비가 다 됐어요." 매코머 부인이 말했다.

"저 소동을 멈추도록 해야죠. 선생은 앞쪽에 타십시오. 난 부인과 함께 뒤에 타겠습니다." 윌슨이 말했다.

그들은 자동차에 올라타 희뿌연 아침 햇살을 받으며 나무들을 지나 강 상류로 향했다. 매코머는 개머리판을 열고 클립 속에 든 탄환을 확인한 뒤 노리쇠를 닫아 안전장치를 했다. 그는 손이 와들와들 떨리는 걸 깨달았다. 그래서 주머니 속에 손을 집어넣어 탄약통이 더 들어 있는지 만져 보고는 또 손가락을 움직여 웃옷 앞쪽 혁대 고리에 걸린 탄약통도 더듬었다. 그런 다음 뒤쪽을 돌아보니 문이 없는 상자 모양의 자동차 뒷자리에는 윌슨이 아내와 나란히 앉아 있었고 두 사람 모두 흥분하여 싱글벙글 웃고 있었다. 윌슨이 앞쪽으로 몸을 기울이고 귓속말을 했다.

"자, 보십시오, 새들이 내려앉고 있죠. 그놈이 먹이로 잡은 짐승을 내버리고 갔다는 뜻입니다."

개울 건너편 둑 근처 나무 위를 독수리들이 원을 그리며 빙빙 돌다가 수직으로 내려오는 것이 매코머의 눈에 띄었다.

"모르긴 몰라도 놈이 아마 물을 마시러 이 근처에 올 겁니다. 보금자리로 돌아가기 전에 말이죠. 잘 감시하십시오." 윌슨이 속삭였다.

그들은 옥석이 깔린 밑바닥까지 깊이 파여 있는 개울의 높은 둑을 따라 천천히 자동차를 몰았다. 차는 큰 나무 사이를 굽이굽이 돌면서 달려갔다. 매코머가 건너편 강둑을 지켜보고 있을 때 윌슨이 그의 팔을 꽉 잡았다. 차가 갑자기 멈춰 섰다.

"저기 있군요. 오른쪽 앞쪽에 말입니다. 어서 차에서 내려서 쏘십시오. 굉장히 멋진 놈입니다." 그의 귓가에 윌슨이 속삭이는 소리가 들렸다.

그제야 매코머의 눈에도 사자가 보였다. 사자는 옆구리를 거의 다 드러낸 채 큼직한 머리통을 쳐들고 서서 그들이 있는 쪽을 돌아보고 있었다. 그들 쪽을 향해 불어오는 이른 아침의 미풍에 사자의 검은 갈기가 보기 좋게 일어나 있었다. 잿빛 아침 햇살을 받으며 묵직한 두 어깨와 미끈하고 굵직한 동체를 드러내고 높은 강둑에 실루엣을 그리며 서 있는 사자는 엄청나게 커 보였다.

"거리는 얼마나 되지?" 총을 쳐들면서 매코머가 물었다.

"70미터 조금 넘습니다. 어서 차에서 내려 쏘십시오."

"여기서 쏘면 안 되는가?"

"차에서 쏘면 안 돼요. 어서 빨리 내리십시오. 놈이 온종일 그곳에 서 있진 않을 테니까요." 윌슨이 그의 귀에 대고 속삭이는 소리가 들렸다.

매코머는 앞자리 옆에 달린 굽은 출구의 디딤대를 밟고 땅에 뛰어내렸다. 사자는 어마어마한 물소처럼 대단한 몸집으로 버티고 서서 아직도 당당하고 냉담한 눈초리로, 그의 눈에는 다만 그림자로밖에 보이지 않을 이쪽의 대상을 물끄러미 바라보고 있었다. 사람 냄새는 그쪽까지 풍기지 않았다. 사자는 이쪽의 물체를 유심히 바라보면서 큼직한 머리통을 좌우로 천천히 흔들었다. 그러고 나서 두려워서 아니라 무언가가 자기 앞에 맞서 있으니까 물을 마시러 강둑 아래로 내려가기를 망설이면서 대상을 지켜보았다. 그렇게 지켜보면서 사자는 자기 눈에 사람 같은 것이 그 물체에서 떨어져 나오는 것을 보자 그 묵직한 머리를 돌려 나무숲 아래로 숨을 곳을 찾아 몸을 돌렸다. 바로 그 순간 탕 하는 소리가 나더니 220그레인[132] 엽총의 .30-06 스프링필드 탄환이 사자의 옆구리에 맞고 갑자기 뜨겁고 통렬한 구토증을 일으키면서 창자를 꿰뚫고 지나갔다. 사자는 상처 입은 큼직한 배때기를 흔들며 큼직하고도 무거운 네발을 질질 끌고 숲을 빠져나가 키 큰 풀덤불을 향해 빠른 걸음으로 달아났다. 그 순간 다시 공기를 가르는 듯한 요란한 소리를 내며 또 한 방이 그의 옆으로 지나갔다. 그러고 나서 또 한 방이 날아왔고, 이번에는 늑골의 아랫부분을 뚫고 들어갔다. 사자의 입안에 갑자기 뜨거운 피가 거품과 함께 솟구쳐 일었다. 사자는 키 큰 풀밭으로 달려 들어갔다. 그곳에서 몸을 숨기고 웅크려 앉아 있다가 요란한 소리를 내는 물건을 아주 가까이까지 유인한 뒤 덥석 덤벼들어 그 물건을 쥐고 있는 사람에게 덮칠 생각이었다.

자동차에서 내렸을 때 매코머는 사자의 기분이 어떤지에 대해서는 조금도 생각하지 않았다. 다만 그는 자신의 두 손이

132) 야드파운드법에 의한 무게 단위로, 1그레인은 0.064그램.

와들와들 떨리고 자동차에서 걸어 나갈 때 거의 발을 뗄 수가 없다는 사실만을 깨달았다. 넓적다리가 뻣뻣했지만 근육이 꿈틀거리는 게 느껴졌다. 그는 엽총을 들고 사자의 머리와 두 어깨가 만나는 지점을 겨누어 방아쇠를 당겼다. 손가락이 부러질 것처럼 힘껏 당겼지만 아무 일도 일어나지 않았다. 그제야 안전장치를 풀지 않았다는 사실을 알아차렸다. 그는 총을 내려서 안전장치를 풀고 얼어붙은 발을 떼어 간신히 앞쪽으로 한 걸음 내디뎠다. 그때 사자는 그의 그림자가 자동차에서 떨어져 나간 것을 보고 휙 돌아서 재빨리 도망치기 시작했다. 매코머가 총을 쏘자 총탄이 쿡 하고 정통으로 들어맞는 소리가 들렸는데도 사자는 계속해서 달렸다. 매코머는 또 쏘았지만 탄환이 빠른 걸음으로 달아나는 사자를 넘어 땅에 먼지를 일으키는 것이 모든 사람의 눈에 보였다. 그는 좀 더 낮은 데를 겨눠야 한다고 생각하면서 또 한 발 쏘았다. 모두들 명중하는 소리를 들었고, 사자는 전속력으로 달려 그가 노리쇠를 앞으로 밀기도 전에 숲 속으로 뛰어들어 숨어 버리고 말았다.

매코머는 배 속에 메스꺼움을 느끼며 그곳에 우뚝 서 있었다. 공이치기를 잡아당긴 채 스프링필드 엽총을 아직도 쥐고 있는 두 손이 부들부들 떨렸고, 그의 곁에는 아내와 로버트 윌슨이 서 있었다. 또 엽총을 운반하는 원주민 두 명도 와캄바[133] 말로 뭐라고 지껄이며 그 옆에 서 있었다.

"맞혔어. 두 번이나 맞혔다고." 매코머가 말했다.

---

133) 동아프리카에 살고 있는 부족.

"맞히기는 맞혔지만 약간 앞쪽을 맞힌 것 같습니다." 윌슨이 신통치 않다는 듯이 말했다. 엽총을 운반하는 원주민들은 몹시 침울한 표정을 짓고 있었다. 누구 할 것 없이 모두들 잠자코 있었다.

"혹시 죽었는지도 모르죠. 그래도 좀 더 기다렸다가 가 보는 게 좋을 겁니다." 윌슨이 말을 이었다.

"그게 무슨 말이지?"

"그놈이 죽은 뒤에 쫓아가자는 거죠."

"아!" 매코머가 대꾸했다.

"참으로 멋진 사자였습니다. 그런데 고약한 곳에 틀어박혔어요." 윌슨이 쾌활하게 말했다.

"고약하다니?"

"그놈하고 마주칠 때까지는 도대체 어디 숨어 있는지를 통 알 수 없단 말이죠."

"아, 그렇군." 매코머가 말했다.

"자, 그럼 이제 가 볼까요? 부인께선 자동차에 그대로 계시는 게 좋겠습니다. 우린 핏자국을 쫓아가야 하니 말입니다."

"여기 남아 있어, 마것." 매코머가 아내에게 말했다. 그의 입안은 너무 바싹 말라서 말하기조차 어려웠다.

"왜요?" 여자가 물었다.

"윌슨이 그러라는군."

"잠깐 보고 올 겁니다. 부인께선 여기 그대로 계십시오. 이곳에 있는 게 오히려 더 잘 보일 겁니다." 윌슨이 말했다.

"그러죠."

윌슨은 스와힐리어로 운전기사에게 뭐라고 말했다. 그러자 그는 고개를 끄덕이면서 "네, 알겠습니다, 브와나.[134)]"라고 대답했다.

그들은 가파른 강둑을 내려가 개울을 건넌 뒤 옥석을 기어오르고 돌아서 강둑에 뻗어 나온 나무뿌리에 매달려 반대편 강둑으로 올라갔다. 개울을 따라 걸어가 마침내 매코머가 쏜 첫 발을 맞고 사자가 달아난 곳에 다다랐다. 운반인들이 풀 줄기로 가리키는 쪽을 보니 짤막한 풀밭에 시꺼먼 피가 묻어 있고 그 핏줄기는 개울 기슭 나무숲 속으로 나 있었다.

"어떻게 할 참이오?" 매코머가 물었다.

"별 도리가 없죠. 차를 몰고 들어갈 수는 없습니다. 강둑이 너무 가파르니까요. 놈이 좀 더 뻣뻣하게 굳은 뒤 저하고 같이 안으로 들어가 찾아보죠." 윌슨이 대답했다.

"풀밭에 불을 지르면 안 될까?" 매코머가 물었다.

"그러기엔 풀이 아직 너무 파랗습니다."

"그럼 몰이꾼을 집어넣을 순 없을까?"

윌슨은 상대편을 살피듯이 찬찬히 뜯어보았다. "물론 그럴 수야 있죠. 하지만 그건 살인 행위에 가깝습니다. 아시다시피 사자는 부상을 입었어요. 다치지 않은 사자라면 그냥 몰아낼 수도 있어요. 시끄러운 소리만 들어도 달아나니까요. 하지만 부상당한 놈은 이쪽으로 덤벼들거든요. 갑자기 딱 마주칠 때까지는 도저히 찾아낼 도리가 없습니다. 토끼 한 마리 숨지

134) '나리' 또는 '주인님'을 뜻하는 스와힐리어.

못할 곳에 놈은 바짝 엎드려 있어요. 그런 곳에 차마 아이들을 몰아넣을 순 없죠. 어느 녀석이든 틀림없이 상처를 입고 말 테니까요." 그가 설명했다.

"그럼 엽총 운반인들은 어떨까?"

"아, 그 사람들은 우리와 같이 가야죠. 그게 그 사람들의 샤우리[135]니까요. 그러기로 계약한 겁니다. 그들도 표정이 별로 좋아 보이지 않죠?"

"난 그 안에 들어가고 싶지 않군." 매코머가 말했다. 미처 생각도 하기 전에 그만 입 밖으로 튀어나온 말이었다.

"그건 나도 마찬가지입니다. 하지만 달리 선택의 여지가 없습니다." 윌슨이 아주 쾌활하게 말했다. 그러고 나서 다시 생각난 듯이 매코머를 힐끗 쳐다보았는데 그때 그는 갑자기 몸을 벌벌 떨면서 비참한 표정을 짓고 있었다.

"물론 당신이 들어갈 필요는 없습니다. 내가 고용된 건 그런 일 때문이니까요. 내가 그렇게 비싼 고용료를 받는 것도 그 때문이죠." 그가 말했다.

"그럼 당신 혼자 들어가겠단 말이오? 그놈을 그냥 내버려 두면 안 되나?"

로버트 윌슨은 그때까지 사자와 사자 때문에 야기된 문제에만 온 정신이 쏠려 있었기 때문에 매코머에 대해서는 조금 겁을 먹고 있구나 하는 정도밖에는 생각하지 않았다. 그런데 이 말을 듣는 순간 갑자기 마치 호텔에서 실수로 남의 방문을

---

135) '임무'라는 뜻의 스와힐리어.

열고 못 볼 것을 본 것 같은 느낌이 들었다.

"그게 무슨 말입니까?"

"그냥 내버려 두자고."

"그럼 사자가 총에 맞지 않은 척하자는 겁니까?"

"그게 아니오. 그냥 내버려 두자는 거지."

"그럴 순 없습니다."

"이유가 뭔가?"

"첫째, 놈은 지금 틀림없이 고통스러워할 겁니다. 또 다른 이유는, 누군가가 우연히 그놈과 마주칠지도 모릅니다."

"그래, 알겠어."

"하지만 선생은 그놈을 상관하지 않아도 괜찮습니다."

"상관하고 싶어. 다만 좀 겁이 날 뿐이지." 그가 대꾸했다.

"저 안에 들어갈 땐 내가 앞장서겠습니다. 콩고니를 시켜 발자국을 따라가게 하고요. 그러니 선생은 내 뒤 한쪽에 조금 비켜서서 따라오십시오. 모르긴 몰라도 놈의 으르렁대는 소리가 들릴 겁니다. 놈이 보이기만 하면 우리 둘이서 총을 쏘는 거죠. 걱정할 건 아무것도 없어요. 내가 책임지고 돌봐 드리겠습니다. 하지만 어쩌면 당신은 따라오지 않는 게 좋을지도 모르겠군요. 그 편이 훨씬 나을 것 같아요. 제가 처리해 버리는 동안 부인한테 가서 같이 있는 게 어떻겠습니까?" 윌슨이 제안했다.

"아니, 나도 가고 싶어."

"그럼 좋습니다. 하지만 마음이 내키지 않으면 그만두십시오. 아시다시피 이건 내 샤우리니까요." 윌슨이 말했다.

"나도 같이 가고 싶다고." 매코머가 말했다.

그들은 나무 아래에 앉아 담배를 피웠다.

"우리가 기다리는 동안 잠깐 돌아가 부인께 말을 전하고 오겠습니까?"

"아니."

"그럼 내가 가서 좀 더 기다리라고 말하고 오죠."

"좋아." 매코머가 말했다. 겨드랑이에서 줄줄 땀이 흐르고, 입안은 바싹 마르고, 배 속은 텅 빈 것처럼 느끼면서 그는 윌슨에게 혼자 가서 사자를 해치우라고 말할 배짱이 있으면 좋겠다고 생각하며 앉아 있었다. 그는 자신이 방금 전 어떤 상태에 있었는지 알아차리지 못했기 때문에 윌슨이 화가 나서 자기 아내를 돌려보내려 했다는 사실을 미처 깨닫지 못했다. 그가 앉아 있는 동안 윌슨이 다가왔다. "선생의 큰 엽총을 가져왔습니다. 이걸 들고 있으십시오. 이제 놈에게는 시간을 줄 만큼 준 것 같습니다. 자, 그럼 이제 가죠." 그가 말했다.

매코머가 큰 엽총을 손에 들자 윌슨이 말했다.

"5미터쯤 오른쪽으로 비켜서서 내 뒤를 따라오십시오. 그리고 뭐든지 내가 시키는 대로 하십시오." 그런 다음 그는 자못 우울한 표정을 짓고 있는 원주민 운반인 두 명에게 스와힐리어로 뭐라고 말했다.

"어서 가죠." 그가 재촉했다.

"물 한 모금만 마실 수 있을까?" 매코머가 말했다. 윌슨이 혁대에 물병을 찬 나이 먹은 원주민에게 뭐라고 말하자 원주민이 물병을 풀어 마개를 빼서는 매코머에게 건네주었다. 매코머가 물병을 받아 손에 쥐고 보니 무거웠고 펠트 커버도 털이 많고 조잡했다. 물을 마시려고 물병을 입에 갖다 대면서 그는 앞쪽으로 높이 자란 풀과 그 뒤쪽으로 끝이 평평한 나무들을 볼 수 있었다. 산들바람이 그쪽으로 불어와 풀밭이 가볍게 물결치고 있었다. 그가 그 엽총 운반인을 쳐다보니 그 역시 공포에 사로잡혀 있었다.

풀밭 속으로 35미터쯤 들어간 곳 바닥에 큼직한 사자가 납작 엎드려 있었다. 두 귀를 뒤로 젖힌 채 길쭉하고 검고 토실토실한 꼬리를 위아래로 조금 흔들 뿐 조금도 꼼짝하지 않았다. 사자는 이 은폐 장소에 이르자마자 그야말로 궁지에 몰리고 말았다. 큼직한 배때기에 관통상을 입어 통증이 몹시 심했고, 폐를 관통한 상처 때문에 점점 기운이 빠지고 있었다. 폐에 입은 상처 때문에 숨을 쉴 때마다 입에서는 거품 같은 불그스름한 피가 가늘게 흘러나오고 있었다. 양쪽 옆구리는 피에 축축이 젖어 따끔하게 뜨거웠고, 단단한 총탄이 황갈색 가죽에 뚫어 놓은 조그마한 구멍에는 파리들이 달라붙었다. 증오로 불타는 큼직하고 누런 두 눈을 가늘게 뜨고 정면을 노려보면서 숨을 쉬며 고통을 느낄 때마다 깜박거릴 뿐이었다. 날카로운 발톱은 햇볕에 익은 부드러운 흙을 박박 긁어 댔다. 고통도 상처도 증오도, 그리고 자기에게 남아 있는 온갖 힘도 오로지 돌진이라는 한 점으로 모으고 있었다. 사자의 귓가에 인간들의 말소리가 들려왔다. 인간들이 풀밭 속으로 들어오자마자 덤벼들려고 전력을 다해 만반의 준비를 하고 있었다. 사람들의 목소리가 들리자 사자는 꼬리를 빳빳이

하여 아래위로 푸들푸들 흔들어 댔다. 사람들이 풀밭 가장자리에 이르자 사자는 기침 비슷한 신음 소리를 내며 앞으로 돌진해 왔다.

나이 먹은 원주민 운반인 콩고니는 핏자국을 쫓으면서 앞장섰고, 윌슨은 큰 엽총을 겨누어 들고 풀밭이 조금이라도 움직이지 않나 살폈으며, 또 다른 운반인은 귀를 기울이며 앞을 응시했고, 매코머는 총을 겨눠 들고 윌슨 곁에 붙어 섰다. 이렇게 그들 일행이 풀숲으로 막 들어서려는 바로 그 순간, 매코머는 피 때문에 목구멍이 메어 기침 비슷한 신음 소리를 내며 휙 하고 풀밭에서 뛰어나오는 사자를 보았다. 다음 순간 그는 공포에 사로잡힌 나머지 미친 듯이 달려 개울 쪽을 향해 줄행랑을 쳤다.

윌슨의 큰 엽총이 꽈광! 하고 요란한 소리를 내더니 잠시 후 또다시 꽝! 하고 울리는 소리가 들렸다. 매코머가 뒤를 돌아보니 머리통이 절반쯤 날아간 사자가 높이 자란 풀밭 가장자리에 있는 윌슨을 향해 무서운 모습으로 슬슬 기어 나오고 있었다. 그러는 동안 얼굴이 붉은 사내가 흉측하게 생긴 짧은 엽총 위에 달린 노리쇠를 당기자 총구에서는 또다시 꽝! 하는 소리와 함께 불이 뿜어 나왔고, 기어 나오던 사자는 묵직한 누런 몸뚱이가 뻣뻣해지면서 찢어진 큼직한 머리통을 앞쪽으로 푹 박았다. 흑인 두 명과 백인 한 명이 경멸에 찬 시선으로 자신을 돌아보는 동안, 매코머는 도망쳐 나온 빈터에서 탄환을 장전한 총을 아직도 손에 든 채 우두커니 홀로 서서 사자가 죽은 것을 확인했다. 키가 큰 그가 온몸에 노골적인 비난을 받으며 윌슨에게로 다가가자, 윌슨이 그를 쳐다보고 물었다.

"사진을 찍겠습니까?"

"아니." 그가 대답했다.

자동차에 도착할 때까지 그들이 나눈 말은 그 한마디뿐이었다. 그러고 나서 윌슨이 말했다.

"참으로 멋진 사자입니다. 아이들이 껍질을 벗길 겁니다. 우린 이곳 그늘에 머물러 있는 게 좋겠습니다."

매코머의 아내는 그를 쳐다보지도 않았고, 그 또한 아내를 쳐다보지 않았다. 그는 아내와 함께 뒷좌석에 앉았고 윌슨은 앞좌석에 앉았다. 한번은 아내를 쳐다보지도 않고 옆으로 손을 뻗어 그녀의 손을 잡으려고 했지만 아내는 슬그머니 손을 떼어 냈다. 개울 저편에서 엽총 운반인들이 사자의 껍질을 벗기는 모습을 바라보며 그는 아내가 처음부터 끝까지 그 장면을 보았다는 것을 알아차렸다. 그들이 그곳에 앉아 있는 동안 그의 아내는 앞쪽으로 몸을 내밀어 윌슨의 어깨에 손을 얹었다. 그가 뒤돌아보자 그녀는 나지막한 좌석 너머로 몸을 굽히더니 그의 입에 키스했다.

"아, 이거야 참!" 윌슨은 햇볕에 탄 여느 때의 얼굴빛보다 더욱 얼굴을 붉히며 말했다.

"로버트 윌슨 씨. 붉은 얼굴의 미남, 로버트 윌슨 씨." 그녀가 말했다.

그러고 나서 그녀는 다시 매코머 곁에 앉아 개울 건너편으로 사자가 앞다리를 쳐들고 누운 곳을 바라보았다. 그곳에 있는 흑인들이 껍질을 벗기니 하얀 근육에 힘줄 자국이 나 있는 앙상한 앞다리와 함께 하얗게 부풀어 오른 큼직한 배때기가 드러났다. 드디어 엽총 운반인들이 축축하고 무거운 껍질을 가져와서는 둘둘 말아 그것을 들고 자동차 뒤에 올라타자 차가 출발했다. 캠프에 돌아올 때까지 입을 여는 사람은 아무도 없었다.

이것이 그 사자를 둘러싼 이야기였다. 매코머는 사자가 맹렬히 돌진해 오기 전에 사자가 도대체 무엇을 느꼈는지, 또 공격해 오는 동안 입에 포구초속(砲口初速)[136]이 2톤이라는 0.505구경 총의 믿을 수 없는 강타를 받았을 때 어떤 느낌을 받았는지, 그 뒤 뒷발에 두 번째로 무서운 충격을 받고도 도대체 왜 자신을 파멸로 이끄는 무섭게 불을 내뿜는 총을 향해 기어 나왔는지 도무지 알 수가 없었다. 윌슨은 그런 것에 대해 조금은 알고 있었지만 그저 "굉장히 훌륭한 사자로군요."라는 말만 내뱉었을 뿐이다. 그러나 매코머는 윌슨이 그런 일에 대해 어떻게 느끼고 있는지 도무지 알 수 없었다. 아내와 이제 끝났다는 사실을 제외하고는 그녀가 어떻게 느끼는지도 알지 못했다.

물론 그의 아내가 그에게 실망을 느낀 것은 이번이 처음이 아니었지만 실망이 오래 계속되는 일은 없었다. 매코머는 엄청난 부자였고 앞으로는 더욱더 큰 부자가 될 팔자였다. 그래서 아내가 절대로 자기를 차 버리지 않으리라는 것을 잘 알았다. 그 사실은 그가 정말로 아는 몇 가지 중 하나였다. 그 사실

136) 포탄이 주포의 포구를 떠나는 찰나의 속도.

에 관해, 오토바이에 관해(그것이 맨 첫 번째 경우였다.), 자동차에 관해, 오리 사냥에 관해, 송어나 연어 또는 바다의 큰 물고기를 잡는 낚시질에 관해, 지나치다 싶을 만큼 여러 책에 쓰여 있는 성(性)에 관해, 코트에서 하는 모든 구기(球技)에 관해, 개들에 관해, 말(馬)에 관해 약간, 돈을 유지하는 방법에 관해, 그가 살고 있는 세계와 관련 있는 그 밖의 다른 여러 가지 일에 관해, 그리고 아내가 자기를 차 버리지 않으리라는 사실에 관해 그는 잘 알았던 것이다. 그의 아내는 한창때는 굉장한 미인이었고, 지금도 아프리카에서 보면 굉장한 미인이었다. 그러나 본국에서는 그를 차 버리고 더 잘나갈 수 있을 만큼의 미인은 아니었다. 그녀도 그 사실을 잘 알았고, 그도 그 사실을 잘 알았다. 그녀는 그에게서 떠날 기회를 놓쳐 버리고 말았고, 그는 그 사실도 잘 알고 있었다. 만약 그의 여자 다루는 솜씨가 좀 더 노련했더라면 그녀는 아마 그가 다른 아름다운 여자를 새로 아내로 삼지 않을까 걱정했을 것이다. 그러나 그녀는 그에 대해 구석구석까지 너무나 잘 알았기 때문에 그런 것에 대해 걱정하지 않았다. 게다가 그는 언제나 아주 관대했는데, 그 관대함에 그처럼 흉측한 점만 없었더라면 그의 성격 중 가장 훌륭한 장점으로 보였을 것이다.

대체로 그들은 비교적 행복한 부부로 알려져 있었다. 헤어지리라는 소문이 가끔 돌기는 했지만 실제로는 절대 그러지 않는 부부 말이다. 사교란(社交欄) 담당 칼럼니스트의 표현을 빌리자면, 그들은 아프리카 오지에서 사파리 수렵을 함으로써 뭇사람의 선망을 받았고, 남한테서 부러움을 사는 영구적인 그들의 로맨스에 모험의 정취 이상의 것을 한껏 덧보태고 있었다. 마틴 존슨 부부[137]가 사자 '심바', 물소, 코끼리 '템보' 등을 쫓아다니며 수없이 은막을 통해 소개하고 또한 박물관의 표본을 수집하기 전까지는 '가장 검은 대륙'[138]으로 알려져 있었던 이곳에서 말이다. 이 칼럼니스트는 그들 부부가 과거에 적어도 세 번은 헤어질 뻔했다고 보도한 적이 있는데 그들이 그런 상황에 있었던 것은 사실이다. 그러나 두 사람은 언제나 그런 위기를 잘 헤쳐 나갔다. 서로 결합할 수밖에 없는 강한 기반을 가지고 있었기 때문이다. 마거릿은 매코머가 이혼하기에는 너무도 아름다웠고, 매코머는 마거릿이 영영 차버리기에는 너무도 돈이 많았던 것이다.

새벽 3시쯤 프랜시스 매코머는 사자 생각을 물리치고 난 뒤 잠깐 잠들었다 깨어 다시 잠들었지만 피투성이가 된 머리통을 한 사자가 그의 가슴을 억누르는 악몽에 깜짝 놀라 또다시 잠을 깨고 말았다. 그리고 심장이 마구 뛰는 소리에 귀를 기울이고 있다가 텐트 안 다른 침대에 아내가 없다는 사실을 깨닫게 되었다. 그 사실을 깨닫고 그는 두 시간 동안이나 눈을 뜬 채 누워 있었다.

두 시간쯤 지나서야 아내는 텐트로 되돌아와 모기장을 쳐들고 기분 좋은 듯이 침대로 기어 들어갔다.

---

137) 마틴 존슨(Martin Johnson, 1884~1937)과 오사 존슨(Osa Johnson, 1894~1953). 미국의 수렵가이자 영화 제작자로 아프리카 사파리를 영화로 만들었다.

138) 존슨 부부가 주로 수렵 여행을 한 케냐를 가리킨다.

"어디 갔다 오는 거야?" 매코머가 어둠 속에서 물었다.

"여보, 깨어 있었어요?" 그녀가 말했다.

"어디 갔다 오냐고?"

"잠깐 밖에서 바람 좀 쐬고 왔어요."

"행여나 그랬겠군."

"무슨 말을 듣고 싶은 거예요, 여보?"

"어디 갔다 왔느냔 말이야?"

"바람 쐬러 갔다 왔다니까요."

"요즘에는 그렇게 부르는 모양이군. 이 암캐 같은 년."

"흥, 내가 암캐면 당신은 겁쟁이겠죠."

"좋아. 그래서 어떻단 말이야?" 그가 대꾸했다.

"나한테는 아무 상관 없는 일이에요. 하지만 제발 말하지 말아요, 여보. 지금은 몹시 졸려 죽을 지경이니까."

"그래, 무슨 짓이건 내가 받아들일 줄 아는 거야?"

"그럴 줄 알았죠, 여보."

"천만에, 어림 반 푼도 없지."

"제발 부탁이에요, 여보. 말하지 말자고요, 너무 졸려요."

"그런 짓은 하지 않기로 했잖아. 안 하겠다고 약속했잖아."

"하지만 지금은 사정이 다르죠." 그녀가 부드럽게 말했다.

"이번 여행에서는 그따위 짓은 하지 않겠다고 했다고. 약속했잖아."

"그래요, 약속했죠, 여보. 나도 처음에는 그러려고 했어요. 하지만 어제 일로 이번 여행은 엉망이 됐어요. 그러니 그 얘기는 할 필요가 없지 않나요?"

"당신은 자기한테 유리할 땐 오래 기다리는 법이 없군, 안 그래?"

"제발 부탁이에요. 그만둡시다. 졸려 죽겠다니까요, 여보."

"아냐, 말해야겠어."

"그럼 혼자서 떠들어요. 난 잘 테니까요." 그리고 그녀는 잠들고 말았다.

해 뜨기 전 그들 세 사람은 함께 식탁에 앉아 아침 식사를 했다. 그때 프랜시스 매코머는 지금까지 싫은 사내가 많았지만 로버트 윌슨만큼 끔찍이 싫은 사내는 없었다는 사실을 깨달았다.

"잘 주무셨습니까?" 윌슨이 파이프에 담배를 채우면서 목이 쉰 듯한 소리로 물었다.

"당신은 잘 잤소?"

"더할 나위 없이 푹 잤습니다." 백인 사냥꾼 윌슨이 대답했다.

이 후레자식 같으니! 이 버릇없는 후레자식 같으니! 하고 매코머는 생각했다.

그러고 보니 여자가 침대로 돌아갔을 때 이 사람을 깨운 모양이로군, 하고 윌슨은 무표정하고 냉정한 눈초리로 두 사람을 쳐다보면서 생각했다. 그렇다면 자기 여편네 좀 잘 간수할 것이지. 도대체 나를 뭐로 생각하는 거야? 돌부처로 생각하는 모양이지? 남편이라면 제 여편네는 붙잡아 둘 줄 알아야지. 이게 다 제 탓이지 누구 탓이야.

"물소를 찾을 수 있을까요?" 마거릿이 살구가 담긴 접시를 밀어내면서 물었다.

"그럴 가능성은 있죠. 하지만 부인께선 캠프에 남아 있는 게 어떻겠습니까?" 윌슨이 이렇게 말하고는 그녀를 향해 미소를 지었다.

"절대로 그럴 순 없어요." 그녀가 그에게 대답했다.

"부인께 캠프에 남아 있도록 명령하시죠." 윌슨이 매코머에게 말했다.

"당신이 명령하지그래." 매코머가 쌀쌀맞게 말했다.

"명령이니 뭐니 하는 그런 바보 같은 말은 하지 마요, 프랜시스." 마거릿이 매코머를 향해 자못 유쾌한 듯이 말했다.

"출발 준비는 다 됐나?" 매코머가 물었다.

"언제든지 출발할 수 있습니다. 멤사힙께서도 같이 가길 원하십니까?" 윌슨이 물었다.

"내가 원하고 안 원하고가 중요해?"

제기랄! 하고 로버트 윌슨은 생각했다. 빌어먹을! 그래, 일이 이렇게 되어 가는군. 결국 이렇게 되어 가는 거야.

"그야 별로 중요하지 않죠." 그가 대꾸했다.

"설마 당신은 내 아내와 함께 캠프에 남아 있고 나 혼자 나가서 물소를 잡아 오기를 바라는 건 아니겠지?" 매코머가 물었다.

"그럴 수야 없죠. 내가 선생이라면 그런 잠꼬대 같은 소리는 하지 않을 겁니다." 윌슨이 대꾸했다.

"잠꼬대가 아냐. 역겨워서 그래."

"역겹다니, 듣기 민망한 말이군요."

"프랜시스, 좀 더 분별 있게 말할 수 없나요?" 그의 아내가 말했다.

“지나칠 정도로 분별 있게 말하고 있는 거야. 그래, 이렇게 더러운 음식 먹어 본 적 있나?” 매코머가 물었다.

“음식이 뭐 잘못됐나요?” 윌슨이 조용히 물었다.

“다른 일도 다 마찬가지지.”

“나 같으면 마음을 좀 가라앉히겠습니다, 겁쟁이 선생. 식탁 시중을 드는 아이 하나는 영어를 조금 알아들으니 말입니다.” 윌슨이 아주 조용하게 말했다.

“그까짓 아이가 무슨 상관이야.”

윌슨은 자리에서 일어나 파이프를 빨면서 걸어가 그를 기다리고 서 있는 원주민 운반인 한 사람에게 천천히 스와힐리어로 뭐라고 말했다. 매코머와 그의 아내는 식탁에 앉아 있었다. 그는 커피 잔을 물끄러미 바라보고 있었다.

“만약 당신이 소동을 일으킨다면 난 당신하고 헤어지고 말 거예요, 여보.” 마거릿이 조용히 말했다.

“아니, 그러지 못할걸.”

“안 그러는지 어디 한번 두고 봐요.”

“차마 나한테서 떠나진 못할걸.”

“그래요. 떠나지 않을 테니 당신도 처신 잘해요.”

“처신 잘하라고? 그런 말버릇이 어디 있어. 처신을 잘하라니.”

“그래요. 처신 좀 잘하라 이 말이에요.”

“그럼 당신은 왜 처신을 잘하지 않는 거지?”

“오랫동안 잘하려고 노력해 왔어요. 정말 오랫동안요.”

"난 저 붉은 낯짝을 한 돼지 자식이 싫어. 보기만 해도 구역질이 난단 말이야." 매코머가 말했다.

"저 사람은 정말 훌륭한 사람이에요."

"아, 입 닥쳐!" 매코머는 거의 소리를 지르다시피 했다. 바로 그때 자동차가 와서 식당 텐트 앞에 멈춰 섰고, 운전기사와 원주민 엽총 운반인 둘이 차에서 내렸다. 윌슨이 걸어와 식탁에 앉아 있는 그들 부부를 쳐다보았다.

"사냥 나갈 겁니까?" 그가 물었다.

"암, 그래야지. 갑시다." 매코머가 자리에서 일어서면서 말했다.

"털 스웨터를 갖고 가는 게 좋을 겁니다. 차 안은 추우니까요." 윌슨이 말했다.

"난 가죽 재킷을 갖고 가겠어요." 마거릿이 말했다.

"그건 아이가 갖고 있습니다." 윌슨이 그녀에게 말했다. 그는 운전기사와 함께 앞좌석에 올라타고 프랜시스 매코머와 그의 아내는 한마디 말도 없이 뒷좌석에 앉았다.

이 거지 같은 자식이 내 뒤통수를 날려 버릴 생각을 하지 않았으면 좋겠는데, 하고 윌슨은 생각했다. 여자란 원정 수렵에는 귀찮은 존재야.

잿빛 아침 햇살을 받으며 자동차는 아래쪽으로 내려가 조약돌이 깔린 얕은 여울에서 강을 건넌 뒤 가파른 강둑을 비스듬히 기어 올라갔다. 그곳은 전날 윌슨이 삽으로 길을 만들도록 일러 두었던 곳으로, 그들은 지금 공원처럼 나무가 우거지고 기복이 있는 건너편까지 차를 몰고 갈 수 있었다.

상쾌한 아침이라고 윌슨은 생각했다. 이슬이 무겁게 내려앉았고 바퀴가 풀숲과 낮은 덤불을 헤치고 지나갈 때 납작하게 깔린 엽상 식물의 향기로운 냄새가 풍겼다. 꼭 마편초 냄새 같았다. 자동차가 길 없는 공원 같은 곳을 지나갈 때 풍기는 이른 아침의 이슬 냄새며, 바퀴에 짓밟힌 고사리 냄새, 그리고 이른 새벽안개 속에 검실검실 보이는 나무줄기의 모습이 좋았다. 지금 그는 뒷좌석에 앉아 있는 두 사람에 대해서는 잊고 오직 물소만을 생각했다. 뒤쫓으려는 물소는 낮에는 초목이 우거진 깊은 늪에 숨어 있어서 도저히 총을 쏠 수 없지만 밤이 되면 먹이를 찾아 넓은 초원으로 나온다. 그래서 만약 자동차로 놈들과 놈들이 있는 늪 사이에 들어갈 수만 있다면 매코머는 넓은 초원에서 놈들을 사냥할 기회를 얻을지 모른다. 우거진 덤불 속에 들어가서 매코머와 함께 물소를 사냥하고 싶지는 않았다. 매코머하고는 물소건 무엇이건 같이 사냥하고 싶은 생각이 조금도 없었지만, 그는 직업 수렵가로 한창때는 보기 드물게 괴팍한 친구들과 함께 사냥한 일도 있었다. 만약 오늘 물소를 잡게 된다면 다음 목표는 코뿔소가 될 것이다. 이 가련한 사내도 위험천만한 원정 수렵을 경험하고 나면 사정이 좀 나아질 것이다. 자신은 저 여자와 이제 더 아무 관계도 없을 것이고, 매코머도 그 일을 극복하게 될 것이다. 꼴을 보아 하니 이 친구는 전에도 이런 일을 여러 번 겪은 모양이었다. 이 불쌍한 거지 같은 친구. 틀림없이 나름대로 그런 일을 극복하는 방법이 있을 거야. 어쨌든 이렇게 된 것은 저 가련한 녀석이 저지른 실수 때문이 아니던가.

로버트 윌슨은 뜻밖의 행운이 갑자기 굴러들어올 때를 대비하여 원정 수렵을 할 때는 늘 더블 사이즈의 간이침대를 갖고 다녔다. 전에도 여러 나라 사람들이 뒤섞인 방탕하고 스포츠를 좋아하는 단골손님들을 위해 사냥을 나간 일이 있었다. 그런데 그 일행의 여자들은 이 백인 수렵인과 침대를 같이하지 않으면 지불한 돈에 대해 보람을 느끼지 못했다. 그 무렵 그중에는 꽤 마음에 드는 여자들도 있었지만 헤어지고 나면 그들을 경멸했다. 그러나 그는 그런 사람들 때문에 생계를 이어 왔고, 그들에게 고용된 동안은 그들의 기준에 따라 행동해야 했다.

사격을 제외한 모든 일에서 윌슨은 그들의 기준을 따라야 했다. 그러나 수렵할 때는 자신만의 기준이 있었고, 그래서 그들은 그의 표준에 따라 행동하든지 그렇지 않으면 다른 안내인을 고용하는 수밖에 없었다. 그 점 때문에 그들이 모두 자신을 존경한다는 것을 그는 잘 알았다. 그런데 이 매코머라는 인간은 기이한 친구였다. 제기랄, 정말 기이하지 않다면 내 성(姓)을 갈겠어. 지금 놈의 아내가 있거든. 아내가 있어. 그렇지, 아내 말이야. 흠, 그녀는 그놈의 아내란 말이지. 어쨌든 그따위 것은 이제 모두 잊어버렸어. 윌슨은 고개를 돌려 그들 쪽을 바라보았다. 매코머는 험상궂고 화가 난 표정으로 앉아 있었고, 마거릿은 그에게 미소를 보내고 있었다. 오늘 그녀는 다른 날보다 더 젊고 청순해 보였지만 직업여성처럼 아름답지는 않았다. 이 여자가 머릿속으로 무슨 생각을 하고 있는지 도무지 알 도리가 있어야지, 하고 윌슨은 생각했다. 간밤에 그녀는 별로 말이 없었어. 어쨌든 얼굴만 쳐다봐도 자못 기분이 좋군.

자동차는 천천히 나지막한 오르막을 기어올라 숲 사이를 달린 다음 풀이 우거진 대초원 같은 공지로 나와 들판의 가장자리 그늘진 곳을 따라 계속 달려갔다. 운전기사는 속도를 늦추었고 윌슨은 초원을 가로질러 또 건너편 너머 일대를 조심스럽게 살펴보았다. 그는 차를 멈추게 하고 쌍안경으로 들판을 샅샅이 살펴보았다. 그러고 나서 운전기사에게 앞으로 계속 나아가도록 손짓을 하자 자동차는 흑멧돼지 구멍을 피하고 개미가 만들어 놓은 진흙 집을 비켜 가며 천천히 굴러갔다. 바로 그때 공지를 건너다보고 있던 윌슨이 갑자기 고개를 돌리며 소리를 질렀다.

"맙소사, 놈들이 저기 있어요!"

자동차는 앞쪽으로 튀어 나가고 윌슨이 운전기사에게 스와힐리어로 재빨리 뭐라고 말하는 동안 윌슨이 손가락질하는 곳을 바라보니 거대한 검은 짐승 세 마리가 매코머의 눈에 들어왔다. 길쭉하고 육중한 몸뚱이가 마치 원통처럼 보이는 짐승들이 검고 큼직한 유조차(油槽車)마냥 탁 트인 초원의 반대쪽 끝을 가로질러 질주하고 있었다. 짐승들은 목을 빳빳이 쳐들고 몸뚱이를 쑥 내민 채 달리고 있었는데, 번쩍 치켜들고 달리는 머리통 끝에는 검은 뿔이 위쪽으로 넓게 뻗어 있었다. 머리통은 움직이는 것 같지 않았다.

"세 마리 모두 늙은 물소입니다. 습지에 닿기 전에 놈들의 길을 막아 버립시다." 윌슨이 말했다.

자동차는 시속 70킬로미터가 넘는 속도로 텅 빈 들판을 달리고 있었다. 매코머가 지켜보니 물소가 점점 크게 보이다가 드디어 털 없이 우툴두툴한 거대한 잿빛 물소 한 마리가 눈에 들어왔다. 어깨와 어깨 사이에 목덜미가 푹 파묻혀 있었고 줄지어 꾸준히 달리고 있는 다른 두 마리 조금 뒤쪽을 달릴 때는 뿔이 까맣게 번쩍였다. 그리고 그때 자동차는 길을 뛰어넘기라도 하듯이 크게 흔들리면서 일행은 물소 가까이에 다가와 있었다. 앞으로 넘어질 듯이 돌진하는 물소의 거대한 몸집이며, 털이 성긴 먼지투성이 피부며, 널찍하게 솟은 뿔이며, 콧구멍이 널찍하고 길게 늘어진 주둥이가 그의 눈에 들어왔다. 그가 총을 들고 쏠 자세를 취하려 하자 윌슨이 "차에서 쏴선 안 돼요, 이 바보 같은 양반아!" 하고 외쳤다. 그 순간 매코머는 윌슨에 대한 증오심을 느꼈을 뿐 공포 같은 건 전혀 느끼지 않았다. 브레이크가 걸리더니 자동차가 옆으로 미끄러지며 가까스로 멈춰 섰다. 윌슨이 한쪽에서 내리고 그는 다른 쪽에서 내렸는데, 차가 미처 멈추기 전이라 발이 땅바닥에 부딪쳐 비틀거렸다. 그러고 나서 매코머는 총을 치켜들어 달아나는 물소를 겨눠 쏘았다. 총알이 한 발 두 발 탕탕 하고 물소 몸에 맞는 소리가 들렸다. 마침내 앞쪽 어깨와 어깨 사이에 퍼부어야 한다는 생각이 들자 그는 꾸준히 달리고 있는 물소를 향해 총알을 있는 대로 계속 쏘아 댔다. 다시 총알을 장전하려고 더듬거리는데 물소가 쓰러지는 모습이 보였다. 물소는 무릎을 꿇고 큼직한 머리통을 앞쪽으로 내젓고 있었다. 그는 나머지 다른 두 마리가 달리는 것을 보고 이번에는 앞장선 놈을 쏘아 명중시켰다. 또 한 발 쏘았지만 이번에는 맞지 않았다. 꽝! 하고 울리는 윌슨의 총소리가 들리더니 선두에 선 물소가 코를 박고 앞으로 고꾸라졌다.

"저기 나머지 놈을 쏴요. 지금 쏘고 있는 놈 말이오." 윌슨이 소리쳤다.

그러나 물소는 같은 속도를 꾸준히 유지하며 달아났다. 매코머가 쏜 총알은 맞지 않고 먼지만 푹 일으켰으며, 윌슨의 총알도 빗나가 먼지가 구름처럼 자욱이 일어났다. 그러자 윌슨이 "자, 갑시다. 거리가 너무 멀어요!" 하고 소리 지르며 그의 팔을 붙잡았다. 매코머와 윌슨은 다시 자동차에 올라타 차의 양쪽에 한 사람씩 매달린 채 우툴두툴한 지면 위를 흔들거리며 돌진하여, 꾸준한 속력으로 넘어질 듯 곧장 달려가는 목이 묵직한 물소를 뒤쫓아 갔다.

그들은 물소 뒤로 다가섰고, 매코머가 총알을 장전하다 땅바닥에 떨어뜨린 탄환을 주워서 억지로 총에 쑤셔 넣다 막히고, 막힌 것을 뚫고 하는 동안 그들은 물소와 거의 닿을 정도로 가까워졌다. 그때 윌슨이 "스톱!" 하고 고함을 치자 자동차는 뒤로 미끄러져 자빠질 뻔했고, 매코머는 앞으로 뛰어내려 노리쇠를 앞으로 젖히고는 될 수 있는 대로 앞쪽으로 질주하는 검고 둥근 등을 겨누고 쏘았다. 겨누고 쏘고 또다시 겨누고 쏘고를 반복했지만 총알은 모두 명중해도 물소는 꿈쩍하지 않았다. 그때 귀가 멍멍할 정도로 윌슨이 총을 쏘는 소리가 들리더니 물소가 비틀거리기 시작했다. 매코머가 조심스럽게 겨누어 한 발 다시 쏘자 물소가 무릎을 꿇고 픽 쓰러지고 말았다.

"잘했어요. 훌륭한 솜씨요. 세 마리 다 잡았습니다." 윌슨이 말했다.

매코머는 희열에 도취되었다.

"당신은 몇 번이나 쏘았나?" 그가 물었다.

"꼭 세 발 쏘았습니다. 처음 물소는 선생이 잡았죠. 제일 큰 놈 말입니다. 나머지 두 마리도 선생이 잡는 걸 나는 돕기만 했죠. 놈들이 늪 속에 숨어 버리지나 않을까 걱정했거든요. 모두 선생이 잡은 겁니다. 난 그저 손을 조금 빌려 드렸을 뿐이에요. 선생의 사격 솜씨는 아주 굉장했어요." 윌슨이 말했다.

"자동차 있는 곳으로 돌아가지. 한잔하고 싶군." 매코머가 말했다.

"그전에 저놈을 먼저 처치해 버리죠." 윌슨이 말했다. 물소는 무릎을 꿇고 있었다. 두 사람이 다가가자 물소는 머리를 사납게 쑥 흔들어 대면서 돼지 눈깔같이 가느다란 눈에 노기를 띠고 무섭게 으르렁댔다.

"놈이 일어나지 않도록 조심하십시오. 조금 옆으로 돌아가서 귀 바로 뒤쪽 목덜미를 보기 좋게 한 방 쏘시죠." 윌슨이 말했다.

매코머는 성이 나서 사납게 휘둘러 대는 큼직한 목덜미 한복판을 조심조심 겨누어 쏘았다. 그제야 물소는 목을 앞쪽으로 푹 떨어뜨렸다.

"이제 됐어요. 척추에 맞았습니다. 참 흉측하게 생긴 놈들이죠?" 윌슨이 물었다.

"자, 한잔하지." 매코머가 말했다. 지금까지 살면서 이렇게 신바람이 난 적은 일찍이 없었다.

자동차 안에는 매코머의 아내가 새파랗게 질린 얼굴로 앉아 있었다. "대단했어요, 여보." 그녀가 매코머에게 말했다. "자동차 길은 또 얼마나 험했고요."

"차를 너무 거칠게 몰았던가요?" 윌슨이 물었다.

"정말 혼났어요. 이제껏 이렇게 무서웠던 적은 없었어요."

"다 같이 한잔하지." 매코머가 제안했다.

"당연히 그래야죠. 우선 부인께 먼저." 윌슨이 말했다. 그녀는 휴대용 술병에서 위스키를 들이마시면서 술이 목구멍을 넘어갈 때 조금 몸을 떨었다. 그런 뒤 매코머에게 술병을 건네주었고, 매코머가 이번에는 윌슨에게 건네주었다.

"정말 손에 땀을 쥐게 했어요. 그 바람에 머리까지 몹시 아프던걸요. 그런데 자동차를 타고 쏴도 되는 줄은 몰랐네요." 그녀가 말했다.

"차에선 아무도 쏘지 않았습니다." 윌슨이 쌀쌀맞게 대꾸했다.

"내 말은 놈들을 자동차로 뒤쫓았다는 말이에요."

"보통은 그렇게 하지 않죠. 하지만 그렇게 하는 동안은 아주 재미있습니다. 걷는 것보다는 웅덩이니 그 밖의 이런저런 장애물이 있는 초원을 그처럼 자동차로 쫓으면 놈들을 잡을 기회가 훨씬 많지요. 물소라는 놈은 마음만 먹으면 우리가 총을 쏠 때 번번이 덤벼들 수 있거든요. 놈에게 모든 기회를 준 셈이죠. 하지만 나 같으면 이 말은 어느 누구에게도 발설하지 않을 겁니다. 부인께서 말한 게 그런 뜻이라면 이건 위법행위니까요."

"나한테는 몹시 부당하게 보였어요. 저렇게 크고 무력한 짐승을 자동차로 쫓는 게 말이에요." 마거릿이 말했다.

"그랬던가요?" 윌슨이 물었다.

"나이로비에서 이 말을 들으면 어떻게 될까요?"

"우선 나는 면허증을 뺏길 겁니다. 그 밖에도 여러 불쾌한 일이 일어날 수 있죠." 윌슨은 술병을 들어 한 모금 마시면서 말했다. "일자리를 잃게 되는 거죠."

"정말로요?"

"네, 정말로요."

"그렇다면 당신은 내 아내한테 약점을 잡힌 셈이군." 매코머가 그날 처음으로 웃음을 띠며 말했다.

"여보, 당신 말하는 솜씨가 정말 멋진데요." 마거릿 매코머가 말했다. 그러자 윌슨이 두 사람을 쳐다보았다. 그는 마음속으로 이렇게 생각했다. 만약 여자를 무지하게 밝히는 남자가 남자를 더 밝히는 여자와 결혼한다면 도대체 어떤 애들이 태어날까? 그러나 그가 막상 입 밖으로 내뱉은 말은 "엽총 운반인 한 명이 안 보이는군요. 알고 있었습니까?"였다.

"저런, 전혀 몰랐는데." 매코머가 말했다.

"아, 저기 오는군요. 아무렇지도 않습니다. 우리가 첫 번째 물소가 있는 곳에서 떠날 때 차에서 떨어졌던 게 틀림없어요."

그들을 향해 가까이 다가오고 있는 사람은 중년의 엽총 운반인으로, 그는 그물처럼 뜬 모자를 쓰고 카키색 윗도리와 짧은 바지에 고무신을 신고 우울하고 괴로운 표정으로 다리를 절름거리며 걸어오고 있었다. 가까이 다가온 그는 윌슨에게 스와힐리어로 뭐라고 지껄였고, 그러자 모두들 백인 수렵인의 얼굴빛이 갑자기 변하는 것을 볼 수 있었다.

"지금 뭐라고 말하는 건가요?" 마거릿이 물었다.

"첫 번째 물소가 일어나 덤불 속으로 도망쳤답니다." 윌슨이 아무런 감정이 섞이지 않은 목소리로 대답했다.

"아, 저런!" 매코머가 멍청하게 말했다.

"그럼 꼭 그 사자 꼴이 되겠네요." 마거릿이 예상하고 있었다는 듯이 말했다.

"사자하고는 조금도 같지 않을 겁니다." 윌슨이 대답했다. "매코머 씨, 한잔 더 하시겠습니까?"

"그러지, 고맙소." 그는 사자에 대해 느꼈던 감정이 되살아나리라 생각했지만 그렇지는 않았다. 태어나서 처음으로 그는 전혀 공포를 느끼지 않았다. 공포 대신에 오히려 희열을 맛보고 있었다.

"두 번째 물소를 보러 가시죠. 운전사에게 그늘 아래에 자동차를 두도록 이르겠습니다." 윌슨이 말했다.

"뭘 하시려고요?" 마거릿 매코머가 물었다.

"잠깐 물소를 보고 오려고요." 윌슨이 대답했다.

"나도 가겠어요."

"그럼 따라오십시오."

세 사람은 걸어서 두 번째 물소가 머리를 앞쪽으로 숙이고 큼직한 뿔을 양쪽으로 널따랗게 뻗은 채 거무스름하게 누워 있는 텅 빈 들판으로 나아갔다.

"아주 근사한 머리통입니다. 너비가 1미터 20센티미터는 넘겠는걸요." 윌슨이 말했다.

매코머는 기쁜 표정으로 땅바닥에 쓰러져 있는 물소를 내려다보았다.

"보기만 해도 흉측해요. 그늘에 들어가 있을 순 없나요?" 마거릿이 물었다.

"물론이죠." 윌슨이 대답했다. 그는 이번에는 매코머 쪽을 향해 말하며 손가락으로 가리켰다. "보십시오. 저기 저 덤불자락이 보이죠?"

"그래, 보이는군."

"첫 번째 물소가 들어간 곳이 바로 저기예요. 운반인 말로는, 그 사람이 자동차에서 떨어졌을 때 물소도 쓰러졌답니다. 그리고 우리가 차를 몰아가고 물소 두 마리가 뛰어 달아나는 걸 지켜보고 있었다는 겁니다. 그 사람이 고개를 들어 보니 첫 번째 물소가 일어나서 그를 노려보고 있더라나요. 그래서 그 사람은 죽어라고 도망쳤고, 물소는 유유히 저 덤불 속으로 사라져 버렸다는군요."

"지금 당장 뒤쫓아 들어갈 순 없을까?" 매코머가 애가 탄다는 듯이 물었다.

윌슨은 살피는 듯한 눈초리로 그를 쳐다보았다. 정말 이상한 인간이군, 하고 그는 생각했다. 어제는 겁에 질려 죽을상이더니 오늘은 기세가 팔팔해서 혈기가 넘치다니.

"아니, 놈에게 좀 더 시간을 줘야 합니다."

"제발 그늘 밑으로 들어가요." 마거릿이 사정했다. 그녀는 얼굴이 창백했고 몸이 불편해 보였다.

그들 셋은 나뭇가지가 사방으로 퍼진 나무 아래 자동차가 서 있는 곳으로 걸어가 차에 올라탔다.

"모르긴 몰라도 놈은 저 속에서 죽어 있을지도 모릅니다. 잠깐 있다 보러 가죠." 윌슨이 말했다.

매코머는 도무지 설명이 안 되는 이상한 행복감에 젖어 있었다. 지금껏 살면서 한 번도 느껴 보지 못한 감정이었다.

"아, 이거야말로 진짜 사냥이었어. 이런 기분은 처음이야. 마거릿, 당신도 신나지 않았어?" 그가 물었다.

"난 끔찍이 싫었어요."

"왜?"

"싫었어요. 혐오스러웠다고요." 그녀가 불쾌한 표정으로 내뱉었다.

"이제는 두 번 다시 아무것도 두려워하지 않을 것 같은 기분이 드는군. 처음 물소를 보고 쫓아가기 시작했을 때부터 내겐 뭔가 변화가 일어났어. 마치 댐이 무너져 내렸다고나 할까. 순수한 흥분이었지." 매코머가 윌슨에게 말했다.

"겁쟁이 마음을 깨끗이 씻어 버린 모양이죠. 사람들에겐 참으로 묘한 일들이 일어나는 법이거든요." 윌슨이 말했다.

매코머의 얼굴이 반짝반짝 빛나고 있었다. "분명히 뭔가 변화가 일어나긴 일어난 모양이야. 완전히 다른 인간이 된 것 같은 기분이니까." 그가 대꾸했다.

그의 아내는 아무 말 없이 이상스럽다는 듯 그를 쳐다보고 있었다. 그녀는 뒷자리에 몸을 깊숙이 묻고 앉아 있었고, 매코머는 앞쪽으로 다가앉아 몸을 비스듬히 돌려 뒤쪽을 향해 말하고 있는 윌슨에게 말을 걸었다.

"한 번만 더 그놈의 사자와 마주치면 좋겠군. 이제 사자쯤은 조금도 무섭지 않아. 결국 놈들이 무슨 짓을 할 수 있겠어?" 매코머가 말했다.

"바로 그겁니다. 최악의 경우 기껏해야 상대를 죽이기밖에 더 하겠습니까." 윌슨이 맞장구쳤다. "그다음이 어떻게 되던가요? 셰익스피어가 한 말 있잖아요. 참으로 멋진 말인데요. 잘 기억하고 있나 한번 보십시오. 아, 참 좋은 구절이었죠. 한때는 곧잘 인용하곤 했습니다만. 가만 있자. '결코 걱정하지 않을 테다. 인간이 죽는 건 오직 한 번뿐. 죽음은 하느님이 주신 것이니 될 대로 내버려 둘 일이다. 올해 죽는 놈이 내년에 다시 죽지는 않는 법.'[139] 참으로 근사한 말이잖습니까?"

자신의 생활신조인 이 말을 꺼내고 나니 윌슨은 어쩐지 쑥스러웠다. 그러나 이전에도 그는 사람들이 어른이 되는 것을 보아 왔고, 그럴 때마다 언제나 감동을 받곤 했다. 어른이 된다는 것은 스물한 번째 생일을 맞는 것과는 또 다른 것이었다.

이런 변화가 매코머에게 일어난 것은 이것저것 생각할 것 없이 불시에 행동으로 돌입해야 했기 때문에, 즉 사냥이라는 이 기묘한 우연을 만났기 때문이었다. 그러나 그 변화가 어떻게 일어났는가와 상관없이 변화가 일어난 것만은 틀림없는 사실이었다. 저 거지 같은 녀석 꼴 좀 보게나, 하고 윌슨은 생각

139) 윌리엄 셰익스피어, 『헨리 4세』 2부, 3막 2장에 나오는 구절.

했다. 녀석들 중에는 오랫동안 어린애로 남아 있는 놈도 있지, 하고 윌슨은 생각했다. 때로는 죽을 때까지 평생 어린애 티를 벗지 못하는 놈도 있거든. 나이 오십이 되었는데도 어른 가면을 쓴 채 여전히 어린애로 남아 있는 사람들 말이야. 저 위대한 미국의 애늙은이들. 참말로 묘한 족속들이야. 그러나 지금 이 매코머라는 사내는 마음에 드는 것 같군. 정말 이상한 친구야. 어쩌면 이제 여편네의 서방질도 끝이 나겠어. 그래, 그래야지. 하여튼 정말 잘된 일이야. 정말 잘된 일이라고. 저 거지 같은 녀석은 평생 겁을 먹고 살아왔을 거야. 어쩌다 그렇게 됐는지는 알 수 없지. 하지만 이제 모두 끝났군. 물소를 상대로는 겁을 먹을 여유도 없었던 거야. 게다가 또 화가 나 있었고. 자동차도 한몫 거들었지. 자동차가 있었기에 쉽게 할 수 있었던 거야. 지금은 아주 기세가 대단하군. 똑같은 광경을 전쟁 영화에서 보았을 테지. 처녀성을 상실하는 것보다 더 큰 변화였어. 마치 수술한 것처럼 공포가 사라져 버렸거든. 대신 그 자리에 뭔가 다른 것이 들어섰어. 사내라면 가져야 할 중요한 뭔가가 말이야. 사내답게 해 주는 것 말이지. 여자들도 이런 것쯤은 알고 있어. 겁을 먹지 않았다는 것 말이야.

좌석의 한쪽 귀퉁이에서 마거릿 매코머는 두 사내를 바라보았다. 윌슨은 변한 게 없었다. 그 전날 그녀가 그의 위대한 재능이 어떤 것인지 처음 알았을 때와 전혀 다르지 않았다. 그러나 지금 프랜시스 매코머는 변한 게 보였다.

"앞으로 일어날 일을 생각하면 행복감 같은 게 느껴지지 않나?" 매코머가 새로 획득한 자산을 아직도 탐색하면서 물었다.

"선생이 그런 말을 하면 안 되죠. 오히려 두렵다고 하는 게 훨씬 더 어울릴 것 같은데요. 보십시오. 앞으로도 겁먹을 일은 얼마든지 있을 테니 말입니다." 윌슨이 상대편의 얼굴을 쳐다보면서 말했다.

"어쨌든 다음에 할 행동에 대해 행복을 느끼나?"

"그럼요. 하지만 그뿐입니다." 윌슨이 대답했다. "이런 일에 대해선 너무 말을 많이 하지 않는 게 좋습니다. 말이 많으면 모두 망쳐 버리거든요. 뭐든지 너무 많이 지껄이고 나면 재미가 사라지는 법입니다."

"두 분 모두 쓸데없는 소리만 하네요. 불쌍한 짐승 몇 마리를 자동차로 몰고 나서는 마치 영웅이나 된 것처럼 말한다고요." 마거릿이 대꾸했다.

"미안합니다. 허풍이 좀 지나쳤던 것 같군요." 윌슨이 사과했다. 이 여자는 그 일에 대해 벌써 걱정하고 있구나, 하고 그는 생각했다.

"우리 얘기가 이해 안 되면 좀 빠져 주시지." 매코머가 자기 아내에게 말했다.

"당신은 굉장히 용감해졌어요. 그것도 굉장히 갑작스럽게." 그의 아내는 경멸하듯이 말했지만 그 태도에는 자신감이 없었다. 뭔가 몹시 두려워하고 있었다.

매코머는 껄껄 웃었다. 마음속에서 우러나온 아주 자연스러운 웃음이었다. "그런 느낌이 들었어. 정말 그런 느낌이 들었다고." 그가 말했다.

"좀 늦은 거 아닌가요?" 그녀가 따끔하게 말했다. 그녀는 지난 긴 세월 동안 할 수 있는 한 최선을 다해 왔고, 지금 그들이 이렇게 되어 버린 것도 어느 한 사람의 잘못은 아니었기 때문이다.

"나한테는 늦지 않았지." 매코머가 대답했다.

마거릿은 아무런 대꾸도 하지 않고 좌석 한구석에 몸을 깊숙이 기대고 앉았다.

"이 정도면 놈에게 시간을 충분히 준 거 아닐까?" 매코머가 쾌활하게 윌슨에게 말했다.

"그럼 이제 보러 가죠. 총알은 아직 남아 있죠?" 윌슨이 물었다.

"엽총 운반인이 좀 갖고 있어."

윌슨이 스와힐리어로 원주민을 부르자 물소의 머리통을 벗기고 있던 나이 먹은 원주민이 일어나더니 주머니에서 탄환 상자를 꺼내 매코머에게 건네주었다. 매코머는 탄환을 탄창에 넣고 나머지 탄환을 주머니에 집어넣었다.

"선생은 스프링필드 엽총으로 쏘는 게 좋을 겁니다. 그 총이 손에 익었을 테니 말이죠. 만리처[140] 엽총은 차 안에 있는 부인께 맡겨 두고 가십시오. 선생의 무거운 총은 엽총 운반인이 가져갈 겁니다. 난 이 대포 같은 총을 들고 가겠습니다. 자, 그럼 다음은 그 물소 말인데요." 윌슨이 말했다. 그는 매코머가 걱정하지 않도록 이 말을 마지막 순간까지 꺼내지 않고 있었다. "물소는 덤벼들 때 머리를 높이 쳐들고 똑바로 돌진해

140) 독일에서 생산하는 고급 엽총.

옵니다. 쑥 내민 뿔이 머리를 향해 쏘는 총알을 막아 주죠. 가장 좋은 방법은 코에다 대고 똑바로 쏘는 겁니다. 그다음에는 가슴팍을 겨누든지, 모로 서 있으면 목덜미나 어깨를 쏘아야 합니다. 일단 한 번 맞으면 놈들은 거칠게 몸부림을 칠 겁니다. 그러니 절대로 무리한 짓을 해서는 안 됩니다. 그 자리에서 가장 편안하게 사격하십시오. 저 사람들이 껍질을 다 벗긴 모양이군요. 자, 그럼 출발할까요?"

윌슨이 엽총 운반인들을 부르자 그들은 손을 닦으면서 다가왔고, 나이 든 원주민이 차 뒤쪽에 올라탔다.

"콩고니만 데리고 가겠습니다. 다른 아이는 새들을 쫓도록 하죠." 윌슨이 말했다.

자동차가 넓은 늪지를 가로지르는 메마른 수로를 따라 풀잎이 혀 모양으로 뻗어 있는 덤불숲을 향해 빈 들판을 천천히 달리는 동안, 매코머는 가슴이 두근거리고 입이 다시 바싹 말랐지만, 그것은 흥분 때문이었지 공포 때문은 아니었다.

"여기가 놈이 기어 들어간 곳이죠." 윌슨이 말했다. 그러고 나서 그는 엽총 운반인에게 스와힐리어로 "핏자국을 따라서 가." 하고 말했다.

자동차는 덤불 더미와 평행으로 세워 놓았다. 매코머, 윌슨, 그다음은 엽총 운반인의 순서로 차에서 내렸다. 매코머가 뒤돌아보니 아내는 총을 곁에 놓고 그를 쳐다보고 있었다. 아내를 향해 손을 흔들었지만 그녀는 응답하지 않았다.

덤불은 앞으로 들어갈수록 무성했고 땅은 메말라 있었다. 중년의 엽총 운반인은 몹시 땀을 흘리고 있었고, 윌슨은 모자를 깊숙이 눌러쓰고 있어서 붉은 목덜미만이 매코머 바로 눈 앞에 보였다. 갑자기 엽총 운반인이 윌슨에게 스와힐리어로 뭐라고 중얼거리더니 앞으로 달려 나갔다.

"놈이 저기 뻗어 있군요. 멋지게 해치웠습니다." 윌슨이 말했다. 그러고 나서 뒤돌아 매코머의 손을 잡았다. 서로 히죽 웃으며 악수를 나누고 있을 때 엽총 운반인이 비명을 지르며 덤불 속에서 게처럼 옆 걸음으로 튀어나오는 것이 보였다. 그의 뒤에는 물소가 코를 번쩍 쳐들고 입을 꽉 다물고 피를 질질 흘리면서 큼직한 머리통을 앞으로 내민 채 핏발이 잔뜩 선 조그마한 돼지 눈깔 같은 눈으로 그들을 노려보며 돌진해 오고 있었다. 앞에 서 있던 윌슨이 무릎을 꿇으면서 쏘았고, 매코머도 쏘았지만 그의 총성은 윌슨이 쏜 총성 때문에 들리지 않았다. 다만 큼직한 뿔 끝에서 슬레이트 같은 파편이 튕기는 것만 보였다. 물소가 머리통을 흔들어 대자 그는 널찍한 콧구멍을 겨누어 또 한 발 쏘았지만 뿔이 다시 흔들리면서 파편이 날렸다. 그때 이미 윌슨의 모습은 보이지 않았다. 조심스럽게 겨누며 그가 다시 한번 쏘자 물소의 큼직한 몸뚱이가 그에게 덮치다시피 다가왔고, 그의 총은 코를 내밀고 덤벼드는 물소의 머리통과 거의 수평을 이루었다. 사악해 보이는 물소의 작은 두 눈이 보이는가 싶더니 머리통이 아래쪽으로 기울어지기 시작했다. 순간 그는 갑자기 눈을 멀게 하는 백열의 섬광이 머릿속에서 터지는 느낌 외에는 아무것도 느낄 수 없었다.

윌슨은 어깨 위에 총을 놓고 쏘려고 한쪽 옆으로 몸을 숙였다. 매코머는 똑바로 선 채 코를 겨누어 쏘고 있었다. 그러나 겨냥이 조금 높아 총알은 번번이 묵직한 뿔에 맞은 뒤 슬레이트 지붕에 맞은 듯 파편만을 날려 보냈다. 남편이 물소의 뿔에 찔릴 것 같았기 때문에 차 안에 있던 매코머 부인은 6.5밀리미터 만리처 엽총으로 물소를 향해 쏘았고, 탄환은 남편의 두개골 한쪽 밑에서 5센티가량 위쪽에 맞고 말았다.

프랜시스 매코머는 물소가 모로 넘어져 있는 곳에서 2미터도 안 되는 곳에 얼굴을 밑으로 하고 땅바닥에 쓰러졌다. 아내는 남편의 시체 옆에 꿇어앉고 윌슨은 그 곁에 서 있었다.

"나 같으면 몸을 뒤집지 않겠습니다." 윌슨이 말했다.

여자는 발작적으로 울고 있었다.

"난 차 있는 데로 돌아가겠습니다. 엽총은 어디 있습니까?" 윌슨이 물었다.

그녀는 얼굴이 일그러진 채 머리를 절레절레 흔들었다. 엽총 운반인이 총을 집어 올렸다.

"그 자리에 그대로 둬." 윌슨이 소리 질렀다. 그러고 나서는 이렇게 명령했다. "어서 가서 압둘라를 불러와. 사건이 어떻게 일어났는지 증인이 되어 줘야 하니까." 그는 무릎을 꿇고 주머니에서 손수건을 꺼내 프랜시스 매코머의 짧게 깎은 머리 위에 펴 놓았다. 피는 바싹 마른 땅속으로 스며들었다.

윌슨은 일어나서 사지를 쭉 뻗고 모로 넘어져 있는 물소를 쳐다보았다. 듬성듬성 털이 난 배때기에는 진드기가 기어 다녔다. "참으로 멋진 물소로군." 그의 머리는 기계적으로 이런 계산을 했다. "1미터 하고도 20센티미터나, 그 이상이겠는걸. 그보다 더 될지도 몰라." 그는 운전사를 불러서 시체 위에 담요를 덮고 그 옆에 서 있으라고 명령했다. 그러고 나서 그는 여자가 좌석 한구석에 앉아 울고 있는 자동차로 다가갔다.

“멋지게 해치웠어요. 그 양반도 당신하고 헤어지고 싶었을 테지만.” 윌슨이 억양 없는 말투로 말했다.

“그만해요.” 그녀가 말했다.

“물론 우발적 사고였죠. 난 그렇게 알고 있습니다.” 그가 말했다.

“그만하라고요.” 그녀가 말했다.

“걱정할 건 없습니다. 불쾌한 일이야 다소 있겠지만요. 사체를 조사할 때 도움이 되도록 사진을 좀 찍어 둬야겠습니다. 게다가 엽총 운반인들과 운전기사도 증언을 해 줄 거요. 그러니 조금도 걱정할 필요는 없어요.” 그가 말했다.

“그만해요.” 그녀가 말했다.

“이제부터 해야 할 일이 태산이군요. 호수까지 자동차를 보내 무전을 쳐야 해요. 우리 세 사람을 나이로비에 데려갈 수 있도록 비행기를 부탁해야 하니까요. 왜 독약을 쓰지 않았나요? 영국에서는 그런 방법을 쓰는데.” 그가 말했다.

“그만해요! 그만해요! 그만하라니까요!” 여자가 울부짖었다.

윌슨은 무표정한 푸른 눈으로 그녀를 쳐다보았다.

“나도 이제 끝났습니다. 약간 화가 나 있었거든요. 당신 남편이 좋아지던 참이었는데.” 윌슨이 말했다.

“아, 제발 그만해요. 제발 그만하라고요.” 그녀가 외쳤다.

“그게 낫군요. ‘제발’이란 말을 붙이는 편이 훨씬 나아요. 자, 그럼 이제 그만하죠.” 윌슨이 말했다.

엄청난 변화

"괜찮아, 그게 어때서?" 사내가 말했다.

"안 돼요, 그럴 순 없어요." 아가씨가 대답했다.

"결국 하지 않겠다는 말이로군."

"내 말은 그럴 수 없다는 뜻이에요. 그게 다예요." 그녀가 대꾸했다.

"하지 않겠다는 뜻이잖아."

"좋아요. 당신 마음대로 생각하세요." 아가씨가 말했다.

"내 마음대로 생각하는 게 아니야. 그럴 수만 있다면 얼마나 좋겠어."

"오랫동안 그래 왔잖아요." 아가씨가 말했다.

시간이 아직 일러 그런지 카페에는 남자 바텐더하고 구석 테이블에 앉아 있는 손님 두 사람밖에 없었다. 여름 끝자락이라 검게 탄 젊은 두 사람의 얼굴은 파리와는 어딘지 어울려 보이지 않았다. 젊은 아가씨는 트위드 정장을 차려입고 있었다. 피부는 매끄러운 황금빛 갈색을 띠었고, 금발은 단발로 짧게 잘랐으며, 머리카락을 이마에서부터 예쁘장하게 길러 늘어뜨렸다. 사내는 그녀를 쳐다보았다.

"그 여자를 죽여 버릴 거야." 그가 내뱉었다.

"제발 그러지 마요." 아가씨가 말했다. 그녀는 손이 무척 예뻤고, 사내는 그 손을 바라보았다. 갈색을 띤 두 손은 가냘픈데다 무척 아름다웠다.

"그렇게 할 거야. 정말로 죽일 거야."

"그래 봤자 기분이 좋아지진 않을걸요."

"그것 말고 다른 일을 벌일 순 없어? 다른 난처한 일을 벌일 순 없냐고?"

"그럴 수 있을 것 같지 않아요." 그녀가 대답했다. "그래서 어떻게 할 거예요?"

"말했잖아."

"그건 안 돼요. 정말로 안 돼요."

"잘 모르겠어." 그가 말했다. 그녀는 그를 바라보면서 한쪽 손을 내밀었다. "불쌍한 필." 그녀가 말했다. 그는 그녀의 두 손을 쳐다보았지만 그 손을 만지지는 않았다.

"됐어." 그가 말했다.

"내가 미안하다고 사과해도 아무 도움이 안 되나요?"

"그래."

"사정이 어떤지 말해도 마찬가지겠죠?"

"그 소린 듣고 싶지 않아."

"난 당신을 무척 사랑해요."

"그렇겠지. 이번 일만 봐도 알 수 있거든."

"당신이 이해해 주지 않아서 속상해요."

"이해해. 그래서 문제인 거지. 모든 걸 이해한다고."

"그래요. 물론 그래서 사태가 더 곤란한 거죠." 그녀가 대꾸했다.

"그건 확실히 그래." 그가 그녀를 바라보며 말했다. "난 언제나 이해할 거야. 한낮에도 한밤중에도. 특히 밤에는 말이야. 이해할 거야. 그러니 그 점에 관해선 걱정할 필요 없어."

"미안해요." 그녀가 말했다.

"만약 그게 남자라면……."

"그 말은 하지 말아요. 남자일 순 없어요. 그건 당신도 잘 알텐데요. 날 믿지 못하나요?" 그녀가 말했다.

"우습군. 당신을 믿다니. 그거야말로 정말 웃기는 일이지." 그가 말했다.

"미안해요. 내가 말할 수 있는 건 그뿐인 것 같아요. 하지만 진정으로 서로를 이해하면서도 우리가 이해하지 못하는 척할 필요는 없죠." 그녀가 말했다.

"물론이지. 그럴 필요야 없지." 그가 대꾸했다.

"당신이 나를 원한다면 돌아올 거예요."

"아니. 원하지 않아."

그러고 나서 두 사람은 얼마 동안 아무 말도 하지 않았다.

"내가 당신을 사랑하는 걸 안 믿는 거죠?" 아가씨가 물었다.

"그런 허튼소리는 하지 말자고." 사내가 말했다.

"내가 당신을 사랑한다는 걸 정말 안 믿는 거죠?"

"그럼 왜 그걸 증명해 보이지 않는 거야?"

"당신 전에는 이러지 않았어요. 무슨 일이든 나더러 증명해 보라고 한 적이 한 번도 없었다고요. 그건 점잖지 못한 일이거든요."

"넌 참 재미있는 여자야."

"당신은 그렇지 않잖아요. 정말 좋은 남자예요. 그래서 내 가슴이 찢어지는 것 같아요. 이렇게 당신 곁을 떠나는 게……."

"물론 당신은 그래야만 할 테지."

"네. 그럴 수밖에 없어요. 그건 당신도 잘 알고요." 그녀가 말했다.

그녀는 아무 말도 하지 않고 사내를 쳐다보며 두 손을 다시 내밀었다. 남자 바텐더는 카페의 반대편 끝 쪽에 있었다. 그의 얼굴은 하얗고, 그가 입고 있는 재킷도 하얀색이었다. 그는 이 두 젊은이를 알았으며, 행복한 한 쌍이라고 생각했다. 그는 행복한 한 쌍이 헤어지고, 새로이 한 쌍을 이루지만, 그들의 행복이 오래가지 못하는 모습을 많이 보아 왔다. 그는 지금 이일이 아니라 말 한 필에 대해 생각 중이었다. 이제 반 시간만 지나면 길 건너 쪽으로 사람을 보내 그 말이 경마에서 이겼는지 알아볼 것이다.

"너그럽게 날 그냥 보내 줄 순 없나요?" 아가씨가 물었다.

"내가 어떻게 할 것 같은데?"

그때 두 사람이 문으로 들어와 카운터 위쪽으로 걸어갔다.

"네, 알겠습니다." 바텐더가 주문을 받았다.

"날 용서해 줄 순 없어요? 그 일을 알고 있더라도 말이죠." 아가씨가 물었다.

"그럴 순 없어."

"그동안 우리가 누렸던 일, 우리가 했던 일들이 서로를 이해하는 데 아무런 도움이 안 되나요?"

"'악이란 너무나 끔찍한 얼굴을 한 괴물이니.'[141] 그렇기 때문에 이런저런 것이 되려면 오직 눈으로 보기만 하면 되리라. 그래서 우린 거시기 하고, 거시기 하고 나서 포옹하는 거야." 그는 나머지 단어를 기억해 낼 수가 없었다. "제대로 인용할 수가 없군." 그가 말했다.

"악에 대해선 얘기하지 않기로 해요. 그건 점잖지 못해요." 그녀가 말했다.

"그럼 변태라고 할까." 그가 말했다.

"제임스, 오늘 굉장히 멋져 보이는데." 손님 중 하나가 바텐더에게 말을 걸었다.

"손님이야말로 아주 멋져 보이십니다." 바텐더가 대꾸했다.

"제임스, 자네 전보다 살이 더 쪘어." 다른 손님이 말했다.

"이렇게 살이 찌고 보니 끔찍해요." 바텐더가 말했다.

"브랜디 타는 걸 잊지 말게, 제임스." 앞의 손님이 말했다.

"물론이죠, 손님. 저를 믿으십시오." 바텐더가 말했다.

카운터에 앉은 두 사람은 테이블에 앉아 있는 두 사람을 뒤

---

141) 영국 시인 알렉산더 포프의 「인간론」의 한 구절. "악이란 너무나 끔찍한 얼굴을 한 괴물이니 / 단 한 번 보기만 해도 증오하게 되네. / 너무도 자주 보아 그 얼굴 친숙하니 / 처음엔 용납하고 그다음엔 동정하고 그다음에 포옹한다네."

돌아다보다가 다시 바텐더한테로 시선을 돌렸다. 바텐더 쪽이 훨씬 쳐다보기 편한 방향이었다.

"그런 말은 쓰지 않았으면 좋겠어요. 그런 말을 쓸 필요는 없잖아요." 아가씨가 말했다.

"그럼 뭐라고 부르면 좋을까?"

"꼭 뭐라고 부를 필요는 없죠. 그런 일에 꼭 이름을 붙일 필요는 없어요."

"그런 행동은 그렇게 부르는 게 맞아."

"아니에요. 우리 인간은 온갖 요소로 이루어져 있어요. 그건 당신도 잘 알 테죠. 당신도 그걸 충분히 이용했고요."

"그 얘긴 두 번 다시 꺼내지 마."

"하지만 그래야 설명이 되니까요."

"좋아, 좋다고." 그가 말했다.

"당신 말뜻은 모두가 틀렸다는 거겠죠. 나도 알아요. 모두 잘못되었죠. 하지만 다시 돌아올 거예요. 곧 다시 돌아올 거라고요."

"아니, 당신은 돌아오지 않을 거야."

"돌아올 거예요."

"아냐, 그럴 리 없어. 나한테는 아냐."

"보면 알게 되겠죠."

"그럴 테지. 제기랄! 어쩌면 돌아올 수도 있겠지."

"물론 돌아올 거예요."

"그럼 이제 그만 가 봐."

"정말요?" 그의 말을 믿을 수 없었지만 그렇게 묻는 그녀의 목소리는 자못 행복했다.

"가 봐." 남자가 듣기에도 자신의 목소리는 이상했다. 그는 그녀의 입이 움직이는 모습이며, 목뼈의 둥근 곡선이며, 두 눈이며, 이마에 자란 머리카락이며, 귓불이며 목을 쳐다보고 있었다.

"설마요. 아, 당신은 정말로 친절해요. 나한테 너무 잘해 줘요." 그녀가 말했다.

"그리고 돌아와선 내게 모든 얘기를 들려줘." 그의 목소리는 아주 이상했다. 그러나 그는 알아차리지 못하고 있었다. 그녀는 재빨리 그를 쳐다보았다. 그는 뭔가 마음을 정한 것 같았다.

"가도 돼요?" 그녀가 진지하게 물었다.

"그럼, 어서 가 봐." 그도 진지하게 대답했다. 그의 목소리는 아까와 같지 않았고, 그의 입은 아주 바싹 말라 있었다. "지금 말이야." 그가 말했다.

그녀는 자리에서 일어나 재빨리 밖으로 나갔다. 등을 돌려 그를 쳐다보지도 않았다. 그의 모습은 그녀에게 가라고 말하기 전과 달라 보였다. 그는 테이블에서 일어나 계산서 두 장을 집어 들고 카운터로 다가갔다.

"난 사람이 달라졌다네, 제임스." 그가 바텐더에게 말했다. "자네 눈에도 꽤 달라져 보일 거야."

"뭐라고요, 손님?" 제임스가 물었다.

"악이란 말이지, 아주 이상한 거야." 갈색 얼굴을 한 젊은이가 말했다. 그는 문밖을 내다보았다. 여자가 길을 따라 걸어 내려가는 모습이 보였다. 유리에 비친 자신의 모습이 아주 달라 보였다. 카운터에 앉은 두 사람이 그를 위해 아래쪽으로 자리를 옮겼다.

"맞습니다, 손님." 제임스가 맞장구를 쳤다.

그가 편안하게 앉을 수 있도록 두 손님은 좀 더 아래쪽으로 자리를 옮겼다. 젊은이는 카운터 뒤에 걸린 거울에 자신의 모습을 비춰 보았다. "내가 달라졌다고 그랬지, 제임스." 그가 말했다. 거울을 들여다보니 그 말이 틀린 것 같지 않았다.

"아주 멋져 보이는데요, 손님." 제임스가 대답했다. "여름을 아주 멋지게 보내신 모양입니다."

여왕의 어머니

그 사람의 아버지가 사망했을 때는 그가 아직 어린아이였기 때문에 그의 매니저는 그의 아버지를 영구 묘지에 매장했다. 말하자면 그의 아버지는 묘지 하나를 영원히 차지하게 되었다는 뜻이다. 그러나 그의 어머니가 사망했을 때 그의 매니저는 자신과 그 사람이 늘 그렇게 열렬한 사이는 아니었을지도 모른다고 생각했다. 매니저와 그는 서로 좋아하는 연인 사이였다. 하지만 그 사람은 누가 봐도 틀림없이 '여왕[142]'이었다. 두말할 나위 없이 그랬다. 그래서 그의 매니저는 그의 어머니를 오 년 동안만 한시적으로 매장했다.

어쨌든 첫 번째 통지서가 날아온 것은 그가 스페인에서 멕시코로 돌아왔을 때였다. 그 통지서에는 이제 오 년 기한이 끝

142) 동성애자를 가리키는 속어.

났으니, 그의 어머니 묘지를 계속 사용하려면 다시 계약해야 한다고 적혀 있었다. 영구히 매장하려면 20달러만 지불하면 된다고 했다. 그 무렵 금고를 관리하고 있던 나는 그에게, 파코, 이 문제는 내가 해결하겠네, 하고 말했다. 그러나 그는 그러지 말라면서 자신이 처리하겠다고 했다. 즉시 그 일을 처리하겠다는 것이다. 어쨌든 자기 어머니니까 자신이 직접 그 일을 처리하고 싶다고 했다.

그로부터 일주일이 지난 다음 그는 두 번째 통지서를 받았다. 나는 그에게 통지서를 읽어 주면서 그가 그 일을 벌써 처리한 줄 알았다고 말했다.

아뇨, 아직 하지 않았어요, 하고 그가 말했다.

"내가 처리하지. 바로 여기 금고에 돈이 있으니까." 내가 말했다.

그럴 필요 없어요, 하고 그가 말했다. 그러면서 아무도 자신에게 이래라저래라 할 수는 없다고 덧붙였다. 시간이 나면 자기가 직접 처리하겠다는 것이었다. "돈이야 늦게 지불해도 되는데 뭣 때문에 굳이 빨리 지불한단 말입니까?"

"알았어. 하지만 반드시 처리해야 하네." 내가 말했다. 이 무렵 그는 자선 투우 게임 말고도 한 게임에 4000페소씩 받기로 하고 여섯 차례의 투우 계약을 맺고 있었다. 스페인의 수도 마드리드에서만 1만 5000달러가 넘는 돈을 벌었다. 그런데도 그는 여간 인색하게 구는 것이 아니었다.

그다음 주에 세 번째 통지서가 날아왔고, 나는 그 서류를 그에게 읽어 주었다. 통지서에 따르면 다음 토요일까지 돈을 지불하지 않으면 그의 어머니 무덤을 파헤쳐 유골을 공동 유골 더미에 버리겠다는 것이었다. 그는 그날 오후 시내에 나가 그 일을 처리하겠다고 말했다.

"내게 맡기지 그러나?" 내가 그에게 말했다.

"내 일에 간섭하지 마요. 이 일은 내가 해야 할 일이니 직접 처리할 겁니다." 그가 대답했다.

"자네 생각이 그렇다면 그렇게 하게. 자네 일이니까 자네가 알아서 처리하게니." 내가 대꾸했다.

그는 언제나 100페소가 넘는 돈을 가지고 다니면서도 금고에서 돈을 꺼내고는 자신이 직접 그 일을 처리하겠다고 했다. 돈을 가지고 나갔기 때문에 나는 그가 틀림없이 일을 처리했을 것으로 생각했다.

일주일이 지난 뒤 최후통첩에 대해 아무런 응답이 없어 그의 어머니 시신을 유골 더미에 버렸다는 통지서가 날아왔다. 공동 유골 더미에 말이다.

"맙소사! 자넨 돈을 지불하겠다면서 금고에서 돈을 꺼내 갖고 나갔어. 그런데 지금 자네 어머니한테 어떤 일이 일어났는가? 빌어먹을, 생각 좀 해 봐! 자네 어머니를 공동 유골 더미에 버리다니. 왜 내가 처리하도록 맡기지 않았나? 나 같았으면 첫 번째 통지서를 받았을 때 돈을 보냈을 거야."

"이건 매니저가 할 일이 아니잖아요. 우리 어머니라고요."

"그래 맞아, 내 일이 아니고 자네 일이지. 자기 어머니한테 이런 일이 일어나게 하다니 그런 사람에게는 도대체 어떤 피가 흐르는 건가? 자넨 어머니 자식 자격이 없어."

"우리 어머니예요." 그가 말했다. "이제 어머니는 나와 훨씬 더 가까워졌죠. 한 장소에 묻혀 있다고 생각하며 슬퍼할 필요가 없게 됐잖아요. 이제 어머니는 공중에 떠돌면서 내 주위에 있어요. 새들처럼, 꽃처럼 말이죠. 이제부터 어머니는 언제나 나와 함께 있을 겁니다."

"맙소사! 자네한테는 도대체 어떤 피가 흐르는 건가? 이제부턴 내게 말도 걸지 말게."

"어머니는 온통 내 주위에 있다고요. 그러니 이제부터는 조금도 슬퍼하지 않을 겁니다." 그가 말했다.

그 무렵 그는 잘난 사내 행세를 하면서 사람들을 속이고 여자들 주위에 수많은 돈을 뿌리고 다녔다. 그러나 그에 대해 조금이라도 아는 사람들에게는 그게 전혀 통하지 않았다. 그는 나에게 600페소가 넘는 돈을 빚지고 있으면서도 도무지 갚을 생각을 하지 않았다. "왜 지금 돈이 필요한데요? 나를 믿지 못하나요? 우린 친구 사이 아닌가요?" 그는 이렇게 말하곤 했다.

"친구 사이니 자네를 믿느니 하는 그런 문제가 아냐. 자네가 집을 비우고 없을 때 내 지갑에서 돈을 지불했어. 그리고 지금 난 돈이 필요하고, 자네는 그걸 갚아야 한단 말이지."

"지금은 돈이 없어요."

"없긴 왜 없어. 지금 금고에 들어 있잖아. 그러니 지금 내게 진 빚을 갚게." 내가 말했다.

"그 돈은 쓸 데가 따로 있어요. 내가 어디다 그 돈을 쓰는지 아저씨가 일일이 다 아는 건 아니잖아요."

"자네가 스페인에 가 있는 동안 난 이곳에 머물렀어. 자넨 집에 들어가는 비용의 계산서가 오면 나더러 다 지불하라고 위임했잖아. 그러곤 나가 있는 동안 한 푼도 보내지 않았어. 그래서 자네가 없는 동안 내 지갑에서 600페소가 넘는 돈이 나갔다고. 이제 돈을 쓸 데가 있으니 제발 갚아 주게."

"곧 갚을게요. 지금 당장은 쓸 데가 있어요." 그가 말했다.

"뭐 하는 데 쓰려고?"

"일 때문에 그래요."

"그럼 은행 계좌에서 얼마라도 갚으면 되잖아?"

"안 돼요. 그 돈도 급히 쓸 데가 있어요. 하지만 곧 갚을게요." 그가 대답했다.

그는 스페인에서 겨우 두 차례밖에는 경기에 참가하지 못했다. 그곳 사람들은 그를 참아 내지 못했다. 일찌감치 그를 꿰뚫어 보았던 것이다. 그는 새 투우복을 일곱 벌이나 맞췄는데 포장을 형편없이 한 탓에 배를 타고 돌아오는 길에 그중 네 벌이 바닷물에 젖어 못 쓰게 되었다. 늘 그런 식이었다.

"맙소사! 자네는 스페인에 갔어. 그런데 그곳에서 시즌을 통틀어 단 두 번밖에는 경기에 참가하지 않았어. 그리고 가지고 간 돈을 모두 투우복 사는 데 써 버린 뒤 그것을 바닷물에 적셔 입을 수 없게 망가뜨렸지. 이런 식으로 시즌을 보내고 나서 자기 일은 알아서 처리하겠다고 지껄인다 말이지. 자네에게서 떠날 테니 내게 진 빚이나 갚도록 하게."

"나한테는 아저씨가 필요해요. 돈은 곧 갚겠습니다. 하지만 나한테는 지금 당장 그 돈이 필요해요." 그가 말했다.

"어머니를 매장할 무덤 비용을 지불하려고 그 돈이 몹시 필요한 거군. 안 그런가?" 내가 말했다.

"우리 어머니한테 일어난 일에 대해선 오히려 기쁘게 생각해요. 아저씨는 이해하지 못해요." 그가 대꾸했다.

"아, 그래 내 머리로는 이해가 안 되는군. 어쨌든 내게 진 빚이나 갚아. 그러지 않으면 이 금고에서 꺼내 갈 거야." 내가 말했다.

"금고는 내가 보관하겠어요." 그가 말했다.

"안 돼. 그건 안 돼." 내가 말했다.

바로 그날 오후 그는 빈털터리가 된 고향 사람이라며 풋내기[143] 하나를 내게 데리고 왔다. 그러면서 이렇게 말했다. "어머니가 편찮으셔서 고향에 돌아가야 하는데 돈이 필요한 파이사노[144]예요." 그러나 그 사내는 알다시피 풋내기였을 뿐이다. 전에는 한 번도 만난 적이 없는 무명 청년이었지만 그는 그의 고향 출신이었다. 그는 고향 사람에게 관대하고 대단한 투우사 행세를 하고 싶었던 것이다.

"이 사람에게 금고에서 50페소만 꺼내 줘요." 그가 나에게 말했다.

"방금 나한테는 줄 돈이 없다고 했잖아. 그런데 지금 와서 이 풋내기 녀석에게 50페소를 주란 말이지." 내가 말했다.

"고향 사람이잖아요. 그리고 지금 곤란한 처지에 있어요."

---

143) 원문은 punk. 동성애자의 상대방을 가리키기도 한다.

144) '시골 아이' 또는 '시골 사람'이라는 뜻의 스페인어.

그가 말했다.

"개자식 같으니!" 내가 내뱉었다. 나는 그에게 금고 열쇠를 건네주었다. "자, 갖고 가. 난 시내로 나갈 거야."

"화 내지 마요. 돈은 갚을 거예요." 그가 말했다.

나는 시내에 가려고 자동차를 꺼냈다. 물론 그의 자동차였지만 그는 그보다는 내가 운전을 더 잘한다는 사실을 잘 알고 있었다. 모든 일에서 나는 그보다 더 잘할 수 있었다. 그도 그 사실을 잘 알았다. 심지어 그는 글을 읽고 쓸 줄도 몰랐다. 나는 사람들을 만나 어떻게 하면 그에게서 돈을 받아 낼 수 있을지 알아볼 생각이었다. 그러자 그가 밖으로 나와서 말했다. "나도 같이 갈래요. 돈은 곧 갚는다니까요. 우린 좋은 친구 사이잖아요. 공연한 입씨름은 하지 말자고요."

내가 운전하여 우리는 시내로 들어갔다. 시내에 도착하기 전에 그는 20페소를 꺼냈다.

"돈 받아요." 그가 말했다.

"이 어미 없는 후레자식!" 나는 그에게 그 돈으로 잘 먹고 잘살라고 말했다. "그 풋내기 녀석한테는 50페소나 줬어. 그런데 600페소나 갚아야 할 나에겐 겨우 20페소를 주다니. 자네한테서는 동전 한 푼 받지 않겠네. 그 돈 갖고 잘 먹고 잘살아."

나는 자동차에서 내렸는데 호주머니에는 단 1페소도 없었다. 그날 밤 어디서 잠을 자야 할지 막막했다. 뒷날 나는 친구 한 사람을 데리고 그의 집에서 짐을 찾아왔다. 비로소 금년에야 그에게 다시 말을 걸었다. 어느 날 저녁 나는 마드리드의 그란비아에 있는 카야오 영화관에 가는 도중 친구 세 명과 함께 걷고 있는 그를 만났다. 그는 내게 손을 내밀었다.

"안녕하세요, 로저 아저씨. 그동안 잘 지냈나요? 듣자 하니 내 험담을 하며 돌아다닌다면서요. 또 나에 대해 온갖 종류의 부당한 말도 한다던데요."

"자네한테는 어머니가 없다는 말밖에는 한 적이 없어." 내가 그에게 말했다. 그것은 스페인어로 할 수 있는 최악의 욕설이었다.

"그건 맞는 말이에요. 가련한 우리 어머니는 내가 너무 어렸을 적에 돌아가신 탓에 마치 어머니가 없는 것처럼 보이기도 할 겁니다. 그래서 아주 서글퍼요."

우리에게는 여왕이 있다. 그런 작자들은 어떻게 손을 댈 도리가 없다. 무엇에도, 정말로 그 무엇에도 눈 하나 깜짝하지 않는다. 그들은 자신의 일이나 허영심을 채우기 위해서는 돈을 쓰지만 남에게 진 빚은 절대로 갚는 법이 없다. 어디 한번 빚을 갚도록 해 보라. 나는 그란비아에서 친구 세 명이 보는 앞에서 내가 그를 어떻게 생각하는지 말해 주었다. 그런데도 그는 지금도 나를 만나면 우리가 마치 친구인 양 나에게 말을 건넨다. 그런 인간한테는 도대체 어떤 피가 흐르는 걸까?

작품 해설

어니스트 헤밍웨이는 오늘날 장편소설 작가로 이름을 크게 떨치고 있지만 그의 첫사랑은 장편소설이 아니라 단편소설과 시였다. 그가 처음 출간한 책은 『세 편의 단편과 열 편의 시』(1923)로 제목 그대로 단편소설과 시를 한데 모아 놓은 작품집이었다. 시와 산문 소품을 몇 편 발표했을 뿐 아직 문단 말석도 차지하지 못하고 있던 문학청년 시절 그는 이 책을 프랑스 디종과 파리의 출판사에서 자비로 300부 출간했다. 지금은 희귀본으로 장서가들에게 큰 인기를 얻고 있지만 그 무렵에는 이렇다 할 주목을 받지 못했다. 단편소설인 「미시간 북쪽에서」, 「때늦은 계절」, 「나의 아버지」 세 편만이 비평가로부터 그런대로 주목을 받았을 뿐 시는 거의 외면받다시피 했다. 그도 그럴 것이 헤밍웨이는 산문 작가로서의 재능을 타고났지 시인으로서의 재능은 타고나지 않았기 때문이다. 어찌 되었든 헤밍웨이는 이 처녀 작품집을 출간하고 난 뒤 시를 포기하고 단편소설과 장편소설에 온 힘을 기울였다.

적어도 이 점에서는 헤밍웨이와 같은 시대에 활약한 작가 윌리엄 포크너도 크게 다르지 않다. 포크너도 처음에는 시에 뜻을 두었다가 마침내 소설가로 변신했다. 모든 문학 장르 가운데에서도 시를 가장 뛰어나고 엄격한 문학 형태라고 간주했던 포크너에게 시란 바로 "감동적인 그 무엇, 절대적인 에센스로 추출한 인간 조건의 열정적인 순간"이었다. 평소 시를 "너무나 순수하고 너무나 신비스러운" 문학 형태로 여긴 포크너는 보편타당한 인간 경험을 표현하는 데 시만큼 훌륭한 문학 양식이 없다고 생각했다. 흥미롭게도 1922년 6월 루이지애나 주 뉴올리언스에서 발행한 문예지《더블 딜러》에는 포크너의 시「초상화(portrait)」와 헤밍웨이의 시「궁극적으로(Ultimately)」가 나란히 실렸다. 이 무렵만 해도 두 작가는 소설가보다는 시인으로 문명(文名)을 떨치고 싶어 했던 것이다.

포크너는 고등학교를 중퇴하고 일 년 뒤, 그러니까 1916년경부터 소설가로 변신하기 바로 직전인 1925년경에 이르기까지 줄잡아 십 년 동안 시 창작에 힘을 쏟았다. 뉴올리언스에 잠깐 머물 무렵 그는 미국 문단의 대가라 할 수 있는 셔우드 앤더슨에게 "셸리처럼 시를 쓸 수만 있다면 얼마나 행복할까요? 그렇게만 된다면 나한테 무슨 일이 일어나도 개의치 않을 것 같습니다."라고 고백한 것으로 전해진다. 그 무렵 포크너가 시에 얼마나 깊은 관심을 기울였는지 잘 알 수 있는 고백이다. 그러나 결국 포크너는 시인으로서의 꿈을 접고 점차 산문 쪽에 눈을 돌리기 시작했다. '실패한 시인'을 자처하면서도 그는 평생 첫사랑을 잊지 못하는 연인처럼 시에 대한 미련을 떨치지 못하고 『대리석 목신』(1924)과 『초록 나뭇가지』(1933) 같은 시집을 출간했다.

한편 헤밍웨이는 포크너보다도 시에 대한 미련을 일찍 접고 소설을 쓰기 시작했다. 그가 사망하기 직전 샌프란시스코에 있는 한 출판사가 해적판으로 『헤밍웨이 시선집』(1960)을 출간했다. 뒷날 오번 대학 교수인 니컬러스 게로지아니스가 헤밍웨이가 쓴 시 여든여덟 편을 한데 모아 『어니스트 헤밍웨이: 시 88편』(1979)을 출간했다. 그러나 여기 실린 작품들은 헤밍웨이의 문학 세계를 이해하는 데는 도움이 될 수 있겠지만 시 그 자체로는 이렇다 할 의미가 없다. '시인 헤밍웨이'라는 말은 '소설가 T. S. 엘리엇'이라는 말처럼 어딘지 걸맞지 않아 보인다.

1

어니스트 헤밍웨이는 처녀 작품집 『세 편의 단편과 열 편의 시』를 출간한 이듬해 파리에서 『우리 시대에(In our time)』(1924)를 출간했고, 그 이듬해에는 몇 작품을 추가하여 다시 미국에서 『우리 시대에(In Our Time)』(1925)를 출간했다. 전자의 제목이 소문자로 되어 있고 후자의 제목이 대문자로 되어 있는 데서도 엿볼 수 있듯이 이 두 작품은 부피나 내용 면에서 큰 차이가 있다. 1924년의 파리 텍스트에 실린 열여덟 편의 작품은 본격적인 의미의 단편소설이라기보다는 삽화나 소품에 해당하는 스케치 또는 '비네트'에 지나지 않았다. 한편 1925년의 미국 텍스트에서 헤밍웨이는 파리 텍스트에 실린 열여덟 편 중에서 열여섯 편의 스케치를 작품 사이사이에 삽입하는 '인터챕터'로 삼고 나머지 두 편 「매우 짧은 이야기」와 「혁명가」는 독립된 단편소설로 발전시켰다. 더구나 이 작품집에는 「인디언 부락」을 비롯해 「의사와 의사의 아내」, 「병사의 집」, 「심장이 두 개인 큰 강」 등 모두 열네 편에 이르는 단편소설이 수록되어 있다. 헤밍웨이는 1930년에 「스미르나의 부두에서」라는 단편소설을 추가하여 이 작품집을 다시 출간했다.

헤밍웨이를 문인의 반열에 올려놓은 『우리 시대에』는 그의 문학에서 여러모로 독특한 위치를 차지한다. 첫째, 이 책에는 헤밍웨이가 창작한 단편 중에서 가장 뛰어난 작품들이 수록되어 있다. 가령 「병사의 집」과 두 부분으로 구성된 「심장이 두 개인 큰 강」은 그의 단편소설 전체에서도 몇 손가락 안에 꼽히는 걸작이다. 이 작품들을 창작할 때 헤밍웨이의 나이가 겨우 스물다섯 살에 불과했음을 고려하면 그의 문학적 재능이 얼마나 뛰어났는지 가늠해 볼 수 있다. 이 작품집이 처음 출간되었을 때 그의 부모는 "오물 같은" 책이라며 폄하했지만 비평가들은 대단한 찬사를 보냈다. 예를 들어 미국의 비평가 에드먼드 윌슨은 이 작품집을 가리켜 "제일급에 속하는 작품"이라며 격찬을 아끼지 않았다.

둘째, 『우리 시대에』에서 헤밍웨이는 장르에서 실험을 꾀

했다. 이 작품집은 언뜻 보면 그동안 발표한 단편소설을 한데 모아 놓은 작품집 같지만 좀 더 자세히 살펴보면 단편집 이상의 의미가 있음을 알 수 있다. 무엇보다도 닉 애덤스라는 주인공이 한 편 이상의 작품에 등장할 뿐만 아니라 어린 시절부터 사춘기를 거쳐 청년기로 성장하는 과정도 엿볼 수 있다. 작품 대부분은 미시간 호수 시골 마을을 중심 배경으로 삼는다. 주제나 내용에서도 여러 작품이 서로 닮아 있다. 작품의 어조나 분위기 등 문체와 형식 역시 서로 비슷하다. 한마디로 『우리 시대에』는 단편집도 아니요 그렇다고 장편소설도 아닌 그 중간 어디에 속하는 책이다. 영국에서는 일찍이 십여 년 전 제임스 조이스가 『더블린 사람들』(1914)에서 이러한 장르를 실험했고, 미국에서는 셔우드 앤더슨이 『와인즈버그, 오하이오』(1916)에서 이러한 유형의 실험을 한 적이 있다.

셋째, 『우리 시대에』는 헤밍웨이 문학에서 일종의 창고 같은 역할을 한다. 훗날 그는 작품의 소재가 필요할 때마다 이 책에서 자료를 취했다. 가령 그는 「매우 짧은 이야기」에서 1차 세계 대전 중 부상을 입고 이탈리아의 파두아 병원에 입원한 미국인 병사 이야기를 다루었다. 이 미국인 병사는 병원에 근무하는 루즈라는 여성과 사랑에 빠지는데, 그가 취직을 하려고 미국에 건너간 사이 그녀는 이탈리아인 소령과 사랑에 빠진다. 헤밍웨이는 『무기여 잘 있어라』(1929)를 집필할 때 이 단편소설에서 중심 플롯을 빌려 왔다. 이 단편소설이 건축의 설계 도면이라면 장편소설은 전자를 기반으로 삼아 지은 건축물이라고 할 수 있다. 다만 장편소설의 남자 주인공(프레더릭 헨리)은 사랑하는 여성을 이탈리아인 장교에게 보내는 대신 자기 아이를 임신하여 분만하다가 마침내 사망하게 만든다는 차이가 있을 뿐이다. 또한 남자 주인공에게 그다지 고분고분하다고 할 수 없는 루즈를 다소곳한 여인(캐서린 바클리)으로 만들어 그 앞에 완전히 무릎 꿇게 한다.

이렇게 『우리 시대에』로 화려하게 문단에 데뷔한 헤밍웨이는 단편집을 잇달아 출간하여 단편 작가로서의 입지를 더욱 확고하게 굳혔다. 『여자 없는 남자』(1927)와 『승자에게는 아무것도 주지 마라』(1933)를 출간했고, 1938년에는 지금까지 쓴 단편소설을 모두 묶어 「제5열」이라는 희곡 작품과 함께 『제5열 및 최초 49단편선』(1938)을 출간했다. 뒷날 그는 『제5열』과 『단편선』을 따로 분리하여 출간하기도 했다. 이 『단편선』의 서문에서 헤밍웨이는 "오래 살아서 장편소설 세 편과 단편소설 스물다섯 편을 더 썼으면 좋겠다."라고 밝혔다. 그러면서 작품으로 쓸 만한 좋은 소재들을 잘 알고 있다고 말하기도 했다. 이때 그의 나이 서른아홉 살이었다. 그가 바라던 것처럼 그는 사망하기 전까지 『누구를 위하여 종은 울리나』(1940), 『강을 건너 숲 속으로』(1950), 『노인과 바다』(1952) 같은 장편소설을 세 편 더 썼다. 단편소설 역시 스물다섯 편은 채 못 되어도 스무 편 정도 더 썼다. 그러나 안타깝게도 『단편선』에 수록된 작품만큼 수준 높은 작품은 한 편도 쓰지 못했다.

헤밍웨이가 사망하던 해에는 『킬리만자로의 눈 및 기타 단편소설』(1961)이 출간됐다. 그가 사망한 뒤에는 닉 애덤스라는 주인공이 등장하는 단편소설만 따로 묶여 『닉 애덤스 이야기』(1972)라는 제목으로 출간됐다. 이 작품집에는 모두 스물네 편의 작품이 수록되어 있는데 그중에서 여덟 편은 이전에 한 번도 출간된 적이 없는 작품이다. 1987년에는 '핑카 비히아' 판 『어니스트 헤밍웨이 단편 전집』이 출간됐으며, 1997년에는 다시 『49단편선』에 수록된 작품과 그동안 수록되지 않은 작품을 보태어 『헤밍웨이 단편집』이 출간됐다. 그가 집필한 단편소설은 『헤밍웨이 단편집』에 수록된 마흔아홉 편에 그 뒤 스무 편 정도가 추가되어 모두 일흔 편에 이른다. 동시대 작가 F. 스콧 피츠제럴드가 150여 편의 단편소설을 집필한 것과 비교하면 그렇게 많은 양이라고 할 수 없지만 작품의 질에서는 피츠제럴드에 결코 뒤지지 않는다. 한편 포크너는 헤밍웨이보다 조금 적은 쉰여 편의 단편소설을 썼다. 그러나 그의 작품 역시 헤밍웨이의 작품만큼이나 단편소설의 역사에서 굵직한 획을 그었다.

2

어니스트 헤밍웨이는 어느 작가보다 작품 속에 자신의 삶을 많이 투영한 작가이다. 남북 전쟁에 직접 참가하지 않고서도 남북 전쟁에 관한 소설을 쓴 스티븐 크레인과 달리, 헤밍웨이는 몸소 경험하지 않은 일은 좀처럼 작품에 쓰지 않았다. 예를 들어 본격적인 의미에서 첫 장편소설이라고 할 『태양은 다시 떠오른다』(1926)는 1차 세계 대전이 휴전에 들어가고 난 뒤 프랑스 파리에서 문학 수업을 받던 시절 자신을 포함한 국외 이주자들의 삶, 즉 거트루드 스타인이 "길 잃은 세대"라고 부른 젊은이들을 묘사한 작품이다. 신문사 특파원으로 등장하는 주인공 제이크 반스는 여러모로 헤밍웨이와 닮은 인물이다. 두 번째 장편소설 『무기여 잘 있어라』(1929)는 헤밍웨이가 1차 세계 대전 중 앰뷸런스 부대원으로 이탈리아 전선에서 복무한 경험을 바탕으로 쓴 작품이다. 『누구를 위하여 종은 울리나』(1940)는 그가 북아메리카통신연맹(NANA) 특파원 자격으로 스페인 내전에 참가한 경험을 살려 쓴 작품이다. 헤밍웨이가 살아 있을 때 출간한 마지막 작품 『노인과 바다』(1952)는 플로리다 주의 키웨스트 섬과 쿠바의 아바나 근교에 살면서 멕시코 만에서 낚시질을 하던 경험이 없었다면 도저히 쓸 수 없었던 작품이다. 이렇듯 헤밍웨이의 작품에는 작가 자신이 살아온 삶의 궤적이 짙게 각인되어 있다.

이러한 사정은 단편소설의 경우도 마찬가지다. 초기 단편소설에 주로 등장하는 닉 애덤스는 헤밍웨이 자신의 분신으로 보아도 크게 틀리지 않는다. 『닉 애덤스 이야기』에 수록된 이야기는 1)북부 숲, 2)독립하여, 3)전쟁, 4)병사의 집, 5)두 동료 등 크게 다섯 부분으로 나뉜다. '북부 숲'이란 두말할 나위 없이 헤밍웨이의 부모가 해마다 여름철이면 식구들을 데리고 여름휴가를 보내던 미시간 주 북부의 숲을 가리킨다. 헤밍웨이는 어린 시절부터 미시간 호 근처 여름 별장에서 식구들과 함께 지내면서 낚시를 하고 사냥을 하며 시간을 보냈다.

「인디언 부락」과 「의사와 의사의 아내」 같은 단편소설은 이 '북부 숲'을 배경으로 이야기가 전개된다. '독립하여'라는 부분에는 「권투 선수」와 「살인자들」 같은 작품이 포함되어 있다. '전쟁'이라는 부분에는 「이제 내 몸을 누이며」와 「이국에서」 같은 작품이, '병사의 집'이라는 부분에는 「심장이 두 개인 큰 강」과 「사흘 동안의 폭풍」 같은 작품이 실려 있다. 그리고 마지막으로 '두 동료'라는 부분에는 「알프스의 목가」와 「아버지들과 아들들」 같은 작품이 들어 있다.

그런데 여기에서 찬찬히 눈여겨볼 것은 이 다섯 부분이 주인공 닉 애덤스의 성장과 밀접하게 관련되어 있다는 점이다. '북부 숲'에 포함된 작품에는 주로 유년이나 소년 시절의 닉이 그려진다. '독립하여'에는 글자 그대로 닉이 부모의 영향권에서 벗어나 어느 정도 독립적으로 생활하던 시절, 그러니까 청년 시절의 닉이 주인공으로 등장한다. '전쟁'에는 닉이 1차 세계 대전에 참가하여 부상을 입고 치료받을 때의 경험이 실려 있다. '병사의 집'에 수록된 작품들은 이탈리아 병원에서 퇴원한 뒤 고국에 돌아와 적응해 가는 과정을 중심 플롯으로 하고 있다. 그리고 '두 동료'에서는 닉이 어느덧 결혼하여 아이의 아버지가 된 중년의 모습이 다루어진다. 한마디로 닉을 주인공으로 하는 단편소설들은 어린 시절에서 사춘기를 거쳐 병사로, 작가로, 그리고 부모로 성장해 가는 과정을 연대기적으로 그리고 있다. 그리고 그 과정은 헤밍웨이 자신의 삶의 궤적과 거의 그대로 일치한다.

헤밍웨이의 단편소설에 나타나는 자전적 요소는 닉 애덤

스를 주인공으로 하는 작품에만 나타나는 것이 아니다. 실제로 그의 모든 단편소설은 작가 헤밍웨이의 삶과 직접 또는 간접적으로 연관되어 있다. 그중에서도 그의 대표적 단편소설이라고 할 「킬리만자로의 눈」(1936)에서는 작가의 체취가 물씬 풍긴다. 이 작품에서 헤밍웨이는 해리라는 작가가 아프리카 수렵 여행을 하던 중 가벼운 부상을 입지만 치료를 게을리한 탓에 괴저로 죽어 가는 모습을 그린다. 한때는 그런대로 촉망받는 작가에 속했지만 헬렌 같은 부유한 여자와 결혼하고 상류층 사람들과 어울리면서 작가로서의 성실성을 배반하고 말았다. 물론 해리는 자신이 부자들과 한 패거리가 된 것은 아니고 어디까지나 그들의 삶을 잘 안 뒤 그들에 관해 작품을 써 보려고 했던 것뿐이라고 변명한다. "내심으로는 언젠가 이 사람들, 엄청난 부자들에 대한 얘기를 써 보리라고 중얼거렸다. 너는 실제로 그들에 속한 사람이 아니고 다만 그들 사회의 스파이에 지나지 않는다고, 그러기에 그 사회를 떠나 그것에 대해 작품을 써 보리라고 말이다."(『헤밍웨이 단편선 1』「킬리만자로의 눈」, 260쪽) 그러나 죽음에 직면한 지금 주인공 해리는 그러한 생각이 한낱 구차한 변명이요 자기 합리화에 지나지 않았음을 깨닫는다. 한마디로 지식과 사랑을 얻기 위하여 메피스토펠레스에게 자신의 영혼을 판 파우스트처럼 해리는 편안하고 안락한 삶을 누리기 위하여 문학적 재능을 포기했던 것이다.

이 작품에서 실패한 작가 해리는 헤밍웨이 자신으로 보아도 크게 틀리지 않는다. 어떤 의미에서 헤밍웨이 또한 해리처럼 부유한 여성과 결혼하면서 문학적 재능을 낭비했기 때문이다. 헤밍웨이가 결혼한 네 명의 여성 중에서 두 번째 부인 폴린 파이퍼는 가장 부유한 여성이었다. 그가 폴린을 처음 만났을 때 그녀는 파리의 《보그》지에서 근무하던 부유한 패션 작가였다. 두 사람은 결혼하자마자 파리 생활을 청산하고 미국에서도 부유층만이 살 수 있는 고급 휴양지 플로리다 주 남단 키웨스트 섬으로 이주하여 호화로운 생활을 시작했다. 이곳에 머무는 십여 년 동안 헤밍웨이와 폴린은 멕시코 만에서 선박을 구입하여 대어(大漁)를 잡는 대양 낚시를 즐겼다. 또한 두 사람은 스페인으로 투우 구경을 가는가 하면, 아프리카 케냐로 수렵 여행을 떠나기도 했다.

이렇게 문학적 재능을 주고 부(富)와 안일을 샀다는 점에서 해리는 헤밍웨이와 크게 다르지 않다. 「킬리만자로의 눈」에서 주인공 해리는 "아무것도 쓰지 않고 안일만을 추구하며 자신이 경멸해 마지않는 그런 인간이 되어 보낸 하루하루의 생활은 그의 재능을 우둔하게 만들었고 집필에 대한 의욕마저 약화시켰다. 그래서 결국 그는 아무것도 쓰지 못하게 되고 말았던 것이다."(앞의 책, 260쪽)라고 고백한다. 해리의 이 말 역시 헤밍웨이의 입에서 나온 말로 받아들일 수 있다. 키웨스트에서 편안한 삶을 누리는 동안 헤밍웨이는 이미 상당 부분을 써 놓았던 『무기여 잘 있어라』를 수정, 보완하여 출간했을 뿐 이렇다 할 작품을 쓰지 못했다. 이 무렵 그는 스페인의 투우를 다룬 『오후의 죽음』(1932)과 아프리카 수렵 여행을 다룬 『아프리카의 푸른 언덕』(1935) 같은 논픽션 작품을 출간했을 뿐이다. 물론 『유산자와 무산자』(1937)라는 장편소설을 출간했지만 비평가나 독자로부터 거의 주목을 받지 못했다.

「킬리만자로의 눈」에는 해리가 줄리언이라는 동료 작가를 회상하는 장면이 나온다. 부자들에 대해 '로맨틱한 경외심'을 품고 있는 줄리언 또한 자기처럼 돈 많은 사람들과 어울리느라 문학적 재능을 낭비한 채 이렇다 할 작품을 창작하지 못한 실패한 작가였다.

> 그는 가련한 줄리언이 생각났다. 줄리언은 부자들에 대해 로맨틱한 경외심을 품고 있어 언젠가 한번은 "아주 돈이 많은 부자들은 당신이나 나 같은 사람들과는 다르다."라는 구절로 시작하는 소설을 쓴 적이 있었다. 그때 어떤 사람이 줄리언에게 "그래, 당연히 그들은 우리보다 돈이 많지."라고 말했다. 그러나 줄리언에게는 그 말이 유머로 들리지 않았다. 부자란 특수한 매력을 지닌 족속이라고 생각해 왔는데, 실제로는 그렇지 않다는 사실을 깨달았을 때 그는 다른 어떤 것 못지않게 그 때문에 망가졌던 것이다.
>
> — 앞의 책, 281~282쪽

위 인용문에서 "아주 돈이 많은 부자들은 당신이나 나 같은 사람들과는 다르다."라는 구절로 시작되는 소설이란 다름 아닌 F. 스콧 피츠제럴드의 중편소설 「부잣집 아이」(1926)를 가리킨다. 실제로 피츠제럴드는 이 중편소설의 앞부분에서 그렇게 언급했다. 그런데 이 작품을 발표했을 당시 헤밍웨이는

'줄리언'이 아니라 '스콧'이라는 이름을 사용했다. '스콧'이란 피츠제럴드의 이름을 염두에 두고 붙인 것이다. 같은 미국 중서부 출신인 데다 헤밍웨이보다 세 살 위인 피츠제럴드는 후배 작가가 문단에 데뷔하는 데 그야말로 결정적인 도움을 준 사람이다. 『위대한 개츠비』(1925)로 이미 문단에서 확고한 기반을 닦은 피츠제럴드는 찰스 스크리브너 출판사의 편집자 맥스 퍼킨스에게 헤밍웨이를 "진짜 작가"라고 부르면서 적극 추천했다. 그러나 피츠제럴드와 헤밍웨이는 문학에 대한 태도가 사뭇 달랐다. 몇 번이고 선배 작가에게 충고를 해도 듣지 않자 헤밍웨이는 마침내 「킬리만자로의 눈」에서 그를 이렇게 실패한 작가로 직접 언급하기에 이르렀다. 피츠제럴드가 헤밍웨이에게 이 구절을 생각하면 잠이 오지 않는다면서 제발 그 이름을 빼달라고 사정하자 '스콧'을 '줄리언'으로 대체했던 것이다.

따지고 보면 해리가 줄리언을 탓할 처지가 아니었듯이 헤밍웨이도 피츠제럴드를 탓할 처지는 아니었다. 폴린과 결혼한 뒤 헤밍웨이는 작품을 쓰는 대신 사치와 낭비를 일삼으며 흥청거렸는가 하면, 알코올중독에 시달리면서 대중의 인기를 지나치게 의식했다. 한마디로 헤밍웨이는 성실한 작가보다는 공적인 이미지에 신경을 쓰는 대중의 스타로 만족했다. 작가의 성실성에 대하여 그는 "작가의 성실성이란 처녀성과 같아서 일단 상실하면 다시 회복할 수 없다."고 말한 적이 있다. 헤밍웨이는 이렇게 상실한 성실성을 회복하려고 피나는 노력을 아끼지 않았고, 어느 정도는 회복할 수 있었지만 어떤 의미에서는 완전히 회복하지 못했다. 1962년 7월 아이다호 주 케첨 자택에서 그가 엽총으로 자살한 데는 여러 이유가 있지만, 작가로서의 성실성을 끝내 회복하지 못한 데서 느낀 절망감도 한몫했다고 한다.

그러나 헤밍웨이의 작품에서 자전적 요소는 흔히 생각하는 것보다 훨씬 복잡하다. 이 점과 관련하여 그는 "모든 작가는 자신의 작품 속에 대부분 들어 있다. 그러나 문제는 그렇게 단순하지 않다."라고 밝혔다. 헤밍웨이는 자신의 삶이나 주변에서 소재를 취하되 이러한 것들을 상상의 도가니에서 재창조하곤 했다. "창조는 가장 훌륭한 것이지만 실제로 없었던 것을 창조할 수는 없다."라고 한 그의 말을 귀담아들을 필요가 있다. 이렇게 헤밍웨이는 자신이 잘 알고 있는 사실에 바탕을 두고 작품을 써야 마땅하지만 그렇다고 실제 사실을 그대로 옮겨 놓아서는 안 된다고 생각했다.

헤밍웨이는 『태양은 다시 떠오른다』를 예로 들면서 주인공 제이크 반스를 자신과 동일시해서는 안 된다고 말했다. 자신이 1차 세계 대전 중 부상을 입었다는 사실 말고는 두 인물 사이에 아무런 공통점이 없다는 것이다. 자신은 제이크처럼 성기에 부상을 입은 적도 없고 오직 병원에서 그와 비슷한 부상을 입은 환자를 보고 상상력을 동원하여 제이크를 창조해 냈을 뿐이라는 것이다. 유대인 작가 로버트 콘의 모델로 알려진 해럴드 롭이 헤밍웨이에게 "왜 나를 언제나 울도록 만들었냐?"라고 물은 적이 있다. 그러자 헤밍웨이는 "만약 그 사람이 자네라면 화자(話者)는 내가 될 수밖에 없을 걸세."라고 말하면서 "그렇다면 자네는 내 성기가 잘려 나갔다고 생각하는 건가?"라고 반문했다. 헤밍웨이는 이 작품의 95퍼센트는 "순수한 상상력"의 산물이라고 지적했다. 또 그는 『무기여 잘 있어라』에 대해서도 "서너 가지 사건을 제외하고는 모든 사건과 모든 대화를 창조했다. 가장 훌륭한 부분은 모두 내가 창조해 낸 것이다."라고 밝혔다. 이러한 사정은 장편소설뿐 아니라 단편소설의 경우에도 마찬가지이다.

이렇듯 헤밍웨이는 자신의 실제 삶에서 작품의 소재나 인물 또는 배경 등을 취하되 있는 그대로 옮겨 놓지는 않았다. 헤밍웨이의 말대로 물론 「하루의 기다림」, 「폭풍이 지나간 뒤」, 「한 독자의 편지」, 「와이오밍 주의 포도주」 같은 작품은 실제 사실에 기초를 두고 있다. 그러나 다른 단편소설들은 하나같이 그가 "완전히 창조한" 작품들이다. 헤밍웨이 문학의 특징은 특수한 개인적 경험을 좀 더 보편적인 경험으로 끌어올린다는 것이다. 단편소설이건 장편소설이건 찬란한 빛을 내뿜는 그의 작품들은 모두 자전적 한계를 뛰어넘는다. 닉 애덤스를 비롯한 작중 인물은 헤밍웨이 자신이 아니라 좀 더 보편적인 인물, 즉 갑남을녀나 필부필녀라고 할 수 있다. "단편소설에 등장하는 닉은 한 번도 실제 자신인 적이 없었다. 그는 그를 만들어 냈다."라고 말했다.

헤밍웨이가 동시대 작가 토머스 울프나 로버트 매캐먼의 작품을 별로 탐탁지 않게 생각하는 까닭이 바로 여기에 있다. 울프는 작품 사이사이에 수사적 표현을 사용할 뿐 오직 자신의 삶에 대해서만 작품을 쓰고 있다고 비판했다. 그러면서 자신은 "할 수만 있다면 이 세계 전체에 대하여 작품을 쓰고 싶었다."라고 밝혔다. 또 헤밍웨이가 매캐먼의 작품을 높이 평가하지 않는 까닭도 그가 울프처럼 실제 삶을 작품으로 제대로 형상화해 내지 못했기 때문이다. 매캐먼은 헤밍웨이의 첫 작품집 『세 편의 단편과 열 편의 시』를 출간해 준 작가이자 출판업자였다. 헤밍웨이는 "매캐먼이 삶과 너무 가깝게 작품을 썼다."라고 불평을 털어놓으면서 "삶을 소화하고 나서 작가 자신의 인물을 창조해야 한다."라고 말했다. 여기에서 눈여겨보아야 할 어휘는 '소화'라는 낱말이다. 음식을 먹으면 우리 몸은 섭취한 음식물을 분해하여 영양분을 흡수하기 쉬운 형태로 변화시킨다. 만약 섭취한 음식물을 제대로 분해하지 못할 경우 먹은 음식은 오히려 몸에 이로운 영양분이 아니라 해로운 독이 된다. 이와 마찬가지로 작가가 작품 속에 사용하는 실제 삶도 작품 속에서 화학적 반응을 일으켜 제3의 어떤 것으로 변화될 때 비로소 창조적인 작품이 될 수 있을 것이다.

이 점과 관련하여 헤밍웨이 연구가 잭슨 벤슨은 헤밍웨이가 "만약 ~라면 과연 어떻게 될까?"라는 '가정'의 시나리오에 의존하여 작품을 썼다고 지적했다. 다시 말해서 헤밍웨이는 자신의 삶에서 작품의 인물이나 소재를 취해 오지만 사실 그대로 사용하지 않고 어디까지나 가상적으로 발전시킨다는 것이다. 가령 전투를 하다가 병사가 성기에 부상을 입는다면 어떻게 될까? 성적 충동은 느끼지만 막상 성행위를 할 수 없다면 어떻게 될까? 벤슨에 따르면 헤밍웨이는 이러한 가상적 시나리오를 토대로 『태양은 다시 떠오른다』의 주인공 제이크 반스를 창조했다. 한 미국인 청년이 이탈리아 전선에서 부상을 입고 후방 병원에서 치료를 받던 중 한 간호사를 만나 사랑에 빠지는데, 만약 그녀가 이탈리아 남성을 사랑하는 대신 미국인 청년을 계속 사랑한다면 어떻게 될까? 더구나 그녀가 그의 아이를 임신하고 병원에서 분만하던 중 골반이 작아 제왕절개 수술을 받고 결국 출혈이 멈추지 않아 목숨을 잃게 된다면 어떻게 될까? 『무기여 잘 있어라』는 바로 이러한 가상의 시나리오에 기반을 둔 작품이다.

한마디로 닉 애덤스를 비롯한 헤밍웨이 작품 속의 인물들은 헤밍웨이 자신이라기보다는 어디까지나 그의 '페르소나'에 지나지 않는다. 고대 그리스 연극에서 배우들은 하나같이 얼굴에 가면을 쓰고 등장한다. 그래서 지금도 연극의 등장인물을 '드라마티스 페르소나'라고 부른다. 헤밍웨이의 작품에서 작중 인물들은 헤밍웨이의 가면을 쓰고 등장할 뿐 작가 자신이 직접 모습을 드러내지는 않는다. 그러므로 헤밍웨이의 작품을 좀 더 객관적으로 이해하기 위해서는 무엇보다도 작가 헤밍웨이와 작중 인물을 서로 엄격히 구분 지어야 할 것이다.

3

어니스트 헤밍웨이 단편소설의 특징 가운데 하나는 장편소설과 유기적으로 연결되어 있다는 점이다. 물론 그 자체로 독립적인 문학 장르에 속하는 단편소설은 장편소설의 한 장(章)이거나 장편소설을 축소해 놓은 것이 아니다. 다시 말해서 단편소설은 장편소설과는 엄격히 구분되는 그 나름의 장르적 특성을 지닌다. 윌리엄 포크너는 장편소설과 비교해 볼 때 단편소설이 좀 더 엄격한 장르라고 말했다. 이 점과 관련하여 그는 "장편소설의 경우에는 신경을 덜 쓰는 부분이 생길 수 있다. 즉 장편소설 속에는 쓰레기를 집어넣을 수 있다. 그러나 시에 버금가는 단편소설에서는 거의 모든 어휘가 정확해야 한다."라고 말했다. 그러나 헤밍웨이는 장편소설을 집필하면서 흔히 단편소설에서 사용한 사건이나 모티프, 플롯, 배경, 인물, 상징 등을 빌려 오기 일쑤였다. 그의 문학에서 장르와 장르 사이의 벽은 그렇게 높지 않다.

예를 들어 『태양은 다시 떠오른다』에는 주인공 제이크 반스가 친구인 빌 고튼과 함께 스페인의 바스크 지방 부르게테로 낚시 여행을 떠나는 장면이 나온다. 팜플로나 축제에서 투우를 구경하기 전에 하는 이 낚시 여행은 여러모로 상징하는 바가 크다. 문명의 손길이 닿지 않는 한적한 개울에서 닷새 동안 송어를 잡는 것은 전쟁에서 입은 육체적, 정신적 상처를 치료하기 위한 일종의 제의적 행동이다. 그런데 이 장면은 1부와 2부로 발표한 단편소설 「심장이 두 개인 큰 강」과 밀접하게 관련되어 있다. 이 단편소설의 주인공도 미시간 북쪽에서 낚시질을 하면서 전쟁에서 입은 정신적 상처를 치유한다. 그런가 하면 『태양은 다시 떠오른다』의 후반부에서 중요한 비중을 차지하는 투우와 투우사에 관한 장면은 「세계의 수도」나

「패배하지 않는 사람들」 같은 단편소설과 맞닿아 있다.

이 점에서는 『무기여 잘 있어라』도 『태양은 다시 떠오른다』와 크게 다르지 않다. 「매우 짧은 이야기」는 제목 그대로 길이가 아주 짧아 단편소설이라기보다는 차라리 산문 소품에 가까운 작품이다. 그러나 이 작품은 미국인 청년이 1차 세계 대전에 참전하여 이탈리아 전선에서 부상을 입고 후방 병원에서 치료를 받던 중 간호사로 근무하는 미국인 아가씨와 사랑에 빠지는 이야기를 다룬다. 이 작품은 뒷날 『무기여 잘 있어라』의 중심 플롯으로 발전한다. 주인공 '그'는 프레더릭 헨리로, 루즈라는 여주인공은 캐서린 바클리로 이름을 바꾸어 등장할 뿐 두 인물은 장편소설의 인물과 비슷하다. 두 사람이 병실의 발코니에 앉아서 서치라이트를 바라보는 것도, 루즈가 사랑하는 사람과 함께 시간을 보내기 위해 야간 근무를 자처하는 것도, 그리고 그녀가 '그'가 수술을 잘 받을 수 있도록 준비를 해 주는 것도 서로 비슷하다. 다만 헤밍웨이는 작품의 지리적 배경을 이탈리아 파두아에서 밀라노로 바꾸어 놓았을 뿐이다.

헤밍웨이는 『무기여 잘 있어라』를 집필하면서 「매우 짧은 이야기」 말고도 「이국에서」라는 단편소설에서도 중요한 사건을 빌려 온다. 밀라노를 지리적 배경으로 하는 이 작품은 전쟁에서 부상당한 병사들이 육군 병원에서 물리치료를 받는 이야기가 그려진다. 일인칭 화자이자 주인공인 '나'는 밀라노 육군 병원에서 물리치료를 받는 프레더릭과 크게 다르지 않다. 다만 이 단편소설에서는 '나'가 사랑하는 여성 대신 같이 치료를 받던 소령의 아내가 사망한다.

헤밍웨이의 장편소설은 그 자체로도 의미가 있지만 그의 단편소설과 관련지어 읽을 때 더욱 의미가 크다. 이와 마찬가지로 그의 단편소설도 그의 장편소설에 비추어 읽으면 그 의미가 좀 더 넓고 커진다. 적어도 이 점에서 헤밍웨이 단편소설은 윌리엄 포크너의 단편소설과 비슷하다. 포크너의 단편소설도 그의 장편소설과 유기적 관련을 맺고 있다. 포크너는 헤밍웨이보다 한 발 더 나아가 몇몇 단편소설을 아예 장편소설의 일부로 거의 그대로 삽입하기도 했다.

4

어니스트 헤밍웨이의 단편소설은 좁게는 미국 문학사, 넓게는 세계 문학사에서 독특한 위치를 차지한다. 미국 문학이 단편소설에서 시작했듯이 이 문학 장르가 미국 문학사에서 차지하는 몫은 매우 크다. 워싱턴 어빙의 『스케치북』(1820)에는 「슬리피 할로의 전설」과 「립 밴 윙클」 같은 단편소설이 수록되어 있다. 이렇게 어빙이 처음 씨앗을 뿌린 단편소설은 그 뒤 19세기 중엽 '미국의 문예 부흥기'에 이르러 너새니얼 호손, 허먼 멜빌, 에드거 앨런 포 같은 작가들이 활짝 꽃을 피웠다. 특히 '단편소설의 아버지'로 일컫는 포는 단편소설을 독립적인 문학 장르의 반열에 올려놓은 작가로 평가받는다. 미국 문학사는 말할 것도 없고 세계 문학사에서도 이론적인 면에서나 실제적인 면에서나 포만큼 단편소설에 크게 이바지한 사람은 찾아보기 어렵다.

낭만주의 시대에 이어 사실주의와 자연주의 시대에도 마크 트웨인을 비롯하여 헨리 제임스, 윌리엄 딘 하웰스, 하트 크레인 같은 작가들이 단편소설의 수준을 한 단계 올려놓았다. 20세기에 들어와서는 오 헨리, 시어도어 드라이저, 거트루드 스타인, 그리고 1차 세계 대전 이후에는 F. 스콧 피츠제럴드, 윌리엄 포크너, 헤밍웨이 등이 단편소설을 더욱 발전시켰다. 그 뒤에도 존 치버, 플래너리 오코너, 존 업다이크, 레이먼드 카버 등이 그 바통을 이어받았다. 미국 문학사에서 단편소설은 어떤 의미에서는 장편소설보다도 중요한 역할을 해 왔다고 할 수 있다.

그중에서도 특히 헤밍웨이는 미국 단편소설의 전통에 굵직한 획 하나를 그었다. 미국에서 단편소설은 크게 두 전통으로부터 발전해 왔다. 하나는 오 헨리 전통이고, 다른 하나는 헨리 제임스 전통이다. 전자가 사건과 플롯에 무게를 싣는다면, 후자는 작중 인물의 내적 갈등 같은 심리적 측면에 무게를 싣는다. 오 헨리는 사건을 작품의 핵심 플롯으로 삼는다. 한편 헨리 제임스의 작품에서는 이렇다 할 플롯 없이 작중 인물의 심리 묘사가 주축을 이룬다.

단편소설의 이 두 전통은 비단 미국 문학에만 한정되지 않고 유럽 문학에서도 발견된다. 역사적으로 볼 때 유럽에서 단편소설은 기 드 모파상 전통과 안톤 체호프 전통의 양대 산맥으로부터 발전해 왔다. 흔히 '객관적 전통'과 '주관적 전통'이라고 일컫기도 한다. 주로 프랑스 작가들이 수립하여 발전한 첫 번째 전통은 문학 사조에서 볼 때 사실주의나 자연주의와 깊이 관련되어 있다. 이 전통에서는 날카로운 관찰, 생생한 세부 묘사, 명료하고 적확한 표현 등을 생명처럼 소중하게 생각했다. 모파상을 비롯하여 오노레 드 발자크, 귀스타브 플로베르, 프로스퍼 메리메 같은 작가들이 이 전통을 세우는 데 크게 기여했다.

한편 주로 러시아에서 뿌리를 내리고 가지를 뻗은 단편소설의 '주관적 전통'은 객관적 전통과 달리 플롯보다는 작중 인물과 그 성격을 훨씬 강조했다. 작중 인물을 강조하되 작중 인물의 외부 행동보다는 오히려 그가 느끼는 감정이나 심리적 갈등 또는 성격 묘사에 무게를 두었다. 이 전통은 안톤 체호프를 비롯하여 이반 투르게네프, 니콜라이 고골리 같은 작가들이 발전시켰다. 이 러시아 작가들은 플로베르나 모파상처럼 평범한 일상을 다루면서도 작중 인물의 삶에서 '순간적인 모멘트'를 포착하여 표현하는 데 초점을 맞추었다. 이 주관적 전통에서는 플롯이라고 할 만한 사건이 거의 없으며, 설사 있다고 해도 느슨하고 산만하게 진행될 뿐만 아니라 작중 인물의 성격이나 그가 처한 상황도 조금씩 전개된다. 투르게네프나 체호프 같은 러시아 작가들의 작품에서는 아무런 사건도 일어나지 않는다는 말이 자주 언급되는 것이 바로 그 때문이다.

헤밍웨이는 단편소설의 이 두 전통 가운데 어느 한쪽에만 관심을 기울이지 않았다. 그는 플롯 중심의 객관적 전통을 이어받아 발전시키는 한편, 작중 인물의 미묘한 성격이나 내적 갈등을 중시하는 주관적 전통에도 깊은 관심을 기울였다. 말하자면 첨예하게 대립하는 두 전통 사이에서 제3의 전통을 수립했다고 할 수 있다. 이러한 제3의 전통을 '헤밍웨이 전통'이라고 불러도 좋을 것이다. 얼핏 보면 헤밍웨이는 객관적 전통을 그대로 따르는 것 같지만 좀 더 자세히 살펴보면 단순히 사건이나 작중 인물의 행동을 기술하고 있는 것이 아님이 밝혀진다. 이와는 반대로 외적 행동이 거의 없는 작품에서도 작중 인물들이 겪는 내적 갈등은 마치 투우나 사냥처럼 동적이고 격렬하다.

5

헤밍웨이의 단편소설에서 그가 말하는 '빙산 이론'은 특히 주목할 만하다. 이 이론은 그의 장편소설에도 잘 들어맞지만 에드거 앨런 포의 말대로 '단일한 효과'나 '인상의 통일성'을 목숨처럼 소중히 여기는 단편소설에 훨씬 잘 들어맞는다. 흔히 '생략 이론'으로도 일컫는 빙산 이론이란 한 작품에서 그 의미를 표층적으로 분명하게 드러내지 않는 소설 미학을 말한다. 작품의 진정한 의미는 표층 아래, 즉 심층에 들어 있기 때문이라는 것이다. 고등학교를 졸업한 직후 헤밍웨이는《캔자스시티 스타》지에서 수습기자 생활을 하면서 진실이란 표층적 이야기 뒤에 숨어 있다는 사실을 배웠다. 캔자스시티의 시청, 병원 응급실, 경찰서 등의 현장에서 기사를 취재하면서 그는 사람들이 "대단히 취약한 부분까지도 갑옷처럼" 냉소주의의 가면으로 위장한다는 사실을 깨달았다. 이 무렵 신문 기자 생활을 하면서 그는 육하원칙에 따른 간결하고 명료한 문체를 습득하는 것 이상으로 많은 것을 배웠던 것이다.

캐나다《토론토 스타》지의 특파원 자격으로 1920대 초엽 파리에 살면서 헤밍웨이는 빙산 이론을 더욱 체계적으로 다듬었다. 이 무렵 그리스-터키 전쟁을 취재한 경험은 그가 이 이론을 좀 더 정교하게 나듬고 실험하는 데 더할 나위 없이 좋은 계기가 되었다. 이 전쟁과 관련하여 헤밍웨이는 모두 열네 편의 기사를 썼다. 그런데 전기 작가 제프리 마이어스는 헤밍웨이가 이 기사를 쓰면서 "초점의 집중과 강도, 즉 무대보다는 스포트라이트의 효과를 성취하기 위하여 오직 즉각적인 사건만을 객관적으로 보고했다."라고 지적했다. 헤밍웨이는 기사를 작성하면서 얻은 이러한 경험을 자신의 소설 작법에 적용하고자 했다. 실제로 일어난 사건에 기초를 두되 그 사건을 정제하여 정수를 뽑아낸다면 여기에 상상력을 더해 꾸며낸 허구가 실제 사실보다 훨씬 진실할 수 있다는 사실을 깨달았다.

그러나 헤밍웨이가 빙산 이론을 명시적으로 거론한 것은 1923년 「때늦은 계절」이라는 단편소설을 탈고한 직후였다. 이 작품의 결말에 대해 그는 "나는 「때늦은 계절」에서 노인이 목을 매 자살하는 진짜 결말을 생략해 버렸다. 작가는 무엇이든 생략할 수 있으며, 생략한 부분이 작품의 힘을 강하게 할 것이라는 나의 새로운 이론에 따라 그것을 생략했다."라고 밝혔다.「단편소설의 기술」에서도 헤밍웨이는 "만약 작가가 잘 알고 있는 중요한 사실이나 사건을 생략한다면, 그 작품은 더 강화된다. 그러나 몰라서 어떤 것을 생략하거나 빼 버린다면 그 작품은 아무런 가치도 없을 것이다. 작품의 훌륭함을 판단하는 척도는 작가의 편집자가 아니라 작가가 직접 얼마나 잘 생략하느냐에 의해 좌우된다."라고 말했다.『오후의 죽음』에서 그는 이렇게 작가가 생략한 부분을 수면 아래 잠겨 있는 빙산에 빗댔다.

> 만약 산문 작가가 자신이 쓰고 있는 것에 대해 충분히 잘 알고 있다면 그는 자기가 알고 있는 것을 생략할 수도 있고, 독자는 작가가 충분히 진실하게 글을 쓰고 있다면 마치 작가가 진술한 것처럼 그 사건을 강렬하게 느끼게 될 것이다. 빙산이 위엄 있게 움직일 수 있는 것은 오직 8분의 1만이 수면 위에 떠 있기 때문이다. 잘 모르기 때문에 생략하는 작가는 자신의 작품에 빈 공간만을 만들 뿐이다.

헤밍웨이의 말대로 크기가 웬만한 섬만 한 빙산은 전체 크기의 8분의 1밖에 수면 위에 드러나지 않는다. 흔히 '빙산의 일각'이라는 표현이 자주 사용되는 것은 바로 그 때문이다. 수면 밑에 잠겨 있는 8분의 7이 좀처럼 눈에 보이지 않기 때문에 선장들이 가장 두려워하는 것이 바로 빙산이다. 인류 역사에서 최악의 해난 사고 중 하나로 일컬어지는 타이타닉 호의 침몰도 북대서양 빙산과의 충돌로 인해 일어났다. 헤밍웨이는 훌륭한 작가라면 수면 위에 떠 있는 빙산만을 보여 주어야 하고 8분의 7에 해당하는 나머지 부분은 과감하게 생략할 줄 알아야 한다고 주장했다. 수면 위에 떠 있는 것이 작가가 묘사하는 객관적인 사실이라면 수면 밑에 잠겨 있는 것은 암시적인 상징이나 이미지라고 할 수 있다. 노엄 촘스키가 변형 생성 언어학 이론에서 사용하는 용어를 빌려 말하자면, 헤밍웨이는 표층 구조의 의미보다는 그 밑에 숨어 있는 심층 구조의 의미에 초점을 맞춘 셈이다.

헤밍웨이의 빙산 이론은 T. S. 엘리엇이 말하는 '객관적 상관물'과 비슷하다. 두 사람 모두 모더니즘의 세례를 받았을 뿐만 아니라 모더니즘에서 선구적인 역할을 했다는 점을 염두에 둘 때 이 두 이론의 유사성은 쉽게 짐작할 수 있다. 객관적 상관물이란 일련의 대상, 상황, 연쇄적인 사건 같은 외부의 사실을 독자들에게 객관적으로 보여 줌으로써 감정을 촉발하는 수법을 말한다. 엘리엇이 시에서 한 이 작업을 헤밍웨이는 소설에서 시도했다고 보아도 크게 틀리지 않는다.

또한 헤밍웨이는 빙산 이론을 정립하면서 러시아의 단편 소설 작가 안톤 체호프에게서 많은 영향을 받았다. 체호프는 "장면과 작중 인물 모두에서 의미 있는 세부 사항을 선택하고 결합하여 이미지를 전달하는 것이 무엇보다도 중요하다."라고 말한 적이 있다. 여기에서 그는 불필요한 것을 생략하고 꼭 필요한 사항만을 선택하여 이미지를 만들어 내야 한다고 지적했다. 헤밍웨이는 체호프의 말을 비교적 충실히 따르고 있다. 체호프가 말하는 '의미 있는 세부 사항'이란 곧 물 위에 떠 있는 빙산을 말한다. 그런데 이 빙산 이론에서는 무엇보다도 독자의 역동적 역할이 요구된다. 독자는 자본주의 사회의 소비자처럼 단순히 작품의 의미를 받아들이는 것이 아니라, 마치 생산자처럼 작가와 함께 작품의 의미를 창조적으로 만들어 낸다.

헤밍웨이의 빙산 이론은 그의 초기 작품 가운데 하나인 「인디언 부락」에서 좋은 예를 찾을 수 있다. 이 작품에서 작가는 작중 인물의 성격이나 성격의 변모에는 이렇다 할 관심을 두지 않고 오직 겉으로 드러난 객관적 사실만을 열거하는 것처럼 보인다. 언뜻 보면 나이 어린 닉이 의사인 아버지를 따라 인디언 부락에 가서 인디언 여성을 원시적인 방법으로 제왕절개 수술하는 장면을 목격하는 이야기에 불과한 것 같다. 그러나 이 작품에서 헤밍웨이는 겉으로 드러난 표층적 의미 이상의 심층적 의미를 다룬다. 산고(産苦)를 겪으며 비명을 지르는 인디언 여성이며, 산모가 지르는 비명 소리를 듣지 않으려고 길 위쪽 어둠 속에 앉아 담배를 피우는 마을의 사나이들이며, 며칠 전 도끼로 다리에 부상을 입고 침대 위층에 누워 있는 남편 등의 묘사에는 심층적 의미가 내포되어 있다. 이러한 심층적 의미는 닉이 배에 올라타 아버지와 함께 집으로 돌아가는 마지막 장면에서 좀 더 분명하게 드러난다.

> 두 사람은 배에 올라, 닉은 고물에 앉고 그의 아버지는 이물에 앉아 노를 젓기 시작했다. 해가 언덕 위로 막 솟아오르고 있었다. 농어 한 마리가 뛰어올라 수면에 둥그런 파문을 그렸다.

닉은 물속에 손을 담그고 질질 끌고 갔다. 새벽의 매서운 한기 속에서도 물은 따스했다.

이른 아침 호수에서 아버지가 노를 젓는 배의 고물에 앉아 닉은 자기는 결코 죽지 않을 거라고 확신했다.

—『헤밍웨이 단편선 1』「인디언 부락」, 14쪽

첫 문장의 고물과 이물의 대조에서도 볼 수 있듯이 헤밍웨이는 이 작품에서 서로 상반되는 것을 병치시키는 대조법을 즐겨 구사했다. 어린 아들과 아버지, 새벽의 한기와 따스한 호수 물, 인디언 부락의 어둠과 언덕 위에 막 떠오르는 아침 해가 바로 그러하다. 이러한 대조를 좀 더 확장하면 원주민과 백인, 원시(인디언 부락)와 문명(백인 마을), 무지와 경험 등으로 이어진다. 더구나 위쪽 침대에서 벌어지는 사건과 아래쪽 침대에서 벌어지는 사건은 사뭇 다르다. 위쪽 침대에서는 남편이 아내의 비명 소리를 견디다 못해 그만 자살하지만 아래쪽 침대에서는 난산 끝에 새로운 생명이 탄생한다. 그러니까 이 두 침대에서는 죽음과 탄생의 신비스러운 드라마가 펼쳐진 것이다.

닉이 아버지와 함께 호수에서 노를 저어 집으로 돌아오면서 "자기는 결코 죽지 않을 거라고 확신했다."라는 마지막 문장도 좀 더 찬찬히 눈여겨볼 필요가 있다. 두말할 나위도 없이 닉이 이렇게 자신 있게 생각하는 것은 방금 전 인디언 남편이 면도칼로 자신의 목을 잘라 자살한 광경을 목격했기 때문이다. 그러나 뒷날 헤밍웨이가 쓴 다른 단편소설을 보면 닉이 품었던 이러한 확신은 한낱 환상일 뿐, 곧 가혹한 현실에 부딪혀 산산이 부서지고 만다.

헤밍웨이의 빙산 이론은 「인디언 부락」뿐 아니라 「흰 코끼리 같은 언덕」이나 「깨끗하고 밝은 곳」 같은 작품에서도 쉽게 엿볼 수 있지만 1부와 2부로 구성된 「심장이 두 개인 큰 강」에서 가장 분명하게 모습을 드러낸다. 이 작품이 처음 발표되었을 때 F. 스콧 피츠제럴드는 헤밍웨이에게 "아무 일도 일어나지 않는 이야기"라고 불평했다. 다시 말해서 단편소설이 반드시 갖추어야 할 플롯이 없다는 것이다. 헤밍웨이는 이 작품이 발표된 지 몇십 년이 지난 뒤까지도 비평가들이나 독자들이 여전히 작품을 제대로 이해하지 못하고 있다고 불평한 적이 있다. 이 작품에 대하여 그는 "전쟁에서 고향으로 돌아온 한 청년에 관한 이야기"라고 말했다. 그러면서 "전쟁이며 전쟁에 관한 모든 언급이며 전쟁에 관한 것이라면 뭐든지 모든 것이 생략되어 있다."라고 밝혔다. 헤밍웨이의 말대로 「심장이 두 개인 큰 강」의 의미를 좀 더 정확히 이해하기 위해서는 표층 구조보다는 심층 구조에 주목해야 한다. 이 작품에서 표층 구조는 주인공 닉이 혼자서 캠핑을 하고 송어 낚시를 하는 행위이다. 작가는 닉이 캠프를 치고 식사를 준비하고 메뚜기를 잡아 그것을 미끼로 낚시질을 하는 모습을 조금 지나치다 싶을 만큼 미시적으로 자세히 묘사한다. 가령 캠프를 친 뒤 그가 식사를 준비하는 장면은 더없이 좋은 예가 될 것이다.

닉은 프라이팬을 불꽃 위 석쇠 위에 올려놓았다. 아까보다 더 배가 고팠다. 콩과 스파게티가 따뜻해졌다. 닉은 그것들을 저어서 서로 섞었다. 표면에 작은 거품들이 힘겨운 듯 일더니 보글보글 끓기 시작했다. 구수한 냄새가 풍겼다. 토마토케첩이 든 병을 꺼내고 빵을 네 조각으로 잘랐다. 조그마한 거품이 아까보다 더 빨리 끓어올랐다. 닉은 불 옆에 앉아 프라이팬을 내려놓았다. 양철 접시에 절반가량을 쏟자 천천히 접시 위로 퍼져 나갔다. 닉은 그것이 너무 뜨겁다는 것을 잘 알고 있었다. 그래서 그 위에 토미토케첩을 조금 부었다. 콩과 스파게티가 아직도 뜨겁다는 것을 그는 잘 알고 있었다. (중략) 이제는 됐겠지. 그는 접시에서 한 숟가락 가득 펐다.

—『헤밍웨이 단편선 2』「심장이 두 개인 큰 강(1부)」, 31쪽

닉이 음식을 준비하는 일련의 행동들은 사제가 성찬식을 준비하는 모습을 연상시킨다. 실제로 이 작품에서 닉의 행동에는 일종의 제의적인 의미가 담겨 있다. 콩과 스파게티와 빵으로 식사를 한 뒤 닉은 강에서 양동이에 물을 담아 와 이번에는 주전자를 불 위에 올려놓고 커피 물을 끓인다. 닉은 홉킨스라는 친구와 커피를 끓이는 문제로 논쟁을 벌인 적이 있는데, 지금 자신의 방식을 버리고 홉킨스의 방식대로 커피를 끓인다. 더구나 닉이 음식을 요리하고 먹는 장면에서 헤밍웨이는 후각과 미각, 시각과 촉각 등 온갖 감각을 동원하여 이미지를 한껏 구사한다.

한편 헤밍웨이는 닉 애덤스의 외부 행동은 이렇게 자세히 묘사하면서도 그 배경이 되는 정보나 주인공의 심리에 대해

서는 거의 기술이나 묘사를 하지 않는다. 그러나 좀 더 면밀히 살펴보면 이러한 배경이나 심리는 수면 밑에 잠겨 있는 빙산처럼 작품 속에 암시되어 있다. 가령 온통 불에 탄 시니 마을을 비롯하여 검게 변해 버린 메뚜기며, 강 상류로 힘차게 오르지 못하고 강 흐름에 몸을 맡기고 있는 송어 등은 모두 상징적 의미를 담고 있다. 작품 첫머리에서 헤밍웨이는 "시니 마을 한 거리에 늘어서 있던 열세 채나 되던 술집도 온데간데없이 사라지고 없었다. 맨션 하우스 호텔은 초석만이 땅바닥 위로 불쑥 튀어나와 있었다. 초석은 불에 타 조각이 나고 갈라진 채였다. 시니 마을에 남은 흔적이라곤 이것이 전부였다. 땅바닥마저 모두 불에 그을려 있었다."(앞의 책, 21쪽)라고 적었다. 미시간 주 북부 미시간 호와 슈피리어 호 중간쯤에 위치한 시니 마을은 산불이 났는지 그야말로 흔적도 없이 사라지고 말았다. 그런데 T. S. 엘리엇의 「황무지」(1922)를 떠올리게 하는 이 마을은 1차 세계 대전으로 초토화되다시피 한 유럽이나 서구 문명을 상징한다. 또한 전쟁을 겪은 젊은이들에게 전통적 가치나 삶의 방식이 이제 부도 수표처럼 더 이상 아무런 가치나 의미가 없게 되었다는 사실을 말해 준다.

시니 마을에 불이 나면서 이곳에 사는 메뚜기들도 이전과 달라졌다. 몸뚱이의 색깔이 갈색이 아니라 검게 변한 것이다. 헤밍웨이는 "그야말로 아주 흔한 메뚜기였지만 온통 거무칙칙한 색깔을 띠고 있었다. 골똘히 생각한 것은 아니었지만 닉은 걸어오면서도 메뚜기에 대해 의아하게 생각했었다. 이제 사방으로 갈라진 입술로 양말의 털을 갉아 먹고 있는 검은 메뚜기를 내려다보면서 그는 그것들이 불타 버린 들판에서 살다 보니 이렇게 검어진 것이라는 사실을 깨달았다."(앞의 책, 25쪽)라고 적는다. 자신의 의지와는 아무 관계없이 외부의 힘에 의해 육체나 정신이 변모했다는 점에서 산불로 몸뚱이가 검게 변한 메뚜기나 1차 세계 대전을 겪으며 육체적으로나 정신적으로 깊은 상처를 입은 젊은이들은 크게 다를 것이 없다.

닉 애덤스는 전쟁에 참가했다가 부상을 입고 고향에 돌아와 휴양 중인 귀환 병사이다. 불에 타 버린 마을과 숲 그리고 "뜨거운 햇살에 땀을 뻘뻘 흘리며 도로를 따라 걸어서 철로와 소나무 숲을 가르는 능선을 가로질러 터벅터벅 올라갔다."(앞의 책, 24쪽)라는 문장에서 볼 수 있듯이 작열하는 태양에서는 미시간 주의 여름보다 이탈리아의 한여름이 떠오른다. 작품의 배경은 사뭇 다르지만 닉은 「병사의 집」에 등장하는 주인공 해럴드 크레브스와 여러모로 비슷하다. 그러나 육체적으로 부상을 입었을 뿐만 아니라 정신적으로도 절룩거리는 불구라는 점에서 크레브스보다 훨씬 심각하다. 필립 영은 이 작품에 대하여 젊은이가 "정신 착란에 빠지지 않으려고 안간힘을 쓰는" 이야기라고 지적한 적이 있다. 정신 착란이라는 말은 조금 과장된 감이 있지만 이 무렵 육체적으로나 정신적으로 방향감각을 상실한 닉이 송어처럼 균형을 유지하려고 애쓴 것만은 틀림없다.

닉이 이렇게 혼자서 옛날에 낚시질하던 강을 다시 찾아온다는 설정에는 자못 상징적 의미가 있다. 전쟁 이전의 자기 모습으로 돌아가고 싶거나, 그럴 수 없다면 적어도 지금의 모습에서 벗어나고 싶은 것이다. 다시 말해서 닉에게 낚시질은 육체적 부상과 정신적 외상을 치료하기 위한 일종의 치유 행위이다. 이 작품의 초고에서 헤밍웨이는 닉이 혼자가 아닌 고향 친구들과 함께 낚시 여행을 떠나고 시니 마을에도 아직 사람들이 살고 있는 것으로 설정했다. 그러나 뒤에 가서 그는 닉 혼자서 여행을 오는 것으로 수정하고 마을 사람도 모두 없애 버렸다. 제의적이고 치유적인 의미를 지닌 이 낚시 여행은 아무래도 친구들과 함께 하는 것보다는 주인공 혼자서, 그것도 마을 사람이 하나도 없이 폐허가 되다시피 한 마을에서 하는 쪽이 훨씬 의미가 있어 보였기 때문일 것이다.

헤밍웨이에게 강이나 호수 같은 자연은 품이 넉넉하여 모든 것을 감싸 안고 포용해 주는 어머니나 고향과 마찬가지다. 그에게 자연은 피난처요 재생과 부활이요 생명력과 구원을 상징한다. 모든 지역이 불에 탄 잿더미로 남은 것은 아니다. 닉은 먼저 다리를 건넌 뒤 불에 탄 숲과 마을을 지나 나무가 무성하게 우거진 숲과 강에 이른다. 헤밍웨이는 "불에 탄 지대는 왼쪽 능선에서 끝나 있었다. 저 앞 들판에 검은 소나무 숲이 섬처럼 우뚝 솟아 있었다. 멀리 왼쪽에는 강줄기가 있었다. 닉이 그쪽으로 시선을 돌리자 강물이 햇빛에 반짝이는 광경이 눈에 띄었다."(앞의 책, 24쪽)라고 했다. 닉이 지친 육체를 달래고 마음을 진정하려는 곳은 바로 이렇게 나무가 우거진 소나무 숲과 송어들이 뛰노는 강이다. 그러고 보니 닉이 소나무 숲을 예배당에 빗대는 것이 예사롭지 않다. 또한 제목 그대로 그가 낚시질을 하는 강도 살아 숨 쉬는 동물처럼 심장을 지니고 있고, 그것도 하나가 아니라 두 개나 있다. "모든 것이 다 타 버릴 수야 없는 일 아니겠는가. 그는 그 사실을 잘 알고 있었다."(앞의 책, 24쪽)라는 문장에서 헤밍웨이는 닉이 전쟁의 상처를 씻고 다시 일어설 가능성을 넌지시 내비친다.

「심장이 두 개인 큰 강」에서처럼 헤밍웨이의 빙산 이론은 작품의 결말에서도 엿볼 수 있다. 그는 종래의 작가들과는 다른 방식으로 작품을 결말짓는다. 이제까지 단편소설 작가들은 잘 짜인 플롯에 따라 결말도 논리적으로 균형 있게 종결지어 왔다. 또는 오 헨리처럼 극적 반전을 노리고 독자들의 예상을 뒤엎는 방식으로 작품을 끝맺기도 했다. 균형 잡힌 결말이건 오 헨리 방식의 '트위스트 엔딩'이건 독자들은 작품이 종결되었다는 느낌을 받게 마련이다. 그러나 헤밍웨이는 플롯이 한참 진행되다가 갑자기 한중간에서 끝나 버리고 마는 이른바 '제로 엔딩' 방식을 즐겨 사용했다. 작품의 결말에 이르러 플롯의 가닥을 하나로 묶는 대신 그는 가닥을 그대로 풀어 놓은 채 작품을 끝내기 일쑤였다. 독자들은 수면에 떠 있는 빙산뿐 아니라 수면에 잠겨 있는 빙산의 모습을 헤아려야 하듯이 결말 부분에서도 작가가 생략하고 있는 내용을 미루어 짐작해야 한다. 앞에서 이미 언급했듯이 헤밍웨이는 「때늦은 계절」에서 노인 페두치가 자살하는 내용을 생략했는데 수면 위에 떠 있는 빙산에만 주목하는 독자들은 노인이 자살한다고는 미처 생각하지 못할 것이다.

6

어니스트 헤밍웨이의 빙산 이론은 흔히 '하드보일드 스타일'로 일컫는 문체와 깊이 관련되어 있다. 독자들에게 오직 빙산의 8분의 1만을 보여 주는 수법에서는 문체가 비정할 만큼 간결하고 명료할 수밖에 없었을 것이다. 감정을 헤프게 늘어놓기보다는 최대한 억제하려고 한다. 헤밍웨이는 "작은 것이 아름답다."나 "적은 것이 많은 것이다."라는 미니멀리즘의 미학을 소설에 옮겨 놓았다. "웅변은 은이요 침묵은 금이다."라는 서양 격언이 있지만 이 격언은 그의 문학에 더할 수 없이 잘 들어맞는다. 이렇게 감정을 억제하기 때문에 오히려 그의 문체는 박력이 있다. 강건체라고 할 그의 문체는 이제 그의 문학 세계에서 일종의 상표가 되다시피 했다. 그리하여 '하드보일드' 문체 하면 헤밍웨이를, 헤밍웨이 하면 곧 '하드보일드' 문체를 떠올리게 되었다.

헤밍웨이는 고대 그리스어나 라틴어에서 파생된 어휘보다는 앵글로색슨 계통의 토착어를 즐겨 구사했다. 어느 나라 말이나 마찬가지지만 다음절(多音節)로 되어 있고 외국어에서 파생된 말은 관념적이고 추상적이고 형식적인 성격이 짙은 반면, 흔히 단음절(單音節)인 순수한 토박이말은 좀 더 구체적이고 감각적일뿐더러 충격적이고 투박한 성격이 짙다. 예를 들어 헤밍웨이는 good이나 nice, fair처럼 누구나 잘 아는 쉽고 간결한 어휘를 즐겨 썼다. 또한 enqurie보다는 ask, odor보다는 smell, assist보다는 help, purchase보다는 buy, pardon보다는

forgive 등을 사용했다. 영국 작가 중에는 조지 오웰이 『동물농장』(1945)에서 앵글로색슨 토착어를 효과적으로 구사했다.

더구나 헤밍웨이는 될 수 있는 대로 형용사나 부사를 사용하지 않으려고 노력했다. 그는 "나는 뒷날 어떤 상황에서 어떤 사람들을 불신하도록 배운 것처럼 형용사를 불신하도록 배웠다."라고 털어놓았다. 헤밍웨이에게 형용사를 불신하도록 가르쳐 준 사람은 바로 에즈라 파운드였다. 파운드는 형용사란 "이렇다 할 것도 의미하지 않는 불필요한 품사"라고 지적하면서 헤밍웨이에게 박력 있는 글을 쓰기 위해서는 무엇보다도 먼저 형용사를 경계하라고 가르쳤다.

이렇게 형용사를 불신하는 태도는 마크 트웨인에게서도 찾아볼 수 있다. 트웨인은 일찍이 "형용사를 붙잡게 되면 죽여 버려라. 모두 죽이지는 말고 대부분 죽여 버리라는 말이다. 그러면 나머지 것들이 가치를 얻게 될 것이다. 형용사들이 서로 가까이 놓여 있으면 약해진다. 멀리 떨어져 있을 때 힘이 생긴다."라고 말한 적이 있다. 이렇게 형용사를 싫어한 작가는 의외로 많다. 가령 볼테르가 "형용사는 실사(實辭)의 가장 큰 적이다."라고 말한 이후 많은 작가가 글을 쓰면서 형용사를 경계했다. 최근에는 스티븐 킹이 "지옥에 이르는 길은 형용사로 포장되어 있다."라고 말하기도 했다.

헤밍웨이의 하드보일드 문체는 어휘뿐 아니라 문장에서도 자주 목격된다. 그는 무엇보다도 짧고 간결한 문장을 즐겨 구사했다. 어떤 문장은 너무 짧고 압축적이어서 마치 전보문을 읽는 듯한 느낌을 주기도 한다. 통사론적 측면에서 볼 때 그는 주어와 동사의 관계로 이루어진 단문을 주로 사용했다. 또한 단문과 단문을 등위 접속사로 대등하게 연결하는 중문을 사용했다. 어떤 때는 실에 염주 알을 꿰듯이 접속사 and를 계속 사용하기도 했다. 또 어떤 중문은 논리적으로 인과 관계가 희박한 경우도 더러 있었다. 물론 특정한 효과를 염두에 둔 수사법임은 두말할 필요도 없다. 그러나 헤밍웨이는 관계 대명사 같은 종위 접속사를 사용하는 복문은 좀처럼 사용하지 않았다. 복잡한 복문은 그에게 마치 잘 맞지도 않고 어색하기만 한 연미복과도 같았다.

한편 헤밍웨이는 짧고 간결한 문장을 즐겨 사용하되 어떤 때는 반복법을 구사하기도 했다. 똑같은 문장이나 비슷한 문장을 여러 번 되풀이하지만 단순히 반복한다기보다는 의미를 조금씩 보강하는 점층법을 구사함으로써 주술적 효과를 노린 것이다. 헤밍웨이는 파리에서 문학 수업을 받을 무렵 거트루드 스타인에게서 이러한 기법을 배웠다. 스타인이 1913년 「성스러운 에밀리」라는 시에서 쓴 "장미는 장미이고 장미이며 장미이다.(Rose is a rose is a rose is a rose.)"라는 문장은 아주 유명하다. 첫 번째 '장미'는 여성의 이름이고 나머지 '장미'는 꽃 이름이다. 뒷날 스타인은 이 문장을 "장미는 장미이고 장미이다.(A rose is a rose is a rose.)"라는 문장으로 약간 수정했다. 논리학자들은 이 유명한 문장을 예로 삼아 사물이란 그 자체일 뿐이라는 동일률(A=A)을 설명했다. 그러나 스타인은 어떤 사물의 이름을 언급함으로써 그것과 관련한 이미지와 감정을 환기시킬 수 있다고 밝혔다.

더구나 헤밍웨이의 단편소설은 어떤 작가의 작품보다도 그 길이가 무척 짧다. 물론 「프랜시스 매코머의 짧지만 행복한 생애」나 「킬리만자로의 눈」처럼 긴 작품도 더러 있지만 대체로 길이가 짧은 것이 특징이다. 헤밍웨이의 작품 중에 「매우 짧은 이야기」라는 작품이 있듯이 그의 단편소설은 '매우 짧은' 작품이 주이다.

문체 면에서 그는 동시대 작가 포크너와 극명한 차이를 보였다. 같은 시기에 활약하면서 늘 경쟁 관계에 있던 두 작가는 상대방에 대하여 좀처럼 비판의 고삐를 늦추지 않았다. 헤밍웨이가 간결하고 명쾌한 하드보일드 스타일을 중시했다면, 포크너는 길고 복잡하고 난삽한 문체로 유명했다. 호흡이 짧고 단속적인 문장을 즐겨 구사하는 헤밍웨이와 달리 포크너는 때로는 한 쪽이 넘는 긴 문장을 쓰기도 했다. 포크너는 헤밍웨이에 대하여 "독자가 사전을 찾아볼 만한 어휘를 단 한 마디도 사용한 적 없는 작가"라고 신랄하게 비판했다. 그러자 헤밍웨이는 포크너에 대하여 "아, 가엾은 포크너! 그 사람은 엄청난 어휘를 사용하면 엄청난 감정이 생긴다고 믿는 모양이지?"라고 말하면서 "나는 10달러짜리 값비싼 어휘를 사용하지 않는지는 모르지만 완벽하게 어울리는 어휘를 사용한다. 내가 쓰는 작품은 의미와 감정을 전달한다."라고 덧붙였다.

헤밍웨이는 『오후의 죽음』에서 "산문이란 실내 장식이 아니라 건축물이다. 그리고 바로크 시대는 이미 지나갔다."라고 말한 적이 있다. 장식적인 실내 장식과 건축은 많이 다르다. 물론 건축 양식에도 중세 시대나 유럽에서 유행한 고딕 건축이나 16세기 말엽부터 로마를 중심으로 시작한 바로크 건축처럼 웅장하고 화려한 스타일이 있는가 하면, 모더니즘 건축처럼 단순성과 경제성을 중시하는 스타일도 있다. 헤밍웨이의 관점에서 보면 포크너는 아직도 바로크 건축 양식으로 소설의 집을 짓고 있었다. 그러나 헤밍웨이는 바로크 건축 양식이 아니라 극도의 기능과 효율성을 중시하는 모더니즘 건축 양식으로 소설의 집을 지었다.

7

어니스트 헤밍웨이는 미국이나 유럽의 단편소설 전통을 비교적 충실히 따르면서도 다른 한편으로는 그 가능성을 부단히 실험해 온 작가였다. 그는 모든 문학 장르 가운데에서 단편소설이 가장 가능성이 많은 형식이라고 생각했다. 그중에서도 그는 단편소설을 희곡 장르와 결합하고자 했다. 실제로 헤밍웨이가「제5열」이라는 희곡 작품을 쓴 뒤 이 작품을 단편소설 마흔아홉 편과 한데 묶어 단행본으로 출간했다는 사실은 자못 상징적이다. 고등학교 시절에도 희곡 작품을 쓴 적이 있을 정도로 그는 희곡에 관심이 많았다.

헤밍웨이의 단편소설 가운데에는 배경이나 작중 인물과 플롯 등에서 쉽게 연극으로 공연할 수 있는 작품들이 꽤 많다. 동시대의 다른 어느 작가보다도 그의 작품이 텔레비전 영화나 할리우드 영화로 만들어졌다는 사실도 이와 무관하지 않다. 「살인자들」을 비롯하여 「흰 코끼리 같은 언덕」, 「빗속의 고양이」, 「깨끗하고 밝은 곳」, 「킬리만자로의 눈」, 「프랜시스 매코머의 짧지만 행복한 생애」 등이 그런 예이다. 이 작품들의 작중 인물은 적게는 두 명, 아무리 많아도 다섯 명을 넘지 않을 뿐만 아니라 주로 극적인 대화를 사용한다.

어느 작가보다도 헤밍웨이는 단편소설에서 촌철살인의 예리한 대화를 즐겨 구사했다. 작중 인물들의 성격도 그들이 사용하는 이러한 대화를 빌려 드러내곤 했다. 예를 들어 권투 경기 조작을 다룬 「5만 달러」나 밤늦게까지 술집에 혼자 남아 있고 싶어 하는 노인을 그린 「깨끗하고 밝은 곳」, 시카고와 그 근교의 조직폭력배를 다룬 「살인자들」에서 작가는 작품의 상당 부분을 작중 인물들이 주고받는 대화에 의존했다. 그리하여 이 작품들을 읽다 보면 단편소설 못지않게 희곡 작품을 읽고 있다는 느낌이 든다.

특히 「살인자들」에서 대화가 차지하는 비중은 상당히 크다. 헤밍웨이가 어쩌다 사용하는 묘사 장면은 희곡의 무대 지문에 해당하고, 작품의 지리적 배경으로 삼고 있는 헨리 식당과 올레 안드레슨이 머물고 있는 하숙집은 희곡의 무대에 해당한다. 닉이 하숙집으로 안드레슨을 찾아가 끔찍한 소식을 전해 주는 장면에서는 헤밍웨이 특유의 극적인 기법을 읽을 수 있다.

"제가 가서 경찰에 신고할까요?"

"그러지 마. 그래 봤자 소용없어." 올레 안드레슨이 대답했다.

"제가 뭔가 도와드릴 만한 일이 없을까요?"

"없어. 이젠 아무것도 없어."

"어쩌면 단순한 위협이 아닐지도 몰라요."

"아냐. 단순한 위협은 아냐."

올레 안드레슨은 벽 쪽을 향해 돌아누웠다.

"도무지 밖에 나갈 마음이 나지 않았어. 그래서 온종일 이렇게 누워 있었던 거야." 그는 벽을 보고 누운 채 말을 이었다.

"동네를 빠져나갈 순 없나요?"

"없어. 이제는 도망 다니기도 지겨워." 올레 안드레슨이 대답했다.

그는 여전히 벽 쪽을 바라보고 있었다.

"이젠 어쩔 도리가 없어."

—『헤밍웨이 단편선 1』「살인자들」, 114~115쪽

안드레슨의 방에서 닉은 서 있고 안드레슨은 옷을 모두 입은 채 침대에 누워 있다. 에드워드 호퍼의 그림이 떠오르는 이 장면은 그 자체만으로도 극적인 분위기를 자아낸다. 왕년의 헤비급 권투 선수로 체구가 큰 안드레슨이 눕기에는 침대의 길이가 조금 짧다. 또 그는 베개를 두 개 겹쳐 베고 누워 있다. 자신에게 중요한 정보를 주려고 찾아온 닉 쪽은 아예 쳐다보지도 않는다.

닉은 이러한 안드레슨에게 살인 청부업자들이 그를 살해하려고 한다는 정보를 전해 주며 어서 빨리 피하라고 말한다. 그러나 안드레슨은 모든 것을 체념한 듯이 침대에서 일어나지도 않는다. 닉은 계속하여 질문을 던지는 수법으로 대화를 이어 간다. 그가 한 말 중에서 오직 "어쩌면 단순한 위협이 아닐지도 몰라요."라는 문장만이 평서문일 뿐이다. 한편 안드레슨은 닉의 물음에 하나같이 "그러지 마.", "없어.", "아냐." 등의 부정어로만 대답한다. "그래서 온종일 이렇게 누워 있었던 거야."라는 문장만이 부정어를 포함하지 않는다.

더구나 벽 쪽을 향해 누워 있는 안드레슨의 행동도 좀 더 눈여겨보아야 한다. 위 인용문에서 헤밍웨이는 안드레슨의 이러한 행동을 세 번이나 되풀이하여 묘사했다. 인용문 바로 앞에서도 작가는 벽 쪽을 향해 누워 있는 모습을 언급했다. 닉이 방 밖으로 나왔을 때도 "문을 닫을 때 옷을 모두 입은 채 침대에 드러누워서 벽을 바라보고 있는 올레 안드레슨의 모습이 눈에 들어왔다."라고 말했다. 그렇다면 헤밍웨이는 이 장면에서 모두 다섯 차례에 걸쳐 안드레슨이 벽을 보고 누워 있는 모습을 기술하고 있는 셈이다.

장폴 사르트르는 「벽」(1939)이라는 단편소설에서 주인공이 느끼는 실존적 절망감과 불안감을 표현했다. 헤밍웨이도 사르트르처럼 안드레슨이 느끼는 절망감을 벽을 향해 돌아누운 모습을 통해 상징적으로 보여 주었다. 권투 선수였던 안드레슨은 뭔지 몰라도 폭력 조직과 검은 거래를 했고, 아마 그가 그 거래에서 약속을 어겼기 때문에 지금 폭력 조직이 그를 제거하려고 하는 듯하다. "이젠 어쩔 도리가 없어.", "내가 잘못한 거야."라고 말하는 것은 이 점을 뒷받침한다. 도망치다 마침내 벽에 부딪힌 범죄자처럼 안드레슨은 조직폭력배로부터의 보복을 이제는 피할 수 없다는 절망감에 사로잡혀 있다. 그리하여 그는 닉의 제안도 아랑곳하지 않은 채 지금 죽음을 담담하게 기다리는 중이다.

「살인자들」을 집필할 무렵에 쓴 「오늘은 금요일」이라는 작품은 아예 희곡의 형식을 그대로 따르고 있다. 이 작품은 단편소설이라기보다는 단막으로 되어 있는 희곡에 가깝다. 실제로 그는 1926년 「오늘은 금요일」이라는 제목으로 뉴저지 주의 엥글우드에 있는 출판사에서 출간했다. 한정판으로 모두 300부를 출간해 그중 260부를 판매했지만 이렇다 할 관심은 받지 못했다. 헤밍웨이는 이 작품을 단편집 『여자 없는 남자』(1927)에 처음 수록한 뒤 『제5열 및 최초 49단편』(1938)에 수록함으로써 희곡 작품보다는 단편소설로 간주했다.

「오늘은 금요일」은 제목 그대로 예수 그리스도가 로마 군인에게 십자가에 못 박혀 죽은 성(聖)금요일을 시간적 배경으로, 유대인이 경영하는 술집을 공간적 배경으로 한다. "로마 군인 세 명이 밤 11시에 어느 술집 안에 있다. 주위 벽을 빙 둘러 술통이 놓여 있다. 나무로 만든 카운터 뒤에 유대인 술집 주인이 있다. 로마 군인 셋은 거나하게 술에 취해 있다." (『헤밍웨이 단편선 1』 「오늘은 금요일」, 329쪽)라는 첫 문장은 희곡의 무대 지시문으로 보아도 크게 어색하지 않다. 예수의 처형을 목격하고 직접 처형에 참여한 로마 군인 세 사람이 작중 인물로 등장한다. 이 작품을 집필하면서 헤밍웨이는 구약성서 「시편」의 "성문에 앉아 있는 자들이 나를 비난하고, 술에 취한 자들이 나를 두고서 빈정거리는 노래를 지어 흥얼거립니다.”(69편 12절)라는 구절을 염두에 두었을 것이다.

한편 헤밍웨이는 단편소설에서 희곡 외에 서간문 형식을 실험하기도 했다. 소설과 서간문은 언뜻 생각하듯 그렇게 거리가 먼 장르가 아니다. 실제로 소설의 역사를 거슬러 올라가면 소설이 서간문에서 출발했다는 사실을 알게 된다. 영국 문학에서 흔히 최초의 소설로 꼽히는 새뮤얼 리처드슨의 『패밀러』(1740)는 다름 아닌 서간체 형식을 취하고 있다. 인쇄업을 하던 리처드슨은 한 친구로부터 모범 서간집을 출간해 달라는 부탁을 받고 재미있게 만들기 위해 고심한 끝에 일정한 스토리를 집어넣어 만들었는데 그것이 바로 이 작품이었던 것이다. 헤밍웨이도 리처드슨처럼 편지 형식을 빌려 작품을 썼다. 「한 독자의 편지」라는 작품이 바로 그것이다. 이 작품은 군인의 아내로 버지니아 주 로어노크에 살고 있는 한 여성이 해외 주둔 중에 감염된 남편의 병에 관하여 의사에게 자문을 구하는 형식을 취한다.

물론 헤밍웨이는 이 작품 전체를 서간 형식으로 구성하지는 않았다. 작품 첫머리에서 그는 “그녀는 접힌 신문을 자기 앞에 펼쳐 놓고 침실의 테이블에 앉아 편지 쓰기를 멈추고는 지붕에 떨어지자마자 곧 녹아 버리는 눈을 창 너머로 바라보았다. 지우거나 다시 쓸 필요도 없을 만큼 그녀는 차근차근 다음과 같이 편지를 써 내려갔다.”라고 말한 다음 “의사 선생님께”로 편지를 시작한다. 이 편지를 다 쓴 뒤에 주인공은 남편의 병에 대하여 독백한다. 편지 내용이나 독백으로 미루어 보면 그녀의 남편은 중국 상하이에 파견되어 삼 년 동안 머물렀고, 그곳에서 근무하는 동안 매독에 감염되었다. 지금 그는 아칸소 주 헬레나에 있는 어머니 집에서 치료를 받고 있다. 남편은 아내에게 아칸소로 내려오라고 편지를 보냈는데 과연 남편과 함께 생활해도 괜찮은지 그녀로서는 적잖이 걱정이 되지 않을 수 없다. 그래서 지금 그녀는 이 문제에 대해 의사에게 자문을 구하는 것이다.

헤밍웨이의 전기 작가 제프리 마이어스는 헤밍웨이를 "가장 영향력 있는 20세기 산문 스타일리스트"로 평가한다. 미국은 말할 것도 없고 유럽에서도 많은 작가가 지금껏 그의 문체를 모방해 왔다는 사실을 생각할 때 마이어스의 평가는 크게 과장되었다고 할 수 없다. 헤밍웨이야말로 좁게는 소설 문체, 넓게는 산문 문체에 새로운 이정표를 세운 작가라고 할 수 있다. 문체를 비롯한 그의 문학에 이의를 제기할 사람은 있을지 몰라도 그의 영향권에서 자유로운 작가는 그리 많지 않다. 싫든 좋든, 의식적이건 무의식이건 많은 작가가 그동안 그의 문체에서 직접 또는 간접으로 영향을 받아 왔다. 레이먼드 카버를 비롯하여 코맥 맥카시, 앤 비티, 보비 앤 메이슨, 리처드 포드, 도널드 바셀미, 프레더릭 바셀미 같은 작가들의 작품에는 헤밍웨이의 그림자가 자주 어른거린다. 이렇듯 미니멀리즘 작가들에게 끼친 그의 영향은 실로 엄청나다.

프랑스의 박물학자 조르주루이 뷔퐁은 "문체가 곧 인간이다."라고 말한 적이 있다. 문체는 작가의 개성을 강하게 반영한다는 말이다. 그런데 헤밍웨이만큼 이 말이 잘 들어맞는 작가도 찾아보기 쉽지 않다. 그의 작품을 읽다 보면 문체가 곧 작가일 뿐만 아니라 그의 세계관을 잘 보여 준다는 것을 알 수 있다. 헤밍웨이의 산문 스타일이 가장 빛을 발하는 것은 장편소설보다는 단편소설이다. 해럴드 블룸이 헤밍웨이의 문학적 성과를 장편소설보다 단편소설에서 찾으려고 했던 것도 헤밍웨이가 단편소설 장르의 신기원을 이룩했기 때문일 것이다.

2013년 9월

김욱동

작가 연보

1899년 7월 21일 미국 일리노이 주의 오크파크에서 의사인 아버지 클래런스 헤밍웨이와 음악 교사 그레이스 헤밍웨이의 여섯 자녀 중 둘째로 출생.

1913년 오크파크 고등학교(후에 오크파크 및 리버포리스트 고등학교로 개명) 입학. 재학 시절 저널리스트와 작가로서 재능을 보임.

1917년 고등학교 졸업. 10월 대학 입학을 포기하고 《캔자스시티 스타》 신문사의 수습기자로 취직. 이때 특유의 '하드보일드(강건체)' 문체를 익히기 시작.

1918년 4월 신문 기자를 그만두고 1차 세계대전에 참전하기 위해 미 육군에 자원하지만 권투 연습 중 다친 시력 때문에 입대가 거부됨. 5월 23일 미 적십자 부대의 앰뷸런스 운전사로 지원해 이탈리아 전선에

투입됨. 7월 8일 이탈리아 북부 포살타 디 피아베에서 박격포 포탄 및 중기관총 사격을 당해 두 다리에 중상을 입음. 이탈리아 정부로부터 무공훈장을 받음. 밀라노 육군병원에서 치료를 받던 중 여섯 살 연상인 미국 간호장교 애그니스 본 쿠로스키와 사랑에 빠짐.

1919년 1차 세계대전 휴전 후 미국에 돌아오지만 나이가 어리다는 이유로 애그니스 본 쿠로스키로부터 결혼을 거절당함.

1920년 어린 시절부터 계속된 어머니와의 불화로 집을 나감. 캐나다의 온타리오 주 토론토로 이주해《토론토 스타》지의 기자로 일함. 이해 말 시카고로 돌아와 주식 투자 잡지사에서 편집인으로 잠시 일함. 이 무렵 소설가 셔우드 앤더슨과 친교를 맺기 시작.

1921년 9월 3일 해들리 리처드슨과 결혼. 11월《토론토 스타》및《스타 위클리》의 기자 겸 해외 특파원 자격으로 파리에 감. 이때 셔우드 앤더슨이 파리에 거주하는 미국 작가 거트루드 스타인에게 추천서를 써 줌. 파리에 머물면서 '국외 추방 작가'들과 교류하며 문학 수업을 받음.

1922년 《토론토 스타》특파원 자격으로 그리스-터키 전쟁을 취재하기 위해 오늘날의 터키 이즈미르에 해당하는 스미르나를 여행함. 파리에서 에즈라 파운드와 거트루드 스타인에게서 소설 작법을 배움. 12월 해들리가 파리의 리옹 역에서 헤밍웨이의 미발표 원고 전부를 분실.

1923년 임신 중인 아내 해들리와 함께 스페인의 팜플로나로 투우 구경을 감. 10월, 첫아들 존 해들리(범비) 출생. 그 때문에 잠시 토론토를 방문. 7월 『세 편의 단편과 열 편의 시(Three Stories and Ten Poems)』를 한정판으로 파리에서 출간.

1924년 포드 매덕스 포드를 도와 《트랜스아틀랜틱 리뷰》지를 편집함. 1월 단편 소품집 『우리 시대에(in our time)』를 파리에서 출간. 아내와 존 더스패서스 등과 함께 스페인의 팜플로나를 두 번째로 여행.

1925년 7월 아내와 어린 시절의 친구 빌 스미스 등과 함께 스페인의 팜플로나를 세 번째로 여행. 4월 파리의 '딩고 바'에서 세 살 위인 F. 스콧 피츠제럴드를 만나 교류하게 됨. 10월 자전적인 인물인 닉 애덤스를 주인공으로 하는 일련의 단편소설이 수록된 『우리 시대에(In Our Time)』를 미국의 보니 앤드 라이브라이트 출판사에서 출간. 오스트리아 슈룬스에서 겨울을 보냄.

1926년 스콧 피츠제럴드의 소개로 미국의 유수 출판사 찰스 스크리브너와 편집자 맥스웰 퍼킨스를 알게 됨. 5월 셔우드 앤더슨을 패러디한 중편소설 『봄의 계류(The Torrents of Spring)』를 찰스 스크리브너에서 출간. 그 후 헤밍웨이의 모든 작품은 이 출판사에서 출간됨. 6월 아내 해들리와 두 번째 아내가 될 폴린 파이퍼와 함께 스페인의 팜플로나를 여행. 10월 『태양은 다시 떠오른다(The Sun Also Rises)』를 출간.

1927년 4월 해들리와 이혼하고 한 달 뒤 파리 《보그》지에서 근무하던 부유한 패션 작가 폴린 파이퍼와 재혼. 10월 단편집 『여자 없는 남자(Men Without Women)』를 출간.

1928년 프랑스 파리를 떠나 미국 플로리다 주 키웨스트로 이주. 1950년대까지 이곳에서 살면서 주요 작품을 집필. 6월 둘째 아들 패트릭 출생. 12월 아버지가 권총으로 자살.

1929년 9월 『무기여 잘 있어라(A Farewell to Arms)』를 출간. 상업적으로 성공한 첫 작품으로 출간 4개월 만에 8만 부가 판매됨.

1931년 11월 셋째 아들 그레고리 핸콕 출생.

1932년 9월 투우에 관한 논픽션 『오후의 죽음(Death in the Afternoon)』을 출간.

1933년 10월 단편집 『승자에게는 아무것도 주지 마라(Winner Take Nothing)』를 출간. 아프리카 케냐로 10주에 걸친 사파리 사냥을 감.

1935년 10월 아프리카 사파리를 다룬 논픽션 『아프리카의 푸른 언덕(Green Hills of Africa)』을 출간.

1937년 북아메리카신문연맹(NANA)의 통신 특파원 자격으로 스페인 내전을 취재. 이때 공화정부파를 지원해 저술과 강연 등을 통해서 모금 활동을 함. 10월 『유산자와 무산자(To Have and Have Not)』를 출간.

1938년 6월 선전 영화 대본인 『스페인의 땅(The Spanish Earth)』을 출간. 10월 『제5열 및 최초의 49단편(The Fifth Column and the First Forth-Nine Stories)』을 출간. 「제5열」은 헤밍웨이의 유일한 희곡 작품.

1939년 11월 폴린 파이퍼와 별거하고 쿠바 아바나 교외에 저택을 구입해 '전망 좋은 농장'이라는 뜻의 '핑카 비히아'로 명명하고 그곳으로 이주.

1940년 11월 작가이자 신문 기자인 마사 겔혼과 세 번째로 결혼. 6월 희곡 작품 『제5열』을 단행본으로 출간. 10월 『누구를 위하여 종은 울리나(For Whom the Bell Tolls)』를 출간.

1942년 2차 세계대전 중 미 해군에 자원해 자신의 보트 '필라'호로 쿠바 해안에서 독일 잠수함을 수색하지만 한 척도 발견하지 못함. 10월 전쟁 이야기를 모은 『싸우는 사람들(Men at War)』을 편집하고 서문을 씀.

1943년 신문 및 잡지 특파원으로 유럽 전쟁 취재 시작.

1944년 《콜리어》지의 전쟁 특파원으로 연합군의 노르망디 상륙작전과 독일 진격 등을 취재하고 파리 입성에도 참가. 런던에서 신문 기자이자 특파원인 메리 웰시를 만나 사귀기 시작.

1945년 12월 마사 겔혼에게 이혼당함.

1946년 3월 메리 웰시와 네 번째로 결혼한 뒤 쿠바와 미국

아이다호 주 케첨에서 살기 시작.

1947년 2차 세계대전 중 독일 잠수함 수색에 공헌한 점을 인정받아 미국 정부로부터 훈장을 받음.

1950년 9월 『강을 건너 숲속으로(Across the River and into the Trees)』를 출간.

1951년 6월 어머니 사망.

1952년 9월 『노인과 바다(The Old Man and the Sea)』를 《라이프》지에 발표한 후 단행본으로 출간.

1953년 『노인과 바다』로 퓰리처상 소설 부문 수상. 메리 웰시와 함께 동아프리카로 두 번째 사파리 사냥 여행을 떠남.

1954년 1월 아프리카에서 연이은 두 번의 비행기 사고와 들불로 중상을 입음. 한때 헤밍웨이가 사망했다는 풍문이 전 세계에 퍼짐. 12월 미국 작가로서는 다섯 번째로 노벨 문학상 수상.

1959년 스페인을 방문해 투우 관람. 이 무렵 건강이 계속 악화됨.

1960년 샌프란시스코에서 『시 선집(Collected Poems)』이 작가의 허가 없이 출간됨.

1961년 『킬리만자로의 눈 및 기타 단편소설(The Snow of Kilimanjaro and Other Stories)』을 출간. 쿠바를 영원히 떠남. 그동안 헤밍웨이와 친교를 맺어 온 피델 카스트로가 권좌에 오름. '핑카 비히아'를 정부에서 소유하다 뒷날 헤밍웨이 박물관으로 개조. 우울증,

알코올중독증, 기타 질병에 시달리다 7월 2일 캐첨의 자택에서 엽총으로 자살. 가톨릭 의식으로 장례식을 치른 뒤 아이다호 주 선밸리에 묻힘.

1964년 유작 『움직이는 축제일(A Moveable Feast)』이 출간됨.

1970년 유작 『해류 속의 섬들(Islands in the Stream)』이 출간됨.

1972년 유작 『닉 애덤스 이야기(The Nick Adams Stories)』가 출간됨.

1977년 유작 『88편의 시(88 Poems)』가 출간됨.

1985년 유작 『위험한 여름(The Dangerous Summer)』이 출간됨.

1986년 유작 『에덴동산(The Garden of Eden)』이 출간됨.

1987년 『어니스트 헤밍웨이 단편 전집(The Complete Short Stories of Ernest Hemingway)』이 출간됨.

1997년 『헤밍웨이 단편집(The Short Stories)』이 출간됨.

1999년 허구적 자서전 『여명의 진실(True at First Light)』을 아들 패트릭이 편집해서 출간함.

세계문학전집 313

헤밍웨이 단편선 2

1판 1쇄 펴냄 2013년 10월 18일
1판 11쇄 펴냄 2023년 1월 9일

지은이 어니스트 헤밍웨이
옮긴이 김욱동
발행인 박근섭, 박상준
펴낸곳 (주)민음사

출판등록 1966. 5. 19. (제 16-490호)
서울특별시 강남구 도산대로1길 62(신사동) 강남출판문화센터 5층 (우편번호 06027)
대표전화 02-515-2000 팩시밀리 02-515-2007
www.minumsa.com

ISBN 978-89-374-6313-6 04800
ISBN 978-89-374-6000-5 (세트)

* 잘못 만들어진 책은 구입처에서 교환해 드립니다.

민음사 세계문학전집

세계문학전집 목록

1·2 변신 이야기 오비디우스·이윤기 옮김 서울대 권장도서 100선
3 햄릿 셰익스피어·최종철 옮김 서울대 권장도서 100선 | 미국대학위원회 선정 SAT 추천도서
4 변신·시골의사 카프카·전영애 옮김 서울대 권장도서 100선
5 동물농장 오웰·도정일 옮김 미국대학위원회 선정 SAT 추천도서 | 《타임》 선정 현대 100대 영문소설
6 허클베리 핀의 모험 트웨인·김욱동 옮김 《뉴스위크》 선정 100대 명저
7 암흑의 핵심 콘래드·이상옥 옮김 미국대학위원회 선정 SAT 추천도서 | 《뉴스위크》 선정 10대 명저
8 토니오 크뢰거·트리스탄·베니스에서의 죽음 토마스 만·안삼환 외 옮김 노벨 문학상 수상 작가
9 문학이란 무엇인가 사르트르·정명환 옮김
10 한국단편문학선 1 김동인 외·이남호 엮음 국립중앙도서관 선정 청소년 권장도서
11·12 인간의 굴레에서 서머싯 몸·송무 옮김
13 이반 데니소비치, 수용소의 하루 솔제니친·이영의 옮김 노벨 문학상 수상 작가
14 너새니얼 호손 단편선 호손·천승걸 옮김
15 나의 미카엘 오즈·최창모 옮김
16·17 중국신화전설 위앤커·전인초, 김선자 옮김
18 고리오 영감 발자크·박영근 옮김
19 파리대왕 골딩·유종호 옮김 노벨 문학상 수상 작가 | 《타임》 선정 현대 100대 영문소설
20 한국단편문학선 2 김동리 외·이남호 엮음
21·22 파우스트 괴테·정서웅 옮김 서울대 권장도서 100선 | 미국대학위원회 선정 SAT 추천도서
23·24 빌헬름 마이스터의 수업시대 괴테·안삼환 옮김
25 젊은 베르테르의 슬픔 괴테·박찬기 옮김 논술 및 수능에 출제된 책(1998~2005)
26 이피게니에·스텔라 괴테·박찬기 외 옮김
27 다섯째 아이 레싱·정덕애 옮김 노벨 문학상 수상 작가
28 삶의 한가운데 린저·박찬일 옮김
29 농담 쿤데라·방미경 옮김
30 야성의 부름 런던·권택영 옮김
31 아메리칸 제임스·최경도 옮김
32·33 양철북 그라스·장희창 옮김 노벨 문학상 수상 작가 | 서울대 권장도서 100선
34·35 백년의 고독 마르케스·조구호 옮김 노벨 문학상 수상 작가 | 서울대 권장도서 100선
36 마담 보바리 플로베르·김화영 옮김 서울대 권장도서 100선
37 거미여인의 키스 푸익·송병선 옮김
38 달과 6펜스 서머싯 몸·송무 옮김
39 폴란드의 풍차 지오노·박인철 옮김
40·41 독일어 시간 렌츠·정서웅 옮김
42 말테의 수기 릴케·문현미 옮김
43 고도를 기다리며 베케트·오증자 옮김 노벨 문학상 수상 작가 | 서울대 권장도서 100선
44 데미안 헤세·전영애 옮김 노벨 문학상 수상 작가

94 **차라투스트라는 이렇게 말했다** 니체 · 장희창 옮김 국립중앙도서관 선정 청소년 권장도서
95·96 **적과 흑** 스탕달 · 이동렬 옮김 국립중앙도서관 선정 청소년 권장도서
97·98 **콜레라 시대의 사랑** 마르케스 · 송병선 옮김 노벨 문학상 수상 작가 | BBC 선정 꼭 읽어야 할 책
99 **맥베스** 셰익스피어 · 최종철 옮김 서울대 권장도서 100선 | 미국대학위원회 선정 SAT 추천도서
100 **춘향전** 작자 미상 · 송성욱 풀어 옮김 서울대 권장도서 100선
101 **페르디두르케** 곰브로비치 · 윤진 옮김
102 **포르노그라피아** 곰브로비치 · 임미경 옮김
103 **인간 실격** 다자이 오사무 · 김춘미 옮김
104 **네루다의 우편배달부** 스카르메타 · 우석균 옮김
105·106 **이탈리아 기행** 괴테 · 박찬기 외 옮김
107 **나무 위의 남작** 칼비노 · 이현경 옮김
108 **달콤 쌉싸름한 초콜릿** 에스키벨 · 권미선 옮김
109·110 **제인 에어** C. 브론테 · 유종호 옮김 BBC 선정 꼭 읽어야 할 책
111 **크눌프** 헤세 · 이노은 옮김 노벨 문학상 수상 작가
112 **시계태엽 오렌지** 버지스 · 박시영 옮김 《타임》 선정 현대 100대 영문소설 | 《뉴스위크》 선정 100대 명저
113·114 **파리의 노트르담** 위고 · 정기수 옮김 미국대학위원회 선정 SAT 추천도서
115 **새로운 인생** 단테 · 박우수 옮김
116·117 **로드 짐** 콘래드 · 이상옥 옮김 《뉴스위크》 선정 100대 명저
118 **폭풍의 언덕** E. 브론테 · 김종길 옮김 미국대학위원회 선정 SAT 추천도서
119 **텔크테에서의 만남** 그라스 · 안삼환 옮김 노벨 문학상 수상 작가
120 **검찰관** 고골 · 조주관 옮김
121 **안개** 우나무노 · 조민현 옮김
122 **나사의 회전** 제임스 · 최경도 옮김 미국대학위원회 선정 SAT 추천도서
123 **피츠제럴드 단편선 1** 피츠제럴드 · 김욱동 옮김
124 **목화밭의 고독 속에서** 콜테스 · 임수현 옮김
125 **돼지꿈** 황석영
126 **라셀라스** 존슨 · 이인규 옮김
127 **리어 왕** 셰익스피어 · 최종철 옮김 서울대 권장도서 100선 | 《뉴스위크》 선정 100대 명저
128·129 **쿠오 바디스** 시엔키에비츠 · 최성은 옮김 노벨 문학상 수상 작가
130 **자기만의 방 · 3기니** 울프 · 이미애 옮김
131 **시르트의 바닷가** 그라크 · 송진석 옮김
132 **이성과 감성** 오스틴 · 윤지관 옮김
133 **바덴바덴에서의 여름** 치프킨 · 이장욱 옮김
134 **새로운 인생** 파묵 · 이난아 옮김 노벨 문학상 수상 작가
135·136 **무지개** 로렌스 · 김정매 옮김
137 **인생의 베일** 서머싯 몸 · 황소연 옮김
138 **보이지 않는 도시들** 칼비노 · 이현경 옮김
139·140·141 **연초 도매상** 바스 · 이운경 옮김 《타임》 선정 현대 100대 영문소설
142·143 **플로스 강의 물방앗간** 엘리엇 · 한애경, 이봉지 옮김 미국대학위원회 선정 SAT 추천도서
144 **연인** 뒤라스 · 김인환 옮김
145·146 **이름 없는 주드** 하디 · 정종화 옮김
147 **제49호 품목의 경매** 핀천 · 김성곤 옮김 《타임》 선정 현대 100대 영문소설

148 **성역** 포크너·이진준 옮김 노벨 문학상 수상 작가 | 퓰리처상 수상 작가

149 **무진기행** 김승옥

150·151·152 **신곡(지옥편·연옥편·천국편)** 단테·박상진 옮김 《뉴스위크》 선정 100대 명저

153 **구덩이** 플라토노프·정보라 옮김

154·155·156 **카라마조프가의 형제들** 도스토옙스키·김연경 옮김

157 **지상의 양식** 지드·김화영 옮김 노벨 문학상 수상 작가

158 **밤의 군대들** 메일러·권택영 옮김 퓰리처상 수상 작가

159 **주홍 글자** 호손·김욱동 옮김 서울대 권장도서 100선 | 미국대학위원회 선정 SAT 추천도서

160 **깊은 강** 엔도 슈사쿠·유숙자 옮김

161 **욕망이라는 이름의 전차** 윌리엄스·김소임 옮김

162 **마사 퀘스트** 레싱·나영균 옮김 노벨 문학상 수상 작가

163·164 **운명의 딸** 아옌데·권미선 옮김

165 **모렐의 발명** 비오이 카사레스·송병선 옮김

166 **삼국유사** 일연·김원중 옮김 서울대 권장도서 100선

167 **풀잎은 노래한다** 레싱·이태동 옮김 노벨 문학상 수상 작가

168 **파리의 우울** 보들레르·윤영애 옮김

169 **포스트맨은 벨을 두 번 울린다** 케인·이만식 옮김

170 **썩은 잎** 마르케스·송병선 옮김 노벨 문학상 수상 작가

171 **모든 것이 산산이 부서지다** 아체베·조규형 옮김 《타임》 선정 현대 100대 영문소설

172 **한여름 밤의 꿈** 셰익스피어·최종철 옮김 미국대학위원회 선정 SAT 추천도서

173 **로미오와 줄리엣** 셰익스피어·최종철 옮김 미국대학위원회 선정 SAT 추천도서

174·175 **분노의 포도** 스타인벡·김승욱 옮김 노벨 문학상 수상 작가 | 《타임》 선정 현대 100대 영문소설

176·177 **괴테와의 대화** 에커만·장희창 옮김

178 **그물을 헤치고** 머독·유종호 옮김 《타임》 선정 현대 100대 영문소설

179 **브람스를 좋아하세요...** 사강·김남주 옮김

180 **카타리나 블룸의 잃어버린 명예** 하인리히 뵐·김연수 옮김 노벨 문학상 수상 작가

181·182 **에덴의 동쪽** 스타인벡·정회성 옮김 노벨 문학상 수상 작가

183 **순수의 시대** 워튼·송은주 옮김 《뉴스위크》 선정 100대 명저 | 퓰리처상 수상작

184 **도둑 일기** 주네·박형섭 옮김

185 **나자** 브르통·오생근 옮김

186·187 **캐치-22** 헬러·안정효 옮김 《타임》 선정 현대 100대 영문소설 | 《뉴스위크》 선정 100대 명저 | BBC 선정 꼭 읽어야 할 책

188 **숄로호프 단편선** 숄로호프·이항재 옮김 노벨 문학상 수상 작가

189 **말** 사르트르·정명환 옮김

190·191 **보이지 않는 인간** 엘리슨·조영환 옮김 《타임》 선정 현대 100대 영문소설

192 **왑샷 가문 연대기** 치버·김승욱 옮김 퓰리처상 수상 작가

193 **왑샷 가문 몰락기** 치버·김승욱 옮김 퓰리처상 수상 작가

194 **필립과 다른 사람들** 노터봄·지명숙 옮김

195·196 **하드리아누스 황제의 회상록** 유르스나르·곽광수 옮김

197·198 **소피의 선택** 스타이런·한정아 옮김 퓰리처상 수상 작가

199 **피츠제럴드 단편선 2** 피츠제럴드·한은경 옮김

200 **홍길동전** 허균·김탁환 옮김

201 요술 부지깽이 쿠버 · 양윤희 옮김
202 북호텔 다비 · 원윤수 옮김
203 톰 소여의 모험 트웨인 · 김욱동 옮김
204 금오신화 김시습 · 이지하 옮김
205·206 테스 하디 · 정종화 옮김 미국대학위원회 선정 SAT 추천도서 | BBC 선정 꼭 읽어야 할 책
207 브루스터플레이스의 여자들 네일러 · 이소영 옮김
208 더 이상 평안은 없다 아체베 · 이소영 옮김
209 그레인지 코플랜드의 세 번째 인생 워커 · 김시현 옮김 퓰리처상 수상 작가
210 어느 시골 신부의 일기 베르나노스 · 정영란 옮김
211 타라스 불바 고골 · 조주관 옮김
212·213 위대한 유산 디킨스 · 이인규 옮김 서울대 권장도서 100선 | BBC 선정 꼭 읽어야 할 책
214 면도날 서머싯 몸 · 안진환 옮김
215·216 성채 크로닌 · 이은정 옮김
217 오이디푸스 왕 소포클레스 · 강대진 옮김 서울대 권장도서 100선
218 세일즈맨의 죽음 밀러 · 강유나 옮김
219·220·221 안나 카레니나 톨스토이 · 연진희 옮김 서울대 권장도서 100선
222 오스카 와일드 작품선 와일드 · 정영목 옮김
223 벨아미 모파상 · 송덕호 옮김
224 파스쿠알 두아르테 가족 호세 셀라 · 정동섭 옮김 노벨 문학상 수상 작가
225 시칠리아에서의 대화 비토리니 · 김운찬 옮김
226·227 길 위에서 케루악 · 이만식 옮김 《타임》 선정 현대 100대 영문소설 | 《뉴스위크》 선정 100대 명저
228 우리 시대의 영웅 레르몬토프 · 오정미 옮김
229 아우라 푸엔테스 · 송상기 옮김
230 클링조어의 마지막 여름 헤세 · 황승환 옮김 노벨 문학상 수상 작가
231 리스본의 겨울 무뇨스 몰리나 · 나송주 옮김
232 뻐꾸기 둥지 위로 날아간 새 키지 · 정회성 옮김 《타임》 선정 현대 100대 영문소설
233 페널티킥 앞에 선 골키퍼의 불안 한트케 · 윤용호 옮김 노벨 문학상 수상 작가
234 참을 수 없는 존재의 가벼움 쿤데라 · 이재룡 옮김
235·236 바다여, 바다여 머독 · 최옥영 옮김
237 한 줌의 먼지 에벌린 워 · 안진환 옮김 《타임》 선정 현대 100대 영문소설
238 뜨거운 양철 지붕 위의 고양이 · 유리 동물원 윌리엄스 · 김소임 옮김 퓰리처상 수상작
239 지하로부터의 수기 도스토옙스키 · 김연경 옮김
240 키메라 바스 · 이운경 옮김
241 반쪼가리 자작 칼비노 · 이현경 옮김
242 벌집 호세 셀라 · 남진희 옮김 노벨 문학상 수상 작가
243 불멸 쿤데라 · 김병욱 옮김
244·245 파우스트 박사 토마스 만 · 임홍배, 박병덕 옮김 노벨 문학상 수상 작가
246 사랑할 때와 죽을 때 레마르크 · 장희창 옮김
247 누가 버지니아 울프를 두려워하랴? 올비 · 강유나 옮김
248 인형의 집 입센 · 안미란 옮김
249 위폐범들 지드 · 원윤수 옮김 노벨 문학상 수상 작가
250 무정 이광수 · 정영훈 책임 편집 서울대 권장도서 100선

251·252 **의지와 운명** 푸엔테스 · 김현철 옮김
253 **폭력적인 삶** 파솔리니 · 이승수 옮김
254 **거장과 마르가리타** 불가코프 · 정보라 옮김
255·256 **경이로운 도시** 멘도사 · 김현철 옮김
257 **야콥을 둘러싼 추측들** 욘존 · 손대영 옮김
258 **왕자와 거지** 트웨인 · 김욱동 옮김
259 **존재하지 않는 기사** 칼비노 · 이현경 옮김
260·261 **눈먼 암살자** 애트우드 · 차은정 옮김 《타임》 선정 현대 100대 영문소설
262 **베니스의 상인** 셰익스피어 · 최종철 옮김
263 **말리나** 바흐만 · 남정애 옮김
264 **사볼타 사건의 진실** 멘도사 · 권미선 옮김
265 **뒤렌마트 희곡선** 뒤렌마트 · 김혜숙 옮김
266 **이방인** 카뮈 · 김화영 옮김 노벨 문학상 수상 작가 | 미국대학위원회 선정 SAT 추천도서
267 **페스트** 카뮈 · 김화영 옮김 노벨 문학상 수상 작가 | 국립중앙도서관 선정 청소년 권장도서
268 **검은 튤립** 뒤마 · 송진석 옮김
269·270 **베를린 알렉산더 광장** 되블린 · 김재혁 옮김
271 **하얀 성** 파묵 · 이난아 옮김 노벨 문학상 수상 작가
272 **푸슈킨 선집** 푸슈킨 · 최선 옮김
273·274 **유리알 유희** 헤세 · 이영임 옮김 노벨 문학상 수상 작가
275 **픽션들** 보르헤스 · 송병선 옮김 서울대 권장도서 100선
276 **신의 화살** 아체베 · 이소영 옮김
277 **빌헬름 텔 · 간계와 사랑** 실러 · 홍성광 옮김
278 **노인과 바다** 헤밍웨이 · 김욱동 옮김 노벨 문학상 수상 작가 | 퓰리처상 수상작
279 **무기여 잘 있어라** 헤밍웨이 · 김욱동 옮김 미국대학위원회 선정 SAT 추천도서
280 **태양은 다시 떠오른다** 헤밍웨이 · 김욱동 옮김 《타임》 선정 현대 100대 영문 소설
281 **알레프** 보르헤스 · 송병선 옮김
282 **일곱 박공의 집** 호손 · 정소영 옮김
283 **에마** 오스틴 · 윤지관, 김영희 옮김
284·285 **죄와 벌** 도스토옙스키 · 김연경 옮김 미국대학위원회 선정 SAT 추천도서
286 **시련** 밀러 · 최영 옮김
287 **모두가 나의 아들** 밀러 · 최영 옮김
288·289 **누구를 위하여 종은 울리나** 헤밍웨이 · 김욱동 옮김 노벨 문학상 수상 작가
290 **구르브 연락 없다** 멘도사 · 정창 옮김
291·292·293 **데카메론** 보카치오 · 박상진 옮김
294 **나누어진 하늘** 볼프 · 전영애 옮김
295·296 **제브데트 씨와 아들들** 파묵 · 이난아 옮김 노벨 문학상 수상 작가
297·298 **여인의 초상** 제임스 · 최경도 옮김 미국대학위원회 선정 SAT 추천도서
299 **압살롬, 압살롬!** 포크너 · 이태동 옮김 노벨 문학상 수상 작가
300 **이상 소설 전집** 이상 · 권영민 책임 편집
301·302·303·304·305 **레 미제라블** 위고 · 정기수 옮김
306 **관객모독** 한트케 · 윤용호 옮김 노벨 문학상 수상 작가
307 **더블린 사람들** 조이스 · 이종일 옮김

308 에드거 앨런 포 단편선 앨런 포 · 전승희 옮김 미국대학위원회 선정 SAT 추천도서
309 보이체크 · 당통의 죽음 뷔히너 · 홍성광 옮김
310 노르웨이의 숲 무라카미 하루키 · 양억관 옮김
311 운명론자 자크와 그의 주인 디드로 · 김희영 옮김
312·313 헤밍웨이 단편선 헤밍웨이 · 김욱동 옮김 노벨 문학상 수상 작가
314 피라미드 골딩 · 안지현 옮김 노벨 문학상 수상 작가
315 닫힌 방 · 악마와 선한 신 사르트르 · 지영래 옮김
316 등대로 울프 · 이미애 옮김 《타임》 선정 현대 100대 영문소설 | 《뉴스위크》 선정 100대 명저
317·318 한국 희곡선 송영 외 · 양승국 엮음
319 여자의 일생 모파상 · 이동렬 옮김
320 의식 노터봄 · 김영중 옮김
321 육체의 악마 라디게 · 원윤수 옮김
322·323 감정 교육 플로베르 · 지영화 옮김
324 불타는 평원 룰포 · 정창 옮김
325 위대한 몬느 알랭푸르니에 · 박영근 옮김
326 라쇼몬 아쿠타가와 류노스케 · 서은혜 옮김
327 반바지 당나귀 보스코 · 정영란 옮김
328 정복자들 말로 · 최윤주 옮김
329·330 우리 동네 아이들 마흐푸즈 · 배혜경 옮김 노벨 문학상 수상 작가
331·332 개선문 레마르크 · 장희창 옮김
333 사바나의 개미 언덕 아체베 · 이소영 옮김
334 게걸음으로 그라스 · 장희창 옮김 노벨 문학상 수상 작가
335 코스모스 곰브로비치 · 최성은 옮김
336 좁은 문 · 전원교향곡 · 배덕자 지드 · 동성식 옮김 노벨 문학상 수상 작가
337·338 암 병동 솔제니친 · 이영의 옮김 노벨 문학상 수상 작가
339 피의 꽃잎들 응구기 와 시옹오 · 왕은철 옮김
340 운명 케르테스 · 유진일 옮김 노벨 문학상 수상 작가
341·342 벌거벗은 자와 죽은 자 메일러 · 이운경 옮김 퓰리처상 수상 작가
343 시지프 신화 카뮈 · 김화영 옮김 노벨 문학상 수상 작가
344 뇌우 차오위 · 오수경 옮김
345 모옌 중단편선 모옌 · 심규호, 유소영 옮김 노벨 문학상 수상 작가
346 일야서 한사오궁 · 심규호, 유소영 옮김
347 상속자들 골딩 · 안지현 옮김 노벨 문학상 수상 작가
348 설득 오스틴 · 전승희 옮김
349 히로시마 내 사랑 뒤라스 · 방미경 옮김
350 오 헨리 단편선 오 헨리 · 김희용 옮김
351·352 올리버 트위스트 디킨스 · 이인규 옮김
353·354·355·356 전쟁과 평화 톨스토이 · 연진희 옮김
357 다시 찾은 브라이즈헤드 에벌린 워 · 백지민 옮김
358 아무도 대령에게 편지하지 않다 마르케스 · 송병선 옮김
359 사양 다자이 오사무 · 유숙자 옮김
360 좌절 케르테스 · 한경민 옮김 노벨 문학상 수상 작가

361·362 **닥터 지바고** 파스테르나크·김연경 옮김 노벨 문학상 수상 작가
363 **노생거 사원** 오스틴·윤지관 옮김
364 **개구리** 모옌·심규호, 유소영 옮김 노벨 문학상 수상 작가
365 **마왕** 투르니에·이원복 옮김 공쿠르상 수상 작가
366 **맨스필드 파크** 오스틴·김영희 옮김
367 **이선 프롬** 이디스 워튼·김욱동 옮김 퓰리처상 수상 작가
368 **여름** 이디스 워튼·김욱동 옮김 퓰리처상 수상 작가
369·370·371 **나는 고백한다** 자우메 카브레·권가람 옮김
372·373·374 **태엽 감는 새 연대기** 무라카미 하루키·김연경 옮김
375·376 **대사들** 제임스·정소영 옮김
377 **족장의 가을** 마르케스·송병선 옮김 노벨 문학상 수상 작가
378 **핏빛 자오선** 매카시·김시현 옮김
379 **모두 다 예쁜 말들** 매카시·김시현 옮김
380 **국경을 넘어** 매카시·김시현 옮김
381 **평원의 도시들** 매카시·김시현 옮김
382 **만년** 다자이 오사무·유숙자 옮김
383 **반항하는 인간** 카뮈·김화영 옮김 노벨 문학상 수상 작가
384·385·386 **악령** 도스토옙스키·김연경 옮김
387 **태평양을 막는 제방** 뒤라스·윤진 옮김
388 **남아 있는 나날** 가즈오 이시구로·송은경 옮김
389 **앙리 브륄라르의 생애** 스탕달·원윤수 옮김
390 **찻집** 라오서·오수경 옮김
391 **태어나지 않은 아이를 위한 기도** 케르테스·이상동 옮김 노벨 문학상 수상 작가
392·393 **서머싯 몸 단편선** 서머싯 몸·황소연 옮김
394 **케이크와 맥주** 서머싯 몸·황소연 옮김
395 **월든** 소로·정회성 옮김
396 **모래 사나이** E. T. A. 호프만·신동화 옮김
397·398 **검은 책** 오르한 파묵·이난아 옮김 노벨 문학상 수상 작가
399 **방랑자들** 올가 토카르추크·최성은 옮김 노벨 문학상 수상 작가
400 **시여, 침을 뱉어라** 김수영·이영준 엮음
401·402 **환락의 집** 이디스 워튼·전승희 옮김
403 **달려라 메로스** 다자이 오사무·유숙자 옮김
404 **아버지와 자식** 투르게네프·연진희 옮김
405 **청부 살인자의 성모** 바예호·송병선 옮김
406 **세피아빛 초상** 아옌데·조영실 옮김
407·408·409·410 **사기 열전** 사마천·김원중 옮김 서울대 권장도서 100선
411 **이상 시 전집** 이상·권영민 책임 편집
412 **어둠 속의 사건** 발자크·이동렬 옮김
413 **태평천하** 채만식·권영민 책임 편집
414·415 **노스트로모** 콘래드·이미애 옮김
416·417 **제르미날** 졸라·강충권 옮김
418 **명인** 가와바타 야스나리·유숙자 옮김 노벨 문학상 수상 작가
419 **핀처 마틴** 골딩·백지민 옮김 노벨 문학상 수상 작가

세계문학전집은 계속 간행됩니다.